Les Soldats de l'aube
Seuil, « Policiers », 2003
et « Points Policier », n° P1159
Point Deux, 2011

L'Âme du chasseur
Seuil, « Policiers », 2005
et « Points Policier », n° P1414

Le Pic du Diable
Seuil, « Policiers », 2007
et « Points Policier », n° P2015

Lemmer, l'invisible
Seuil, « Policiers », 2008
et « Points Policier », n° P2290

13 heures
Seuil, « Policiers », 2010
et « Points Policier », n° P2579

À la trace
Seuil, « Policiers », 2012
et « Points Policier », n° P3035

Deon Meyer

JUSQU'AU DERNIER

ROMAN

*Traduit de l'anglais
(Afrique du Sud)
par Robert Pépin*

Éditions du Seuil

TEXTE INTÉGRAL

TITRE ORIGINAL
Dead Before Dying
ÉDITEUR ORIGINAL
Hodder and Stoughton, Londres

ISBN original : 0340-73917-7
© 1999, by Deon Meyer

ISBN 978-2-02-058023-6
(ISBN 2-02-048879-5, 1ʳᵉ publication)

© Janvier 2002, Éditions du Seuil pour la traduction française

Tutta la vita è morte

Giuseppe Verdi

1

Dans le silence du dernier après-midi de l'année, il pensait à la mort. Mécaniquement, ses mains fourbissaient son pistolet de service, un Z88. Il était assis au salon, penché en avant dans son fauteuil, toutes les pièces de son arme posées sur la table basse, entre des chiffons, des brosses et une burette à huile. Dans le cendrier, une cigarette expédiait de longues et maigres volutes au plafond. Au-dessus de lui, à la fenêtre, une abeille se tapait dans la vitre avec une régularité monotone et irritante : elle voulait rejoindre la chaleur de l'après-midi au-dehors, là où soufflait un léger vent de sud-est.

Mat Joubert ne l'entendait pas. Son esprit errait sans but entre ses souvenirs de ces dernières semaines, chroniques de mort, son gagne-pain. La femme blanche étendue par terre dans la cuisine, une spatule dans la main droite, son omelette brûlée sur la cuisinière, son sang comme une touche de couleur supplémentaire dans la pièce agréable. Dans la salle de séjour, le gamin : dix-neuf ans, en larmes, 3 240 rands dans la poche de sa veste en cuir, répétant encore et encore le nom de sa mère.

L'homme parmi les fleurs. Souvenir moins pénible – la mort digne. Il se rappela les inspecteurs et les flics en uniforme sur le site industriel, entre les bâtiments gris des usines. Tous en rond, jusqu'aux genoux dans les fleurs qui dressaient leurs têtes jaunes, blanches et orange dans le champ. Age moyen et petite stature, le corps d'un homme reposait au milieu de ce cercle de représentants de la loi. Une bouteille d'alcool à brûler vide dans une main, face contre terre, le bonhomme. Mais les yeux étaient fermés. Et dans l'autre main il serrait quelques fleurs, déjà fanées. C'était de ses mains que Mat Joubert avait gardé le souvenir le plus vif.

Plage de Macassar, trois personnes. La puanteur du caoutchouc qui brûle et des chairs carbonisées encore dans l'air, flics et médias formant comme une barrière sous le vent contre l'horreur de ces meurtres par supplice du collier[1]. Leurs mains. Comme des serres. Tendues vers le ciel dans un geste de supplication pétrifié, demandant libération.

Mat Joubert était fatigué de vivre. Mais il ne voulait pas mourir comme ça.

Du pouce et de l'index, il glissa les quinze projectiles trapus dans le chargeur, un par un. Le dernier lança un bref éclair dans le soleil de l'après-midi. Il le mit à la hauteur de son œil, serré entre son pouce et son index, et en contempla l'extrémité couleur rouille.

Qu'est-ce que ça ferait si on s'appuyait le bout noir du Z88 tout doucement sur les lèvres et qu'on pressait la détente, lentement, soigneusement, avec respect ? Sentirait-on la balle ? Souffrirait-on ? Des pensées traverseraient-elles encore comme des éclairs les parties intactes du cerveau ? Vous accuseraient-elles de couardise juste avant que la nuit ne vous enveloppe ? Ou bien tout se déroulait-il si vite que la détonation dans l'oreille n'avait même pas le temps d'atteindre le cerveau ?

Il se le demanda. Était-ce ainsi que les choses s'étaient passées pour Lara ?

La lumière s'était-elle éteinte sans même qu'elle sache quelle main était posée sur l'interrupteur ? Ou

---

1. On passe autour du cou de la victime un pneu arrosé d'essence auquel on met le feu *(NdT)*.

bien avait-elle su – et tout vu dans le bref instant entre la vie et la mort ? Avait-elle éprouvé des remords ? Ou ri en se moquant une dernière fois ?

Il ne voulait pas y penser.

Une autre année allait commencer. Déjà l'ère nouvelle faisait naître de bonnes résolutions, des rêves, des projets, de l'enthousiasme et de l'espoir. Mais lui ne bougeait pas.

Demain, au boulot, tout serait différent – le nouveau chef, nommé par le pouvoir politique. On ne parlait que de ça. Ça ne l'intéressait guère. Mort ou vie, il ne voulait plus savoir. Un énième truc à dépasser, à prendre en compte, un énième truc propre à rapprocher davantage du Prédateur suprême, ce n'était rien de plus.

Du plat de la main gauche, il enclencha brutalement le chargeur dans la crosse, comme si la violence pouvait imprimer une autre direction à ses pensées. Puis il remit l'arme dans son étui en cuir, l'huile et les chiffons dans la vieille boîte à chaussures. Il tira sur sa cigarette, souffla la fumée vers la fenêtre. Il vit l'abeille, entendit le bruit de ses ailes qui diminuait peu à peu à cause de l'épuisement.

Il se leva, écarta le rideau en dentelle et ouvrit la fenêtre. L'abeille sentit la brise tiède du dehors, mais partit encore une fois du mauvais côté. Joubert se retourna, ramassa un chiffon graisseux et tout doucement la fit sortir. Elle fit un instant du surplace devant l'ouverture, puis elle disparut. Joubert referma la fenêtre et tira le rideau.

Il se dit que lui aussi pouvait s'évader. S'il le voulait.

Délibérément, il laissa cette idée s'évanouir à son tour. Mais cela avait suffi à lui faire prendre une décision, brusquement. Il irait au barbecue organisé par ses voisins ce soir. Il y passerait un moment. Pour honorer l'année qui venait de finir.

2

La première étape de la renaissance de Mat Joubert fut d'ordre purement physique. Un peu après 7 heures du soir, il traversa la rue bordée d'arbres du quartier petit-bourgeois de Monte Vista et gagna le domicile des Stoffberg. Stoffberg, comme dans « Pompes funèbres de Bellville, Stoffberg et Mordt, directeurs ». « Nous faisons le même boulot, aimait à dire son voisin, mais dans des branches différentes. »

La porte s'ouvrit. Stoffberg le fit entrer. Ils se saluèrent et se posèrent les questions rituelles.

– Les affaires vont bien, Mat. C'est la bonne époque de l'année. A croire que beaucoup s'accrochent jusqu'après les fêtes, dit Jerry en mettant au frigo la bière que Joubert avait apportée.

Le directeur des pompes funèbres portait un tablier proclamant qu'il était « le pire cuisinier de la terre ».

Joubert se contenta de hocher la tête – celle-là, il l'avait déjà entendue – et décapsula la première Castle de la soirée.

La cuisine était chaude et agréable, pleine de rires et d'enthousiasme. Des voix de femmes remplissaient la pièce. Des hommes et des enfants circulaient auprès des femmes qui bavardaient en s'activant. Mat Joubert se faufila dehors.

Conscience et perceptions repliées, comme les antennes

d'un insecte, chaleur et douceur du foyer ne touchaient pas Mat.

Dehors, les enfants se mouvaient comme des ombres à travers des plages de lumière et de ténèbres, regroupés par tranches d'âges, mais unis par la même exubérance pleine d'insouciance.

Dans la véranda, des ados se tenaient dans le difficile no man's land entre l'enfance et l'âge adulte. Joubert les remarqua brièvement à cause des tentatives maladroites qu'ils faisaient pour avoir l'air à l'aise. Ils avaient désobéi. Il se concentra jusqu'au moment où il comprit enfin ce qu'ils essayaient de cacher : les verres posés par terre étaient remplis de substances interdites. Deux ou trois ans plus tôt, il aurait souri en repensant à sa propre adolescence tumultueuse. Là, il se contenta de rentrer encore plus ses antennes.

Puis il rejoignit le cercle des hommes autour du feu. En guise de passeport, chacun avait un verre dans la main. Et tous regardaient l'agneau qui, nu et sans dignité, tournait sur la broche de Stoffberg.

– Putain, Mat, mais qu'est-ce que t'es grand ! s'exclama Wessels, le photographe de presse, lorsque Joubert vint se placer à côté de lui.

– Tu ne savais pas que c'est l'arme secrète de la brigade des Vols et Homicides ? lui lança Myburgh, le patron de la circulation de Bellville, de l'autre côté du feu.

Sa luxuriante moustache s'agitait à chaque mot qu'il prononçait.

Joubert sentit se tendre les muscles de son visage et un sourire mécanique découvrit ses dents.

– Ils s'en servent comme d'un barrage mobile, s'esclaffa Storridge, un homme d'affaires.

Tous rirent respectueusement.

Plaisanteries et remarques étaient lancées de part et d'autre de l'agneau qui grillait, toutes veillant à ne pas réveiller le deuil que Joubert avait subi deux ans auparavant – fraternel et amical, on essayait, en vain, de ranimer son esprit endormi.

Puis la conversation devint plus calme. Stoffberg retourna la broche et, d'un geste quasi médical, injecta une sauce secrète dans la viande qui brunissait. Sport, blagues à connotation sexuelle, problèmes de boulot. Joubert sortit une cigarette du paquet de Winston qu'il avait dans la poche de sa chemise et en offrit à la ronde. Un briquet s'alluma.

Autour du cercle, on allait et venait. Stoffberg tournait la broche et surveillait la cuisson de la viande. Joubert accepta une deuxième bière, puis alla en chercher une autre un peu plus tard. Dans la cuisine, les activités féminines avaient décru. Ces dames s'étaient éparpillées dans la salle de télévision voisine.

Dehors, la conversation tournait autour de l'agneau de Stoffberg.

– Pas la peine de lui faire une autre piqûre, Stoff. Il est mort.

– Il faudrait que je bouffe avant le lever du soleil, Stoff. Je dois ouvrir le magasin, demain.

– Tu rigoles ? Ce petit agneau ne sera pas prêt avant février !

– Et à ce moment-là, ça ne sera déjà plus qu'un mouton déguisé en agneau.

Joubert suivait la conversation, sans y prendre part. Il était connu pour être silencieux. Même avant la mort de Lara, il n'avait jamais été très causant.

Les voix des enfants se faisaient plus douces, celles des hommes plus fortes. Stoffberg envoya un émissaire chercher les invités. Le tempo changea. Les femmes appelèrent les enfants, sortirent avec des assiettes chargées de garniture et rejoignirent l'endroit où Stoffberg avait commencé à découper la bête.

Joubert tétait une Castle en attendant son tour. L'alcool lui brouillait les sens. Il n'avait pas faim, mais il mangea, par habitude et politesse, assis à une table de jardin, avec les autres hommes.

De la musique se fit entendre à l'intérieur, les ados dansaient le rock. Joubert offrit encore des cigarettes. Des femmes vinrent chercher des hommes pour danser. La musique était de plus en plus rétro, les décibels ne cessaient de monter. Joubert se leva, de façon à ne pas rester seul dehors, et attrapa une autre bière en gagnant la salle de séjour.

Stoffberg avait remplacé les globes ordinaires par des lumières colorées. Les corps se tortillaient dans de sourdes nuances de rouge, de bleu et de jaune. Joubert s'assit à un endroit d'où il pouvait voir les danseurs. Comme pris de spasmes, le petit corps de Wessels tressautait. Il imitait Elvis. Les gestes des ados étaient plus subtils. Alors qu'elle dansait devant une lampe rouge, le corps de la très mince et très jolie épouse de Storridge fut brièvement éclairé par l'arrière. Joubert détourna le regard. Les seins d'Yvonne Stoffberg, la fille de la maison, se balançaient sous un T-shirt moulant. Joubert alluma une autre cigarette.

La grosse femme de Myburgh l'invita à danser une valse à l'ancienne. Il accepta. Elle le guida habilement entre les couples. Lorsque la musique changea, elle lui sourit gentiment et le laissa partir. Il alla chercher une autre Castle. Le tempo de la musique ralentit. Les danseurs étaient étroitement enlacés. On entrait dans la dernière phase de la soirée.

Joubert sortit pour aller se vider la vessie. Les lumières du jardin étaient éteintes. Sous ce qui restait de l'agneau, les braises rougeoyaient encore. Il gagna le coin du jardin, se soulagea et repartit en sens inverse. Une étoile filante passa au-dessus du toit de la maison plongée dans le noir. Joubert s'arrêta, regarda le ciel et n'y vit que ténèbres.

– Salut, Mat.

Soudain elle fut là, à côté de lui, ombre de nymphe dans la nuit.

– Je peux t'appeler comme ça, non ? Je ne suis plus une collégienne.

Silhouette tout en jeunes courbes moulées par son T-shirt et son pantalon, elle était éclairée par la lumière de la porte de derrière.

– Bien sûr, dit-il d'un ton hésitant.

Il était surpris. Elle s'approcha, entra dans l'espace protégé de sa solitude.

– Tu n'as pas dansé une seule fois avec moi, reprit-elle.

Il resta figé sur place, incertain de la conduite à tenir, abruti par les sept Castle qu'il avait descendues et les mois d'introspection qu'il s'était infligés. Il croisa les bras, pour se protéger.

Elle posa la main sur son bras. La pointe de son sein gauche lui effleura le coude.

– Mat, dit-elle, en dehors de toi, il n'y avait pas d'hommes, ce soir.

Dieu de Dieu, pensa-t-il, c'est la fille de mon voisin. Il se rappela ce qu'il y avait dans les verres que les ados avaient posés par terre dans la véranda.

– Yvonne…

– Tout le monde m'appelle Bonnie.

Enfin il regarda son visage. Elle avait les yeux fixés sur lui ; brillants, passionnés, qui voulaient quelque chose. Sa bouche comme un fruit mûr, légèrement ouverte. Ce n'était plus du tout une enfant.

Il sentit la peur de l'humiliation le gagner.

Puis son corps lui parla doucement, frémissement qui lui vint et s'en fut, rappelant à son entrejambe les montées du plaisir. Mais sa peur était trop grande. Il ne savait pas si ces choses-là n'étaient pas mortes en lui. Cela faisait plus de deux ans… Il voulut l'arrêter. Il décroisa les bras, pour la repousser.

16

Elle comprit son geste autrement, se glissa entre ses bras, l'attira et pressa ses lèvres humides contre les siennes. Puis avec sa langue, elle lui ouvrit la bouche ; elle tremblait. Elle se serrait contre lui, seins brûlants contre sa poitrine.

Dans la cuisine quelqu'un appela un enfant, l'excitation que Mat ressentait, l'impression de renaître fut de nouveau brisée par l'inquiétude. Il la repoussa et partit aussitôt vers la cuisine.

– Je te demande pardon, lui lança-t-il par-dessus son épaule, sans trop savoir pourquoi.

– Je ne suis plus une collégienne, Mat, répéta-t-elle.

Il n'y avait pas de reproche dans sa voix.

Il rentra chez lui comme on fuit, complètement obsédé par sa destination, complètement oublieux de ce qu'il avait laissé derrière lui. Ici et là, des acclamations annonçaient la nouvelle année, des pétards, même une trompette.

Sa maison. Il longea les arbres, les buissons et les plates-bandes de fleurs qu'avait plantés Lara, se battit avec la serrure, fila dans le couloir jusqu'à sa chambre. Le lit où Lara et lui avaient dormi. Sa penderie, vide désormais. Le tableau qu'elle avait acheté aux puces de Green Point. Tout ce qui le maintenait en captivité, tout ce qui surveillait sa cellule.

Il se déshabilla, enfila son pyjama noir, rejeta les couvertures et s'allongea.

Il ne voulait pas y penser.

Mais il sentait encore et encore son incroyable douceur sur son coude, sa langue qui lui entrait dans la bouche.

Deux ans et trois mois après la mort de Lara. Deux ans et trois mois.

Récemment encore, en fin d'après-midi, dans Voortrekker Road il avait regardé jusqu'en haut de la rue. Les parcmètres étaient alignés sur plus d'un kilomètre, aussi loin que la vue portait, le long de la chaussée droite comme une flèche. Les parcmètres gardaient tout ça aussi fièrement que bêtement et on les vidait à la fin de la journée. Alors, il avait compris que c'était ce que Lara avait fait de lui : un emmerdeur le jour, quelque chose d'inutile la nuit.

Son corps refusait de le croire.

Comme un moteur négligé, il grinçait et toussait, tout rouillé, il essayait de dégripper ses engrenages. Son subconscient se souvenait encore de l'huile qui attend dans le cerveau, des messages chimiques que véhicule le sang. La machine soupira, une petite étincelle s'alluma, une vitesse s'enclencha.

Il ouvrit les yeux et fixa le plafond.

Un virus dans le sang. Il en sentait les premiers symptômes. Ce n'était pas encore un organisme qui grandissait et luttait avec une force propre ; seulement une fièvre lente qui se propageait dans son corps, puis cela devint une vague, une marée qui lava son sang de tout l'alcool qu'il avait ingurgité, qui chassa le sommeil.

Il tourna et vira, se leva pour aller ouvrir une fenêtre. La sueur sur sa poitrine brilla légèrement à la lumière du réverbère. Il se rallongea sur le dos et chercha un remède contre le désir et l'humiliation.

Dans son entrejambe et dans sa tête, c'était la même douleur qui battait.

Ses pensées cédaient au tourbillon, débordaient les garde-fous.

Émotions, désir et souvenirs, tout se mélangeait. Lara. Elle lui manquait et il la haïssait. A cause de la douleur. Dieu qu'elle était belle ! Souple, vive comme le fouet, véritable tempête – allumeuse, traître.

La douceur de son sein contre son coude. La fille de son voisin.

Lara qui l'avait transformé en parcmètre. Lara qui était morte.

Elle était morte.

Dans son esprit, il chercha une échappatoire, il détourna toutes ses idées vers la grisaille sécurisante de la dépression inconsolable à laquelle il avait appris à survivre depuis quelques mois.

Mais pour la première fois depuis deux ans et trois mois, il refusa cette façon d'en sortir. La grande force avait filé dans les roulements à billes, les pistons avaient bougé dans leurs cylindres. La machine avait fait alliance avec Yvonne Stoffberg. Ensemble, elles combattaient la grisaille envahissante.

Yvonne Stoffberg trembla encore une fois dans sa bouche.

Lara était morte. Il glissa vers le sommeil. Duel sans vainqueur, l'expérience était nouvelle.

Quelque part aux abords du sommeil il comprit que la vie voulait revenir. Mais il passa de l'autre côté avant que la peur puisse le vaincre.

3

L'inspecteur Benny Griessel appelait le bâtiment de la brigade des Vols et Homicides de Kasselsvlei Road, secteur de Bellville sud, « le Kremlin ».

Benny Griessel était celui qui avait le sens de l'humour, un sens de l'humour forgé par sept années passées à résoudre des affaires criminelles... Quant au passage en revue des affaires en cours qui avait lieu chaque matin dans la grande salle du Kremlin, il appelait ça « le cirque ».

Mais c'était là une remarque cynique qu'il avait faite à l'époque du très ascétique colonel Willie Theal, dont le gros sergent Tony O'Grady avait dit un jour : « Tiens, voilà Dieu ! C'eût pu être moi. » O'Grady avait ri très fort et oublié de préciser que le sarcasme était de Churchill. De toute façon, personne ne le savait.

Ce matin-là, rien n'était plus pareil. Theal, le patron de la brigade, avait pris sa retraite anticipée le 31 décembre et s'apprêtait à faire pousser des légumes dans une petite propriété de Philippi.

Pour le remplacer, on attendait le colonel Bart de Wit. Nommé par le ministre de l'Intérieur. Le nouveau ministre de l'Intérieur, qui était noir. A dater du 1er janvier, la brigade des Vols et Homicides devait entrer dans la Nouvelle Afrique du Sud. Parce que Bart de Wit était un ancien de l'ANC qui avait rompu avec son parti avant d'accepter le poste. Parce qu'un flic se doit d'être impartial.

Lorsque Joubert entra au Kremlin à 7 h 07 du matin le 1ᵉʳ janvier de cette année-là, quarante inspecteurs avaient déjà pris place sur les chaises bleu-gris fournies par l'administration et disposées en un grand rectangle autour de la pièce. On se posait des questions sur le nouveau patron, sur ce Bart de Wit, mais en silence.

Griessel salua Mat Joubert. Le capitaine Gerbrand Vos lui aussi le salua. Les autres continuèrent de spéculer. Joubert alla s'asseoir dans un coin.

A exactement 7 h 15, le général de brigade, en grand uniforme, pénétra dans la salle. Avec, derrière lui, le colonel Bart de Wit.

Quarante et une paires d'yeux le suivirent. Le général de brigade alla se planter à côté du poste de télévision. De Wit s'assit sur l'une des deux chaises vides. Le général de brigade salua et souhaita une bonne année à tout le monde. Puis il entama un discours, auquel les inspecteurs n'accordèrent pas toute leur attention. Connaissance de la nature humaine et aptitude à jauger autrui obligent, on se concentrait sur le nouveau patron. Leur avenir professionnel lui était lié.

Bart de Wit était petit et maigre. Il avait les cheveux noirs, peu fournis sur le devant et à l'arrière de la tête. Nez en bec d'oiseau, avec une grosse verrue à la frontière qui sépare la narine de la joue. Il n'avait rien d'impressionnant.

Déjà le discours du général (sur le milieu qui changeait, comme la police) touchait à sa fin. Il présenta de Wit. Le nouveau patron se leva, s'éclaircit la voix et frotta sa verrue du bout de l'index.

– Mes chers collègues, dit-il, c'est un grand privilège.

Il avait une voix nasillarde et suraiguë, comme une scie à ruban électrique. Il avait croisé les mains dans le dos. Avec ses épaules bien tirées en arrière, c'était tout son petit corps qui était raide comme un piquet.

– Occupé comme il l'est, le général vous prie de l'excuser, ajouta-t-il.

Puis il sourit audit général en le regardant rejoindre la porte pour filer.

Alors ils furent seuls, le nouveau patron et ses troupes. Ils se dévisagèrent et se jaugèrent.

– Bon, reprit de Wit, l'heure est venue de faire connaissance. Je vous connais déjà parce que j'ai eu le privilège de consulter vos états de service, mais vous, vous ne me connaissez pas. Et je sais avec quelle facilité les rumeurs se répandent, surtout sur les patrons. C'est pourquoi je prends la liberté de vous résumer ma carrière. Que je n'aie aucune expérience en matière de police locale est exact. Mais là, c'est à l'apartheid qu'il faut vous en prendre. Je suivais des cours de maintien de l'ordre à l'UNISA[1] lorsque mes convictions politiques ne m'ont plus permis de rester au pays...

Il sourit faiblement. Il avait les dents légèrement jaunes, mais régulières. Il prononçait chaque mot avec une précision absolue, impeccable.

– En exil avec de vaillants patriotes, j'ai eu la chance de pouvoir continuer mes études. Et, en 1992, j'ai fait partie des membres de l'ANC qui ont accepté d'aller subir un entraînement en Angleterre. J'ai passé plus d'un an à Scotland Yard.

Il jeta un coup d'œil autour de la salle comme s'il attendait des applaudissements. L'index retrouva la verrue et frotta.

– Et l'année dernière, poursuivit-il, j'ai commencé mes recherches pour faire un doctorat à Scotland Yard. Bref, je suis au courant des dernières méthodes de lutte contre le crime. Et vous... (l'index dessina rapidement un carré en l'air afin que les quarante et une personnes

1. University of South Africa. Université par correspondance ayant des bureaux à Pretoria *(NdT)*.

qui écoutaient leur nouveau chef soient comprises dans ce « vous ») … vous pourrez bénéficier de cette expérience.

Autre occasion d'applaudir, autre silence assourdissant.

Gerbrand Vos jeta un coup d'œil à Joubert. Sur ses lèvres, le mot « patriote » se forma tandis qu'il levait les yeux au ciel. Joubert regarda par terre.

– Voilà pour ma crédibilité. Mes chers collègues, nous avons tous peur du changement. Toffler[1] dit, et vous le savez, qu'on ne saurait surestimer l'impact du changement sur l'âme humaine. Mais pour finir, le changement, il faut quand même s'en débrouiller. Pour moi, sa première manifestation sera de vous dire ce que j'attends de vous. Si je vous prépare au changement, vous pourrez me faciliter la tâche…

Benny Griessel se frappa la tempe du plat de la main, comme s'il voulait remettre en route les engrenages de son cerveau. De Wit ne vit pas son geste.

– De vous, je n'attendrai qu'une chose, mes chers collègues : la réussite. Le ministre m'a nommé à ce poste parce qu'il nourrit certains espoirs. Et moi, ce que je veux, c'est lui apporter matière à entretenir ses attentes.

Il leva l'index en l'air et ajouta :

– Je ferai de mon mieux pour instaurer un climat dans lequel vous pourrez réussir, et je le ferai en ayant recours à des principes de gestion plus sains et en vous mettant au courant des dernières techniques de lutte contre le crime. Ce que j'attends de vous en retour ? Ce que vous devrez respecter dans ce contrat ? Trois choses.

L'index reçut le renfort de deux autres doigts, brandis de manière théâtrale.

1. Essayiste spécialisé dans l'étude des impacts de la technologie sur la société moderne *(NdT)*.

– La première est la loyauté. Envers le Service[1] et ses buts, envers la brigade, envers vos collègues et envers moi. La deuxième est le dévouement. C'est du travail de qualité que j'attends de vous. Pas à 80 %. Non, à 100 %. Oui, mes chers collègues, c'est au zéro faute que nous devons tendre.

Les inspecteurs commencèrent à se détendre. Le nouveau parlait certes un nouveau langage, mais le message restait le même. Il ne s'attendait pas à mieux que ses prédécesseurs. Encore plus de boulot pour la même paie insuffisante. Des résultats, oui, mais à condition que ses arrières auprès de la hiérarchie soient couverts. Que sa promotion soit assurée. Ils avaient l'habitude. Ils pourraient s'en débrouiller. Même s'il avait fait partie de l'ANC.

Joubert sortit son paquet de Winston rouge de sa poche et alluma une cigarette. Deux ou trois autres suivirent son exemple.

– La troisième ? Une bonne santé physique et morale. Mes chers collègues, je crois fermement que c'est dans un corps sain qu'on trouve les esprits en bonne santé. Je sais que ça ne va pas me rendre très populaire auprès de vous, mais je suis prêt à courir ce risque.

Il croisa ses mains dans son dos et redressa les épaules comme s'il s'attendait à une attaque.

– Vous allez tous devoir subir un examen médical deux fois par an. Les résultats en seront confidentiels. Mais si le médecin vous trouve certains… problèmes, j'entends que vous y remédiez.

Il décroisa les mains. Elles reparurent, paumes tournées vers le haut, comme s'il voulait repousser un agresseur.

– Je sais, je sais. C'était la même chose au Yard. Je sais combien il est difficile d'être tout le temps en forme.

1. Nom donné à la police en Afrique du Sud *(NdT)*.

Je sais le niveau de stress auquel vous êtes confrontés, je sais les heures qui n'en finissent pas. Mais, mes chers collègues, plus vous serez en forme, plus vous surmonterez facilement les obstacles. Je ne m'en prends à personne, mais certains d'entre vous sont trop gros. Et il y a ceux qui fument et qui boivent...

Joubert regarda fixement sa cigarette dans sa main.

– Mais ensemble, nous nous en sortirons. Ensemble, nous changerons votre style de vie, ensemble nous vous aiderons à vous débarrasser de vos mauvaises habitudes. Rappelez-vous, mes chers collègues : le gratin du Service, c'est vous. Son image, c'est vous qui la projetez ici même, et dans la rue, vous êtes ses ambassadeurs, ses porte-parole. Mais le plus important dans tout cela est bien que vous avez le devoir de garder votre corps et votre esprit en forme.

Encore une fois l'hésitation infime, encore une fois l'invitation aux applaudissements. Joubert écrasa sa cigarette. Et vit Gerbrand Vos se prendre la tête dans les mains. Vos ne fumait pas, mais il avait un ventre de buveur de bière.

– Bien, conclut le colonel Bart de Wit, commençons par nous occuper du travail d'aujourd'hui.

Il sortit un carnet de notes de sa poche de veste et l'ouvrit.

– Capitaine Marcus Joubert... Où est le capitaine Marcus Joubert ?

Joubert leva le bras à moitié.

– Ah. Nous ferons officiellement connaissance tout à l'heure. C'est bien Marcus que vous vous appelez, n'est-ce pas ? Vous appelle-t-on... ?

– Mat, dit Joubert.

– Comment ?

– Comme « échec et mat » ! lança quelqu'un à l'autre bout de la salle, quelques inspecteurs se fendant d'un rire contenu.

– On m'appelle Mat, répéta-t-il plus fort.

De Wit comprit de travers.

– Merci, capitaine, dit-il. Bon, cette semaine, ce sera donc le capitaine Max Joubert qui dirigera l'équipe volante. Il aura avec lui le lieutenant Leon Petersen, les adjudants Louw et Griessel, le sergent O'Grady et les policiers Turner, Maponya et Snyman. Je vous connaîtrai tous bientôt, mes chers collègues. Et c'est le capitaine Gerbrand Vos qui a dirigé cette équipe pendant la saison des fêtes. Capitaine ? Quelque chose dont vous voudriez nous entretenir ?

Les obligations professionnelles d'un inspecteur de la brigade des Vols et Homicides étaient telles qu'aucun d'entre eux ne pouvait gâcher beaucoup de son temps à s'apitoyer sur le sort d'un collègue qui perdait les pédales. On comprenait parce que ça pouvait arriver à tout le monde. On était reconnaissant de ne pas être atteint du même mal. On compatissait pendant un mois ou deux, jusqu'au jour où le pauvre collègue commençait à tenir de la pierre qu'on a autour du cou alors qu'il faut faire son boulot.

A la brigade, ils étaient deux à avoir compati au malheur de Joubert pendant deux ans – chacun avec ses raisons.

Pour Gerbrand Vos, celles-ci étaient à chercher du côté de la nostalgie. C'était avec Joubert qu'il avait commencé à travailler à la brigade en qualité d'inspecteur, avec le grade de sergent. Ils en avaient vite été les deux étoiles montantes. Willie Theal leur avait permis de se concurrencer et de tout faire pour être de plus en plus appréciés, mais c'était ensemble qu'ils étaient devenus adjudants, puis lieutenants. De vrais personnages de légende. Le *Burger*, le journal afrikaans du Cap, leur avait consacré ses deux pages centrales lorsqu'ils étaient passés capitaines – ensemble. Toujours ensemble. La jeune reporter avait été manifestement très impressionnée par les deux hommes. « L'extraverti, c'est le capitaine Vos, avait-elle écrit avec feu. Il est grand, il a un visage d'ange avec des fossettes et des yeux bleus de bébé. Le capitaine Mat Joubert est celui qui se tait. Il est encore plus grand, avec des épaules qui vous remplissent une embrasure de porte sans problème, une tête d'aigle et des yeux marron qui vous transpercent. »

Jusqu'au jour où, Lara étant morte, Vos avait accepté que son collègue ne cherche plus à le surpasser. Où il s'était mis à attendre que Joubert achève son travail de deuil. Gerbrand Vos attendait toujours.

Joubert s'était attaqué au premier dossier de la matinée. Dix-sept autres s'empilaient en trois tas distincts sur son bureau, tous contenant les formulaires SAP 3[1] gris-jaune qui rythmaient son existence. Il entendit les pas décidés de Vos sur le carrelage gris et remarqua qu'ils ne s'arrêtaient pas à la porte du bureau voisin. Une seconde plus tard, Vos apparaissait dans l'encadrement et lui parlait d'une voix étouffée, comme si de Wit se trouvait dans le coin.

– Gros caca en vue ! lança-t-il.

Gerbrand Vos se servait du langage comme d'une arme.

Joubert acquiesça d'un signe de tête. Vos s'assit sur une des chaises gris-bleu de l'administration.

– « Des patriotes, des patriotes ! » Ça me fait bouillir les sangs, moi, ça. Et Scotland Yard, en plus. Comme si Scotland Yard avait des lumières sur l'Afrique du Sud ! Mat ? Et ce « mes chers collègues » à tout bout de champ, hein ? Comme si un chef traitait ses subordonnés de « chers collègues » !

1. South African Police n° 3 *(NdT)*.

– Il est tout nouveau, Gerry. Ça lui passera.

– Il veut nous voir. Il m'a coincé quand je prenais mon thé et m'a dit qu'il voulait tous nous voir, et en privé. Il faut que j'y sois… (il jeta un coup d'œil à sa montre) tout de suite. Et t'es juste après moi. Va falloir se serrer les coudes, Mat. Nous sommes les deux plus anciens, c'est à nous de comprendre ce qu'il a dans le crâne, et tout de suite. Tu l'as entendu délirer sur « la forme » ? Je nous vois déjà en train de faire des pompes dans le parking tous les matins !

Joubert eut un léger sourire. Vos se releva.

– Je t'appelle dès que j'ai fini. Et surtout, n'oublie pas : on est ensemble, comme des frères. Même si on n'est pas des « patriotes », putain de Dieu !

– C'est rien, du gâteau, dit Vos en revenant, trente-cinq minutes plus tard. Il t'attend. Très aimable et plein de compliments, ce monsieur.

Joubert soupira, enfila sa veste et descendit le couloir.

Le colonel Bart de Wit avait pris possession du bureau de Willie Theal et l'avait fait sien, Joubert le vit dès que, ayant frappé à la porte, il fut invité à entrer.

Les photos des équipes avaient disparu des murs. Comme le tapis vert sale par terre et la plante qui mourait dans un pot dans le coin de la pièce. Trois diplômes étaient maintenant accrochés à la paroi repeinte en blanc. Le plancher était recouvert d'un beau tapis bleu police tout neuf, le coin de la salle étant agrémenté d'une table basse sur laquelle était posé l'écriteau : J'AI CHOISI DE NE PAS FUMER. Sur le bureau se trouvait un cadre avec quatre photos – une femme à grosses lunettes qui souriait, un adolescent qui avait le nez de son père et une jeune fille, elle aussi à grosses lunettes. La dernière photo montrait de Wit en compagnie du ministre de l'Intérieur.

– Asseyez-vous donc, capitaine, lança de Wit en lui montrant la chaise bleu-gris.

Il s'assit, un petit sourire au bord des lèvres.

Puis il remit l'épais dossier du personnel en face de lui et l'ouvrit.

– Qu'est-ce qu'on disait ? Qu'on vous appelait Max ?

– Mat.

– Mat ?

– Ce sont mes initiales, colonel. Marcus Andreas Tobias. M-A-T. C'est mon père qui m'a donné ce surnom.

Il parlait doucement et patiemment.

– Ah. Votre père. Je vois que lui aussi était au parti.

– Oui, colonel.

– Il n'a jamais été officier ?

– Non, colonel.

– Ah.

Silence pesant, puis de Wit reprit le dossier.

– Je n'ai pas l'habitude de cacher mes cartes, capitaine. Et certainement pas celles qui concernent mes opinions politiques et le travail que j'effectue en ce moment. Bref, je vais être douloureusement franc avec vous. Ça ne va pas fort, capitaine. Depuis la mort de votre femme.

Le sourire qu'il arborait ne cadrait pas avec le sérieux de sa voix. Mat Joubert en fut troublé.

– Elle était à l'ANC, elle aussi, n'est-ce pas ?

Joubert acquiesça d'un signe de tête. Et se demanda ce que savait l'homme en face de lui. Il sentit son estomac se contracter et se tint sur le qui-vive.

– Elle est morte dans l'exercice de ses fonctions, n'est-ce pas ? reprit de Wit.

Encore une fois Mat acquiesça d'un signe de tête et sentit son pouls s'accélérer.

– Tragique, enchaîna de Wit. Mais malgré tout le respect qui vous est dû, capitaine, ça ne va plus pour vous… (Il jeta un autre coup d'œil à son dossier.) Un sérieux avertissement pour la discipline et deux plaintes de sous-officiers. Et beaucoup moins d'affaires résolues…

Joubert regarda fixement la photo de De Wit avec le ministre de l'Intérieur. Ce dernier faisait cinquante centimètres de plus. Ils avaient tous les deux un grand sourire. La verrue était parfaitement visible sur le cliché.

– Des observations à me faire, capitaine ?

L'étrange sourire de De Wit lui faisait perdre pied.

– Tout est dans le dossier, colonel.

– La mesure disciplinaire, dit de Wit en lisant le document posé devant lui. L'affaire Wasserman. Vous avez refusé de déposer…

Il attendait que Joubert réagisse, le silence ne fit que s'éterniser.

– Tout est dans le dossier, colonel, répéta Joubert. Je n'ai pas fait de déclaration parce que la déposition de l'adjudant Potgieter était correcte.

– Ce qui vous a rendu coupable de mauvaise conduite.

– D'après les textes, oui, colonel.

– Et les deux plaintes des sept sous-officiers qui ne voulaient plus faire partie de votre équipe ?

– Ce n'est pas moi qui le leur reprocherai.

De Wit se renversa dans son fauteuil. Le potentat.

– Votre franchise me plaît, capitaine, dit-il.

Joubert n'en revenait pas de la façon qu'il avait de parler et de sourire en même temps.

– Mais je ne sais pas trop si cela suffira à vous sauver. C'est que nous sommes entrés dans la Nouvelle Afrique du Sud, capitaine. Nous devons tous y aller de notre contribution. On se remet comme il faut ou on se démet. Dans les communautés défavorisées, il y a des tas de gens qu'il faut absolument promouvoir. Jusques et y compris dans la police. Nous ne pouvons pas garder des poids morts à des postes de commandement pour des raisons purement sentimentales. Vous comprenez ?

Joubert acquiesça.

— Et il y a le problème de ma nomination. La pression est forte. Pas seulement sur moi… sur tout le nouveau gouvernement. Tout le monde nous attend au tournant. Les Blancs aimeraient beaucoup que les Noirs commettent assez d'erreurs pour qu'ils puissent leur dire : « On vous avait prévenus. »

De Wit se pencha en avant. Son sourire grandit encore.

— Mais ici, des erreurs, il n'y en aura pas. Est-ce que nous nous comprenons bien, capitaine ?

— Oui, colonel.

— On se remet comme il faut ou on se démet.

— Oui, colonel.

— Demandez-vous ceci, capitaine : suis-je un gagnant ? – et vous serez toujours le bienvenu ici.

— Oui, colonel.

De Wit soupira profondément, son sourire toujours en place.

— Votre premier examen médical aura lieu à 14 heures, cet après-midi même. Un dernier point : nous avons pris contact avec deux psychologues cliniciens pour tous ceux qui en auraient besoin. Je leur ai communiqué votre dossier. Ils vous feront signe. Dès demain, peut-être. Au revoir, capitaine.

4

Au début, il y avait soixante-quinze ans de ça, la banque Premier avait commencé par travailler dans le bâtiment, mais ce genre d'institution financière avait cessé d'être à la mode.

Voilà pourquoi, comme les trois quarts des autres institutions financières, elle avait élargi son champ d'action. Aujourd'hui, en plus de souscrire des prêts à la construction, ses clients pouvaient se noyer en tirant trop sur leurs comptes, en se lançant dans des achats à tempérament et en cédant à toutes les méthodes conçues pour soutirer des intérêts à l'homme moderne.

Pour le client de base, la banque avait imaginé le plan Rubis, avec son carnet de chèques gris et mauve orné d'une représentation de la célèbre pierre précieuse. Ceux dont les revenus et les dettes étaient plus élevés pouvaient prétendre au plan Émeraude – et à l'image d'une pierre verte. Mais ce que la banque Premier désirait par-dessus tout, c'était que tous ses clients aient envie de souscrire au plan Diamant.

Lunettes cerclées d'or, cheveux blonds, bronzage parfait et costume gris acier, l'homme était beau et se dirigeait vers son comptoir. Susan Ploos van Amstel le vit approcher et comprit tout de suite qu'elle avait affaire à un client plan Diamant.

Trente-quatre ans et bien dodue, Susan avait trois enfants qui passaient leurs après-midi à la garderie et un mari qui passait ses soirées à bricoler son Anglia modèle 62 au garage. Lorsque le beau blond lui sourit, elle se sentit jeune. Il avait des dents impeccables et un sourire d'un blanc étincelant. Le visage était fin, mais solide. Une vraie vedette de cinéma. De quarante et un ans.

– Bonjour, monsieur, dit-elle en lui décochant son plus beau sourire. Que puis-je faire pour vous ?

– Bonjour, lui renvoya-t-il d'une voix profonde et chaude. J'avais entendu dire que cette succursale avait les plus belles guichetières du Cap et je vois que c'est vrai.

Susan rougit et baissa la tête. Elle se régalait.

– Et maintenant, mon cœur, reprit-il, j'aimerais que vous me rendiez un grand service.

Elle releva la tête. Il n'allait quand même pas lui faire une proposition malhonnête ?

– Mais certainement, monsieur, dit-elle. Tout ce que vous voulez.

– Voilà des paroles dangereuses, mon cœur, très très dangereuses, lui renvoya-t-il d'un ton plein de sous-entendus.

Elle pouffa et rougit encore plus.

– Mais on verra ça plus tard. Pour l'instant, j'aimerais que vous me trouviez un grand sac de la banque et que vous me le remplissiez de billets – de cinquante et plus. J'ai une arme, là, sous ma veste…

Il l'entrouvrit, elle vit une crosse.

– … et je n'ai aucune envie de m'en servir. Mais comme vous m'avez l'air aussi raisonnable que mignonne… Si vous m'aidez vite, j'aurai vidé les lieux avant qu'il puisse y avoir du vilain.

Il parlait toujours aussi calmement, sur le ton de la conversation.

Elle chercha le sourire qui lui dirait qu'il plaisantait, il ne vint pas.

– Vous ne rigolez pas, dit-elle.

33

– Oh que non, mon cœur !

– Ah, mon Dieu.

– Non, non, mon cœur, de grosses coupures.

Les mains de la jeune femme commencèrent à trembler. Puis elle se rappela sa formation. *L'alarme, par terre. Appuyer sur le bouton.* Mais elle avait les jambes en compote. Ses mains s'emparèrent du sac en toile, mécaniquement. Elle ouvrit le tiroir et se mit à remplir le sac. *Appuie sur le bouton.*

– Merveilleux, ce parfum. Comment s'appelle-t-il ? demanda-t-il de sa belle voix.

– Royal Secret, répondit-elle en rougissant malgré ce qui se passait.

Elle n'avait plus de billets de cinquante. Elle lui tendit le sac. *Appuie sur le bouton.*

– Une vraie reine que vous êtes. Dites à votre mari de bien s'occuper de vous. Quelqu'un pourrait avoir envie de vous enlever.

Il lui fit un grand sourire, s'empara du sac et sortit. Il franchissait la porte en verre lorsque Susan Ploos van Amstel appuya sur le bouton du bout de l'orteil.

– Ça pourrait être une perruque, mais on va faire un portrait-robot, dit Mat aux trois reporters.

C'était lui qu'on avait chargé d'enquêter sur le hold-up de la banque Premier. En effet, ses hommes étaient déjà sur le terrain ; dans le nord de la ville, où un clodo venait de foutre le feu à un de ses copains perdu dans des brumes d'alcool à brûler ; à Brackenfell, où un poissonnier avait été victime d'une agression à main armée ; et enfin à Mitchell's Plain, où une fillette de treize ans avait été violée par les quatorze membres d'un gang.

– Seulement 7 000 rands ? C'est un amateur, forcément ! lança la journaliste du *Cape Argus* en suçant son stylo-bille.

Joubert garda le silence. C'était préférable quand on avait affaire à la presse. Il regarda, par la porte vitrée du bureau du directeur, Susan Ploos van Amstel raconter sa mésaventure à des clients toujours plus nombreux.

– « Monsieur Mon Cœur, le braqueur de banques », ça pourrait faire une belle histoire. Vous croyez qu'il remettra ça, capitaine ? demanda le correspondant du *Burger*.

Joubert haussa les épaules.

Et l'on en resta là pour les questions. Les reporters s'excusèrent, Joubert leur dit au revoir et se rassit. Les personnes chargées du portrait-robot allaient arriver.

Il rentra chez lui avec la voiture du service, une Sierra bleue, parce qu'il était de garde. Il s'arrêta chez un bouquiniste de Koeberg Road. Billy Wolfaardt se tenait sur le seuil de sa boutique.

– Salut, capitaine ! Comment se porte l'industrie du crime ?

– La situation reste inchangée, Billy.

– J'ai deux Ben Bova qui sont arrivés. Mais je crois que vous les avez déjà.

Joubert gagna le rayon science-fiction.

– Et un nouveau William Gibson.

Joubert caressa le dos des volumes. Billy Wolfaardt pivota sur ses talons et gagna la caisse, près de l'entrée. Il savait que le capitaine n'était pas un grand bavard.

Joubert regarda les Bova, les reposa sur le rayon, prit le Gibson et le paya. Puis il salua Billy et s'éloigna au volant de sa voiture. Et s'acheta un morceau de poulet dans un Kentucky Fried Chicken avant de rentrer.

Une enveloppe l'attendait sous sa porte. Il l'emporta à la cuisine avec son livre de poche et son poulet.

L'enveloppe était ornée d'un dessin représentant des fleurs aux teintes pastel. Il posa le reste de ses affaires, sortit un couteau du tiroir et décacheta l'enveloppe.

Elle ne contenait qu'une feuille de papier, avec le même motif floral, pliée en deux. Elle sentait bon et l'odeur lui était familière. Du parfum. Il déplia la feuille. Écriture féminine et impressionnante, pleine de boucles. Il lut.

> *Les brûlants enlacements*
> *De mon désir le plus profond*
> *Allumeront la flamme*
> *De tes feux les plus dévorants*
>
> *Goûte-moi, touche-moi, prends-moi,*
> *Empale-moi comme papillon,*
> *Ô mon doux amour, ne vois-tu pas*
> *Que m'aimer, c'est me tuer ?*

Pas de signature. Le parfum disait de qui il s'agissait. Il le reconnut.

Il s'assit à la table. Pourquoi l'emmerdait-elle comme ça ? Il n'avait pas besoin d'une autre nuit comme celle de la veille !

Il relut la lettre. Le poème n'avait rien de subtil mais lui fit venir des visions – Yvonne Stoffberg et son jeune corps nu sous lui, la sueur qui brille sur ses seins pleins et ronds, le…

Poème et enveloppe, il jeta le tout à la poubelle et gagna sa chambre en marmonnant. Il n'allait quand même pas se retaper une autre nuit comme ça. Il ne pourrait pas. Il jeta sa cravate sur le lit, alla chercher le livre de poche et l'emporta à la salle de séjour.

Il avait du mal à se concentrer. Après avoir lu sept pages en zigzag, il ressortit le poème de la poubelle et le relut. Son manque de discipline l'agaça.

Lui téléphoner ? Juste pour la remercier ?

Non.

Si c'était son père qui décrochait… De plus, il n'avait aucune envie de se lancer dans quoi que ce soit.

Juste pour la remercier.

Il croyait que ces besoins-là étaient morts. La veille à la même heure, il le croyait encore.

Le téléphone sonna. Joubert sursauta, se leva et gagna sa chambre.

– Joubert, dit-il.

– Dispatching radio. Fusillade à l'Holiday Inn de Newlands. La victime est blanche.

– J'arrive.

5

L'autre collègue à ne pas désespérer de Mat Joubert était l'inspecteur Benny Griessel.

Parce que, malgré tout son cynisme, il buvait comme un trou. Et comprenait parfaitement que Joubert se soit retiré en lui-même. D'après lui, dans la vie d'un inspecteur des Vols et Homicides, où la mort était la compagne de tous les jours et la source de tous les revenus, il fallait toujours que quelque chose finisse par lâcher.

Cela faisait une bonne année qu'il regardait Joubert s'enfoncer dans les sables mouvants de la dépression et de l'apitoiement sur soi-même – et cela ne voulait pas nécessairement dire qu'il serait capable de s'en sortir. Mais bon, songeait-il, plutôt ça que la bouteille. Parce que Benny Griessel, lui, la bouteille, il connaissait. La bouteille, c'était ce qui permettait d'oublier l'ombre de la mort. Mais c'était aussi ce qui l'éloignait de sa femme et de ses deux enfants, ce qui faisait que, tous les trois, ils fuyaient le pochard qui avait commencé par leur rendre la vie impossible le samedi soir. Et bien d'autres soirs de la semaine ensuite.

Non, au fond, Mat Joubert s'en tirait mieux.

Griessel fut le premier sur les lieux. Taille moyenne, visage slave, nez cassé, cheveux plutôt longs, il portait un costume bleu froissé.

Joubert se fraya un chemin dans la foule des curieux, passa sous le ruban en plastique jaune avec lequel les policiers en tenue avaient délimité le périmètre interdit et rejoignit Griessel qui bavardait avec un jeune homme blond. Les policiers avaient jeté une couverture sur le corps. Celui-ci reposait, informe, à l'ombre d'une BMW bleu acier.

– Capitaine ! lança Griessel. C'est M. Merryck ici présent qui a trouvé le corps et a appelé le commissariat. Depuis la réception de l'hôtel.

Joubert sentit l'alcool dans l'haleine de son collègue. Il regarda Merryck et vit ses lunettes cerclées d'or et sa petite moustache. Il avait une goutte de vomi sur le menton. Le mort ne devait pas être beau à voir.

– M. Merryck est un client de l'hôtel. Il s'était garé là-bas et se dirigeait vers l'entrée quand il a vu le corps.

– C'était vraiment affreux. A dégueuler, dit Merryck. Mais il faut bien faire son devoir…

Griessel lui tapota l'épaule.

– Vous pouvez partir, maintenant. Nous saurons où vous trouver si nous avons besoin de vous, dit-il dans son anglais impeccable.

Il s'approcha du corps avec Joubert.

– Le photographe va arriver, reprit-il en commençant à tirer la couverture. J'ai demandé qu'on nous envoie le légiste et le mec des empreintes. Et presque tous les autres de garde : c'est un Blanc.

Entre les deux yeux au regard figé du mort s'ouvrait le petit trou rempli de sang d'une blessure par balle. Moqueur, béant, pile au milieu.

– Non mais, regarde-moi ça ! s'écria Griessel en tirant encore plus bas la couverture.

Joubert découvrit une autre blessure, un trou rouge foncé dans la poitrine, au milieu d'un costume habillé avec chemise blanche et cravate.

– Putain ! s'exclama-t-il en comprenant pourquoi Merryck avait vomi. Gros calibre.

– Ça ! dit Griessel. Un canon, oui !

– Tu lui fais les poches.

– Il n'y a pas eu vol, dirent-ils presque en même temps en découvrant la Rolex que la victime portait au poignet.

Et l'un et l'autre, ils surent que ça compliquait beaucoup les choses.

Joubert passa vite la main sur les yeux de la victime et en abaissa les paupières. Alors il retrouva la vulnérabilité des morts, la façon reconnaissable entre toutes dont tous ils gisent sans défense, les mains et les bras repliés qui ne pourront plus jamais protéger la vitrine même de la vie, leur visage. Il se força à se concentrer sur son travail.

Des voix dans son dos le saluaient. D'autres inspecteurs arrivaient en renfort. Joubert se releva. On venait voir le cadavre. Griessel les chassa lorsqu'ils cachèrent la faible lumière qui tombait des réverbères.

– Vous commencez ici, dit-il. Et vous couvrez toute la zone. Centimètre par centimètre.

Grognements habituels, mais on s'exécuta : on savait l'importance des premières constatations. Griessel fit très soigneusement les poches du mort. Puis il se releva, des clés de voiture et un chéquier dans les mains. Il jeta les clés à l'adjudant Basie Louw.

– C'est des clés de BM. Essaie celle-là.

Puis il ouvrit l'étui en cuir gris du chéquier.

– On a un nom, lança-t-il. J. J. Wallace. Et une adresse : 96, Oxford Street, Constantia.

– La clé entre, dit Louw en la ressortant doucement du contact, pour ne pas laisser d'empreintes sur la voiture.

– Riche, le mec, dit Griessel. On va encore faire la une des journaux.

Ce fut un jeune inspecteur, Gerrit Snyman, qui retrouva la cartouche sous un autre véhicule, non loin de là.

– Capitaine ! cria-t-il.

Il manquait encore trop d'expérience pour ne pas être tout excité par sa découverte. Joubert et Griessel le rejoignirent, Snyman éclairait l'objet avec sa torche. Joubert ramassa la cartouche et la tint dans la lumière. Griessel s'approcha pour lire les numéros sur la douille.

– Sept virgule soixante-trois, dit-il.

– Ce n'est pas possible. C'est trop court. Pistolet.

– Là. Tu lis… Sept virgule soixante… trois. On dirait. C'est peut-être mal imprimé.

– Soixante-deux, y a des chances.

Benny Griessel regarda Joubert.

– Forcément. Et ça ne veut dire qu'une chose.

– Tokarev[1], dit Joubert en soupirant.

– APLA[2], renchérit Griessel en soupirant à son tour. Putain de politique !

Joubert regagna sa voiture de fonction.

– J'appelle le colonel.

– De Wit ? Qu'est-ce qu'il va faire de plus ? Vomir tout ce qu'il sait ? demanda Griessel avec un grand sourire.

L'espace d'un instant, Joubert avait oublié que Willie Theal ne reviendrait plus jamais sur les lieux d'un crime. Il sentit monter le cafard.

La maison du 96 Oxford Street était grande. Un seul étage, mais au milieu d'un terrain gigantesque. Jardin tout en luxuriances contrôlées, impressionnant même dans la pénombre.

Quelque part au fond de la maison, la sonnette couvrit brièvement le bruit d'une télé. Les secondes s'égrenèrent. A l'intérieur, l'insouciance allait bientôt prendre

---

1. Arme soviétique utilisée par les mouvements de guérilla marxistes en Angola *(NdT)*.
2. Armée populaire de libération de l'Angola *(NdT)*.

fin, pensa Joubert. Les anges de la Mort étaient à la porte. La nouvelle, tel un parasite, allait ôter le bonheur et la tranquillité de leurs vies.

Ce fut une femme qui leur ouvrit. Irritée, petites rides de contrariété. De longs cheveux auburn lui tombaient sur une épaule, recouvrant en partie un tablier à motifs jaunes et détournant les regards de ses yeux.

Sa voix était mélodieuse, mais elle semblait agacée.

– Vous désirez ?

– Madame Wallace ? demanda Joubert.

Puis il vit ses yeux. Et Griessel aussi. De deux couleurs différentes, l'un bleu pâle et brillant, l'autre marron, plus terne. Joubert fit de son mieux pour ne pas la dévisager.

– Oui, dit-elle, comprenant tout de suite qu'elle n'avait pas affaire à un représentant de commerce.

La peur lui mangea vite la figure comme une ombre.

– C'est James, n'est-ce pas ?

Un gamin d'une dizaine d'années apparut derrière elle.

– Qu'est-ce qu'il y a, M'man ? demanda-t-il.

Elle regarda autour d'elle, l'air inquiète.

– Jeremy, dit-elle, je t'en prie, va dans ta chambre.

Elle parlait doucement, mais le ton était pressant. Le garçon se détourna. Elle regarda à nouveau les inspecteurs.

– Nous sommes de la police, annonça Joubert.

– Vous feriez mieux d'entrer, dit-elle en ouvrant grande la porte et en ôtant son tablier.

Mme Margaret Wallace pleura, s'abandonnant à une douleur incontrôlable, les mains sur les genoux, les épaules légèrement penchées en avant. Des larmes s'accrochèrent aux mailles de son sweater d'été en laine jaune, y brillèrent dans la forte lumière du candélabre de sa salle de séjour.

Joubert et Griessel contemplaient le tapis.

Joubert se concentra sur la boule et la griffe du pied de

la table basse. Il avait envie d'être chez lui, dans son fauteuil, une bière à la main et un livre de poche sur les genoux.

L'enfant longea le couloir. Derrière lui marchait une fillette âgée de huit à dix ans.

— Maman ? demanda-t-il d'une petite voix effrayée.

Margaret Wallace redressa les épaules et se passa la paume de la main sur le visage. Puis elle se leva, dignement.

— Si vous voulez bien m'excuser, dit-elle.

Elle attrapa ses enfants par la main et se retira dans le couloir avec eux. Une porte se ferma. Le silence était assourdissant. Un cri monta. Puis ce fut de nouveau le silence.

Ils ne se regardèrent pas car c'eût été avouer.

Pour finir, elle revint. Courageuse, elle avait toujours les épaules droites, comme si elle pouvait contenir ses émotions. Mais l'un et l'autre, ils savaient.

— Il faut que j'appelle ma mère, dit-elle. Elle vit à Tokai. Elle pourra me donner un coup de main avec les enfants. Je suis sûre que vous avez beaucoup de questions à me poser.

Voix neutre, comme celle d'un somnambule.

Joubert eut envie de lui dire qu'ils reviendraient et qu'ils préféraient la laisser seule. Mais il ne pouvait pas.

Elle réapparut quelques minutes plus tard.

— Ma mère ne va pas tarder, dit-elle. Elle est solide. Mon père… J'ai demandé à la bonne de nous faire du thé. Vous en prendrez, n'est-ce pas ?

— Je vous remercie, mais….

Joubert avait la voix légèrement éraillée. Il s'éclaircit la gorge.

— Si vous voulez bien m'excuser, répéta-t-elle, je vais rester avec les enfants jusqu'à ce qu'elle arrive.

Elle n'attendit pas qu'on lui réponde et avança dans le couloir à demi éclairé.

Son beeper ayant sonné, Joubert regarda le message qui s'affichait sur son écran : *Appeler adj. Louw.* Le numéro de téléphone suivait.

Joubert avait expédié Louw et trois autres inspecteurs à l'hôtel, dont les chambres donnaient sur le parking. Cela s'était passé après que le légiste avait grommelé en examinant le corps. Et avant que Bart de Wit ne se pointe et n'ordonne la tenue d'une conférence de presse sur un meurtre dont il ignorait tout. Benny et lui avaient fui Oxford Street juste après le début de l'affaire.

« Ce type est un rigolo, avait dit Benny en venant. Il ne tiendra pas longtemps. »

Joubert se demanda si de Wit avait aussi convoqué chaque sous-officier individuellement. Et s'il savait que Griessel avait un problème d'alcoolisme.

– Basie a besoin de moi, dit Joubert en rompant le silence déprimant qui s'était installé entre eux.

Il se leva et gagna l'endroit où Margaret Wallace avait passé ses coups de fil. Il entendit la bonne entre-choquer des trucs en porcelaine dans la cuisine.

La pièce était une sorte de bureau équipé d'une table sur laquelle étaient posés un ordinateur et un téléphone. Des rayonnages de dossiers, avec ici et là quelques manuels de pratique des affaires et deux ou trois volumes du Reader's Digest reliés en faux cuir, tapissaient le mur du fond. Le mur près de la porte était, lui, couvert de photos et de diplômes. Épais cheveux noirs, moustache luxuriante, joues légèrement gonflées et superbe costume, on y voyait aussi une caricature de James Wallace exécutée par un artiste local. Par terre devant lui, une mallette portant l'inscription WALLACE QUICKMAIL. Il tenait une batte de cricket dans une main et dans l'autre un drapeau avec le sigle WP CRICKET [1].

Joubert composa le numéro de téléphone. C'était

1. Équipe de cricket de la Province-Occidentale *(NdT).*

celui de l'hôtel. Il demanda à parler à Basie et attendit quelques instants.

– Capitaine ?

– Basie.

– On a trouvé quelqu'un, capitaine. Une femme, blonde. Elle dit que Wallace a passé un moment avec elle dans la chambre. On n'a pas poussé plus loin. On vous attend.

– Vous pouvez rester avec elle ? Benny et moi risquons d'être coincés ici un bon moment.

– Pas de problème, capitaine.

Louw avait l'air excité.

– Oh, dit-il, et y avait aussi une autre douille. Sous le corps.

En ressortant, Joubert jeta un deuxième coup d'œil à la caricature accrochée au mur. L'insignifiance de la vie était tout aussi triste que l'irrévocabilité de la mort.

– Il a monté son affaire tout seul, dit Margaret Wallace.

Elle s'était assise au bord d'un gros fauteuil confortable, les mains sur les genoux. La voix était calme, sans inflexion, parfaitement contrôlée.

– Il a décroché le contrat de livraison du courrier municipal. Au début, ça n'a pas été facile. Il a dû importer un adressographe et un ordinateur des États-Unis, mais c'est vrai que, à cette époque-là, toutes les lettres devaient être glissées dans les enveloppes à la main, puis celles-ci collées. Je l'aidais. Nous travaillions souvent toute la nuit. Il a vendu 70 % de ses parts à Promail International il y a deux ans, mais ils n'ont pas changé le nom de la société. Et il est toujours au conseil d'administration, comme consultant.

Joubert remarqua qu'elle parlait de son mari au présent. Il savait que ça changerait le lendemain, une fois la nuit passée.

– Votre mari faisait-il de la politique ? demanda-t-il.

– De la politique ? répéta-t-elle sur le ton de l'incompréhension totale.

– M. Wallace était-il membre d'un parti ? précisa Griessel.

– Non. Il…

Sa voix se brisa. Ils attendirent.

– Il était… apolitique. Il ne votait même pas. Il dit que les politiciens sont tous pareils. Qu'il n'y a que le pouvoir qui les intéresse. Le peuple, ils ne s'en soucient pas vraiment.

Sur son front, ses rides se marquèrent un peu plus.

– Travaillait-il dans les townships ? Du travail social ?

– Non.

– Sa société ?

– Non plus.

Joubert changea d'approche :

– Auriez-vous entendu parler de tension au travail ?

Ses cheveux auburn bougèrent un peu lorsqu'elle secoua la tête.

– Non, répondit-elle.

Elle cligna des yeux. Elle faisait, Joubert le savait, tout ce qu'elle pouvait pour ne pas sombrer. Il décida de l'aider :

– Madame Wallace, dit-il, nous sommes persuadés qu'il y a une explication logique à ce malheur.

– Qui a pu faire une chose pareille ? Comme si nous n'avions pas déjà assez de morts et de destructions dans ce pays ! James n'était pas parfait, mais de là à…

– Il s'agit peut-être d'un accident, madame Wallace. Ou d'un vol. Dans ce genre d'affaires, le vol est souvent un motif essentiel, dit Griessel.

Ou la baise, pensa Joubert. Mais là, il faudrait attendre.

– Savez-vous si quelqu'un devait de l'argent à votre mari ? S'était-il lancé dans des entreprises risquées, des transactions…

Encore une fois, elle fit signe que non.

– James était bien trop sérieux avec l'argent. Il ne jouait même pas, dit-elle. L'année dernière, nous sommes allés à Sun City avec des gens de Promail et il n'a emporté que 5 000 rands en disant qu'il s'arrêterait dès qu'il les aurait dépensés. Et c'est ce qu'il a fait. Il n'y a même pas, Dieu merci, d'hypothèque sur la maison et…

Griessel s'éclaircit la gorge.

– Vous étiez heureux en ménage…

Elle le regarda et fronça les sourcils.

– Oui, dit-elle, j'aimerais le penser. Oh, nous avions bien les petites disputes habituelles. James adore le cricket et parfois, il rentre à la maison un peu éméché après avoir passé la soirée avec ses copains. Et, parfois, je suis un peu chatouilleuse là-dessus. Il faut croire que j'ai des sautes d'humeur. Mais notre couple marche bien, à sa manière. Les enfants… notre existence tourne autour d'eux maintenant.

Elle regarda du côté de la chambre à coucher, où sa mère allait devoir la réconforter.

Le silence s'installa. Puis Joubert reprit la parole. Il eut l'impression que sa voix sonnait faux : artificielle, trop ouvertement chargée de compassion.

– Madame Wallace, annonça-t-il, la loi nous oblige à vous demander d'aller identifier votre mari à la morgue.

– Je ne pourrai pas, dit-elle d'une voix étouffée.

Elle était au bord des larmes.

– Connaissez-vous quelqu'un qui pourrait vous remplacer ?

– Quelqu'un de la boîte n'aura qu'à le faire à ma place. Walter Schutte. Le PDG.

Elle leur donna un numéro de téléphone, que Joubert inscrivit dans son carnet.

– Je me charge de l'appeler, dit-il.

Ils se levèrent. Elle aussi, mais à contrecœur : elle savait que la nuit l'attendait.

– Si nous pouvons faire quoi que ce soit… proposa Griessel, sincèrement.

– Ça ira, répondit-elle, avant de se remettre à pleurer, amèrement.

La blonde s'était assise dans un des deux fauteuils de la chambre. Elle s'appelait Elizabeth Daphne van der Merwe.

Joubert s'assit dans l'autre, Griessel, Louw et O'Grady s'installant sur le bord du grand lit à deux places, les bras croisés, comme des juges.

Elle avait les cheveux blond paille, teints. Le visage était long et maigre, les yeux grands et marron avec de longs cils, le nez petit et délicat. Des larmes avaient dessiné des lignes de mascara sur ses joues. Seule la bouche de Lizzie van der Merwe l'empêchait d'être vraiment belle. Elle avait des dents de lapin et sa lèvre inférieure était petite et trop proche de son menton sans volonté. Le corps, lui, était grand et mince et les seins petits et haut placés sous un chemisier blanc. Elle avait des hanches anguleuses et portait une jupe noire qui découvrait trop ses jambes. Bas couleur crème et chaussures à hauts talons très élégantes.

– Où avez-vous rencontré le défunt ? lui demanda Joubert en choisissant bien ses mots et lui parlant d'une voix maintenant privée de toute compassion.

– Je l'ai rencontré cet après-midi, répondit-elle en hésitant.

Elle leva la tête, tous les inspecteurs la dévisageant aussitôt d'un air impassible.

Ses longs cils papillonnèrent, mais personne ne broncha.

– Je travaille pour la société Zeus Computers, reprit-elle. A Johannesburg. J'avais appelé la semaine dernière. Nous avons de nouveaux produits et James... euh... M. Wallace... C'est sur lui qu'on m'avait aiguillée. C'est leur consultant en matière d'électronique. Bref, je suis descendue en avion ce matin. J'avais rendez-vous à 11 heures. Après, il m'a emmenée déjeuner...

Elle les passa tous en revue, en cherchant un regard de sympathie.

Ils attendirent en silence. Ses cils papillonnèrent à nouveau. La lèvre du bas trembla, soulignant encore plus les deux dents de devant qu'elle voulait cacher. Joubert eut pitié d'elle.

– Et après ? lui demanda-t-il doucement.

Elle aima le ton qu'il avait pris et posa ses grands yeux sur lui.

– Il... Nous avons bu du vin. Beaucoup. Et nous avons bavardé. Il m'a dit qu'il était malheureux avec sa femme... Elle ne le comprend pas. Il y avait quelque chose entre nous. Il me comprenait si bien ! C'est un Bélier. Je suis une Vierge.

Joubert fronça les sourcils.

– Les signes astrologiques...

Joubert cessa de froncer les sourcils.

– Après, nous sommes venus ici. J'avais pris une chambre parce que je dois passer la nuit ici. J'ai un autre rendez-vous demain. Avec quelqu'un d'une autre boîte. Il est parti après 6 heures. Je ne suis pas très sûre de l'heure. Je ne l'ai plus revu après.

Les cils battirent encore une fois et les traces de mascara s'accrurent.

Basie Louw s'éclaircit la gorge.

– Que s'est-il passé ici ? Dans cette chambre ? demanda-t-il.

Elle pleura plus fort.

Ils attendirent.

49

Elle se leva et gagna la salle de bains. Ils l'entendirent se moucher. De l'eau coula d'un robinet. Puis un silence. Elle se remoucha. Elle revint et se rassit. Les traces de mascara avaient disparu.

– Vous savez très bien ce qui s'est passé. Ici…

Ils la regardèrent. Et attendirent.

– Nous avons fait l'amour, dit-elle en se remettant à pleurer. Ce qu'il pouvait être doux avec moi…

– Mademoiselle, avez-vous quelqu'un au Cap ? lui demanda Joubert.

Elle sortit un mouchoir en papier de la manche de son corsage blanc et se moucha encore une fois.

– J'ai des amis ici, dit-elle, mais ça fait une éternité que je ne les ai pas vus.

– Y a-t-il quelqu'un qui serait malheureux de savoir que vous couchez avec d'autres hommes ?

Elle redressa la tête d'un coup.

– Je ne couche pas avec « d'autres hommes ».

Les trois inspecteurs assis sur le lit haussèrent les sourcils avec une précision toute militaire.

– Vous ne comprenez donc pas ? ! s'écria-t-elle. Ça vibrait bien entre nous. Nous… nous étions… C'était beau.

Joubert reposa sa question :

– Mademoiselle, nous voulons savoir si vous fréquentez quelqu'un d'autre et si ce quelqu'un d'autre aurait pu ne pas apprécier que vous couchiez avec le défunt.

– Vous voulez dire… ah. Non. Pas du tout. Je n'ai aucune relation permanente avec quiconque.

– Appartenez-vous à un parti ou à un groupe politique quelconque, mademoiselle van der Merwe ?

– Oui.

– Lequel ?

– Je suis membre du Parti démocrate. Mais qu'est-ce que ça a à voir avec…

Griessel ne lui laissa pas le temps d'achever.

– Avez-vous jamais eu des liens avec le Congrès panafricain ?

Elle secoua la tête en signe de dénégation.

– Avec l'APLA ?

– Non, je…

– Connaissez-vous quelqu'un qui appartiendrait à ces groupes ?

– Non.

– Que vous a dit le défunt en partant ? Avait-il un autre rendez-vous ? lui demanda Griessel.

– Il m'a dit qu'il devait rentrer chez lui, aller retrouver ses enfants. C'est un… C'était un homme bien. (Elle baissa la tête.) Ça vibrait bien entre nous. C'était beau.

Mat Joubert poussa un soupir et se leva.

6

Il rêva d'Yvonne Stoffberg.

Ils étaient à la montagne. Elle courait devant lui, ses fesses blanches s'agitant au clair de lune, ses cheveux bruns flottant derrière elle. Elle riait, sautait de rocher en rocher dans une rivière, filait loin du clapotis de ses eaux. Lui aussi riait, son membre tout raide dans la brise du soir. Jusqu'au moment où elle criait, tout d'un coup, de terreur et de surprise. Elle mettait vite ses mains sur ses seins en essayant de les cacher. Devant eux sur le sentier de montagne se dressait Bart de Wit. Entre les yeux, il avait un troisième œil, abîme rouge qui regardait fixement droit devant lui. Mais il arrivait encore à parler. « Demandez-vous ceci, capitaine : êtes-vous un gagnant ? » Encore et encore, de sa voix nasale et suraiguë, comme un disque rayé. Mat regardait autour de lui, il cherchait Yvonne Stoffberg, mais elle avait disparu. Et soudain, de Wit lui aussi avait disparu. Les ténèbres l'envahissaient. Il se sentait mourir. Il fermait les yeux. De longs cheveux auburn lui glissaient en travers de la figure. Margaret Wallace le serrait dans ses bras. « Ça ira », lui disait-elle. Il commençait à pleurer.

Au carrefour, il regarda l'affiche du *Burger*, comme il le faisait tous les matins sans même la voir. Il sursauta lorsqu'il comprit ce que les mots voulaient dire :

MEURTRE SAUVAGE D'UN SUPPORTER DE CRICKET :
UN COUP DE LA MAFIA CHINOISE ?

Le feu étant passé au vert, il ne put s'arrêter près du kiosque. Il gagna un café de Plattekloof, y acheta un journal, chercha l'article en première page en revenant à sa voiture, le trouva.

> LE CAP. Un gang d'assassins de la Mafia chinoise est peut-être à l'origine du meurtre particulièrement brutal d'un homme d'affaires aisé du Cap qui a été abattu hier soir à l'aide d'un pistolet Tokarev dans un hôtel de Newlands.
> Selon le colonel Bart de Wit…

Il s'adossa à la voiture et leva la tête vers Table Mountain. Il soupira, ne voyant pas avec quelle clarté la montagne apparaissait ce matin-là, ni comment le soleil jetait de grands éclairs dans la baie. Enfin il replia son journal, remonta en voiture et s'éloigna.

– Moi, ce qui me dépasse, dit Griessel, c'est la raison pour laquelle il se tapait une blonde chevaline alors qu'il avait une vraie star de cinéma chez lui.

Joubert n'écoutait pas.

– Tu as vu le journal ?

– Non, pourquoi ?

Ce fut le moment que choisit de Wit pour entrer, raide comme un piquet et très content de lui.

Les deux inspecteurs se turent.

– Bonjour, mes chers collègues, lança de Wit. Belle matinée, n'est-ce pas ? Ça rend reconnaissant d'avoir le privilège d'être en vie. Sauf que voilà : il faut quand même se mettre au boulot. Et donc, avant que nous parlions des affaires d'hier… J'ai maintenant fait la connaissance de tous les officiers et je dois dire que nous avons eu des discussions très productives. Aujourd'hui, je vais passer aux sous-officiers. Je veux vous connaître tous aussi vite que possible. Mavis a une liste. Tous les adjudants devront vérifier leur heure de rendez-vous avec moi. Bon et maintenant, passons aux dossiers de la journée d'hier. Le capitaine Mat Joubert m'a demandé de l'aider dans une affaire de meurtre à Newlands…

Il jeta un coup d'œil à Joubert et lui adressa un sourire amical.

– Merci de m'avoir fait confiance, capitaine. Pouvez-vous nous dire où vous en êtes ?

Joubert resta légèrement interloqué. Il ne lui avait demandé de venir sur la scène du crime que parce que c'était la procédure habituelle en cas de meurtre avec fort potentiel médiatique. Et voilà que de Wit donnait à la chose un sens différent…

– Euh… C'est plutôt maigre, colonel. Il est certain que le défunt avait des relations extra-conjugales. Aujourd'hui, nous avons prévu de vérifier s'il n'y a pas un mari jaloux quelque part dans le tableau. Quelqu'un au bureau…

– Ça, vous pouvez laisser tomber tout de suite, l'interrompit de Wit. Comme je l'ai dit lors de la conférence de presse d'hier soir, c'est un coup de la Mafia chinoise… Bel article dans le *Burger* de ce matin. Creusez assez profondément dans le passé du défunt et vous découvrirez le lien. D'après moi, capitaine, impliquer le bureau des Narcotiques dans l'enquête ne pourrait être que profitable. Laissez donc tomber votre idée du mari jaloux. Il est intéressant de noter que, l'année dernière, nous avons eu deux affaires similaires au Yard et que….

Il cessa de regarder Joubert, qui cessa de l'écouter. Ce dernier avait une sensation désagréable au niveau du ventre – comme si un insecte lui farfouillait dans les entrailles.

A contrecœur, il appela le chef du bureau des Narcotiques, après la séance de « cirque ».

– C'est qui qu'on vous a nommé ce coup-ci, Joubert ? demanda la voix à l'autre bout du fil. Un clown ? Cloete, du service des Relations publiques, vient juste de me téléphoner pour me demander si de Wit m'avait parlé. Cloete est en colère comme c'est pas possible que votre nouveau patron s'adresse à la presse sans consulter personne. Cloete veut savoir s'il serait d'accord pour prendre sa retraite tout de suite et se consacrer à la pêche à plein temps. C'est quoi, ces conneries sur la Mafia chinoise ?

– C'est basé sur l'expérience antérieure de mon chef, colonel. Au stade où nous en sommes, il convient d'explorer toutes les pistes…

– Arrêtez de me balancer de la fumée à la gueule, Joubert. Vous essayez seulement de couvrir votre chef.

– Colonel, je vous serais très reconnaissant, à vous et à votre état-major, de bien vouloir fournir à la brigade des Vols et Homicides tous les renseignements qui pourraient éclairer cette piste.

– Ah, ça y est… j'ai compris. Vous obéissez aux ordres. Bon, bon. Vous avez toute ma sympathie, Joubert. Vous serez le premier averti si nous découvrons une filière de contrebande chinoise d'ici deux ans.

L'officier qui dirigeait l'enquête devait être présent à l'autopsie. C'était la règle, la tradition, quel que fût l'état des restes.

Joubert n'avait jamais beaucoup aimé ça, même au bon vieux temps. Mais il pouvait alors dresser des barrières entre lui et la série d'événements dérangeants qui se répétaient sans arrêt sur certaine dalle en marbre d'une salle carrelée de blanc de Salt River, où les morts perdaient le peu de dignité qui leur restait.

Ce n'était pas que le professeur Pagel aurait usé de son scalpel, de ses clamps, de ses scies et autres forceps pour travailler la peau, le tissu ou l'os sans aucun respect. C'était bien au contraire avec tout le sérieux et le professionnalisme qu'exigeait cette tâche que son équipe et lui se lançaient dans cette entreprise.

Ces barrières, c'était la mort de Lara qui les avait détruites : il savait qu'elle aussi on l'avait allongée à cet endroit. Rappelées de ses expériences passées, des images l'avaient aidé à reconstituer la scène. Nue, sur le dos, propre et stérile, son corps souple exposé à tous les regards, en vain. Une fois son visage nettoyé de toute trace de sang, seule la petite blessure en étoile restait visible entre les cils et la naissance des cheveux. Et un légiste qui explique à un inspecteur que cette blessure est caractéristique du coup de feu à bout touchant. Là, les gaz comprimés dans le canon de l'arme qui atterrissent sous la peau et soudain se dilatent, comme un ballon qui explose, l'étoile de la Mort qui apparaît, ça se voit tout le temps dans les suicides… mais pas chez Lara. L'étoile de la mort, c'était quelqu'un d'autre qui la lui avait imprimée sur le front.

Chaque fois qu'il arpentait les couloirs glacés de la morgue de Salt River, sa mémoire lui rejouait la scène, macabre rappel qu'il ne pouvait interrompre.

Pagel l'attendait dans le petit bureau avec Walter Schutte, le PDG de Quickmail. Joubert se présenta. Schutte était de taille moyenne, il avait une voix grave et des poils lui sortaient de partout – de son col de chemise, de ses manchettes et de ses oreilles. Ils gagnèrent l'endroit où James J. Wallace reposait sous un drap vert.

Pagel souleva ce dernier.

– Putain ! s'écria Walter Schutte en se détournant.

– Est-ce James J. Wallace ? demanda Joubert.

– Oui, dit-il.

Il était pâle et l'on voyait très clairement où commençait sa barbe. Joubert n'en revenait pas de se trouver devant un être aussi poilu. Il le prit par le bras et le ramena au bureau de Pagel, où il lui fit signer un formulaire.

– Nous aimerions vous poser quelques questions à votre bureau, dit-il ensuite.

– Sur quoi ?

Sa confiance lui revenait lentement.

– Questions de routine.

– Bien sûr, répondit Schutte. Quand vous voudrez.

Quand Joubert revint, Pagel alluma les projecteurs, glissa ses doigts larges et courts dans des gants en plastique transparent, enleva le drap qui recouvrait feu James J., tira le bras de la grande loupe articulée vers lui et s'empara d'un petit scalpel.

Et il entama son examen systématique. Joubert connaissait tous ses grognements, tous les marmonnements inintelligibles qu'il proférait quand il découvrait quelque chose d'important. Mais Pagel ne faisait part de ses découvertes que lorsqu'il était certain de ses conclusions. C'est pour cela que Joubert avait décidé d'attendre. C'est pour cela qu'il regardait fixement le lavabo stérilisé, là, contre le mur, où une goutte d'eau tombait et retombait dans la cuvette en métal toutes les quatorze secondes exactement.

– Le coup de feu à la tête a probablement causé la mort, dit Pagel. Projectile entré par le sinus frontal gauche, sorti deux centimètres au-dessus de la fontanelle. Très grosse blessure de sortie. Va falloir regarder la trajectoire.

Il jeta un coup d'œil à Joubert.

– Difficile de préciser le calibre. La blessure d'entrée est mal placée.

Joubert hocha la tête comme s'il comprenait ce qu'on lui racontait.

– Coup tiré d'assez près, enfin… celui tiré à la tête. Deux, trois mètres. Coup de feu au thorax probablement tiré de la même distance. Lui aussi peut avoir occasionné la mort. La blessure est caractéristique. Indices complémentaires moins évidents. Les vêtements, naturellement. Chaleur absorbée. Particules de poudre. Fumée. A travers le sternum. Absence de saignement.

Il leva de nouveau la tête.

– Votre bonhomme était déjà mort, capitaine. Après le premier coup de feu. Savoir duquel il s'agit n'a aucune importance. Il est mort avant même de toucher terre. Le deuxième coup de feu n'était pas nécessaire.

Voilà de quoi nourrir la folie de De Wit, songea Joubert. Mais il garda le silence.

– Allez, on y va, dit Pagel en s'emparant d'un scalpel plus grand.

Walter Schutte ne se leva pas lorsque Joubert et Griessel entrèrent, escortés par la secrétaire.

– Asseyez-vous, messieurs, dit-il.

Jovial, il leur indiqua les fauteuils modernes en cuir et chrome installés devant le grand bureau recouvert d'une plaque de verre.

– Thé ou café ? demanda-t-il. Je vais prendre quelque chose, alors ne vous gênez pas.

Sa pâleur et son incertitude avaient disparu.

Ils choisirent tous les deux du thé et s'assirent. La secrétaire referma la porte derrière elle.

La matinée n'était pas encore très avancée, mais Schutte avait déjà un début de barbe. Ses dents scintillaient chaque fois qu'il leur décochait un petit sourire vif.

– Bien, lança-t-il, comment puis-je vous aider ?

Son sourire disparut comme une lampe qu'on éteint.

– Nous aimerions en savoir davantage sur James Wallace, monsieur Schutte. Vous deviez bien le connaître, non ? demanda Joubert.

– J'ai fait la connaissance de James il y a deux ans,

quand Promail m'a nommé ici. C'était un homme merveilleux.

Sa voix était pleine de vénération.

– C'est comme ça que vous l'appeliez ? James ?

– La plupart d'entre nous l'appelions Jimmy. Mais maintenant, bien sûr, ça sonne…

Il y alla d'un sourire et d'un petit geste de la main.

– Quelles relations entretenait-il avec le personnel ?

– Nous l'aimions tous beaucoup. Oh, minute… je vois où vous voulez en venir. Non, non, capitaine, ce n'est pas ici que vous trouverez son assassin.

Il agita les deux mains devant lui, comme s'il chassait un mauvais esprit.

– Nous formons comme une grande famille, reprit-il. C'est ce que je dis toujours. Et James, cette famille, il en faisait partie. Un élément qu'on aimait tous beaucoup. Non, capitaine, son assassin, c'est ailleurs que vous allez devoir le chercher.

– Savez-vous si le défunt avait d'autres affaires ?

– Non… je ne pense pas. Jim… James m'a dit un jour que tout son argent était investi dans des fonds communs de placement parce qu'il ne voulait pas se casser la tête avec son fric. Pour ce que j'en sais, il ne s'intéressait qu'à Quickmail, au cricket et à sa famille.

– Votre firme a-t-elle jamais travaillé pour des sociétés chinoises ?

Schutte fronça les sourcils.

– Non. Qu'est-ce que ça vient faire….

Griessel l'interrompit :

– Avez-vous lu le *Burger* de ce matin ?

– Non, répondit Schutte qui perdait pied.

– Sachez, monsieur Schutte, que la façon dont M. Wallace a été tué est… évoque le *modus operandi* des dealers chinois. Avez-vous jamais eu des contacts avec des gens de Taiwan ?

– Non.

– Avec la communauté chinoise d'ici ?

– Pas que je sache.

– Avec des compagnies pharmaceutiques ?

– Il y en a bien une à laquelle nous envoyons des brochures publicitaires pour les médecins, mais Jimmy n'a jamais travaillé avec elle.

– Consommait-il de la drogue ?

– Jamais. C'est complètement absurde. Ce n'était pas du tout son genre.

– Passons à ses idées politiques. Avait-il des opinions bien arrêtées ?

– Jimmy ? Non…

– Traitiez-vous avec des formations politiques ?

– Jamais. A aucun moment.

– Savez-vous s'il s'entendait bien avec sa femme ?

Schutte se raidit encore dans son grand fauteuil.

– Ce n'est pas là non plus que vous trouverez quoi que ce soit, capitaine, dit-il d'un ton de reproche. James et Margaret formaient un couple parfait. Ils étaient amoureux, ils réussissaient, ils avaient de beaux enfants… Le jeune Jeremy est un fabuleux joueur de cricket. Non, capitaine, vous ne trouverez rien ici.

Joubert comprit qu'il était temps de le libérer de son respect excessif pour les morts.

La secrétaire apporta un plateau chargé de trois tasses et le déposa sur le bureau. Elle versa le thé, ils la remercièrent. Dès que tout le monde eut fini de touiller, Joubert demanda :

– Savez-vous pourquoi le défunt s'était rendu à l'Holiday Inn de Newlands ?

Schutte remua les épaules comme si la réponse allait de soi.

– James allait souvent y boire une bière avec ses amis du cricket.

– Monsieur Schutte, le défunt s'entendait-il bien avec les femmes qui travaillent ici ?

– Très bien. Il s'entendait bien avec tout le monde.

Au bon vieux temps, quand il faisait son travail avec tout le zèle du converti de fraîche date, Joubert avait mis au point une technique pour venir à bout des témoins récalcitrants du genre Walter Schutte – celle dite « du taureau », comme l'appelaient ses collègues. Il penchait son corps maigre en avant, carrait bien les épaules, baissait la tête et, sa voix tombant d'une octave, fixait le suspect de son regard perçant et se mettait à parler d'un air supérieur et menaçant. C'était mélo, exagéré et surfait, mais ça marchait.

Mais comme l'avait dit Tony O'Grady un ou deux ans plus tôt, Joubert avait perdu « le ressort de la matraque ». Et, avec lui, tout désir d'user du « taureau ».

Début de flamme sexuelle ranimée par Yvonne Stoffberg ou défi que le colonel de Wit lançait à ce qui lui restait d'amour-propre, il ne le sut jamais. Il est probable qu'en venir au taureau tint plus du réflexe pur que de l'acte raisonné.

Côté inclinaison des épaules et jeu de la tête et des yeux, il se débrouilla bien, mais, au début au moins, il eut un peu de mal avec la voix et le choix des mots.

– Hier après-midi, dit-il, Jimmy Wallace a passé les dernières heures de son existence… à chevaucher une blonde. Et je suis certain que ce n'était pas la première fois qu'il… se livrait à ce genre de fredaines. Je… et je sais que quelqu'un d'ici devait être au courant parce qu'il fallait bien le couvrir quand Mme Wallace le cherchait partout. Et donc, vous avez le choix, monsieur Schutte… Ou bien vous continuez à me raconter de jolies histoires sur Jimmy Wallace et l'être absolument merveilleux qu'il était et, dans ce cas, je vais être obligé d'appeler toute une équipe d'inspecteurs qui tiendront vos employés occupés pendant des heures et des heures, ou bien vous nous aidez et nous vous lâchons dès que possible.

Joubert gardant son attitude agressive, Schutte ouvrit la bouche puis la referma, comme s'il n'arrivait pas à trouver les mots qui convenaient.

– Jimmy… Jimmy s'offrait des petites diversions, dit-il enfin en cessant d'agiter les mains.

Joubert se radossa à son fauteuil – faire donner le taureau n'était plus nécessaire.

– Monsieur Schutte, reprit-il, vous avez vu à quoi ressemble James Wallace à l'heure qu'il est. Nous essayons de trouver l'individu qui avait des raisons de lui faire ce qu'il lui a fait. Aidez-nous, s'il vous plaît.

– Il… il aimait les femmes.

Schutte regarda vivement du côté de la porte comme s'il croyait que James Wallace se trouvait derrière, à les espionner.

– Mais il respectait deux règles, reprit-il. Il ne faisait jamais de bêtises au bureau et ne s'engageait jamais dans des relations de longue durée. C'était toujours une fois et une fois seulement. On passe au lit un coup et c'est fini.

Il recommença à agiter les mains comme s'il reprenait des forces.

– C'est dommage que vous ne l'ayez pas connu… (Ses mains bougeaient pour faire comprendre qu'il cherchait ses mots.) Il attirait les gens comme un aimant. Tout le monde. Les gens, il en était fou. Une fois, nous étions dans un restaurant de Johannesburg quand il a parié avec nous qu'il ne lui faudrait pas plus de vingt minutes pour convaincre une brunette de le suivre aux toilettes des femmes. On a accepté le pari. On n'avait pas le droit de regarder, mais il devait nous rapporter une preuve matérielle. Dix-huit minutes plus tard, la brunette lui faisait plein de bisous d'adieu devant le restaurant. Et quand il s'est rassis, il nous a sorti sa petite culotte de sa poche. Rouge avec un bord en…

Schutte rougit.

– Nous vous demandons de réfléchir sérieusement, monsieur Schutte, dit Joubert. Savez-vous si l'un de ses petits à-côtés aurait pu occasionner des conflits ou du malheur ?

– Non. Je vous ai déjà dit qu'il n'entretenait pas de relations de longue durée. A sa manière, il aimait beaucoup Margaret. Bon, d'accord, de temps en temps, il faisait une entorse à une de ses règles. Nous avions une petite secrétaire, ici, un joli petit numéro avec de gros… Mais ça n'a duré qu'une semaine. Non, honnêtement, je ne vois pas ce qui aurait pu pousser qui que ce soit à l'assassiner.

Joubert jeta un coup d'œil à Griessel, qui hocha légèrement la tête. Tous deux se levèrent.

– Nous sommes certains qu'il y a un mari jaloux qui n'aimait pas trop les règles de Wallace, monsieur Schutte. Nous vous saurions donc gré de bien vouloir nous téléphoner si vous pensez à quelque chose qui pourrait nous aider.

– Bien sûr, absolument, dit Schutte de sa voix grave.

Il se leva à son tour et tous se serrèrent la main d'un air solennel.

– Ça faisait longtemps que j'avais pas vu le coup du taureau ! s'écria Griessel dans l'ascenseur qui les ramenait au niveau de la rue.

Joubert le regarda, interrogateur.

– Tu sais bien… celui où on se penche en avant comme ça ?

Joubert lui décocha un sourire de travers. Il avait l'air gêné.

– On a tous essayé d'imiter ce truc, reprit Griessel d'un ton ouvertement nostalgique. Ah, c'était le bon vieux temps !

Puis il se rappela que Mat Joubert n'avait peut-être aucune envie de se rappeler le bon vieux temps et la ferma.

7

Le médecin avait posé ses lunettes au bout de son nez. Grave et pompeux, il regardait fixement Joubert par-dessus leur monture.

– Si j'étais mécanicien, dit-il, ce serait le moment de secouer la tête en poussant des petits soupirs, capitaine.

Joubert garda le silence.

– Tout ça n'est pas bon. Vous fumez. Vos poumons font un bruit d'enfer. Vous reconnaissez boire trop. Vous faites quinze kilos de trop. Il y a des antécédents cardio-vasculaires dans votre famille. Vous travaillez sous pression.

L'homme de l'art croisa les doigts sur le bureau devant lui.

Il aurait dû être procureur, songea Joubert en contemplant un moulage de cœur et de poumons en plastique posé sur le plateau du bureau. Une publicité pour un médicament.

– Je vous prescris une analyse de sang, reprit le médecin. Nous devons vérifier votre taux de cholestérol. Cela dit, en attendant les résultats, attaquons-nous à la cigarette.

Joubert soupira.

– Avez-vous jamais songé à arrêter ?

– Non.

– Savez-vous à quel point c'est nocif ?

– Docteur…

64

– Ce n'est pas seulement que vous vous exposez à toutes sortes de maladies, capitaine. C'est aussi la façon dont vous mourrez. Avez-vous jamais vu quelqu'un atteint d'emphysème ? Vous devriez venir faire un tour à l'hôpital avec moi. Ils sont tous allongés sous une tente à oxygène, à s'étouffer lentement dans leurs mucosités, comme des poissons sortis hors de l'eau et qui ne peuvent plus respirer.

Sur le bureau, Joubert aperçut un plumier en forme de gélule. Encore une publicité pour un médicament. Joubert croisa les bras et s'absorba dans sa contemplation.

– Et ceux qui meurent d'un cancer du poumon, hein ? poursuivit le médecin. Vous avez déjà vu ce que ça fait, la chimio ? Le cancer vous amaigrit et vous épuise, et le traitement vous fait tomber les tifs. Un mort vivant, qu'on devient. Les cancéreux ne veulent même plus se regarder dans une glace. Ils deviennent très émotifs. Ce sont des adultes et ils pleurent comme des moutards quand leurs enfants viennent s'asseoir à côté de leur lit d'hôpital.

– Je n'ai pas d'enfants, lui remontra doucement Joubert.

Le médecin ôta ses lunettes.

– Non, capitaine, dit-il d'un air vaincu, vous n'avez effectivement pas d'enfants. Mais vivre une vie saine, c'est quelque chose qu'on fait surtout pour soi. Pour être en bon état physique et mental. On le fait aussi pour son employeur. Être en forme est quelque chose qu'on lui doit. Alors, on peut être alerte, productif…

Les lunettes de vue reprirent leur place au bout de son nez.

– Je ne vais rien vous prescrire avant que nous ayons les résultats des analyses, mais je vous enjoins de bien réfléchir à la question des cigarettes. Et il va falloir faire de la gym. Et repenser vos habitudes en termes de nourriture, de boisson, de…

Joubert soupira.

– Je sais que ce n'est pas facile, capitaine. Mais le problème du poids est quelque chose qui ne vous lâche pas. Plus longtemps vous l'éviterez, plus il vous sera difficile de le vaincre quand vous déciderez de vous y attaquer.

Joubert acquiesça d'un signe de tête mais sans regarder le praticien.

– Je suis tenu d'envoyer mon rapport à votre employeur, conclut celui-ci. Je suis désolé.

L'Académie de police de Pretoria emmenait toujours les inspecteurs en formation au musée de Pretorius Street, dans le vieux bâtiment du Compol[1]. En général, ces visites n'étaient pas un succès. Les étudiants gâchaient tout de la manière propre à leur âge – en rivalisant d'agitation et d'humour de bas étage.

C'est pour cela que Mat Joubert n'avait commencé à aimer les musées que lorsque, bien après ses années de faculté, il avait été obligé de témoigner dans une affaire de meurtre à Pretoria. L'ennui l'avait alors conduit à s'y rendre pendant les cinq jours où il avait dû attendre d'être appelé à la barre.

Dès sa première visite, son imagination complètement captivée, il était passé de salle en salle. A ce moment-là, il avait acquis suffisamment d'expérience et de réflexion pour savoir tout ce que la présence d'une seule preuve à conviction ou d'une seule arme de crime exposée avait dû coûter de suées à un inspecteur de police depuis longtemps oublié.

Et il était revenu le lendemain. Un adjudant du nom de Blackie Swart l'avait remarqué. Le visage creusé de rides profondes, celui-ci fumait comme un pompier et

1. Direction de la police de Pretoria *(NdT)*.

66

avait une voix qui faisait songer à des bottes écrasant des gravillons. Swart était le factotum du musée, poste qu'il avait manifestement décroché à force d'enquiquiner son général avec ses supplications incessantes.

Il avait quinze ans lorsqu'il était entré dans la police, avait-il déclaré à Joubert dans le petit placard à balais qui lui servait de bureau à la cave. « Je faisais la patrouille à cheval entre Parys et Potchefstroom. » Pendant des heures entières, Joubert avait été régalé d'anecdotes arrosées d'un café que seul rendait tolérable le petit coup de brandy qui l'accompagnait.

C'était toute la vie de Blackie Swart qu'on donnait à voir dans ce musée, surtout dans les vitrines qui se trouvaient sous le panneau HISTOIRE DE L'ENQUÊTE CRIMINELLE.

– J'ai participé à tout, Matty ; j'ai tout vu arriver. Ce musée, je l'ai vu pour la première fois en venant chercher mon diplôme de vingt-cinq années de service auprès du général, ici même, au QG. Et je savais très bien que j'avais envie de revenir. Pour finir, j'ai pris ma retraite à soixante ans et je suis allé à Margate, j'y ai vécu trois mois à regarder rouiller ma voiture. Un jour, j'ai téléphoné au général et, depuis, je suis ici tous les jours.

Joubert et le vieil homme avaient passé leurs journées à fumer et bavarder. Ce n'était pas une relation de père à fils, mais plutôt une amitié qui était née, sans doute parce que Blackie Swart était très différent du père de Joubert.

Après cette semaine à Pretoria, ils s'étaient retrouvés de manière sporadique. Ils étaient tous les deux très mal à l'aise au téléphone, mais cela n'empêchait pas Joubert d'appeler de temps en temps, surtout quand il avait besoin d'un conseil pour une affaire. Comme maintenant.

– Oncle Blackie, dit-il en usant de la formule de respect propre aux Afrikaners qui s'adressent à des gens plus âgés, le docteur me dit que je dois arrêter de fumer.

Il entendit Oncle Blackie éclater de rire à l'autre bout du fil.

– Ça fait cinquante ans qu'ils me disent ça, les médecins, lui renvoya Swart, et je suis toujours là. J'aurai soixante-huit ans en décembre.

– J'ai un drôle de meurtre sur les bras, Oncle Blackie. D'après mon patron, ça serait un coup de la Mafia chinoise.

– Parce que c'est toi qui t'occupes de cette histoire-là ? Le *Beeld* a cité de Wit ce matin. J'ai rien compris, mais bon… (Il prit un ton de conspirateur.) J'ai entendu dire que ses collègues noirs de l'ANC l'appelaient Mpumlombini. De Wit, je veux dire. Autrefois, à Londres.

– Et ça veut dire quoi, mon oncle ?

– Un mot xhosa[1], genre « Deux-Pifs ». Le bonhomme a manifestement une verrue….

Blackie Swart pouffa.

Joubert l'entendit allumer une cigarette, puis Blackie fut pris d'une quinte de toux interminable.

– Tiens, moi aussi, je devrais peut-être arrêter, dit-il.

Joubert lui parla de James Wallace.

– De Wit a raison pour le *modus operandi*, Matty. Les Chinois s'y sont pris comme ça l'année dernière à Londres. Mais ils ont aussi d'autres façons de procéder. Ils aiment assez l'arquebuse. C'est spectaculaire. Bien plus élégant que les méthodes de la Mafia américaine. Mais les Chinois ne s'intéressent pas qu'au trafic de drogue. Y a qu'à voir les fraudes à la carte de crédit. Ils y sont jusqu'au cou. Et dans les faux papiers aussi. Passeports, permis de conduire. Wallace avait une entreprise de mailing. Est-ce qu'il expédiait des cartes bancaires ? Il aurait pu leur fournir des numéros de cartes.

– D'après ses employés, il ne traitait avec aucune société orientale.

1. Nom d'une ethnie noire d'Afrique du Sud *(NdT)*.

68

– Demande à sa femme. Peut-être que les Chinois le voyaient chez lui.

– Il couchait beaucoup, Oncle Jackie.

– C'est pas impossible, Matty. Tu sais ce que je dis toujours. Il y a deux sortes de meurtres. Celui où quel-qu'un perd brusquement son calme et se sert du pre-mier truc qui lui tombe sous la main pour frapper, balancer ou tirer. Et l'autre, celui qu'on a planifié. Ton type s'est fait tuer d'une balle dans la tête dans un parking, non ? Moi, ça me dit : meurtre prémédité. Et un bonhomme qui couche à droite et à gauche…

Joubert soupira.

– Tu cherches partout, Matty. C'est la seule façon d'y arriver. Tu fais marcher tes guiboles.

Joubert se rendit chez Margaret Wallace en voiture en se demandant quel chemin elle avait parcouru dans sa douleur. Puis, sur la nationale 1, entre Bellville et la banlieue sud, il se rappela pour la première fois son rêve de la nuit précédente.

Il comprit brusquement que depuis deux ans il n'était plus qu'un homme qui se noyait. Bien trop effrayé pour plonger dans les eaux troubles de sa conscience, il se contentait de lutter pour ne pas couler. Il se souvint de rêves qui lui étaient venus dans la sécurité du jour. Il les avait gardés bien au fond de lui-même pendant qu'il dérivait à la surface. Enfin, il pouvait passer la tête sous l'eau et regarder son rêve en face parce que Lara n'y figurait plus. C'était Yvonne Stoffberg qui la rempla-çait. Il avait pu voir son corps avec une telle clarté !

Mais… serait-il à la hauteur ? Y arriverait-il si, son rêve devenant réalité, elle se tenait soudain devant lui ? Passablement émoussé comme il l'était, pourrait-il la satisfaire ? Ou alors serait-il trop désarmé pour effacer le passé et retrouver une nouvelle jeunesse ?

Cette incertitude lui pesait, elle tenaillait son bas-ventre. La fille de son voisin ! Dix-huit ans ! Dix-sept ? Il s'obligea à réfléchir aux autres personnages de son rêve. Que venait faire Bart de Wit dans tout ça ? Avec son trou rouge dans la tête. Et Margaret Wallace ? Les mystères de son subconscient le laissant perplexe, il se demanda pourquoi ce n'était pas de Lara qu'il avait rêvé. Il se demanda aussi si elle reviendrait cette nuit-là. Les vieux monstres retrouvaient enfin le chemin de ses pensées. Il soupira. Et regagna la surface à toute allure.

La femme qui lui ouvrit devait être la sœur de Marga-ret Wallace. Elle avait certes les cheveux courts et plus roux, la peau légèrement parsemée de taches de rous-seur et les yeux bleu pâle, mais la ressemblance était indubitable.

Il demanda à voir sa sœur.

– Le moment est mal choisi, lui répondit-elle.

– Je sais, dit-il, et il attendit, se sentant aussi gêné qu'un intrus.

La jeune femme poussa un soupir agacé et l'invita à entrer. Il y avait des gens dans la salle de séjour. Ils parlaient à voix basse et s'arrêtèrent dès qu'il posa le pied dans le vestibule. On reconnut tout de suite le représentant de la loi à ses vêtements, sa taille et son style. Margaret Wallace lui tournait le dos, mais elle suivit le regard des autres et se leva. Il vit qu'elle avait beaucoup avancé sur le chemin du deuil. Ses yeux étaient enfoncés dans leurs orbites et son regard avait viré au sombre. Des rides s'étaient formées autour de sa bouche.

– Je suis désolé de vous déranger, dit-il, très embar-rassé par le silence qui s'était fait dans la pièce et les reproches muets que tous lui adressaient.

– Passons au jardin, murmura-t-elle en ouvrant la porte de devant.

Un vent de sud-est agitait la cime des grands arbres, mais au niveau du sol l'air était presque immobile. Margaret Wallace marchait les bras croisés en travers de la poitrine et les épaules courbées. Il connaissait tous ces signes corporels par cœur : universellement reconnaissables, ils disaient la veuve de fraîche date.

– Ne soyez pas gêné, reprit-elle en essayant de sourire. Je sais que vous devez faire votre travail.

– Avez-vous lu le journal ?

Elle lui fit signe que non de la tête.

– Non, dit-elle, ils me le cachent.

– Mon supérieur hiérarchique… a son idée…

Il cherchait désespérément des euphémismes, des synonymes moins durs que le mot « mort ». Il regretta que Benny Griessel ne soit pas avec lui.

– A Taiwan, la Mafia a recours au même genre de méthode… dans son… travail, dit-il. Je me dois d'explorer cette piste.

Elle le regarda, le vent lui ramenant les cheveux devant la figure. Elle les repoussa d'une main, recroisa les bras et attendit.

– Il se pourrait que votre mari ait traité avec eux, disons… indirectement… avec eux, les Chinois. Ça vous évoque quelque chose ?

– Non.

– Madame Wallace, je sais que ce n'est pas facile, mais… s'il pouvait y avoir une explication…

– Vous n'avez rien trouvé ? lui demanda-t-elle sans le moindre reproche, comme si elle connaissait déjà la réponse.

Ses cheveux lui retombèrent dans la figure, mais elle les y laissa.

– Rien, non, répondit-il en se demandant si elle saurait jamais, pour Lizzie van der Merwe et toutes les autres femmes avec lesquelles James J. avait passé une nuit ou deux.

– C'est sûrement une erreur, dit-elle. Un accident. (Elle décroisa les bras et posa une main sur son avant-bras, pour le réconforter.) Vous verrez, reprit-elle. C'est forcément ça.

Puis elle retira sa main.

Il la reconduisit chez elle et la salua. Puis il rentra chez lui en voiture et se demanda pourquoi le nombre d'arbres dans une banlieue était égal aux revenus *per capita* des soutiens de famille qui y habitaient.

Il était 7 heures du soir passées, mais le soleil était toujours haut dans le ciel. Des joggers suaient sang et eau dans les gaz d'échappement au bord de la route. Il alluma une cigarette et se demanda ce qu'il allait faire côté santé. Un peu d'exercice ? Courir était hors de question. Il avait horreur du jogging. Il était bien trop gros pour ça. Nager ? Se remettre à la natation serait agréable. Pas pour faire de la compétition. Juste pour le plaisir. Des souvenirs oubliés lui revinrent. L'odeur des vestiaires, le pédiluve rempli de Dettol, la fatigue après les longues heures d'entraînement, le goût du chlore dans sa bouche, la montée d'adrénaline au coup de feu du starter.

On avait glissé une deuxième lettre sous sa porte.

Pourquoi ne me réponds-tu pas ?

Le malaise au bas-ventre lui revint. Il le reconnut. Il y avait un chemin à Goodwood, derrière le cinéma de Voortrekker Road. On disait que c'était là que les motards faisaient des trucs. Il était 8 ou 9 heures. Et tous les samedis soir, il scrutait les ténèbres du chemin avec une curiosité qui menaçait de l'engloutir. Cours, lui souffla son esprit. Descends ce chemin en courant comme le vent, juste une fois. Mais la peur et le doute qu'il avait sur son courage lui pesaient. Il ne s'y était jamais risqué. Il se rendit à Blouberg, s'acheta du poulet dans un Kentucky Fried Chicken et le mangea dans sa voiture, en regardant les vagues de l'océan aplaties par le vent. Puis il rentra chez lui, pour lire son livre.

Tard ce soir-là, le téléphone sonna. Il posa son bouquin sur la table près du fauteuil et décrocha. C'était Cloete, des Relations publiques.

– Tu travailles toujours sur le péril jaune ou je peux filer autre chose aux journaux pour demain ?

8

LE CAP. Pour l'instant, la police n'est toujours pas
en mesure d'établir un lien entre le meurtre au
Tokarev et les trafiquants de drogue de la Mafia
chinoise.

De Wit lut l'article à voix basse, un léger sourire sur
les lèvres. Il reposa le journal et regarda Joubert.

– Faut-il donc que nous soyons publiquement en
désaccord sur cette affaire, capitaine ? demanda-t-il.

– Non, colonel, répondit Joubert en s'apercevant que
le panneau J'AI CHOISI DE NE PAS FUMER avait émigré
de la table basse dans le coin au bureau de De Wit, juste
à côté des photos de sa famille.

– C'est vous qui avez fourni ce renseignement ?
insista-t-il du ton de la conversation.

Il était presque enjoué.

– Colonel, dit Joubert d'une voix fatiguée, c'est en
ma qualité d'inspecteur chargé de l'enquête que j'ai
répondu à la question d'un de nos collègues des Relations publiques. Il n'y a là rien qui soit en désaccord
avec le règlement et les procédures habituelles. Je lui ai
donné ce renseignement au vu de ce que je savais de
l'enquête à ce stade. J'y suis tenu.

– Je vois, dit de Wit, encore une fois en souriant
légèrement.

Il ramassa le journal et parcourut l'article des yeux.

– Vous n'auriez pas voulu ridiculiser votre patron, par hasard ?

– Non, colonel.

– Sauf que ça, on ne le saura jamais, capitaine Joubert. Et d'ailleurs, au bout du compte, il est probable que ça n'aura aucune importance. Merci d'être passé me voir.

Joubert comprit qu'on le congédiait. Il se leva, conscient que tout cela avait un sens et laissait présager quelque chose.

– Merci, colonel, marmonna-t-il en arrivant devant la porte.

Il avait de la paperasse en retard. Il tira les dossiers des adjudants vers lui mais eut du mal à se concentrer. Il alluma une Winston, en aspira fort la fumée dans ses poumons et se demanda s'il n'avait quand même pas fait exprès de ridiculiser son supérieur.

Et songea aux ruses de son inconscient et sut tout de suite qu'il n'était pas entièrement innocent, non, monsieur le président.

Quelqu'un traînait les pieds dans le couloir. Griessel passa devant lui, tête baissée. Quelque chose dans son allure le troubla.

– Benny ?

Les pas traînants revinrent vers lui. Puis ce fut une tête qui parut à la porte. Griessel était tout pâle.

– Benny… ça va ?

– Oui, ça va, capitaine.

La voix était lointaine.

– Qu'est-ce que t'as, Benny ?

– Non, ça va, capitaine, répéta Benny avec un peu plus de sentiment. Ça sera quelque chose que j'ai bouffé.

Ou bu, songea Joubert, mais il garda le silence.

Le visage de Griessel disparut. Joubert alluma une autre cigarette et se força à se concentrer sur les papiers qu'il avait devant lui. Des dossiers de mort. Un couple de vieux à Durban. Le cadavre d'un Noir près de la voie ferrée de Kuilsriver. Une femme de Belhar assassinée à coups de tournevis par son poivrot de mari.

Puis il entendit quelqu'un qui s'éclaircissait la gorge. Bart de Wit s'était planté devant son bureau. Joubert se demanda comment son chef se débrouillait pour avancer aussi silencieusement qu'un chat sur le dallage. Il vit que de Wit ne souriait pas. Il avait pris un air grave.

– J'ai des nouvelles, capitaine, dit-il. De bonnes nouvelles.

Joubert fit craquer le levier de vitesses et s'engagea brutalement dans la circulation de l'après-midi. Il n'arrivait pas à exprimer l'étonnement et l'indignation qui lui collaient à la peau comme un vêtement trop étroit.

De Wit lui avait annoncé qu'il allait devoir consulter un psychologue.

« Votre dossier lui a été communiqué. »

La forme passive. Trop trouillard pour lui dire carrément : C'est moi qui lui ai communiqué votre dossier, capitaine. Parce que vous êtes un loser et que moi, Bart de Wit, des losers, je n'en ai pas besoin. Je veux me débarrasser de vous. Je ne peux pas y arriver avec votre dossier médical ? Je le ferai avec ça. Voyons voir ce que vous avez dans le crâne, capitaine. Plantons-y une cuillère et remuons tout ça comme il faut. Allons, allons, reculez-vous, mesdames et messieurs : ça pourrait être dangereux. L'homme que vous avez devant vous est légèrement… décalé. Pas tout à fait là. Psychologiquement déséquilibré. Comme ça, il a l'air normal. Un peu trop gros peut-être, un peu négligé aussi, mais normal. Mais dans sa tête, mesdames et messieurs, dans sa tête, c'est tout autre chose. Dans sa tête, il y a pas mal de circuits qui ont cramé.

« Votre dossier lui a été communiqué. Vous pouvez consulter à certaines heures… (Il avait vérifié.) Cet après-midi à 16 h 30, demain matin à 9 heures, demain après-midi à 14 heures…

– Cet après-midi », s'était-il empressé de répondre.

De Wit avait levé le nez de dessus son dossier, un rien surpris, puis élogieux.

« Nous allons vous arranger ça. »

Et voilà que Joubert s'était mis en route. Parce que, quelque part dans un bureau tout gris avec un divan pour ses patients, un psy à lunettes avait trouvé des trucs dans son dossier. Parce qu'il avait aussitôt sorti le barème Freud, Jung ou autre. Ce qui nous donne quoi ? Le décès de sa femme ? Vingt points de moins. Passage en conseil de discipline ? Encore vingt de moins. Et ce fléchissement dans le boulot ? Quarante : il aurait pu essayer de rattraper. Total général : moins quatre-vingts. Qu'on me l'amène !

« On va surveiller la situation, capitaine. Histoire de voir si la thérapie fonctionne. »

Menace voilée, cachée. Mais l'atout maître dans le jeu de De Wit, manifestement.

C'était peut-être une bonne chose. Dieu sait si son mental était confus. Vraiment ? Comme si on pouvait juger l'état de son esprit ! A quel point était-il normal à Macassar, lorsqu'il avait contemplé les restes calcinés du trio, lorsqu'il pouvait encore entendre leurs voix dans ses oreilles ? Le cri suraigu, primal, que pousse l'esprit lorsqu'il doit quitter le corps à regret, son volume encore augmenté par les hurlements de la chair qui agonise dans les flammes alors que tous les capteurs de la douleur sont cernés par la chaleur la plus intense.

C'était normal, ça ?

C'était normal de se demander alors, et pour la énième fois, si ça valait le coup d'aller rejoindre les morts ? N'était-il pas préférable de garder le contrôle du quand et du comment ? Était-il mal de craindre le moment inattendu où l'esprit comprend qu'il ne lui reste plus qu'une nanoseconde en ce monde ? Avoir peur. Être terrifié.

Et voilà que de Wit tenait une épée de Damoclès au-dessus de sa tête. On laisse le psy arranger les circuits ou alors...

Il s'arrêta devant une tour du front de mer. Seizième étage. Le docteur H. Nortier. C'est tout ce qu'il savait. Il prit l'ascenseur.

Il fut heureux de constater qu'il n'y avait personne dans la salle d'attente. Ça ne ressemblait pas à ce à quoi il s'attendait. Il y avait un canapé avec deux fauteuils, tout cela joli, confortable et recouvert d'un motif floral rose et bleu. Au milieu, une table basse sur laquelle étaient posés six magazines – les derniers numéros de *Kat, Time, Car, Cosmopolitan, Sarie* et *ADA*. Sur une porte peinte en blanc qui devait donner dans la salle de consultation, un panneau proclamait :

LE DOCTEUR NORTIER VA VOUS RECEVOIR.
SERVEZ-VOUS DU CAFÉ, FAITES COMME CHEZ VOUS,
S'IL VOUS PLAÎT.
MERCI.

Suivait la version en afrikaans. Il y avait des aquarelles sur les murs – dont une qui représentait le cosmos et une autre des maisons de pêcheurs à Paternoster. La machine à café se trouvait sur une table dans un coin de la pièce. A côté étaient disposés des tasses à café en porcelaine, des soucoupes, des petites cuillères, un pot de lait en poudre et un sucrier.

Il se versa une tasse, le café filtre sentait bon. Ce n'aurait pas été un psychiatre par hasard ? Les psychologues se faisaient appeler « monsieur », pas « docteur ». Était-il donc fou au point d'avoir besoin d'un psychiatre ?

Il s'assit sur le canapé, posa sa tasse sur la table basse et sortit ses Winston. Et chercha un cendrier. Il n'y en avait aucun dans la pièce. L'irritation le submergea. Comment un psy pouvait-il ne pas avoir de cendrier dans sa salle d'attente ? Il remit le paquet de cigarettes dans sa poche.

Il regarda la couverture de *Kat*. On y voyait un homme maquillé. L'accroche déclarait : NATHANIEL : L'HOMME DERRIÈRE LE MASQUE.

Il avait envie de fumer. Il feuilleta la revue. Il n'y trouva rien qui pouvait l'intéresser. La femme sur la couverture de *Cosmopolitan* avait de gros seins et une grande bouche. Il prit la revue et la feuilleta, elle aussi. Et il vit un titre : À QUOI IL PENSE AU BOULOT. Il aplatit les pages, mais songea que le docteur pouvait ouvrir sa porte à tout instant. Il referma la revue.

Il crevait d'envie de fumer. Comme si la cigarette pouvait faire du tort à l'esprit !

Il ressortit son paquet et mit une cigarette entre ses lèvres. Il saisit son briquet et se leva. Il devait bien y avoir une poubelle dont il pourrait se servir.

La porte s'ouvrit. Il releva la tête. Une femme entra. Elle était petite. Elle sourit et lui tendit la main.

– Capitaine Joubert ?

Il lui tendit la main à son tour. Il y serrait toujours son briquet. Il retira sa main et fit passer son briquet dans sa main gauche.

C'est ça, eut-il envie de dire, mais il avait toujours sa cigarette aux lèvres.

Il rougit, ramena sa main en arrière et ôta sa cigarette de sa bouche pour la mettre dans sa main gauche. Enfin il tendit la main droite et serra celle du docteur.

– Il n'y a pas de cendriers, marmonna-t-il en rougissant et sentant sa petite main tiède et sèche dans la sienne.

Elle souriait toujours.

– Probablement l'entreprise de nettoyage, dit-elle en lui lâchant la main. Entrez donc. Vous pourrez fumer ici.

Elle lui tint la porte.

– Non, je vous en prie, dit-il en lui faisant comprendre que c'était elle qui devait entrer la première.

Il se sentait maladroit et très gêné après sa remarque idiote sur l'absence de cendrier.

– Merci.

Elle entra et referma la porte derrière eux. Il remarqua alors sa longue jupe marron, son chemisier blanc boutonné jusqu'au cou et sa broche, marron elle aussi – un éléphant en bois accroché au-dessus d'un de ses petits seins. Il sentit une odeur féminine – du parfum ou la sienne propre – et remarqua combien cette femme était gracieuse, fragile et d'une beauté étrange qu'il n'arrivait toujours pas à identifier.

– Asseyez-vous, je vous prie, dit-elle en faisant le tour de son bureau blanc.

Un grand vase élégant contenant trois œillets roses était posé dessus. Et encore un téléphone blanc, un bloc-notes de format A 4, un petit plumier avec quelques crayons rouges et noirs, un grand cendrier en verre et un dossier vert. Il se demanda si c'était le sien. Derrière elle, une bibliothèque blanche couvrait pratiquement tout le mur, pleine de livres – éditions brochées et volumes au format poche –, le tout formant un joyeux panneau de savoir et de plaisir.

Il y avait une deuxième porte dans le coin de la pièce, à côté de la bibliothèque. Était-ce par là que le patient précédent s'était sauvé ?

Il s'assit sur une des deux chaises disposées devant le bureau. Il y avait aussi des fauteuils, du genre ajustable et recouverts de cuir noir. Il se demanda s'il aurait dû attendre qu'elle s'assoie. Elle sourit, les mains confortablement posées sur le bureau devant elle.

– C'est la première fois que j'appelle quelqu'un « capitaine » en consultation, dit-elle.

Elle parlait très bas – comme sur le ton de la plus grande confidence –, mais la voix était mélodieuse. Il se demanda si c'était comme ça qu'on apprenait aux psy à parler.

– Je m'appelle Mat, dit-il.

– Vos initiales ?

– Oui, répondit-il, soulagé.

– Moi, c'est Hanna. J'aimerais que vous m'appeliez comme ça.

– Vous êtes psychiatre ? demanda-t-il nerveusement.

Elle secoua la tête. Elle avait les cheveux d'un brun terne, ramenés en arrière en une tresse qu'il voyait chaque fois qu'elle faisait un mouvement de la tête.

– Non. Je suis une psy ordinaire.

– Mais vous êtes docteur.

Elle inclina la tête de côté, comme si elle se sentait légèrement mal à l'aise.

– J'ai un doctorat en psychologie.

Il assimila le renseignement.

– Je peux fumer ?

– Bien sûr.

Il alluma sa cigarette. Elle s'était tordue lorsqu'il l'avait serrée dans sa main et pendouillait tristement entre ses doigts. Il aspira la fumée et secoua inutilement la cendre dans le cendrier. Et garda les yeux sur sa cigarette et le cendrier.

– Je ne travaille avec la police que depuis huit jours, reprit-elle. J'ai déjà reçu quelques personnes. Certaines étaient vraiment très malheureuses d'être obligées de me voir. Je les comprends. Être forcé de faire quelque chose n'est jamais agréable.

Elle attendit une réaction, en vain.

– Consulter ne signifie pas qu'il y ait quelque chose qui cloche, enchaîna-t-elle. C'est juste que vous avez besoin de parler à quelqu'un. Quelqu'un qui se trouve entre le boulot et la maison.

De nouveau, elle attendit. Elle avait les bras détendus, seules ses mains faisaient de temps en temps des petits gestes pour ponctuer ses paroles. Il regarda rapidement son visage et vit le contour de sa mâchoire, droit et délicat, presque fragile. Il se détourna. Elle n'avait pas l'air de se sentir coupable. Seulement calme et patiente.

– Et mon patron ? demanda-t-il.

– Votre patron ? Je reçois tous les jours une pile de dossiers d'officiers supérieurs qui croient que leurs hommes devraient me parler. Je suis la seule à en décider.

Il n'empêche : c'était quand même de Wit qui avait lancé la procédure. En remplissant les formulaires. Et en exposant ses motifs.

Il sentit l'intensité du regard qu'elle posait sur lui. Il éteignit sa cigarette. Croisa les bras et la regarda. Elle avait l'air grave.

Encore plus doucement qu'avant elle lui dit :

– Ça n'a rien d'anormal de trouver ça désagréable.

– Pourquoi m'avez-vous choisi comme patient ?

– A votre avis ?

Maligne, pensa-t-il. Trop maligne pour moi.

Il savait bien qu'il n'était pas fou. Ou bien… n'était-ce pas très précisément ce que déclaraient ceux qui l'étaient ? Non, s'il était là, c'était parce qu'il l'était un peu. Le Prédateur suprême l'avait à l'œil. Et ça, il y avait des moments où ça le rendait…

– A cause de mon dossier, dit-il, résigné.

Elle le regarda, une amorce de sourire de compassion sur les lèvres. Elle avait une petite bouche. Il s'aperçut qu'elle ne portait pas de maquillage. Sa lèvre inférieure était très mignonne, d'un joli rose pâle, naturel.

Elle se taisait toujours, il ajouta :

– C'est probablement nécessaire.

– Qu'est-ce qui vous le fait croire ? lui demanda-t-elle, presque dans un murmure.

Seule la musicalité de sa voix avait rendu sa remarque audible.

Était-ce donc ainsi qu'elle travaillait ? On entrait, on s'asseyait, on perçait l'abcès et en laissait échapper le pus devant le bon docteur qui désinfectait la plaie et la pansait ? Par où devait-il commencer ? Voulait-elle savoir des choses sur son enfance ? Croyait-elle qu'il n'avait jamais entendu parler de Freud ? Ou alors… devait-il commencer par Lara ? Ou finir par elle ? Ou par la mort ? Et Yvonne Stoffberg dans tout ça ? Tu veux que je te raconte l'histoire de l'inspecteur de police et de la fille du voisin ? A hurler de rire, ce truc… Parce que l'inspecteur de police aimerait bien mais n'est pas sûr de pouvoir.

– Mon travail en souffre.

La réponse manquait de gueule et il le savait ; il savait aussi qu'elle le savait.

Elle garda longtemps le silence.

– Votre accent, dit-elle enfin. Je suis du Gauteng. Ça me fait toujours drôle. C'est là que vous avez grandi ?

Il baissa la tête et regarda ses chaussures qui avaient besoin d'un bon coup de cirage. Il acquiesça.

– A Goodwood.

– Des frères et des sœurs ?

Ça n'était donc pas dans son dossier ?

– Une sœur aînée.

– Elle est toujours au Cap ?

– Non. Elle habite à Secunda.

A présent, il la regardait en parlant. Il vit son front large, ses grands yeux marron, très écartés, ses gros sourcils.

– Vous vous ressemblez ?

– Non…

Il savait qu'il devait ajouter quelque chose. Ses réponses étaient trop brèves.

– Elle… elle ressemble à mon père.

– Et vous ?

– A ma mère.

Il était timide, il se sentait mal à l'aise. Ce qu'il voulait dire était d'une banalité à pleurer, mais il le dit quand même :

– En fait, je tiens du côté de ma mère. Son père à elle, mon grand-père, était gros lui aussi. (Il respira un grand coup et ajouta :) Et maladroit.

Ça l'agaçait d'avoir ajouté ça. On aurait dit un criminel qui laisse volontairement des indices derrière lui.

– Vous vous trouvez maladroit ?

Elle avait dit ça automatiquement, assez bizarrement il se sentit mieux. Au moins ne contrôlait-elle pas absolument tout.

– Oui.

– Pourquoi dites-vous ça ?

Plus lentement, d'un ton pensif.

– Je l'ai toujours été. (Son regard erra sur les rayonnages, sans rien voir.) Aussi loin que je me rappelle…

Ses souvenirs se pressaient contre la digue. Il en laissa filtrer quelques-uns.

– Au collège… j'étais toujours le dernier à la course… (Il ne se rendait pas compte du sourire désabusé qu'il arborait.) Ça m'inquiétait. Ça a cessé quand je suis passé au lycée.

– Pourquoi cela vous inquiétait-il ?

– Mon père… je voulais être comme lui.

Il reboucha le trou dans la digue, la fuite des souvenirs s'arrêta.

Elle hésita un instant.

– Vos parents sont-ils toujours en vie ?

– Non.

Elle attendit.

– Mon père est mort il y a trois ans. D'une crise cardiaque. Et ma mère un an plus tard. Il avait soixante et un ans. Elle en avait cinquante-neuf.

Il voulait oublier.

– Que faisait votre père ?

– Flic. Il a dirigé le commissariat de Goodwood pendant dix-sept ans.

Il crut entendre tourner les rouages de sa pensée. Son père était flic, il était flic. Ça voulait dire ce que ça voulait dire. Mais elle se serait trompée.

– Je ne suis pas devenu flic à cause de mon père, dit-il.

– Ah.

Ce qu'elle était maligne ! Elle l'avait percé à jour. Mais ça ne se reproduirait plus. Il se tut. Il enfonça sa main dans la poche de sa veste pour y prendre une cigarette. Non, c'était trop tôt. Il ressortit sa main et croisa de nouveau les bras en travers de sa poitrine.

– C'était un bon policier ?

C'était quoi, cette fascination qu'elle avait pour son père ?

– Je ne sais pas, dit-il. Oui. Il était d'une autre époque. Son personnel... les flics en tenue, Blancs et Noirs... l'aimaient bien.

Son père... Il n'en avait même pas parlé à Lara.

– Mais je crois qu'ils avaient peur de lui.

Il n'avait jamais parlé de son père à Blackie Swart. Ni à sa mère ou à sa sœur non plus. Voulait-il donc en parler à quelqu'un ?

– Il avait une insulte raciste pour chaque nuance de noir, pour la moindre classification raciale de ce pays de dingues. Pour lui, les Malais n'étaient pas des gens de couleur. C'étaient de sales *hotnots*[1]. Les Xhosas et les Zoulous n'étaient pas des Noirs non plus. C'étaient des « putains de *kaffers* ». Jamais des *« kaffers »* tout

---

1. Forme condensée de « Hottentots », injure raciste. Le régime de l'Apartheid divisait la population en Blancs, Noirs (Xhosas ou Zoulous), gens de couleur (descendants des esclaves malais, des Kois, des Sans...) et métis divers *(NdT)*.

seul. Toujours des « putains de *kaffers* ». A son époque, chez les Noirs, il n'y avait pas de flics, il n'y avait que des criminels. Et il y en avait de plus en plus au fur et à mesure qu'ils venaient de l'est pour chercher du travail. Il les haïssait.

Il se vit assis dans le fauteuil noir, gros, les bras croisés, la tête baissée et les cheveux légèrement dépeignés, avec sa veste et son pantalon marron, ses chaussures mal cirées, sa cravate. Il s'entendit parler. Comme s'il se trouvait en dehors de son corps. Parle, Mat Joubert, parle donc. C'est ce qu'elle veut. Sors-lui les squelettes de tes placards. Laisse-la disséquer les restes de ta vie avec ses connaissances. Sue-moi toutes ces saletés.

– Et moi aussi, je les ai haïs au début, parce que c'était ça qu'il faisait. Jusqu'au jour où j'ai commencé à lire et à me faire des amis dont les parents avaient des idées différentes. Et après, j'ai tout bonnement… méprisé mon père, méprisé son point de vue étroit et simpliste, sa haine inutile. Tout ça a fait partie d'un… processus…

Pendant un instant, ce fut le grand calme dans les douves de son esprit.

La douleur lui écrasait les épaules. Il était sur la tombe de son père et il l'avait haï. Et personne ne le savait. Mais son père s'en était douté.

– Je le haïssais, docteur, reprit-il en soulignant délibérément son titre, pour mettre de la distance.

Elle voulait savoir ? Elle voulait connaître les spectres qui traînaient dans sa tête ? Il allait les lui balancer. Putain, qu'est-ce qu'il allait balancer ! Avant que ses techniques, sa voix et ses connaissances ne les lui fassent avouer par la ruse…

– Je le haïssais parce qu'il était ce que je ne pourrais jamais être. Et parce qu'il me le reprochait et n'arrêtait pas de me le renvoyer à la gueule. Ce qu'il pouvait être fort… et rapide à la course ! Le vendredi soir, il obligeait les flics noirs à s'aligner dans la rue, derrière le commissariat. « Allez, mes petits *hotnots*, leur lançait-il, celui qui arrive au lampadaire avant moi pourra aller tirer son coup ce week-end ! » Il avait déjà la cinquantaine et il les battait tout le temps. Et moi, je ne courais pas vite. Il disait que j'étais seulement paresseux. Il disait que j'aurais dû jouer au rugby : ç'aurait fait de moi un homme. Alors, j'ai commencé à faire de la natation. Je nageais comme s'il en allait de ma vie. Dans l'eau, je ne me sentais ni gros, ni maladroit, ni laid. Pour lui, la natation, c'était pour les filles. « C'est les filles qui nagent, disait-il. Les hommes font du rugby. Ça leur donne des couilles. » Il ne fumait pas. D'après lui, ça affectait le souffle. J'ai commencé à fumer. Il ne lisait pas parce que la vie était le seul livre dont on avait besoin. La lecture, c'était un truc de filles. Je me suis mis à lire. Il était grossier. Il insultait ma mère et ma sœur. Je leur parlais doucement. Il traitait les Noirs de « sales *hotnots* », de « putains de *kaffers* », de « coolies ». Je leur disais toujours « monsieur ». Et un jour, il m'a laissé tomber en crevant.

L'émotion montait à l'intérieur, envahissait sa poitrine. Son corps tremblait, indépendamment de lui, et si fort que ses coudes atterrirent sur ses genoux et sa tête entre ses mains. Il se demanda comment elle…

Brusquement, il eut envie de lui parler de la mort. Le désir s'en répandit en lui comme une fièvre. Il le sentit et en fut soulagé. Parle-lui-en, Mat, et tu seras libre…

Il se redressa et remit la main dans sa poche. Sortit ses cigarettes. Ses mains tremblaient. Il alluma une cigarette. Il savait qu'elle allait dire quelque chose pour briser le silence. Ça faisait partie de son boulot.

– Pourquoi avez-vous choisi la même carrière que lui ?

– A Goodwood, les inspecteurs étaient séparés des policiers en tenue. Il y avait un lieutenant, le lieutenant

Coombes. Il portait un chapeau, noir. Et il parlait doucement. A tout le monde. Il fumait des Mills, boîte métal. Il portait toujours un gilet et conduisait une Ford Fairlane. Tout le monde le connaissait. On avait parlé de lui à plusieurs reprises dans les journaux pour des meurtres qu'il avait élucidés. On vivait près du commissariat. Un jour, j'étais en train de lire assis sur le perron quand il est passé devant moi. Il sortait du bureau des inspecteurs et devait aller voir mon père. Tout d'un coup, il s'est arrêté à notre portail et m'a regardé. Puis, comme ça, il m'a dit : « Faudrait que tu deviennes inspecteur. » Je lui ai demandé pourquoi et il m'a répondu : « On a besoin de gens intelligents dans la police. » Puis il est parti. Et ne m'a plus jamais reparlé. Je ne sais même pas ce qu'il est devenu.

Il éteignit sa cigarette. Elle n'était qu'à moitié fumée.

– Mon père disait qu'aucun de ses enfants ne travaillerait dans la police, reprit-il. Coombes, lui, m'avait demandé de devenir inspecteur. Il était tout ce que j'aurais eu envie que soit mon père.

Dis-lui qu'elle ne cherche pas au bon endroit. Dis-lui que cette piste-là ne mène nulle part. Que ce n'était pas son père qui lui avait baisé la gueule. Que c'était la mort. La mort de Lara Joubert.

– Votre travail vous plaît ? lui demanda-t-elle.

Ah, enfin, vous commencez à chauffer, docteur.

– Bah, c'est un boulot. Des fois, c'est agréable, d'autres non.

– Quand est-ce agréable ?

Quand la mort est digne, docteur. Ou quand elle est complètement absente du tableau.

– Réussir, dit-il, ça, c'est agréable.

– Quand est-ce désagréable ?

Bing ! Vous avez décroché le gros lot, docteur. Sauf que ce n'est pas aujourd'hui qu'elle pourrait le toucher.

– Quand ils arrivent à filer.

Se rendait-elle compte qu'il biaisait ? Qu'il lui cachait des trucs, qu'il avait trop peur d'ouvrir les vannes parce qu'il ne savait plus combien de tonnes d'eau se pressaient derrière ?

– Comment vous détendez-vous ?

– Je lis. (Elle attendit.) De la science-fiction, essentiellement.

– C'est tout ?

– Oui.

– Vous vivez seul ?

– Oui.

– Ça ne fait pas longtemps que je suis ici, dit-elle, et il remarqua son nez, long et légèrement pointu.

On aurait dit que les divers éléments de son visage n'allaient pas ensemble, mais qu'ils formaient un tout dont la beauté commençait à le fasciner. Était-ce aussi sa fragilité ? Il prenait plaisir à la regarder. Et se sentait heureux de la trouver séduisante. Parce qu'elle n'en savait rien. C'était là son avantage.

– Et j'ai encore des tas de trucs à organiser, poursuivit-elle. Mais parmi les choses qui sont déjà en train de prendre forme, j'ai un groupe... si on peut appeler ça comme ça... des gens qui consultent...

– Non merci, docteur, dit-il.

– Pourquoi ?

Il ne devait pas être bien sorcier de décrocher un doctorat en psychologie. Il n'y avait guère qu'à apprendre l'art de transformer n'importe quelle remarque en une question. Commençant par « pourquoi ? » de préférence.

– Je vois assez de flics cinglés au boulot.

– Ce ne sont pas...

Puis elle sourit, lentement.

– Ils ne sont pas cinglés et ce ne sont pas tous des hommes ou des flics.

Il ne réagit pas. Parce qu'il avait remarqué l'expression de son visage avant qu'elle sourie. Toi, docteur, tu es humaine, comme nous autres.

– Je vous tiendrai au courant de nos activités. Comme ça, vous pourrez décider. Vous ne venez que si vous en avez envie.

Demande-lui si elle appartient au groupe. Une partie de lui-même n'en revenait pas que ça l'intéresse. Cela faisait plus de deux ans que les désirs sexuels ne lui venaient plus que sous la forme de rêves dont il se souvenait vaguement et où il avait des relations pas très agréables avec des femmes sans visage. Les vraies femmes, celles qui étaient vivantes, qu'il rencontrait n'étaient que des sources de renseignements qui lui permettaient de faire son travail avant de rentrer chez lui s'abriter entre les pages d'un livre.

Et voilà qu'il… qu'il s'intéressait au docteur Hanna ? Eh ben, dis donc ! La petite femme frêle à la beauté insaisissable aurait réveillé le bonhomme en toi ? Le désir de protéger ? De posséder ?

– J'y penserai, dit-il.

9

En revenant chez lui, il passa devant la piscine muni-
cipale. Le surveillant était un Noir.

– Vous pouvez venir nager le matin, monsieur, lui
dit-il. Avec les membres du Club des affaires. L'été, je
commence à 5 h 30.

– Le Club des affaires ?

– Oui, ce sont des hommes d'affaires. L'année dernière, ils ont demandé à la mairie s'ils pouvaient nager
tôt le matin, avant d'aller au boulot. Il y a trop de travail après. La mairie a dit oui et a donné un nom à ces
lève-tôt : le Club des affaires. Nous ouvrons à 5 h 30
pendant la semaine, à 6 h 30 le samedi, et le dimanche
est jour de repos. 90 rands la saison, de septembre à
mai. Vous pouvez régler à la caisse. Il y a un supplé-
ment de 20 rands pour les casiers.

Joubert alla chercher son carnet de chèques dans sa
voiture et paya. Puis il gagna le bassin. Il regarda l'eau
bleue, sans même entendre les cris ni voir les éclabous-
sures des gamins qui se baignaient. Il sentit les odeurs
de la piscine et se souvint. Puis il fit demi-tour. Arrivé à
la porte, il jeta son paquet de Winston rouge dans une
poubelle.

Il s'arrêta au café. Le propriétaire le connaissait et lui
descendit des Winston de l'étagère.

– Non, dit Joubert. Benson & Hedges. Special Mild.

Il n'y avait pas d'enveloppe sous sa porte quand il

arriva chez lui. Il se fit trois œufs au plat. Le jaune creva et se répandit partout. Il les mangea sur un toast. Puis il s'assit dans sa salle de séjour, prit son William Gibson et le termina.

Avant d'aller se coucher, il ressortit son maillot de bain d'un placard. Il l'enroula dans une serviette et le posa sur la chaise près de la porte.

Depuis quelques années, il en était venu à détester les week-ends.

Les samedis n'étaient pas trop insupportables ; Mme Emily Nofomela, sa femme de ménage xhosa, venait faire ses heures : les bruits de la machine à laver, des assiettes qui s'entrechoquaient et de l'aspirateur remplissaient heureusement le silence mortel de la maison.

Être de service aidait aussi à tenir à distance l'ennui et le désœuvrement.

Dès que le réveil sonna, à 6 h 15, il se leva d'un geste décidé, sans même se rendre compte que l'événement était de taille.

Il était le seul membre du Club des affaires à utiliser le créneau du samedi matin. Les vestiaires étaient silencieux et vides, il entendit la grosse pompe du bassin à l'extérieur. Il enfila son maillot et s'aperçut qu'il était trop petit. Il allait devoir s'en racheter un dans la matinée. Il gagna le bassin en passant par le pédiluve, les bruits et les odeurs libérant des souvenirs et lui rappelant des pans entiers de sa jeunesse. Il se sentit bien d'être revenu.

L'eau s'étendait toute lisse devant lui. Il plongea et commença à nager le crawl. Au bout de trente mètres très exactement, il était complètement épuisé.

Un flic plus âgé et plus expérimenté aurait flanqué Hercules Jantjies à la porte du commissariat, plutôt deux fois qu'une et d'un bon coup de pied aux fesses.

Le problème était que des vagabonds débarquaient souvent dans les locaux le samedi matin pour dire les joies et les peines de leurs camarades d'infortune après les beuveries du vendredi soir. Quand on travaillait depuis assez longtemps au commissariat de Newlands, on finissait par en conclure que la meilleure solution était encore de mettre au plus vite un terme aux insultes et aux élucubrations, sans parler de l'odeur.

Mais le jeune policier blanc portait un uniforme tout neuf, impeccable, et marchait encore à l'enthousiasme qu'avaient suscité en lui les grandes déclarations d'une académie où l'on apprenait qu'en Afrique du Sud la police devait être au service de tous.

Il se força à ne pas se détourner instinctivement d'une puanteur où l'alcool à brûler recyclé le disputait aux remugles d'un corps pas lavé et regarda Hercules Jantjies droit dans les yeux – qu'il avait petits, marron et fouineurs. D'un rouge violacé, sa peau était sillonnée de millions de petites rides infligées par la vie, sa bouche n'avait plus de dents et sa barbe n'était pas rasée.

– Vous désirez ? demanda-t-il.

Hercules Jantjies sortit sa main de dessous sa veste usée et lui montra un morceau de journal. Il le posa sur la table et le lissa d'une main crasseuse. Le policier s'aperçut qu'il s'agissait d'une première page du *Cape Times* remontant à plusieurs jours. La manchette proclamait : UN MEURTRE DE LA MAFIA ? en grosses lettres. Hercules Jantjies y posa son index.

– M'sieur le président, dit-il, c'est pour ça que j'viens.

Le policier ne mesura pas l'importance de la chose.

– Oui ? répondit-il.

– Je veux témoigner, m'sieur le président.

– Oui ?

– A cause que j'y étais.

– Quand ça s'est produit ?

– Parfaitement, m'sieur le président. Témoin oculaire. Mais je veux être protégé par la police.

Il s'accrocha au bord du bassin. Il était à bout de souffle et avait les poumons en feu. Une fatigue intense se propagea dans ses membres, son cœur devenant vite une grande source d'angoisse. Il n'avait aligné que deux longueurs. Il entendit qu'on lui parlait et releva la tête, la bouche toujours ouverte pour aspirer de l'air le plus rapidement possible.

– Monsieur, il y a un beeper qui n'arrête pas de sonner.

C'était le surveillant. Il avait l'air inquiet.

– J'arrive, dit Joubert, en appuyant ses mains sur le rebord du bassin pour se hisser hors de l'eau.

Il commença à sortir puis s'immobilisa, à moitié hors de l'eau, trop épuisé pour continuer.

– Ça va, monsieur ?

– Je ne sais pas, répondit-il, surpris par la détérioration de son corps. Honnêtement, je ne sais vraiment pas.

Hercules Jantjies retenait toute l'attention des trois policiers réunis dans le bureau du patron du commissariat de Newlands, l'adjudant Radie Donaldson. Joubert et Donaldson s'étaient assis contre un mur, sur des chaises en bois marron, Benny Griessel ayant préféré s'y adosser. En face d'eux, Jantjies était un véritable îlot de puanteur.

Policier de la vieille école, Donaldson était de ceux qui traquaient tous les criminels potentiels sans se gêner,

quelles que soient leurs race, couleur et croyances politiques. C'était pour cela qu'il venait juste de lever un
doigt en l'air et de dire à Jantjies :

– Tu nous racontes des conneries, t'es mort. (Puis
d'ajouter :) Dis, t'es rond ?

– M'sieur le président, m'sieur le président ! lui lança
Jantjies comme si le moment était plus grave que ce à
quoi il s'attendait.

– Ces messieurs sont de la brigade des Vols et Homicides. Ils te couperont les couilles si tu nous racontes
des sornettes. C'est bien compris ?

– Oui, m'sieur le président.

Jantjies posa les yeux sur les trois policiers et baissa
légèrement la tête.

– J'ai tout vu, m'sieur le président, reprit-il. Mais je
veux la protection de la police.

– Si tu fais pas gaffe, t'auras droit à ses brutalités, lui
renvoya Donaldson.

– J'étais couché dans les buissons, m'sieur le président, entre Main Road et le parking.

– T'étais saoul ?

– Non, juste fatigué, m'sieur le président.

– Et alors ?

– Et alors, j'ai vu la femme se pointer, m'sieur le président.

– La femme ?

– Celle avec le flingue, m'sieur le président.

– Et après ?

– Elle a attendu dans l'ombre ; quand le défunt est
arrivé, Dieu ait son âme, et qu'il l'a vue, il a eu la
trouille et il a levé la main, m'sieur le président. Mais
elle l'a abattu et il est tombé comme une pierre.

– Et après ?

– Et après, c'est tout, m'sieur le président.

– Où est-elle allée après ?

– Elle a disparu.

– Une femme, dis-tu ? Hé… c'est bien ce que tu es en train de me dire ?

– Pas juste qu'une femme ordinaire, m'sieur le président.

Le silence se fit dans le bureau.

– Même que c'est pour ça que je veux la protection de la police, m'sieur le président. Parce que maintenant, c'est moi qu'elle cherche.

– Comment était-elle ? demanda Joubert, d'une voix qui trahissait sa déception.

– Elle avait une grande cape noire, comme Batman. Et des bottes et des cheveux noirs. L'ange de la Mort, que c'était. Elle est venue me voir hier soir, même qu'elle m'a fait signe d'avancer comme ça, avec son doigt. M'sieur le président, je connais mes droits dans notre nouveau pays. Je veux la protection de la police.

Tous les flics connaissaient les hallucinations engendrées par l'ingestion de Blue Train [1] – pas par expérience personnelle, mais par le contact répété avec d'innombrables témoins et accusés. Malgré les signes avant-coureurs, les inspecteurs avaient gardé espoir.

– Espèce de bâtard ! s'écria Donaldson en se ruant sur Jantjies.

Joubert eut tout juste le temps de l'arrêter.

Tôt ce dimanche-là, le lieutenant Leon Petersen téléphona.

– Je crois que je tiens les fumiers qui ont violé la fille à Mitchell's Plain, capitaine, dit-il. Mais c'est un truc de gang. Ils s'y sont mis à quatorze. Et ils causent pas.

Joubert prit sa voiture pour aller aider aux interrogatoires et vérifier les alibis. Plusieurs heures se passèrent à écouter des mensonges et à résister à des bravades

1. Surnom argotique de l'alcool à brûler *(NdT)*.

d'ados et autres provocations manifestes. A 17 h 22, la patience du lieutenant Petersen finit par le lâcher. Dans la salle des interrogatoires numéro 2 du commissariat de Mitchell's Plain, il perdit son sang-froid et donna un coup de poing sur l'œil et le nez du plus jeune membre du gang. Du sang gicla sur la table.

L'enfant noir se mit à sangloter.

– Ma mère va m' tuer, ma mère va m' tuer ! cria-t-il, et il commença à avouer, ses aveux tenant bientôt du déluge.

L'inspecteur Gerrit Snyman s'assit dans un coin de la salle et se mit à gribouiller aussi vite qu'il pouvait.

10

– Vingt-trois kilos, bordel ! Il a des cailloux dans la tête, ce type ! Tu sais pas ce qu'il m'a dit, Mat ? Il m'a dit que je devais perdre cinq kilos tous les six mois. Il est complètement cinglé !

Le capitaine Gerbrand Vos avait les joues rouges d'indignation. Joubert se contenta de hocher la tête en signe de compassion. Il attendait toujours de parler de sa santé avec de Wit.

– Putain, Mat ! Gros, j'ai toujours été gros ! Ça fait partie du bonhomme. Comment veux-tu qu'un flic soit un squelette ? Non, mais… t'imagines un peu ? Bon, bref, qu'il aille se faire foutre, le père de Wit. Il arrivera jamais à me faire obéir.

Joubert sourit.

– Il y arrivera, Gerry.

– Tu parles !

– C'est dans le règlement. Les officiers supérieurs doivent veiller à ce que tous leurs hommes soient en bonne forme à tout moment, et prêts à agir. C'est écrit noir sur blanc. Tu peux vérifier.

Vos garda le silence un instant.

– On appartient à la brigade des Vols et Homicides, Mat. On n'est pas des flics attachés à une unité de parade. Être en forme, oui, mais jusqu'à quel point ? Je ne pourrais pas courir le marathon des Camarades[1], mais quand même…

Joubert se rappela sa séance de natation. Il n'avait pas fait mieux que le samedi précédent. Le point de côté était reparu au bout de cinquante mètres en crawl, les poumons à vif comme si on y avait mis le feu. Au bout de cent mètres, il avait dû s'accrocher encore une fois au rebord, pour reprendre son souffle. Lui aussi garda le silence.

– Vingt-trois kilos, nom de Dieu ! Va falloir me coudre la bouche !

L'homme franchit en traînant les pieds le seuil de la succursale de la banque Premier de Heerengracht. Il avançait à petits pas lents et méthodiques, serrant une canne dans la main gauche, les yeux fixés un mètre devant ses pieds avec une intense concentration. Les rides autour de ses yeux étaient innombrables, marques de l'âge.

Il gagna le comptoir des formulaires, glissa la main dans sa poche intérieure et lentement, patiemment, en sortit un étui à lunettes. Ses mains tremblèrent légèrement lorsque, après l'avoir ouvert, il déplia une paire de lunettes de vue à monture noire. Qu'il déposa sur son nez. La main repartit lentement vers la poche et en sortit un stylo à encre.

L'homme en dévissa le capuchon, tendit prudemment le bras en avant et prit une fiche de dépôt. D'une main incertaine, il écrivit des lettres et des chiffres dans les colonnes portées sur le papier blanc orné d'un liseré mauve.

Quand il eut fini, il remit le capuchon sur le stylo qui réintégra promptement la poche intérieure. Les lunettes

---

1. L'épreuve se dispute entre Durban et Pietermaritzburg *(NdT)*.

furent repliées, replacées dans leur étui, qu'une main tout aussi tremblante glissa de nouveau dans la poche. La main droite s'empara de la fiche de dépôt tandis que la gauche se refermait sur la canne. Puis l'homme se dirigea enfin vers la caisse.

La succursale de Heerengracht ne comptait pas parmi les plus grandes. Mais, concurrence avec les autres banques du secteur oblige, tapis mauves, mobilier en bois peint en gris pâle et murs blancs décorés d'affiches publicitaires, elle se proclamait banque Premier jusqu'à la caricature.

Veste et jupe mauves (pantalon en hiver), chemisier blanc avec col en dentelle et logo BP sans ornement monté sur une broche, l'uniforme de Joyce Odendaal était également impeccable. Vingt-deux ans, séduisante, Joyce avait été élue caissière du mois.

Elle remarqua la démarche saccadée du vieil homme, son costume marron d'un autre âge, la chaîne de montre en or qui partait de son gilet et descendait jusqu'à sa poche, la cravate que ses mains bloquées par l'arthrite avaient été incapables de nouer correctement.

Elle soupira. Elle n'aimait pas les vieux. Ils étaient sourds et têtus et vérifiaient tout, comme si la banque voulait les estamper. Et souvent ils faisaient un raffut du diable pour la moindre erreur.

Il n'empêche : son « Bonjour, monsieur » fut aimable et accompagné d'un sourire. Elle avait un petit espace entre les deux dents de devant. Elle vit les taches de nourriture sur la cravate et le gilet du vieillard et remercia le ciel de ne pas être obligée de le regarder manger.

– Bonjour, mon cœur, dit-il, et elle eut l'impression que la voix était jeune.

Et que les yeux bleus, là, perdus au milieu des rides, étaient bien jeunes, eux aussi.

– Que puis-je faire pour vous ? demanda-t-elle néanmoins.

– Une fille comme vous devrait pouvoir aider un vieux monsieur comme moi de mille et une manières, lui répondit-il de sa voix décidément bien jeune. Mais concentrons-nous plutôt sur ce qui est possible maintenant.

Le sourire de Joyce Odendaal ne trembla pas un seul instant. Aussi bien n'avait-elle aucune idée de ce qu'il lui racontait.

– Prenez donc un de ces grands sacs pour ranger l'argent et remplissez-le de billets de cinquante. J'ai là, sous ma veste, un gros revolver dont je ne voudrais pas être obligé de me servir. Ce que votre succursale peut être belle !

Il ouvrit sa veste pour lui montrer son arme.

– Monsieur ? dit-elle avec un sourire incertain.

– Allons, mon cœur, reprit-il, on garde le pied loin de l'alarme et on se met au travail. Le vieil homme que vous avez devant vous est pressé.

Il sourit. Joyce porta lentement la main droite à son visage. Elle frotta le dessous de son nez et sa bouche ouverte avec son index. Puis sa main commença à trembler. Joyce l'abaissa encore. L'alarme n'était qu'à quatre centimètres de son pied.

– Quel parfum mettez-vous ? enchaîna le vieil hommé d'un ton calme et intéressé.

– « Tu es le Feu », répondit-elle sans réfléchir et en prenant le sac à argent.

Puis elle ouvrit le tiroir-caisse et commença à en sortir les billets.

A peine revenu de la banque cambriolée, Joubert dut courir pour décrocher le téléphone dans son bureau.

– Si vous voulez bien ne pas quitter, le docteur Perold va vous parler.

Il attendit.

– Capitaine ?

– Docteur ?

– Les nouvelles ne sont pas bonnes, capitaine.

Il sentit les muscles de son estomac se contracter. Il se demanda si le médecin regardait fixement son téléphone par-dessus le rebord de ses lunettes. Et attendit encore.

– C'est votre cholestérol, capitaine. J'ai envoyé le rapport à votre supérieur, mais je veux aussi vous parler.

– Oui.

– Le taux est très élevé, capitaine. Très très élevé.

– Et ce n'est pas bon ?

Le docteur y alla d'un drôle de bruit à l'autre bout du fil.

– Voilà qui caractérise assez bien votre état, capitaine. Ajoutez-y la cigarette, le poids excessif et les antécédents familiaux et ça, oui, je dirais que « ce n'est pas bon ».

Fallait-il lui annoncer qu'il avait commencé à nager le samedi matin précédent ?

– Il va falloir prendre des médicaments, capitaine. Et faire un régime. Tout de suite.

Joubert poussa un soupir.

– Que dois-je faire ?

Il acheta un recueil de nouvelles, *Les Lauréats de l'Hugo Award* [1], et un roman de Spider Robinson que Billy lui avait fortement recommandé. Des enfants jouaient au cricket dans la rue devant chez lui. Il dut attendre qu'ils aient ôté la caisse en carton qui leur servait de guichet pour pouvoir entrer dans son allée.

Sa séance de natation matinale lui avait donné de l'appétit. Il y avait une boîte de haricots à la sauce tomate dans un coin de son buffet. Il se demanda si

---

1. Prix de la meilleure nouvelle de science-fiction américaine *(NdT)*.

c'était mauvais pour le cholestérol. Demain, la diététicienne pourrait le lui dire. Il sortit une Castle du frigo. Il avait lu quelque part que la bière était pleine de vitamines et de minéraux qui faisaient du bien. Il dévissa la capsule, sortit la boîte de pilules contre le cholestérol de sa poche de veste, en posa une sur sa langue et la fit descendre avec une gorgée de bière. Celle-ci était si froide qu'il en trembla. Il gagna la salle de séjour. Il s'assit et alluma une Special Mild. La cigarette ne le détendit pas. Et s'il revenait aux Winston, mais en en fumant moins ? Ou alors… le tabac aurait-il aussi une influence sur le taux de cholestérol ? Il tira fort sur sa cigarette, mais rien n'y fit. Il ouvrit son livre de poche à la première nouvelle d'Isaac Asimov.

On frappa à la porte d'entrée.

Il posa sa bière derrière son fauteuil et se leva pour aller ouvrir.

Jerry Stoffberg se tenait devant lui, sur le perron. Et derrière lui, il y avait Yvonne.

– 'soir, Mat, dit Stoffberg.

Il n'était pas aussi gai que d'habitude.

Joubert savait très bien pourquoi son voisin était là. Il sentit la pression monter dans sa poitrine et se demanda même un instant si ce n'était pas un des signes avant-coureurs de l'infarctus.

– Salut, Stoff, dit-il d'une voix étranglée.

– On peut entrer ?

– Bien sûr.

Il leur tint la porte. Il remarqua que la jeune femme évitait son regard et sut ce qu'il allait devoir dire à Stoffberg. Il ne s'était rien passé. Il fallait que Stoffberg le comprenne. Il ne s'était rien passé – pour l'instant.

Ils gagnèrent la salle de séjour en silence. La cigarette de Joubert achevait de se consumer dans le cendrier.

– Assieds-toi donc, proposa-t-il, mais Stoffberg s'était déjà installé sur le canapé.

Sa fille se posa à côté de lui comme si elle avait besoin qu'on l'aide. Joubert avala sa salive. Dans sa poitrine, la pression augmenta encore.

– Mat, dit Stoffberg, je suis désolé de te déranger comme ça, mais il est arrivé quelque chose dans notre famille.

– Non, non, il ne s'est rien passé, répondit Joubert plein d'appréhension, et il avala lourdement l'excédent de salive qu'il avait dans la bouche.

– Pardon ?

Il était clair que Stoffberg ne comprenait pas. Joubert vit Yvonne lui faire les gros yeux.

– Le beau-frère de ma sœur est mort hier soir, reprit Stoffberg. A Benoni. Crise cardiaque. A trente-huit ans. Dans la fleur de l'âge. Une vraie tragédie. (Il regarda la cigarette de Joubert dans le cendrier.) Lui aussi fumait beaucoup, tu sais.

La lumière se fit dans la tête de Joubert. Enfin il comprenait l'attitude de son voisin. C'était celle du professionnel. Du croque-mort en service. Dans sa poitrine, la pression disparut d'un coup.

– Je suis désolé de l'apprendre, dit-il, Yvonne cessant aussitôt de le fusiller du regard.

– Ils veulent que je l'enterre, Mat, conclut-il, puis il garda le silence un instant.

Joubert ne savait plus trop quoi dire.

Enfin Stoffberg reprit :

– C'est un grand honneur qu'ils me font. Ce n'est certes pas une tâche agréable, mais c'est un honneur, vraiment. L'enterrement aura lieu mercredi prochain, mais nous avons un problème et j'aurais besoin de ton aide, Mat.

– Si je peux faire quelque chose, dit sincèrement Joubert.

– Bonnie commence ses cours au Technikon mercredi prochain, enchaîna Stoffberg en passant le bras autour des épaules de sa fille et en la regardant avec fierté.

Sa voix ayant perdu un peu de sa gravité, il ajouta :

— *Ja*, Mat, c'est que la fifille à son papa a beaucoup grandi ! Elle va étudier les relations publiques !

Yvonne enfouit son visage dans le cou de son père comme une fillette et sourit gentiment à Joubert.

Stoffberg retrouva son ton professionnel.

— Bref, elle ne pourra pas venir avec nous. Et tous ses amis sont encore en vacances. Je pourrais sans doute demander à Mme Pretorius, au coin de la rue, si Yvonne pourrait rester chez elle, mais avec son rouquin de fils…

Stoffberg serra les mains en un geste implorant.

— C'est là que Bonnie m'a suggéré de venir te voir pour te demander si elle ne pourrait pas loger chez toi.

Occupé qu'il était à penser à l'ironie de l'histoire du rouquin, il ne comprit pas tout de suite ce que Stoffberg lui disait. Son voisin, lui, y vit un signe d'hésitation.

— Tu es le seul homme auquel on puisse faire confiance, Mat. T'es quand même flic. Et ça ne serait que pour huit jours. Bonnie est prête à te faire la cuisine et à s'occuper du ménage. Et à ne pas se mettre dans tes pieds. En fait, ce serait juste pour le soir. Pendant la journée, elle sera à la maison. Ça me soulagerait vraiment, Mat.

— Eh bien, mais, Jerry…

— Dis à Tonton Mat que tu ne te mettras pas dans ses pieds, Bonnie.

Yvonne garda le silence et se contenta de lui sourire à nouveau.

Joubert savait ce qu'il allait lui répondre, mais il en allait de son intégrité.

— C'est que je travaille souvent tard le soir, Jerry, dit-il.

Stoffberg acquiesça gravement de la tête.

– Je comprends, Mat. Mais elle est grande, tu sais ?

Joubert était arrivé au bout de ses excuses.

– Quand dois-tu partir, Jerry ? demanda-t-il. Il va falloir que je lui donne une clé.

– Demain matin, dit Yvonne en ouvrant pour la première fois la bouche.

Elle avait gardé les yeux fixés chastement sur le parquet. Il lui jeta un bref coup d'œil et la vit relever prestement la tête pour lui sourire. Il se tourna vers Jerry mais évita son regard.

11

L'eau était lisse comme du verre. Encore une fois, il était le seul membre du Club des affaires à nager ce matin-là. Il plongea et commença par de la brasse, lentement. Il cherchait son rythme. Il ne savait pas s'il arriverait jamais à le retrouver. Il avait bu bien trop de Castle et fumé bien trop de Winston depuis. Ça remontait à une éternité.

Il se fatigua plus facilement que lors des deux dernières séances. Au moins avait-il une excuse, songea-t-il. Une nuit entière passée à tourner et virer dans son lit. A se battre avec sa conscience, à se retrouver coincé entre son désir et un lourd sentiment de culpabilité.

La tête sur l'oreiller, il entendait battre son cœur. Fort. Il s'était levé, un peu après une heure du matin, pour aller chercher le poème dans la chambre d'amis, sous le William Gibson posé sur une pile de livres de poche.

Goûte-moi, touche-moi, prends-moi…

Il avait dû se rallonger sur le dos et penser à autre chose. A son travail. A de Wit. Qu'est-ce qu'il cherchait, celui-là ? Il avait fini par succomber au sommeil.

Mais, le matin venu, il s'était senti fatigué. Après deux longueurs de bassin, il renonça.

De Wit se présenta à la porte de son bureau, un dossier vert à la main. Joubert était en conversation téléphonique avec Pretoria.

De Wit cogna sur le chambranle de la porte et attendit dehors. Joubert se demanda pourquoi il n'entrait pas mais termina son appel. De Wit entra. Encore une fois, il souriait. Mal à l'aise, Joubert se leva.

– Asseyez-vous, capitaine. Je ne veux pas vous empêcher de travailler. Pretoria vous fait des difficultés ?

– Non, colonel. Je… Ils ne m'ont toujours pas envoyé le rapport balistique… pour le Tokarev. J'essayais de les remuer.

– Je peux m'asseoir ?

– Évidemment, colonel.

Pourquoi ne s'asseyait-il pas sans faire toutes ces manières ?

– Aujourd'hui, j'aimerais bien qu'on parle de votre santé, capitaine.

Joubert comprit enfin pourquoi il souriait. Il triomphait.

De Wit ouvrit le dossier vert.

– J'ai reçu le rapport, dit-il en le regardant droit dans les yeux. Capitaine, il y a des problèmes que vous allez devoir résoudre tout seul. Je n'ai absolument pas le droit de vous parler de votre taux de cholestérol ou de toutes les cigarettes que vous fumez. Mais votre forme, oui, ça, j'ai le droit d'en discuter avec vous. Et dans ce rapport, il est dit que vous pesez quinze kilos de trop. Vous n'avez pas autant de problèmes que certains de vos collègues, mais il n'en reste pas moins que ça fait quinze kilos de trop. Et le médecin trouve que vous êtes sérieusement mal en point.

De Wit referma le dossier vert.

– Je ne veux pas me montrer déraisonnable et, d'après le médecin, perdre cinq kilos en six mois n'a rien de fou. On se donne donc jusqu'à la même date l'année prochaine ? Pour voir un peu les progrès qu'on aura faits ? Qu'en pensez-vous ?

Le ton supérieur l'agaçait au moins autant que ses airs de feinte amitié.

– Nous pourrions régler ça en six mois, colonel, dit-il.

Parce que de Wit ignorait encore qu'il s'était remis à la natation. Joubert sentit qu'il avait un but. Les muscles de ses jambes et de ses bras étaient agréablement fatigués après la séance du matin. Et il savait qu'il pourrait continuer. Il allait lui mettre ses deux nez dans le caca, à ce monsieur.

– Six mois, oui, dit-il. Absolument.

De Wit avait toujours son petit sourire – presque une grimace – sur la figure.

– C'est vous qui décidez, capitaine, reprit-il. Votre détermination m'impressionne. Nous en prenons bonne note.

Il rouvrit le dossier vert.

La journée commençait à prendre sa forme habituelle. Joubert gagna Crossroads en voiture. Corps mutilé d'un bébé. Meurtre rituel. La radio ayant crachouillé à sa hanche, il fut appelé à Simons Town. Le propriétaire d'un surplus militaire s'était fait descendre à l'AK 47. Les taches de sang et les bouts de cervelle de la victime avaient un air tristement définitif sur le casque de l'US Army, l'épée d'officier japonais et la casquette de capitaine d'un U-boat coulé en mer accrochés aux murs.

L'après-midi venue, il se présenta avec cinq minutes de retard à son rendez-vous avec la diététicienne. Il se gara dans le parking de la clinique. La femme l'attendait.

Elle n'était pas jolie, mais elle était mince. Elle avait les cheveux frisés, le nez crochu, la bouche petite et sans humour.

Elle secoua la tête d'un air de ne pas y croire lorsque Joubert lui décrivit ses habitudes alimentaires. Elle se servit de cartes et d'affiches pour lui expliquer les acides gras – saturés et non saturés –, les fibres, les graisses animales et végétales, les calories, les vitamines, les minéraux, et l'équilibre entre tout ça.

Il secoua la tête et dit qu'il vivait seul. Son estomac se contracta lorsqu'il pensa à Yvonne Stoffberg qui l'attendrait chez lui ce soir-là, mais il informa la diététicienne qu'il ne savait pas faire la cuisine et qu'il n'avait pas davantage le temps de suivre un régime.

Elle lui demanda s'il avait le temps de se payer une crise cardiaque. Elle lui demanda s'il comprenait bien ce que signifiait son taux de cholestérol. Elle lui demanda combien de temps il fallait pour s'arrêter au marché, y acheter tous les matins des fruits et les mettre dans son attaché-case.

Il eut envie de lui répondre que les inspecteurs de police ne se baladaient pas avec des attachés-cases mais reconnut seulement que ça ne serait pas difficile.

– Et les sandwiches ? enchaîna-t-elle.

Combien de temps fallait-il pour en emballer un au pain complet dans de l'alu pour le lendemain ? Et pour avaler une assiette de son avec du lait écrémé le matin ? Et pour s'acheter de la saccharine pour toutes les tasses de thé et de café bues au bureau ? Combien de temps cela prenait-il donc ?

Pas beaucoup, reconnut-il.

– Bien, dit-elle, donc, on va pouvoir commencer à travailler.

Et elle sortit une feuille portant l'en-tête : RÉGIME DE MONSIEUR…

Son stylo au-dessus de l'espace libre, elle était l'incarnation même de l'efficacité.

– Prénom ? dit-elle.

Il poussa un soupir.

– Mat.

– Mat comment ?

Le hall de la brigade des Vols et Homicides de Bellville sud comportait un espace où les visiteurs pouvaient attendre. Les murs étaient nus, le plancher couvert de carreaux d'un gris glacial et les chaises du genre
mobilier administratif, davantage fait pour durer que
pour être confortable.

Ceux qui attendaient là étaient les parents et les amis
de personnes soupçonnées de meurtre ou de cambriolage, pourquoi donc leur offrir un lieu confortable ou
plaisant ? Ce n'était quand même que des individus qui
avaient des liens étroits avec des suspects. Il n'est pas
impossible que ce soit ce que s'étaient dit les archi-
tectes et les administrateurs en discutant les plans du
futur bâtiment.

Mais Mme Mavis Petersen, elle, n'était pas d'accord.
Le hall faisait partie de son royaume, adjacent au
bureau de la réception où elle avait tous les pouvoirs.
Originaire de Malaisie, elle était mince, séduisante,
et sa peau d'une très belle nuance de brun. Et elle
connaissait la douleur des proches de criminels. C'est
pour cela qu'il y avait des fleurs sur le comptoir de la
réception de la brigade tous les jours de la semaine.
Sans parler du sourire qu'elle arborait.

Sauf maintenant.

– L'adjudant Griessel manque à l'appel, dit-elle
lorsque Joubert entra et gagna la porte en acier qui permettait de passer dans le reste du bâtiment.

– Comment ça, « il manque à l'appel » ?

– Il n'est pas venu ce matin, capitaine. Nous lui
avons téléphoné, mais personne n'a décroché. Je lui ai
envoyé deux policiers en voiture, mais sa maison est
fermée à clé.

– Et sa femme ?

– Elle dit qu'elle ne l'a pas vu depuis des semaines. Et que si jamais on le retrouvait, ça serait peut-être bien de lui demander où il planque la pension alimentaire.

Joubert réfléchit en tambourinant sur le comptoir du bout des doigts.

Mavis parlait à voix basse et le ton était désapprobateur.

– Le colonel dit que ce n'est pas la peine de le chercher, reprit-elle. Il dit que c'est la façon que l'adjudant Griessel a trouvée pour lui répondre.

Joubert garda le silence.

– Il est très différent du colonel Theal, n'est-ce pas, capitaine ?

Elle l'invitait à se mettre de son côté.

– Très différent, en effet, dit-il. Il y a des messages pour moi ?

– Non, rien, capitaine.

– Je vais essayer l'hôtel Outspan. C'est là qu'on l'a retrouvé la dernière fois. Après, je rentrerai chez moi. Faites savoir que je veux être averti tout de suite si on a du nouveau pour Benny.

– Très bien, capitaine.

Joubert sortit.

– Quelle autorité ! s'exclama Mavis en haussant les sourcils et s'adressant au hall vide.

Sis dans Voortrekker Road, entre Bellville et Stikland, l'hôtel Outspan avait acquis sa seule et unique étoile sous une autre gérance.

Joubert montra sa carte d'identité et demanda à consulter le registre. Seules deux chambres étaient occupées, et aucune par un quelconque Griessel. Il gagna le bar. Sombre, la pièce était basse de plafond et lambrissée de bois foncé.

Les premiers clients de la soirée se tenaient déjà le long du grand comptoir, seuls, mal à l'aise, sans l'anonymat que confère le nombre.

112

L'odeur lui assaillit les narines – alcool et tabac, bois et clients, produits de nettoyage et cirage, tout cela cuit et recuit pendant des dizaines d'années. Elle remonta à sa mémoire et fit resurgir des images depuis longtemps oubliées : il avait neuf ou dix ans et on l'envoyait chercher son père. 10 heures du soir. Les gens, la fumée, la chaleur, les voix. Son père assis dans un coin du bar, au milieu d'un tas de visages. Son père en train de faire un bras de fer avec un grand type tout rouge. Son père qui jouait.

« Ahhhh, v'là mon fils ! Désolé, Henry, mais je peux pas perdre la face devant lui. »

Et son père abaissait le bras de son adversaire sur la table en bois. On se marrait aimablement, on était plein d'admiration pour le costaud, celui qui faisait respecter l'ordre et la loi à Goodwood.

« Allez, Mat, viens ici. Je vais t'apprendre. »

Timide et fier, il s'asseyait en face de son père. Ils se prenaient les mains. Son père jouait, faisait semblant de croire que son fils pouvait le battre facilement.

Les spectateurs riaient bruyamment.

« Un jour, tu verras qu'il te battra pour de bon, Joop.

– Pas s'il se branle trop ! »

Joubert s'assit au bar de l'Outspan et se rappela comment il avait rougi, comment la gêne l'avait submergé. Et ça, fallait-il aussi le raconter au docteur Hanna Nortier ? Est-ce que ça l'aiderait ?

Le barman se leva à contrecœur.

– Une Castle, s'il vous plaît, dit Joubert.

L'homme le servit avec la compétence acquise pendant des années de pratique.

– 3 rands, dit-il.

– Je cherche Benny Griessel.

Le barman prit son argent.

– Qui êtes-vous ?

– Un de ses collègues.

113

– La preuve ?

Joubert lui montra sa carte.

– Il est passé hier soir. Il pouvait pas rentrer chez lui.
Je l'ai mis à dessaouler. Je suis allé le voir après le
déjeuner, mais il avait filé.

– Où va-t-il d'habitude ?

– Comment voulez-vous que je le sache ?

Joubert versa sa bière dans son verre. Le barman y vit
un signal et retourna s'asseoir sur sa chaise dans le
coin.

La bière avait un bon goût, bien rond, bien plein. Il
se demanda si cela tenait au lieu. Il s'alluma une Special Mild. S'habituerait-il jamais aux légères ?

Il savait bien qu'il trichait.

Il sourit dans son verre en admettant la vérité : il cherchait tout autant Benny dans ce bar que du courage
dans sa bière. Parce qu'il y avait une jeune demoiselle
chez lui et qu'il ne savait pas s'il serait à la hauteur.

Il souleva son verre et le vida. Il le reposa sur le
comptoir pour attirer l'attention du barman.

– Une autre ?

Sans enthousiasme.

– Juste une. Après, faudra que j'y aille.

12

Il poussa la porte avec son coude car il portait deux grands sacs de course remplis de pommes, de poires, de pêches, d'abricots, de céréales All Bran, de flocons d'avoine, de poulet sans peau, de bœuf sans gras, de lait écrémé, de filets de colin, de yaourts allégés, de boîtes de thon et de fruits séchés.

Il sentit tout de suite qu'elle était là.

Sa maison était pleine de l'odeur lourde de la viande d'agneau en train de rôtir. Et d'autres odeurs aussi. De haricots verts ? D'ail ? De pudding ?

Il entendit la musique.

– Y a quelqu'un ?

Sa voix lui parvint de la cuisine :

– Oui, ici.

Il longea le couloir. Elle sortit de la cuisine, une cuillère à la main. Il vit la minijupe, les jambes belles et agiles, les chaussures à talons hauts. Elle avait posé l'autre main sur sa hanche et se penchait. Sa poitrine était à peine couverte. Le ventre était nu et ferme, chairs pâles dans la lumière de cette fin d'après-midi. Ses cheveux brillaient d'avoir été brossés longuement et son visage était très maquillé.

La *femme fatale*[1] à la cuisine. Il y vit tout de suite les fantasmes d'une adolescente de dix-huit ans. Sa gêne le

---

1. En français dans le texte *(NdT)*.

disputa au plaisir de savoir que tout cela était destiné à le séduire. Il sentit les pulsations de son cœur.

– Salut, dit-elle d'une voix d'héroïne de Hollywood.

– Je ne… je ne savais pas que… tu faisais la cuisine.

Il souleva ses sacs.

– Il y a beaucoup de choses que tu ne sais pas sur moi, Mat.

Il ne bougea plus et se sentit étranger dans sa propre maison.

– Allez, viens, dit-elle en disparaissant dans la cuisine.

Il la suivit. Il avait un goût de nuit dans la bouche.

Elle avait posé son transistor et son magnétophone sur l'appui de la fenêtre. Elle avait mis une station de radio locale. Elle se tenait debout à la table.

– Tu es dans le journal, reprit-elle.

Il posa les sacs sur la table et jeta un coup d'œil à l'*Argus*.

– Tu es célèbre.

Il était incapable de la regarder. Il ramassa le journal. En bas de la première page, un titre déclarait :

DON CAMÉLÉON FRAPPE ENCORE

Il lut l'article.

> C'est sous les traits d'un play-boy blond d'un certain âge qu'il a délesté la banque Premier de Bellville de quelque 7 000 rands au début de la semaine. C'est sous ceux d'un petit vieux qu'il vient de s'en prendre à la succursale de Heerengracht qu'il a quittée avec 15 000 rands en poche.
> La police est persuadée qu'il s'agit du même homme. Les similitudes sont en effet très curieuses – le Caméléon s'est montré très charmant, allant jusqu'à donner du « mon cœur » aux caissières avant de leur demander quel parfum elles portaient. D'après le porte-parole de la police, le lieutenant

116

John Cloete, il n'y aurait pour tout indice que la vidéo tournée par une caméra cachée dans la deuxième banque.

« Mais il est clair que le voleur est très soigneusement déguisé. Il y a peu de chances qu'on puisse l'identifier au vu de ce document. »

Le lieutenant Cloete a ajouté que c'était l'un des meilleurs inspecteurs de police de la Péninsule, le capitaine de la brigade des Vols et Homicides Matt Joubert, qui s'était chargé personnellement de l'affaire.

Joubert cessa de lire, reposa le journal sur la table et soupira. Il allait devoir téléphoner à Cloete. « Un des meilleurs inspecteurs de la Péninsule... » Comme s'ils en savaient quoi que ce soit ! Alors qu'ils n'étaient même pas capables d'orthographier son prénom correctement. Sans parler de De Wit, à qui ça risquait fort de ne pas plaire.

Yvonne lui avait servi une Castle pendant qu'il lisait. Elle la lui tendit, ses mains fines aux ongles rouges se dessinant sur l'ambre du liquide.

– Tu en as une de retard, lui dit-elle.

– Merci.

Il lui prit le verre des mains en évitant encore de la regarder.

– Je vais te gâter, dit-elle, et soudain elle fut à côté de lui, tout contre.

Elle glissa ses mains sous sa veste et l'attira contre elle. Elle leva la tête et lui offrit sa bouche.

– Dis merci, lui lança-t-elle.

Il l'embrassa. D'une main, il tenait sa bière tandis que de l'autre il touchait la partie nue de son dos et la serrait. Elle se coula contre lui comme vif-argent. Sa bouche avait un goût de bière et d'épices, la chaleur de sa langue le surprit. Elle avait posé les mains dans son

117

dos, elle tira sur sa chemise et les glissa dessous pour le caresser. Joubert avait envie de la sentir contre son érection. Il poussa son bas-ventre en avant, elle se frotta contre lui. Il perdait la tête, son cœur battait fort… mais tout en bas, là où ça comptait, il n'y avait rien.

– La bouffe, dit-elle en lui passant la langue sur les lèvres. Ça va brûler.

Elle poussa son pelvis contre lui, fort, la promesse était sérieuse. Puis elle lui remit sa chemise dans son pantalon et s'éloigna, toute fluide. Elle était légèrement essoufflée.

Il resta près de la table, abandonné, mal à l'aise.

– Je vais te surprendre, reprit-elle, mais c'est un gros secret. Il va falloir que tu attendes au living. C'est pour ça que j'ai apporté le journal.

Son ton était un peu moins théâtral, un rien hésitant même. Elle tendit un bras vers l'appui de fenêtre, et il la vit attraper un paquet de cigarettes, l'ouvrir et lui en offrir une. Des Winston. Il hésita un instant puis en prit une. Elle en sortit une autre avec ses grands ongles rouges et la mit dans sa bouche. Son rouge à lèvres avait bavé.

Il fouilla dans sa poche, y trouva son briquet et lui alluma sa cigarette avant de passer à la sienne. Elle en tira adroitement une grande bouffée, souffla un mince filet de fumée vers le plafond, s'approcha de lui et lui déposa un petit baiser sur la joue.

– Allez, dans la salle de séjour, dit-elle.

Sa voix était de nouveau plus profonde, sa confiance semblant lui être revenue.

Il sourit gauchement, prit le journal et son verre et gagna le living. Puis il ouvrit le journal, avala une gorgée de bière et tira fort sur sa Winston. Très satisfaisant, tout cela.

Il ne savait pas qu'elle fumait. Va savoir pourquoi, elle lui en parut d'autant plus excitante.

Il regarda fixement le journal. Il sentait encore sa peau sous sa main. Dieu de Dieu, ce qu'elle pouvait être jeune ! Et ferme, mais ferme ! Il avait senti ses muscles lorsque ses mains s'étaient refermées sur son dos. Et son bassin qu'elle frottait contre lui.

Il se força à lire. Il l'entendait travailler. En chantant un air de rock. Plus tard, elle lui apporta une autre bière. « Il faudrait voir à ne pas prendre de retard. » Il en conclut qu'elle aussi elle buvait dans la cuisine.

– J'ai presque fini, dit-elle. Tu viens quand je t'appelle ?

Encore des bruits à la cuisine, puis un long silence.

– Mat.

– Oui.

– Éteins la lumière. Et viens.

Il avala son reste de bière, plia le journal et éteignit la lumière. Une faible lueur venait de la salle à manger. Il traversa le couloir et entra dans la pièce.

Des bougies posées dans deux grands candélabres éclairaient la table. Il découvrit un vase avec des fleurs, deux verres en cristal qui reflétaient la lumière des bougies, de l'argenterie qui scintillait, un seau à glace d'où dépassait le goulot d'une bouteille.

Elle était assise à l'autre bout de la table. Elle avait remonté ses cheveux au sommet du crâne. De grosses boucles en or pendaient à ses oreilles. Sur ses lèvres rouges courait un petit sourire. Son cou mince, ses épaules, ses bras et une bonne partie de sa poitrine luisaient tout roses dans le rond de lumière. Sa robe noire brillait fort. Elle se leva avec grâce. Il vit que sa robe lui descendait jusqu'aux chevilles. Elle portait deux fins bracelets en or autour du poignet. Elle alla jusqu'à une chaise en haut de la table et la tira vers elle. Sa hanche roula, découvrant une jambe ivoirine.

– Assieds-toi, Mat, s'il te plaît, dit-elle.

Yvonne, la table mise, il eut l'impression que tout cela sortait d'un magazine féminin. Il en eut le souffle coupé.

– C'est… tu es magnifique, dit-il.

– Merci.

Il gagna lentement sa chaise. Était-ce la bière qui lui faisait tourner un peu la tête ? Avant même qu'il ait pu s'asseoir, elle l'aida à ôter sa veste.

– A toi d'ouvrir la bouteille de champagne, dit-elle.

Elle se pencha en arrière et appuya sur un bouton de son radiocassette. De la musique douce emplit la pièce.

Il tendit la main vers la bouteille, en ôta le papier brillant, défit le fil de fer et manipula le bouchon.

– Tu as de grandes mains, dit-elle. Fortes.

Le bouchon sauta. Il versa le liquide pétillant dans son verre. Il tremblait, la mousse déborda et coula sur la nappe blanche.

– Je m'excuse, dit-il.

Elle pouffa.

– A notre première soirée ensemble, Mat !

Ils trinquèrent et leurs verres chantèrent une note aiguë. Puis ils burent.

– Y en a encore au frigo, enchaîna-t-elle. Reprends-en.

Elle vida son verre et le lui tendit pour qu'il le remplisse. Il s'exécuta. Ils burent une deuxième fois. Elle servit. Gigot d'agneau, riz, sauce brune épaisse, pommes de terre au four, haricots verts à la crème et aux champignons, chou-fleur au gratin.

– On dirait… Je ne savais pas que tu aimais faire la cuisine.

– Bah, c'est juste un truc trouvé dans un livre de recettes. J'espère que ça te plaît.

– Mais tout me plaît ! s'écria-t-il.

Ce soir serait celui où il ferait ses adieux à tout ce qu'il ne faut pas manger. Dès demain, il lui parlerait de son régime.

– Qu'est-ce que tu as pensé de mon poème ?

– Je… il m'a beaucoup plu.

– M. Venter dit que je devrais écrire davantage. C'était

120

mon prof d'anglais l'année dernière. Je lui ai montré tous mes poèmes.

– Celui-là aussi ?

– Bien sûr que non, grande andouille ! Allez, remets-moi du champagne.

Ils mangèrent. Silence.

Puis :

– Ça fait plus d'un an que je suis amoureuse de toi, Mat.

Il avala un peu de champagne.

– Mais je veux que tu saches que c'est pas parce que je suis désolée pour ta femme.

Il avala encore une gorgée de champagne.

– Dans ma classe, y avait deux ou trois types qui s'intéressaient à moi. Ginger Pretorius a déjà un boulot... Sa moto est super sexy et tout et tout, mais c'est quand même qu'un ado.

Elle le regarda, l'œil trouble.

– Tu ne t'en doutais pas ? Chaque fois que mes parents t'invitaient, j'étais là. J'avais l'impression que tu ne me voyais pas. Il fallait bien que je fasse quelque chose. Tu ne t'étais aperçu de rien ?

– Non.

– D'après ce qu'on dit, l'époque où les femmes attendaient qu'on s'intéresse à elles est terminée. Si je n'avais pas fait quelque chose, on serait toujours amoureux en cachette, Mat. Mat, tu es content que j'aie fait quelque chose ?

– Oui.

Il y avait comme un brouillard entre Mat Joubert et la réalité.

– Dis-moi ce que ça t'a fait l'autre soir. J'étais trop agressive ? Y en a qui disent que les hommes aiment ça. Ça t'a plu, Mat, dis-moi ?

– Oui.

Il la regarda, il regarda ses dents si blanches à la

lumière des bougies, ses lèvres rouges, la grande vallée entre ses seins, à l'endroit où la robe avait glissé.

– Putain, pour moi, c'était génial ! s'écria-t-elle.

Elle le regarda et vit ses yeux posés sur sa poitrine.

– Ça te gêne que je jure, Mat ?

– Non.

– Ça te plaît ?

Il écoutait battre son cœur.

– Oui.

Elle repoussa son assiette et se pencha vers lui. Le haut de sa robe noire se déplia comme un pétale. Il vit le rond rose d'un mamelon.

– Qu'est-ce qui te plairait d'autre, Mat ?

Il détourna les yeux de son sein, passa de son cou crémeux à sa bouche, maintenant à demi ouverte. Ses dents brillaient. Il avait envie de lui dire ce qui lui plairait, mais le courage lui manqua. Il but encore du champagne et repoussa son assiette à son tour.

– Une Winston, dit-il en souriant d'un air piteux.

Elle lui renvoya son sourire comme si elle avait bien entendu ce qu'il disait mais ne comprenait pas ce que ça signifiait. Elle se pencha en avant et trouva le paquet derrière le transistor. Il alluma leurs deux cigarettes. Elle souffla la fumée sur les bougies, dont les flammes vacillèrent. Il s'aperçut qu'elle avait maintenant le sein complètement à l'air. Le savait-elle ?

– Tu te rappelles quand je t'ai dit qu'il y aurait deux desserts ?

Elle avait avalé une partie de ses mots, il comprit qu'elle était saoule. Son estomac se noua.

– Oui, répondit-il.

Et toi aussi, tu es un peu éméché, Mat Joubert.

– Ben, le premier, tu y auras droit avant le plat de résistance, monsieur Mat Joubert.

Elle se leva lentement et vint vers lui. Puis elle se coula sur ses genoux et lui passa les mains autour du cou, sa cigarette toujours allumée entre les doigts. Il posa la sienne dans son assiette et, les mains sur le dos de la jeune fille, y chercha la fermeté de la jeunesse.

Elle l'embrassa. Sa bouche remua lentement tandis que sa langue lui forçait les lèvres, comme du miel. Il approcha sa main de son sein. Il sentit le mamelon durcir. Il appuya encore plus fort la paume de sa main contre sa rondeur. Il était plus doux que ce à quoi il s'attendait.

Elle gémit. Elle laissa tomber sa main, l'appuya contre son ventre, la remonta, dénoua sa cravate et déboutonna sa chemise. Sa langue traça une ligne de feu en travers de son torse, ses dents lui effleurant la poitrine. Soudain, il ne put résister. Il la repoussa en arrière et posa ses lèvres sur son sein. Le prit dans sa bouche jusqu'à ce qu'elle en soit pleine. Sa peau était douce et souple. Il la taquina du bout de la langue, elle durcit encore, et gémit, et glissa de nouveau sa main entre ses jambes. Il posa la sienne sur son genou, sentit la fermeté de ses muscles et imagina le plaisir qui l'attendait. Il soupira en tremblant et remonta lentement la main. Elle écarta les jambes et posa sa bouche sur la sienne. Il s'attendait à rencontrer une petite culotte, il ne trouva que son sexe mouillé. Il y glissa les doigts. Elle gémit et lui suça la langue.

Et soudain il fut prêt. Entre ses jambes son érection était forte, solide comme du roc.

Elle repoussa sa main.

– Ça, dit-elle d'une voix vraiment rauque, c'est pour plus tard.

Elle lui donna un petit baiser et regagna difficilement sa chaise. Et tendit son verre pour qu'il lui resserve du champagne. Ses cheveux étaient défaits. Elle tira fort sur sa cigarette.

– Je n'ai jamais rencontré un homme comme toi, Mat, dit-elle.

Elle avait toujours le sein nu. Il s'interrogea sur son expérience, la possibilité que ce soit la première fois. Sur le fait qu'elle l'excitait. Qu'elle le prenait pour un moyen d'assouvir un fantasme. Mais il en avait assez de se poser des questions. Son cœur battait à tout rompre. La bouteille était vide. Il se leva, gagna la cuisine d'un pas incertain et alla en chercher une autre. Lorsqu'il revint, elle était toujours assise de la même façon, les coudes posés sur la table, la cigarette entre les doigts, le sein touchant presque la nappe. Il leur reversa du champagne.

– Ça t'a choqué que j'aie rien en dessous ?

– Non.

– J'ai rien mis de tout l'après-midi. Ce que ça m'excitait !

Elle tira une dernière fois sur sa cigarette et l'éteignit.

– Et toi, ça t'excite aussi ? lui demanda-t-elle en portant sa main à son sein et s'en caressant la pointe.

– Personne ne m'a jamais excité autant, répondit-il, et l'espace d'un instant il sut que c'était vrai.

Elle posa sa main sur la sienne et lui dit soudain tout doucement :

– Ce que ça me fait plaisir ! (Puis elle se souvint.) Allez ! Tu emportes les bougies au séjour. C'est là que tu auras ton grand dessert.

Elle mit le doigt de Joubert dans sa bouche et le suça doucement.

– Il y en aura deux, reprit-elle, et elle lui sourit d'un air séducteur dont l'alcool atténua l'efficacité.

Il ne le remarqua même pas.

Il s'assit.

– Debout. Et tu emportes aussi le champagne.

Il se leva.

– Mais d'abord, tu remplis mon verre.

Il obéit, puis il emporta son verre, la bouteille de champagne et le paquet de Winston à la salle de séjour.

Lorsqu'il revint chercher les bougies, elle avait disparu. Il prit les bougies et s'aperçut que sa chemise était ouverte jusqu'au nombril. Il s'assit sur le tapis. Il était heureux.

Il entendit quelqu'un frapper à la porte d'entrée.

Il n'en crut pas ses oreilles. On frappa encore, plus doucement. Un sentiment d'irréalité le prit, comme si tout cela faisait partie d'un rêve bizarre. Il se leva, hésitant, déverrouilla la porte d'entrée, tourna la poignée et ouvrit.

Benny Griessel était adossé au mur, le menton sur la poitrine, les habits froissés, les cheveux horriblement mal peignés.

– Mat ?

La voix était presque inaudible.

– Il faut… faut que j'te cause.

Griessel vacilla. L'espace d'un instant, Joubert voulut l'arrêter, mais il finit par ouvrir plus grand la porte afin de le laisser entrer.

– Benny, dit-il, t'arrives pas au bon moment.

– Faut qu'on cause.

Griessel, qui connaissait le chemin, s'avança vers la salle de séjour en titubant. Joubert referma la porte derrière lui. Il avait du mal à trouver une solution. Il rejoignit vite son collègue, le fit pivoter et lui posa les mains sur les épaules.

– Benny, écoute-moi, dit-il en chuchotant et lui secouant les épaules.

– J'ai envie de mourir, Mat.

– Benny.

– Crever, t'entends ?

– Putain, Benny ! T'es rond comme une bille !

Griessel se mit à pleurer.

Joubert regarda fixement devant lui, les mains toujours sur les épaules de Griessel. Il n'avait aucune idée de ce qu'il allait faire. Griessel était secoué de sanglots.

Joubert le fit pivoter à nouveau et se rendit à la salle de séjour. Il allait le faire asseoir, puis il avertirait Yvonne. Il aida son ami à gagner le canapé. Griessel cessa de sangloter dès qu'il aperçut les bougies. Il regarda Joubert et fronça les sourcils en essayant de comprendre.

– Hé, Mat, dit-il, c'est bien toi ?

Joubert se demanda quels démons étaient en train de lui danser dans le crâne. Il eut pitié de lui.

Yvonne apparut à la porte.

– Le dessert ! annonça-t-elle.

Ses seins et le triangle de ses poils pubiens n'étaient que trop visibles sous sa chemise de nuit transparente. Elle portait des chaussures à talons hauts et tenait un bol de pudding dans chaque main. Elle avait tendu les bras en avant, en guise d'invitation à l'autre dessert.

Elle vit Griessel.

Griessel la vit.

– Mat ? répéta doucement Griessel, puis sa tête retomba sur sa poitrine dans une stupeur alcoolisée.

Mat se tourna vers Yvonne. Plus moyen de penser, juste la panique.

Elle baissa les yeux sur sa nudité et vit comment ils la voyaient. Sa bouche se ferma.

– Bonnie, dit-il, mais il sut tout de suite que ça ne marcherait pas.

Elle lui jeta le bol de pudding qu'elle tenait dans sa main droite. Le bol lui toucha l'épaule gauche, il sentit l'odeur de gâteau et de glace. Puis tout coula sur sa poitrine et sa chemise. Elle se retourna et disparut dans le couloir en vacillant sur ses hauts talons.

– Bonnie ! cria-t-il à nouveau.

– Va te faire foutre ! hurla-t-elle avant de claquer la porte de sa chambre.

13

Drew Wilson rentrait chez lui au volant de sa Golf City. La radio diffusait un débat, mais il ne l'écoutait pas. Il était fatigué. Il avait comme un bourdonnement sourd derrière les yeux et son dos était raide et douloureux après toutes les heures qu'il avait passées assis.

Sa fatigue n'avait pas d'importance : travailler à nouveau était merveilleux. Même quand ce n'était pas pour soi. Oui, il était bon de créer chaque jour, de mettre tout son métier et toute son ingéniosité à transformer l'or en un objet qui ravirait tellement une femme que, son charme aidant, elle pourrait convaincre l'homme de sa vie de le lui acheter.

Chacune de ses créations le faisait fantasmer – quel genre de femme (ou d'homme, parfois) allait la porter ? Avec quelle tenue ? Pour quelle occasion ? De temps en temps, des touristes étrangers venaient dans la salle d'exposition, mais il essayait de les ignorer. Ses bijoux n'étaient jamais aussi beaux ou stylés que dans ses rêves.

Il habitait Boston, dans une vieille maison avec de grandes pièces à hauts plafonds qu'il avait restaurée. L'allée qui conduisait au garage était courte, mais, comme d'habitude, il s'arrêta, ouvrit le portail, remonta dans sa voiture et s'approcha des portes.

Lorsqu'il remit la main sur la poignée de la portière, il sentit que quelqu'un – quelque chose ? – se tenait près de lui dans le noir.

Il tourna brusquement la tête et vit le pistolet.

– Ah, mon Dieu !

Drew Wilson n'avait pas lu le journal depuis une semaine. Les horaires interminables et la pression au boulot ne lui en avaient tout simplement pas laissé le temps. Il n'avait pas entendu parler de la mort de James J. Wallace. Mais il vit le visage derrière le pistolet.

La physiologie de l'état de choc est prévisible. Le cerveau donne des ordres pour se préparer à agir et le faire vite, dans l'urgence. L'adrénaline afflue dans le sang, le rythme cardiaque s'accélère, les vaisseaux sanguins s'élargissent, les poumons pompent fort.

Il ne pouvait, quant à lui, que rester assis derrière le volant à cause du canon de pistolet pointé sur son crâne, juste au-dessus de l'œil droit. Mais son corps devait réagir : il se mit à trembler, ses mains et ses genoux finissant par tressauter de peur.

– Je… dit-il, tandis qu'une larme roulait lentement le long de sa joue jusqu'à sa moustache noire. Je…

Puis la balle lui entra dans le crâne, son cœur s'arrêta, ses vaisseaux sanguins se rétractèrent et ses poumons s'effondrèrent, toute son adrénaline gâchée à jamais.

Le dispatching radio réveilla Mat Joubert à 4 h 52. Il avait la voix rauque et la bouche sèche. Il chercha maladroitement un crayon et du papier quand la femme se mit à parler. Elle lui récita les faits d'une voix neutre : adresse, sexe de la victime, qui l'on avait averti.

– On dirait encore un coup des Chinois, capitaine. Une balle dans la tête, une dans la poitrine, ajouta-t-elle sur le ton de la conversation avant de lui dire au revoir.

Il grogna et raccrocha.

Il avait très peu dormi et le mélange de champagne et de bière avait transformé sa tête en bétonneuse. Il se redressa sur son séant et se frotta les yeux. Il grogna et songea à Benny Griessel allongé dans la salle de séjour. Puis il pensa à Yvonne Stoffberg et grogna plus fort.

Ce n'était pas sa faute.

Comment aurait-il pu deviner que Griessel allait débarquer ?

Il l'avait suivie dans le couloir, mais elle lui avait claqué la porte au nez et s'était enfermée à clé.

« Yvonne, je ne savais pas que…

– Je m'appelle Bonnie ! lui avait-elle lancé d'une voix aiguë, hystérique.

– Je ne savais pas qu'il allait venir.

– Qui c'est qui a ouvert la porte, hein ? »

Elle n'avait pas tort. Il avait entendu des bruits derrière la porte – des choses qu'on cognait, qu'on déplaçait.

« On avait frappé. Fallait bien que j'ouvre », dit-il.

La porte s'était ouverte. Son visage était apparu. La colère et la haine avaient changé sa bouche, rétréci ses yeux. Elle était en jogging rose.

« T'aurais pu ne pas répondre, espèce de flic à la con ! »

Et elle avait tapé du poing sur la porte avant de la refermer à clé.

Il s'était affaissé. Son ivresse s'était transformée en un fardeau qui l'empêchait de trouver les moyens de la convaincre. Ses dernières paroles lui avaient ôté tout courage. Il était toujours assis par terre lorsqu'elle avait rouvert la porte un peu plus tard. Elle tenait sa valise à la main. Elle l'avait enjambé et s'était élancée dans le couloir. Arrivée sur le seuil, elle avait hésité un instant, puis elle avait jeté sa valise par terre, était revenue vers lui et lui avait lancé : « C'est ici que je laisserai ma clé quand je viendrai chercher le reste de mes affaires, demain. » Enfin elle était partie. Il avait vu ses fesses bien fermes dans son jogging, s'était brièvement demandé si elle portait une culotte, puis elle avait disparu. Il était resté debout sans bouger, l'esprit engourdi, l'alcool comme un mauvais goût dans sa bouche, son désir comme une chose vague entre ses jambes.

A un moment donné, il était retourné dans son lit et maintenant il se sentait vieux et fatigué. Et à Boston, il y avait un deuxième type avec la tête éclatée et la poitrine en morceaux. Il s'était levé en grognant. D'abord, s'occuper du bonhomme qui se trouvait dans sa salle de séjour.

Il avait envie d'un café, mais il n'avait pas le temps. Il se brossa les dents à la hâte, sans pouvoir se débarrasser du mauvais goût qu'il avait dans la bouche. Il se débarbouilla et s'habilla. Dans la salle à manger, les restes de leur repas étaient froids et peu appétissants. En passant, il vit le mégot qu'il avait écrasé dans son assiette. Le fiasco de la veille le submergea.

Griessel ronflait sur le canapé. Joubert trouva le paquet de Winston sur la table basse et s'en alluma une. Il reviendrait aux Special Mild plus tard. Le goût d'alcool rance dans sa bouche ne se dissipait pas. Il secoua doucement l'épaule de Griessel. Les ronflements s'arrêtèrent.

– Mat, dit Griessel, surpris.

– Allez, Benny ! Faut que j'y aille, moi.

Lentement, Benny se redressa, la tête dans les mains.

– Encore un meurtre au Tokarev. A Boston. Mais toi, tu viens pas.

Il aida Griessel à se lever et le poussa jusqu'à la porte, puis jusqu'à la Sierra. Ils montèrent dans la voiture et s'éloignèrent.

– Mat, dit Griessel, de Wit m'a filé un ultimatum.

Joubert garda le silence.

– Je lâche la bouteille ou je dégage.

– Et tu lui as donné ta réponse.

Ils continuèrent de rouler en silence.

– Où c'est que tu m'emmènes ?

– Au commissariat d'Edgemead, Benny.

Griessel lui jeta un regard d'animal blessé.

– Il ne faut plus que tu boives jusqu'à ce que je te trouve de l'aide.

Griessel regarda droit devant lui.

– De Wit t'a averti, toi aussi.

– Oui, Benny. Il m'a averti.

Mme Shirley Venter était un petit bout de femme qui ne cessait de bouger les mains quand elle parlait, à toute allure et d'une voix suraiguë.

– Vraiment dommage. Bref, donc je me lève à 4 heures tous les matins. Je peux pas me payer le luxe d'avoir une bonne, moi. Bob part au travail très tôt et ça me donne le temps de lui préparer son petit déjeuner, de donner à manger aux chiens et de mettre le linge dans la machine. Ces trucs automatiques, j'arrive pas à y croire. J'ai une Defy à deux tambours qu'elle a dix-sept ans et y a jamais rien qui cloche. Bon, bref, je branche la bouilloire pour le café parce que Bob aime qu'on lui fasse son café au perco et ça prend quand même du temps et c'est là que je vois la voiture avec ses phares allumés devant le garage de Drew, même que là, vous voyez bien que c'est pas facile de voir vu que Bob a pas taillé la haie depuis un bon bout de temps.

Elle se tourna vers son mari. Age moyen, épaules lourdes, lèvres épaisses et bouche légèrement ouverte sous une moustache à la Hitler.

– Tu sais qu'il va falloir la tailler un jour, cette haie, pas vrai, mon chéri ?

Bob y alla d'un grondement, Joubert se demandant s'il acquiesçait ou rejetait la proposition.

Ils étaient debout dans la cuisine, au milieu de la vaisselle et du linge sales. Des odeurs de bacon frit les entouraient. Joubert s'adossa à un buffet, Basie Louw était déjà assis à table, en train de boire un café.

– Bon, bref, je vois la lumière des phares sur la porte du garage, mais je continue à préparer mon café en mettant le percolateur sur la cuisinière et en sortant les tasses. Bob ne se lève pas avant d'en avoir bu une au lit. Après, je mets le linge en route et je regarde encore par la fenêtre, et y a toujours la lumière des phares qui éclaire le garage. Alors là, je me dis que non, y a quelque chose qui va pas. Je monte le dire à Bob et, lui, il me dit de laisser les voisins tranquilles, mais moi, j'y dis non, non, Bob, y a quelque chose qui va pas, c'est pas normal qu'une voiture reste dix minutes devant une porte de garage qu'est fermée. Ce qui fait que Bob est allé voir. J'y avais dit de prendre un bâton ou quelque chose parce qu'on sait jamais, mais il y est allé comme ça. Faut dire qu'il jouait encore avant pour l'équipe de Parow à quarante-trois ans, pas vrai, mon chéri ?

Bob se fendit d'un autre bruit.

– Et c'est là qu'il l'a trouvé et y avait du sang tout partout et Bob a dit qu'à son avis la bagnole avait dû tourner au point mort jusqu'au petit matin parce que sans ça, les phares auraient pas été aussi forts. Après, il est venu me le dire et moi je l'ai fait savoir à la volante. En appelant le 10.111. J'avais mis le numéro près du téléphone vu que le 911, il était déjà sur la télé. Quelle honte ! Ça nous a fait un sacré choc. Tu parles d'une façon de mourir !

Sa voix lui tapait sur les nerfs. Joubert regarda la tasse de café de Basie Louw avec envie. Basie était arrivé avant lui. A un moment où il restait encore du café dans le percolateur.

– Vous n'avez pas entendu les coups de feu ? demanda-t-il. Des bruits ? Des voix ? Des voitures qui s'en allaient ?

Il regarda Bob Venter dans l'espoir que celui-ci voudrait bien lui répondre.

– Ici, y a toujours des bagnoles qui pétaradent, reprit-elle. C'est pas comme autrefois, où c'était une banlieue tranquille. Maintenant, Bob et moi, on bouge plus, on s'occupe de nos oignons. Et on dort bien. Y a que les riches qui peuvent passer leurs nuits à pas dormir.

Joubert prit cette réponse pour un non.

— Monsieur Venter, dit-il, avez-vous remarqué quelque chose de bizarre en sortant ?

Bob Venter gronda encore un coup et remua la tête de quelques millimètres vers la droite, puis vers la gauche.

— Que savez-vous du défunt ?

On aurait dit que Shirley Venter n'attendait que cette question pour reprendre la parole.

— Drew Wilson était un chic type. Et très artiste. Faudrait que vous voyiez l'intérieur de sa maison ! C'est bien mieux que chez nous. Et calme. Jamais un bruit, rien. Et il me saluait toujours, il souriait… et qu'est-ce qu'il travaillait dur ! Surtout depuis un certain temps…

— Que faisait-il, madame Venter ?

— Il fabrique des bijoux fantaisie, vous savez bien. Bref, dès qu'il a emménagé, je suis allée lui apporter un plateau-repas et quand je suis revenue, j'ai dit à Bob que c'était un type sup…

— Savez-vous où il travaillait ?

— Chez Benjamin Goldberg, dans Adderley Street. C'est un magasin très chic où tout est hors de prix. J'y suis allée une fois quand j'étais en ville, juste pour aller le saluer, mais attention : sourcilleux que c'était, et fallait montrer la carte de crédit ! Bon, bref, quand il a emménagé, je lui ai apporté de quoi manger et quand je suis revenue, j'ai dit à Bob que c'était un type super et vous savez, en général, c'est les premières impressions qui comptent parce que là, c'était vrai. Tout tranquille et amical, qu'il était.

— Il n'était pas marié ? Divorcé ?

— Pas marié. Je disais toujours que lui, il avait pas besoin d'une femme. Vous avez qu'à entrer chez lui jeter un coup d'œil. C'est encore mieux que chez moi.

Bob Venter grogna quelque chose d'inintelligible.

– Bob, tu peux pas dire ça! s'écria-t-elle. Faut pas faire attention à lui, inspecteur. Drew, c'était juste un artiste. Et d'ailleurs, bref...

– Qu'avez-vous dit, monsieur Venter?

– Bob, t'arrêtes cette histoire!

Bob grogna encore un coup. Joubert regarda ses lèvres et déchiffra les mots qu'il prononçait :

– C'était une pédale.

– D'après Bob, tous ceux qui jouent pas au rugby pendant au moins trente ans sont pédés. C'était juste un monsieur très artiste. Il avait plein de talent. Faut pas faire attention à Bob..

– C'était une pédale, répéta Bob d'un ton définitif, tout en croisant ses bras épais en travers de sa poitrine.

– Non, c'était juste un monsieur très artiste, répliqua Shirley en extirpant un mouchoir du col de sa robe.

Il alla chercher Griessel au commissariat d'Edgemead. Le flic qui lui ouvrit la porte avait l'air gêné et regardait ailleurs. Griessel regagna la voiture en silence.

Joubert prit le volant.

– Dis, Benny, comment je fais pour te remettre à la clinique où on t'a aidé le coup d'avant?

– T'as qu'à me laisser devant.

– Tu feras ce qu'il faut?

Griessel passa sa main sale sur sa barbe de deux jours.

– Tu crois que ça m'aidera, Mat? demanda-t-il d'une voix fatiguée. Bon, je boirai plus quand j'en sortirai, mais qu'est-ce qu'ils peuvent faire pour le... pour le boulot?

Joubert garda le silence. Griessel le prit mal.

– Putain, Mat! J'arrête pas de rêver la nuit. Je rêve que ce sont mes enfants qui sont morts. Mes enfants et

134

ma femme. Et moi. Y a du sang sur les murs et les types ont des balles d'AK 47 dans le crâne et les boyaux par terre. C'est pas possible qu'ils arrêtent ça, Mat. Je rêve même quand je bois pas. Même pas une goutte !

– De Wit m'a obligé à voir une psy.

Griessel soupira comme si son fardeau était vraiment trop lourd.

– Peut-être qu'elle pourrait t'aider, toi aussi, Benny. Te débarrasser de tes rêves.

– Peut-être.

– Mais d'abord, faut que t'arrêtes de boire.

Ils continuèrent de rouler en silence sur la M5, jusqu'à Muizenberg où se trouvait la clinique de désintoxication. Joubert sortit ses Winston, en offrit une à Griessel et appuya sur l'allume-cigares de la Sierra. Ils fumèrent un moment sans rien dire.

– C'est encore un meurtre au Tokarev ?

– Ouais. Deux projectiles. Deux cartouches vides. Mais il y a un changement. La victime était peut-être homo.

Griessel souffla bruyamment sa fumée.

– Ça pourrait nous faciliter la tâche.

– Si c'est le même truc. J'ai comme un pressentiment, Benny.

– Quoi ? Crime d'imitation ?

– Ça se peut. Et c'est peut-être le début d'un truc beaucoup plus gros.

– Un serial ?

– J'en ai l'impression.

– C'est pas impossible, dit Griessel. Pas impossible du tout.

Joubert lui parla des rêves de Griessel. Il ajouta que son collègue était lui aussi prêt à suivre une psychothérapie.

– Mais d'abord, il arrête de boire, c'est ça ?

Joubert acquiesça d'un signe de tête. De Wit frotta sa verrue et regarda le plafond. Puis il accepta.

Joubert le remercia et lui fit son rapport sur le deuxième assassinat au Tokarev. De Wit l'écouta sans l'interrompre. Joubert lui parla des voisins qui soupçonnaient Drew Wilson d'être homosexuel. Son employeur et ses collègues avaient corroboré leurs dires.

Benjamin Goldberg, trois hommes et une femme étaient assis aux tables de travail de l'orfèvrerie. La nouvelle les avait bouleversés. La femme avait pleuré. Ils n'arrivaient pas à imaginer qui avait pu faire un truc pareil à leur ami. Oui, il était homo, mais depuis cinq ou six ans il n'avait plus de petit ami. Il était même allé jusqu'à sortir avec une femme. Pourquoi ? Parce que sa mère menaçait de se suicider.

– Et côté drogue ? demanda de Wit de l'air de quelqu'un qui est prêt à déchanter.

Joubert trouvait étrange que sa concentration soit toujours plus forte après qu'il avait bu sérieusement. Était-ce parce qu'alors l'esprit ne pouvait se concentrer que sur une chose à la fois ? Il respira un grand coup et resta calme et posé.

– Je suis en train de faire fouiller la maison en ce moment même, colonel. Nous chercherons aussi de ce côté-là.

– Ce n'est pas tout…

Il entendit le reproche à peine voilé. Une patience exagérée fut perceptible dans son ton.

– Colonel, dit-il, je ne sais pas comment ça se passe à Scotland Yard, mais au Cap, les meurtres de Blancs sont plutôt rares. Et six ou sept fois sur dix, un homosexuel est impliqué. Il va falloir étudier ça de très près.

Le sourire de De Wit s'élargit légèrement.

– Je ne suis pas certain de bien vous comprendre, déclara-t-il. Vous m'avez dit il n'y a pas longtemps que

Wallace courait après les femmes et maintenant vous me dites que Wilson faisait la même chose avec les hommes ? Êtes-vous en train de laisser entendre qu'il y aurait deux assassins différents ?

Joubert essaya de trouver des recoupements. Il n'avait encore jamais vu un sourire comme celui de De Wit. C'était comme ça que le bonhomme se débrouillait des conflits, comme ça qu'il détendait l'atmosphère. A ceci près que celui auquel s'adressaient ses sourires avait souvent du mal à saisir. Il n'était d'ailleurs pas impossible que de Wit le fasse exprès.

– Non, colonel, dit-il. Ça, je n'en sais rien. Il pourrait s'agir d'un crime d'imitation. Quand on fait beaucoup de bruit autour d'un assassinat…

– Je n'ignore pas ce phénomène, capitaine.

Petit sourire.

– Cela dit, je crois qu'il est un peu tôt pour ça.

– Les victimes se connaissaient-elles ?

– Je vais vérifier.

– Très bien, capitaine.

Joubert se leva à moitié de sa chaise.

– Colonel, dit-il.

De Wit attendit.

– Il y a autre chose. L'article de l'*Argus* sur le hold-up à la banque…

– Je vois que vos amis des Relations publiques vous tiennent en haute estime, capitaine.

De Wit se pencha en avant et ajouta à mi-voix :

– Surtout n'y changez rien.

14

C'était la première fois que le sergent inspecteur Gerrit Snyman devait fouiller une maison sans que son propriétaire soit averti. Ça le mettait mal à l'aise. Il avait l'impression d'être un intrus.

Dans la chambre à coucher de Drew Wilson, près d'une rangée de chaussures, au fond d'un placard encastré, il trouva un gros album de photos à la couverture marron. Il s'agenouilla devant le meuble et l'ouvrit. Bien collées et alignées, toutes les photos avaient une légende – certaines spirituelles, d'autres nostalgiques. Son sentiment de malaise grandit encore : c'étaient des moments de bonheur éternel, anniversaires, remises de prix, réunions de parents et d'amis que le photographe avait saisis. Le sergent inspecteur Gerrit Snyman ne s'arrêta pas un seul instant au symbolisme des photos, pas plus qu'il ne lui vint à l'esprit que, dans ce genre d'album, on ne laissait à la postérité que les souvenirs des bons moments, tout ce qui était douleurs, crève-cœurs et autres échecs allant à la tombe sans être enregistré.

Sauf que la vie de Drew Wilson telle que les photos la donnaient à voir avait changé d'une manière qui bouleversait le jeune policier. Puis il reconnut quelqu'un sur un cliché et y alla d'un petit sifflement involontaire. Il se releva d'un seul mouvement coulé et se dépêcha de rejoindre le capitaine Mat Joubert qui examinait le contenu d'une commode dans la pièce voisine.

– Capitaine, j'ai peut-être trouvé quelque chose d'important, dit-il modestement.

Mais l'étonnement et l'excitation se lisaient sur son visage.

Joubert regarda les clichés.

– Ça ne serait pas… ? dit-il en tapant du doigt sur une photo.

– Mais si, capitaine, si, si ! lui répondit Snyman d'un ton enthousiaste.

– Putain ! s'écria Joubert.

Snyman acquiesça de la tête.

– Bien joué, dit Joubert en lui donnant un petit coup de poing à l'épaule.

Snyman vit que Joubert jubilait et sourit : c'était sa récompense.

– Il va falloir couvrir tous nos arrières, reprit Joubert d'un ton pensif. Mais d'abord, il va falloir le trouver.

Mat Joubert n'ignorait pas qu'il était impossible de savoir d'emblée si un suspect mentait ou pas. Certains portaient leur culpabilité sur la figure, d'autres pouvaient la cacher avec la plus grande facilité.

Il regarda l'homme qu'il avait devant lui : jogging multicolore avec col en V et chaussures de course qui ne devaient pas être données. Grand et large d'épaules, l'homme était séduisant avec sa mâchoire carrée et ses cheveux noirs qui frisaient sur la nuque. On voyait très clairement des poils bouclés sortir du col de son jogging et la croix en or qui s'y était nichée. Il avait l'air sérieux et fronçait les sourcils qu'il avait très épais : on allait coopérer et c'était grave. Joubert connaissait. Cela pouvait vouloir dire n'importe quoi, tout ce qui avait été demandé au suspect étant d'accompagner Snyman à la brigade « pour les aider dans leur enquête ». Dieu seul savait les pensées qui s'agitaient derrière ce froncement de sourcils séducteur.

Snyman était assis à côté du suspect, l'honneur d'occuper cette place lui ayant été conféré suite au bon boulot qu'il avait fait. Bart de Wit était adossé au mur derrière le suspect, ayant lui-même demandé à observer la scène.

Joubert enfonça la touche « enregistrement » du magnéto.

– Monsieur Zeelie, dit-il, savez-vous que cette conversation est enregistrée ?

– Oui.

Sa lèvre supérieure trembla imperceptiblement.

– Avez-vous une objection ?

– Non.

La voix était grave et masculine.

– Veuillez décliner votre identité.

– Je m'appelle Charles Theodore Zeelie.

– Profession ?

– Joueur de cricket professionnel.

– Vous jouez bien dans l'équipe senior de la Province-Occidentale, n'est-ce pas ?

– Oui.

– En votre qualité de joueur de l'équipe de la Province-Occidentale, vous deviez donc bien connaître feu M. James Wallace.

– En effet.

Joubert l'observa de près. Il arrivait que l'aisance exagérée fût un signe, l'absence manifeste de toute inquiétude n'étant que le masque de la culpabilité. Mais Zeelie, lui, jouait dans le registre opposé : les sourcils froncés, l'aide apportée sérieusement.

– Parlez-nous de vos relations avec M. Wallace.

– Oui, bon, enfin… disons plutôt que nous nous connaissions. Nous ne nous voyions que de temps en

140

temps, en général aux réunions après les matches. Nous bavardions. Je l'aimais bien. Il était… brillant. Des connaissances. Nous n'étions que des connaissances.

– Vous êtes sûr ?

– Absolument.

– Vous ne parliez jamais de vos affaires personnelles avec lui ?

– Euh… non.

– Aviez-vous des raisons de le détester ?

– Non, aucune. Je l'aimais bien.

La question était si sérieuse que la ride se creusa encore plus profondément sur son front.

– Il ne vous agaçait jamais ?

– Non… pas que je me rappelle.

Joubert se pencha légèrement en avant et le regarda droit dans les yeux.

– Avez-vous jamais rencontré un certain Drew Joseph Wilson, demeurant à Boston, 64, Clarence Street ?

Le choc se propagea sur sa figure comme un feu dans le veld, sa mâchoire se bloqua tandis que ses yeux se plissaient. Posée sur le bras de son fauteuil, sa main gauche trembla.

– Oui.

A peine audible.

– Pourriez-vous parler plus fort, s'il vous plaît, afin qu'on puisse vous enregistrer ?

Dans la voix de Mat, il y avait toute la civilité de celui qui triomphe.

– Pourriez-vous nous parler des relations que vous entreteniez avec lui ?

Sa voix tremblait à présent autant que sa main.

– Je vous demande pardon, mais… je ne vois pas le rapport avec ce qui nous occupe.

C'en était presque une supplique.

– De quoi parlez-vous, monsieur Zeelie ?

141

– De la mort de Jimmy Wallace.

– Ah bon ? Parce que vous pensez pouvoir nous aider dans notre enquête sur son assassinat ?

Zeelie ne comprenait toujours pas.

– Je ferai tout ce qui sera en mon pouvoir, mais…

– Mais… ? Monsieur Zeelie ?

– Laissons Drew Wilson en dehors de tout ça.

– Et pourquoi donc ?

– Parce qu'il n'a rien à voir avec cette histoire, dit-il en commençant à retrouver ses esprits.

Joubert se pencha de nouveau en avant.

– Oh que si, monsieur Zeelie ! Drew Joseph Wilson a été tué hier soir, aux environs de 22 heures. Deux coups de pistolet, un dans la tête, l'autre en plein cœur.

Zeelie s'agrippa si fort au bras de son fauteuil que ses phalanges blanchirent.

– Or James J. Wallace est mort de la même façon. Et nous pensons que c'est la même arme qui a été utilisée.

Zeelie regarda Joubert comme s'il ne le voyait pas. Il était blême. Le silence s'éternisait.

– Monsieur Zeelie ?

– Je…

– Oui ?

– J'exige la présence d'un avocat.

Joubert et Snyman attendirent une heure et demie à l'extérieur de la salle des interrogatoires, le temps que Charles Theodore Zeelie puisse consulter son avocat. De Wit avait demandé qu'on le rappelle avant de regagner son bureau.

Plus la conversation se prolongeait, plus Joubert était certain de tenir son homme.

Enfin l'avocat à cheveux blancs reparut.

– Mon client est prêt à répondre à toutes vos questions, à condition que son témoignage reste confidentiel.

– Rien n'est confidentiel devant une cour de justice, fit remarquer Joubert.

– Ça n'ira pas jusque-là, rétorqua l'avocat.

Joubert sentit sa confiance vaciller. L'avocat demanda qu'on rappelle de Wit. Celui-ci ayant accepté la requête de l'avocat, ils réintégrèrent la salle des interrogatoires. Zeelie était pâle et regardait par terre. Tout le monde s'assit autour de la table.

– Vous pouvez poser vos questions, dit l'avocat.

Joubert réenclencha la touche « enregistrement » du magnéto et s'éclaircit la gorge. Il hésita sur la formule à adopter.

– Aviez-vous une… euh… des relations avec Drew Joseph Wilson ?

– Cela remonte à loin, répondit Zeelie à voix basse. A six ou sept ans. Nous étions… amis.

– « Amis », dites-vous ?

– Oui.

Plus fort, comme s'il voulait s'en convaincre.

– Nous détenons des photos dans un album qui montrent…

– C'est très ancien et…

Seul le léger ronflement du magnétophone se faisait entendre. Joubert attendit. Snyman s'était assis tout au bord de sa chaise. L'avocat regardait fixement le mur. Bart de Wit frotta sa verrue.

Zeelie se mit à parler de sa voix grave et séduisante, tout doucement, sans presque plus de tonalité :

– Il ne savait même pas qui j'étais.

Il réfléchit un instant, puis il poursuivit, comme s'il était seul dans la pièce.

– Je faisais du stop pour aller du campus universitaire jusqu'en ville. Drew m'a pris dans sa voiture. L'année d'avant, pour les épreuves d'inscription en fac, j'avais joué dans l'équipe de Border et les journaux avaient fait tout un plat quand j'étais descendu au Cap. Il m'a

143

demandé qui j'étais et je lui ai répondu qu'il aurait dû le savoir. Il m'a souri et m'a dit que tout ce qu'il savait, c'était que j'étais le plus bel homme qu'il avait jamais vu.

Zeelie reprit conscience qu'il y avait du monde autour de lui et regarda Joubert.

– Non… je ne savais pas que j'étais homo. Je ne savais même pas vraiment ce que ça voulait dire. Drew me plaisait beaucoup, c'est tout… l'attention qu'il me portait… sa compagnie, sa bonne humeur, son goût pour la vie. J'étais étudiant et joueur de cricket et j'allais jouer dans l'équipe d'Afrique du Sud. Il s'est moqué de mon assurance et m'a avoué qu'il ne connaissait rien au cricket. Il était orfèvre et ne rêvait que d'avoir sa boutique pour pouvoir y fabriquer des bijoux à lui et pas seulement des trucs destinés à des touristes riches et gras. Nous avons bavardé. Nous ne pouvions plus nous arrêter. Une fois en ville, il m'a invité à prendre un verre à une terrasse de café. Il était prêt à m'attendre autant qu'il faudrait pour pouvoir me ramener en fac. Et il est venu me voir une semaine plus tard. Il était plus vieux que moi. Et malin ! Sage ! Ce qu'il pouvait être différent des types qui jouaient au cricket ! Il m'a invité à dîner chez lui. Je pensais que c'était seulement par amitié…

Il regarda de Wit et Snyman dans l'espoir d'obtenir leur sympathie.

– Au début, ç'a été… juste comme il faut. Avec Drew, il n'y avait rien de sale ou de mal. Mais ça a commencé à m'agacer. Nous en avons discuté. Il m'a dit que ça ne serait jamais facile. Mais pour lui, c'était différent. J'ai commencé à jouer pour l'équipe de la Province-Occidentale. Chaque fois qu'un gamin voulait un autographe, je me demandais combien de temps s'écoulerait avant qu'on découvre la vérité. Je crois que… j'avais peur. Mes parents…

144

Il poussa un grand soupir et, la tête baissée sur la poitrine, regarda ses mains qui s'agitaient sur ses genoux. Enfin il releva la tête.

– Un soir, après un match, j'ai rencontré une fille. Plus âgée que moi. Et qui avait vécu, comme Drew. Et… décidée. Elle m'a emmené chez elle. J'ai été… soulagé, électrisé. Je ne croyais pas pouvoir… mais je me suis aperçu que si. Et que ça me plaisait. Ç'a été le commencement de la fin parce que ça m'offrait une porte de sortie… Drew a tout de suite remarqué que quelque chose ne collait plus. Je lui ai dit. Il était furieux. Alors j'ai… mis un point final à nos relations. Il a pleuré. Nous avons parlé toute la nuit. Mais c'était fini.

Sur ses genoux, ses mains se détendirent.

– Je reconnais que je l'aimais. Ces photos n'en montrent rien. Mais la tension était devenue trop forte. Et cette femme… je voulais être normal. Je voulais être un héros à mes propres yeux…

Il se passa la main dans les cheveux.

– Continuez.

– Pendant les quinze premiers jours, il a souvent appelé la résidence. Mais je ne le rappelais jamais. Il m'a attendu plusieurs fois dans sa voiture et m'a écrit des lettres. Je l'ai aussi vu à des matches. Un jour, j'ai compris qu'il avait accepté. C'était fini.

– Quand l'avez-vous vu pour la dernière fois ?

– Ah, Seigneur… Il y a deux ans de ça. A l'aéroport. Nous revenions à Durban après un match contre le Natal. Sa mère avait pris le même avion. Nous nous sommes salués, nous avons parlé un peu… Rien que de très… normal.

– Et vous ne l'avez jamais revu depuis ?

– Non.

– Monsieur Zeelie, où étiez-vous hier entre 8 et 11 heures du soir ?

– A Newlands, capitaine.

Voix calme, aucune bravade.

– Quelqu'un pourra-t-il le confirmer ?

– J'étais à un match contre le Gauteng, capitaine. Vingt-quatre à deux, on s'est pris.

15

Il était si fatigué qu'il se moquait bien de ce que pouvaient penser les voisins. Il frappa à la porte des Stoffberg. Il entendit le bruit de ses pas, elle lui ouvrit. Et changea de figure en le voyant. Il comprit qu'il était venu pour rien.

– On peut parler de ce qui s'est passé hier soir ? dit-il.

Elle le regarda sans aucune sympathie, d'un air de pitié ou presque. L'humiliation devenant vite trop forte, il fit demi-tour.

Il l'entendit refermer la porte dans son dos.

Ce n'était que le crépuscule, mais il eut le sentiment de s'enfoncer dans les ténèbres en rentrant chez lui.

Il s'assit dans son fauteuil dans la salle de séjour mais ne prit pas de livre. Il alluma une Winston et contempla la fumée gris-bleu qui montait en volutes vers le plafond.

De Wit avait peut-être raison. Peut-être n'était-il effectivement qu'un perdant. L'incarnation même du perdant. Tout ce qui s'opposait à la réussite. Le dépotoir des dieux, où toutes les pensées noires, les mauvaises expériences, les malheurs et l'adversité pouvaient être jetés comme déchets nucléaires. Peut-être était-il programmé pour absorber les ombres comme une éponge afin que la lumière puisse se faire. Le Prédateur suprême, la Mort, le suivait à la trace, de la bave lui coulant des crocs et tombant sur la terre noire. Afin que l'humanité puisse être libre.

Comme Charles Theodore Zeelie, tiens. Il était sorti libre du commissariat.

« Vous tiendrez votre promesse ? lui avait-il demandé une dernière fois, pour être sûr.

– Oui. »

Parce que, même sans promesses, la brigade des Vols et Homicides n'aimait pas qu'on informe les médias de ses impasses et de ses échecs. Charles Theodore Zeelie s'était senti soulagé. Son visage solide avait retrouvé ses couleurs, ses mains s'étaient détendues, les doigts invisibles de l'innocence avaient fait disparaître le froncement de ses sourcils.

Il comprenait très bien pourquoi ils l'avaient convoqué. Ils ne l'embêtaient pas du tout. S'il pouvait donner un coup de main…

Charles Theodore Zeelie était parti libre. Au contraire de Mat Joubert.

De Wit n'avait fait aucun commentaire ; il lui avait seulement assené son sourire. Un sourire de pitié à la place de son sourire de triomphe ?

Au sixième étage d'un immeuble de location de Sea Point qui dominait les vastes étendues froides de l'océan Atlantique, il était allé rendre visite à Mme Joyce Wilson, la mère de Drew Joseph Wilson.

Elle avait répondu calmement à ses questions, sans que son chagrin déborde à aucun moment. C'était une femme qui se souciait beaucoup de son apparence ; grande, forte, impressionnante même, d'une beauté qu'elle ne devait qu'à elle-même et qui n'était pas due à des facteurs génétiques. Courageuse et le dos bien droit dans son appartement terriblement propre. Oui, Drew, son fils unique et adoré, était gay. Mais il avait changé. Cela faisait six ou sept ans qu'il avait laissé tomber ce genre de vie.

Dis-lui qu'elle se fait des illusions, Mat Joubert. Dis-le-lui. Qu'elle ait un petit goût de ténèbres, elle aussi.

Qu'elle partage. Que ça ne soit pas toujours les mêmes. Mais il garda le silence. Il la laissa seule, à pleurer dans sa chambre où personne ne pourrait la voir.

Il était aussi retourné chez Margaret Wallace. La douleur n'avait pas encore disparu de ses yeux. Tu y es presque, madame. Ouvre ton cœur. Laisse ton esprit s'ouvrir à la mort, que le vent noir souffle dans ta tête. Tu es sur la bonne voie. La vie a déjà disparu de tes yeux. Ta peau, ta bouche ont l'air fatiguées. Tes épaules plient sous le lourd fardeau.

Non, elle n'avait jamais entendu parler de Drew Wilson. Elle ne savait pas si James l'avait connu.

Et tout son corps disait qu'elle s'en moquait.

Et lui, il était là : Mat Joubert, le Grand Perdant. L'homme auquel on avait adjoint un médecin, une psychologue et une diététicienne. Il émit un bruit de gorge, pour se moquer de lui-même, de ses pensées, de l'idée qu'un capitaine de police de trente-quatre ans était incapable de séduire la fille de dix-huit ans d'un entrepreneur des pompes funèbres.

Pitoyable.

Il revit le visage de Benny Griessel. Au moment où Yvonne Stoffberg s'était encadrée dans le montant de la porte, déploiement de chairs voluptueuses, son petit dessert du soir.

La tête de Griessel.

Joubert sourit. Et envisagea soudain son auto-apitoiement sous un jour différent – au début, ce ne fut qu'une chose qu'on entrevoit, puis la désillusion s'installa. Il se sourit à lui-même. Il sourit au visage de Benny Griessel. Il regarda sa cigarette qui se consumait, se vit soudain tel qu'il était – là, assis dans son fauteuil, en train de regarder fixement une cigarette en souriant d'un sourire qui ne s'adressait qu'à lui-même – et comprit qu'il avait effectivement une deuxième chance.

Il écrasa sa cigarette et se leva. Il alla chercher sa feuille de régime et le livre de recettes que la diététicienne lui avait donné. Il gagna la cuisine : 60 grammes de poulet (sans la peau), 60 millilitres de sauce sans matières grasses, 100 grammes de pommes de terre au four, 150 grammes de carottes et de brocolis.

Putain !

Il sortit des marmites et des casseroles et attaqua les préparatifs en repensant aux deux meurtres. Pour finir, il s'assit à table et mangea lentement. *On mâche lentement. Cela permet à l'estomac de signaler l'instant où il est plein,* était-il écrit sur la feuille de régime. Mais le téléphone sonna deux fois avant qu'il ait pu finir son assiette.

La première fois qu'il décrocha, il avait la bouche pleine de brocoli.

– Le capitaine Joubert, je vous prie.

Voix d'homme.

Joubert avala.

– C'est moi.

– Bonsoir, capitaine. Désolé de vous déranger chez vous. Mais votre colonel est une vraie terreur.

– Ah bon ?

– Oui, capitaine. Michael à l'appareil, du labo. C'est au sujet du dossier SAP 3 quatre tiret deux tiret un tiret quatre-vingt-quinze. L'affaire Wallace.

– Oui ?

– L'arme du crime, capitaine. Ce n'est pas…

– Vous appelez de Pretoria ?

Toujours à essayer de comprendre ce qui se passait.

– Oui, capitaine.

– De quel colonel me parlez-vous ?

– Du vôtre, capitaine, de De Wit.

– Qu'est-ce qu'il vient faire là-dedans ?

– Il nous a téléphoné, capitaine, cet après-midi. Pour nous chier sur la tête d'une très grande hauteur. En disant que ses gens se démenaient comme des diables alors que, chez nous, tout le monde se les roulait.

– Bart de Wit ?

– Oui, capitaine.

Joubert digéra le renseignement.

– Toujours est-il que votre Tokarev…

– Oui ?

Mais il n'en revenait toujours pas du coup de fil de De Wit et du fait que celui-ci ne lui en avait rien dit.

– … que votre Tokarev n'en est pas un, capitaine. Je ne sais pas qui a eu cette idée-là mais… C'est un Mauser.

Soudain Joubert revint dans la conversation.

– Un quoi ? s'écria-t-il.

– Un Mauser, capitaine. Et pas n'importe lequel. C'est un Broomhandle [1].

– Un quoi ?

– Un pistolet, capitaine, lui répondit Michael d'une voix de professeur plein de patience. C'est le modèle militaire, le M96 ou 98, je crois. Calibre 7,63. Les cartouches sont caractéristiques. Sans rebord, mais avec rétrécissement en goulot de bouteille. Je n'arrive pas à comprendre comment vous avez pu penser qu'il s'agissait d'un Tokarev. Le…

– Le calibre, dit Joubert pour défendre l'idée de Griessel.

– Non, non, capitaine. Je suis désolé, mais y a une différence énorme. Quoi qu'il en soit, ça devrait vous faciliter la tâche.

– Ah bon ?

Michael commençait à perdre patience.

– Le Mauser, capitaine… C'est vieux et on n'en voit plus beaucoup. Au Cap, les gens qui en ont encore un ne doivent pas courir les rues. Consultez le registre des armes à feu.

1. Manche à balai *(NdT)*.

– Et celui-là remonterait à… ?

– Plus de cent ans, capitaine. C'est un modèle 1896 ou 1898. La plus belle arme que les Allemands aient jamais faite. Mais vous le verrez bien, capitaine, un Broomhandle. Longue crosse en bois. Porté par les officiers boers. Canon long, chargeur devant la détente.

Joubert essaya de se représenter l'arme, une image, comme un vague souvenir, lui revenant à l'esprit.

– Ça ressemble presque à un Luger, non ?

– C'est son grand-père, capitaine. Oui, c'est bien celui-là.

– Et où est-ce qu'on trouve des munitions pour un engin pareil ? Au bout de cent ans…

– On peut tirer des projectiles de Tokarev, mais ça ne lui fait pas de bien. Les pressions ne sont pas les mêmes. Mais le gars en avait encore en réserve, capitaine. Enfin, je veux dire… votre assassin. Ses cartouches, elles aussi, ne sont pas toutes jeunes. Modèle 1899. Peut-être 1900. Faut retrouver ce mec. Il est en train de bousiller tout l'héritage culturel de l'Afrique du Sud !

– Les munitions ont cent ans, elles aussi ?

– Incroyable, non ?

– Et elles fonctionnent encore ?

– A cette époque-là, on fabriquait les trucs pour que ça dure, capitaine. De temps en temps, ça ne fonctionne pas. Mais pour l'essentiel, elles marchent. Votre bonhomme a tout ce qu'il faut pour liquider Le Cap.

– Vous pensez qu'il s'agit d'un homme ?

– Absolument, capitaine.

– Ah bon ?

– Le Mauser a un recul pas possible. Une vraie ruade de mule. Faut un mec à cheval pour tirer avec un truc pareil.

16

Il fit une longueur de bassin avec plaisir. Lorsqu'il vira et poussa sur la paroi pour repartir en sens inverse, la fatigue investit à nouveau ses muscles.

Il joua la légèreté, l'efficacité. Il nagea plus lentement, puis il accéléra, essaya encore, mais la victoire lui échappa.

En ressortant, il eut quand même bon espoir. Pour la première fois.

Ce jeudi-là – c'était le 10 janvier –, un rédacteur du *Burger* avait eu un peu de chance. Les rédacteurs, ceux qui, entre autres tâches, doivent trouver les titres, ne détestent pas recourir à l'allitération ou au jeu de mots pour donner du punch à leur travail. Et la chance voulait que les mots « Mauser », « meurtre » et « maniaque » commencent tous par la même lettre.

La rédaction avait décidé de consacrer le grand article de première page aux deux meurtres. Il y avait deux raisons à cela. La première était que les sources de renseignements habituelles n'avaient rien donné ce matin-là. Il n'était pas mort plus de gens que d'habitude dans les townships, les diverses couleurs de l'arc-en-ciel politique ne s'en étaient pas violemment prises les unes aux autres et le gouvernement n'était pas impliqué dans un nouveau scandale. Sur le front international, il n'y avait pas crise non plus, même pas au Moyen-Orient, en Europe centrale ou en Irlande.

La deuxième raison tenait à l'arme du crime elle-même. Le Mauser Broomhandle.

Après avoir vu les photos de James J. Wallace et de Drew Joseph Wilson étalées sur son bureau la veille au soir, le chroniqueur judiciaire du *Burger* avait commencé à envisager une théorie.

Les deux hommes avaient des cheveux et des moustaches noirs. Ils se ressemblaient vaguement et approchaient tous les deux de la quarantaine.

Le journaliste avait aussi téléphoné au lieutenant John Cloete, du service des Relations publiques de la police d'Afrique du Sud, et lui avait demandé s'il n'était pas possible que la police soit aux prises avec un tueur qui en avait après les quadragénaires moustachus aux cheveux noirs.

Il était du devoir de Cloete de toujours veiller à ce que la police ait les faveurs des médias. Aussi idiote que fût la théorie de tel ou tel journaliste, il l'écoutait avec attention et promettait de rappeler s'il y avait du neuf.

La veille au soir, Cloete avait donc éloigné Mat Joubert d'un blanc de poulet (sans peau) garni de carottes, de pommes de terre et de brocolis pour lui demander si son journaliste n'était pas sur une piste.

Joubert était parfaitement conscient du fait que ces derniers se raccrochent à n'importe quoi et avait sympathisé avec Cloete.

« Nous ne laissons rien au hasard », lui avait-il répondu en sachant parfaitement que c'était ça que Cloete voulait dire à son reporter.

Cloete l'avait remercié.

« Il y a autre chose, John, avait-il ajouté avant que Cloete ait le temps de raccrocher.

– Oui, capitaine ?

154

– L'arme du crime.

– Oui ?

– C'est un Mauser Broomhandle.

– Un quoi ? »

Joubert lui avait expliqué. Autant qu'il pouvait se souvenir.

« Putain ! s'était écrié Cloete, qui connaissait la presse.

– Et y a encore autre chose, John.

– Oui, capitaine.

– Demandez aux médias de ne plus jamais dire de moi que je suis "un des meilleurs inspecteurs de la Péninsule". »

Cloete avait ri, promis et rappelé son journaliste : « Le capitaine Joubert m'a assuré qu'ils exploraient toutes les pistes. » Après quoi, il lui avait parlé du Mauser.

Ce qui fait sensation, le journaliste le savait, se trouve souvent dans les petits détails. Dans l'état et la couleur d'un sous-vêtement, par exemple. Dans la couleur de peau d'un couple ou dans le fait que l'homme et la femme ne sont pas de la même. Ou, comme ici, dans l'ancienneté de l'arme du crime.

En ce sens, le Mauser était un véritable don du ciel. Ancien, chargé de tout un passé (souvent controversé) et remontant à une guerre des Boers qui, tiens donc, pouvait peut-être donner à l'affaire une connotation extrême droite. Sans parler de l'aspect plutôt exotique et bizarre de l'engin. La première page du *Burger* en avait eu une apparence exceptionnelle. Présenté de façon attirante, l'article principal, avec photographies et grand encadré, se détachait sur un fond couleur saumon. Le titre ? Quatre mots avec allitération – LE MEURTRIER AU MAUSER –, le sous-titre, en lettres nettement plus petites, déclarait quand même : LE MANIAQUE POURRAIT FRAPPER À NOUVEAU.

Joubert avait lu le journal dans son bureau.

Sa semaine d'équipe d'astreinte était terminée. Il pouvait maintenant compter sur trois semaines de tranquillité avant d'avoir à nouveau à commander un groupe volant. C'était d'ailleurs pour ça qu'il s'était payé le luxe de lire le journal au bureau. Il avait hoché la tête en admirant l'imagination d'un journaliste qui pouvait faire d'une théorie, d'une vague déclaration de la police et de la marque d'une arme des nouvelles dignes de figurer en première page de son journal.

Mais bon… ça lui était égal. La publicité était souvent un grand allié dans la résolution d'un crime. Certains criminels n'avaient pas hésité à se rendre suite à un article où il était affirmé que « la police resserrait son filet ». Quant à l'impact de la télévision…

Il relut l'article et regarda les photos de Jimmy Wallace et de Drew Wilson. Il savait qu'il n'avait aucun indice qui tienne et que la série des « meurtres au Mauser » ne faisait que commencer. Le journaliste avait peut-être raison. Peut-être avait-on effectivement affaire à un type qui était rentré chez lui pour trouver sa femme avec un monsieur à cheveux et moustache noirs. Et qui maintenant passait son temps à abattre ce genre d'individus pour se remonter le moral.

Mat Joubert, le psychologue en chambre.

Bah, aucune importance, pensa-t-il. Encore quelques heures et il retrouverait l'article original, son propre médecin de l'âme. La seule et unique Hanna Nortier, interrogatrice, chirurgienne de la psyché et guérisseuse des âmes en perdition.

« Nous nous verrons tous les jeudis, capitaine », lui avait-elle dit.

Tout d'un coup, il comprit qu'il attendait ce moment avec impatience.

Qu'est-ce que ça voulait dire ? Il alluma une Benson & Hedges Special Mild. Ça n'avait toujours pas le goût des Winston. Il replia le journal et consulta sa montre. 8 h 30. Et si les employés des Archives étaient enfin au boulot ? Il décrocha son téléphone et composa le numéro. Il était plus que temps qu'on se mette à chercher des Mauser.

Ce jeudi-là, 10 janvier, Ferdy Ferreira ne lut pas le *Burger*. Pas plus qu'un autre jour, d'ailleurs : lire le journal l'enquiquinait.

Et des enquiquinements il en avait déjà assez dans son existence. Sous les espèces de son épouse, l'enquiquineuse de première.

– Ferdy, va promener les chiens.

– Ferdy, cherche du boulot.

– Ferdy, tu manges trop.

– Ferdy, t'as vu le ventre de buveur de bière que t'as !

– Ferdy, tu pourrais quand même m'aider à débarrasser la table. Ça serait la moindre des choses.

– Ferdy, je suis debout du matin au soir. Et toi, qu'est-ce que tu fais ? Tu restes assis sur ton cul.

Rester assis sur son cul, c'était surtout devant la télé qu'il aimait le faire. Dès que sa femme avait attrapé la Flèche d'Or à l'arrêt du bus situé devant l'entrée du caravaning Old Ship et jusqu'à l'émission religieuse qui marquait la fin des programmes.

Que Ferdy ignore tout des meurtres qui occupaient tellement les journalistes était dû au fait que la chaîne de télévision SABC[1] ne pouvait pas rendre compte de tous les assassinats qui se produisaient dans le pays. Après tout, c'était quand même une chaîne nationale et elle ne couvrait que les événements d'importance. On n'y avait donc jamais parlé de la mort de James J. Wallace et de Drew Wilson. Dans ce sens-là, on aurait pu

1. South Africa Broadcasting Corporation *(NdT)*.

dire que la SABC avait une part de responsabilité dans la mort de Ferdy Ferreira.

Même si elle ne le saurait jamais.

Joubert frappa à la porte de la maison en ruine de Boston et s'avisa qu'elle ne se trouvait qu'à deux rues de celle de feu Drew Wilson. Son cœur battit plus fort tandis que sa main se refermait sur le Z88 : il voulait être sûr que son arme était bien là.

Le fax du service des Archives lui avait appris qu'il ne restait plus que seize Mauser modèle Broomhandle déclarés dans toute la péninsule du Cap.

Il s'était partagé la liste de leurs propriétaires avec Gerrit Snyman. Il n'avait personne d'autre sous la main, tous les inspecteurs qui n'étaient pas d'astreinte se trouvant au tribunal pour témoigner dans différentes affaires – on n'aurait su mieux dire qu'ils avaient fait du bon boulot. Or Snyman était nouveau et Joubert...

La porte s'ouvrit. Imposante, d'âge moyen et laide, une femme apparut devant lui. Ses traits – les yeux, la bouche, le nez – étaient uniformément petits et rassemblés au milieu de sa figure, ce qui lui donnait l'air d'un reptile.

– Madame Stander ?

– Oui.

Impatiente.

Il se présenta et lui expliqua la raison de sa visite. La police devait contrôler tous les Mauser de la Péninsule pour vérifier si on n'avait pas tiré avec récemment.

– Entrez, dit-elle.

Elle fit demi-tour et avança dans le couloir. Joubert vit qu'elle avait les épaules larges et songea qu'elle avait une tête d'assassin. Il l'imagina, énorme, devant James J. Wallace et juste à côté de la voiture de Drew Wilson.

Arrivée à la porte du salon, elle hésita.

– Attendez ici, lui dit-elle en lui faisant un signe de la main avant d'aller jusqu'au bout du couloir.

Il entra dans la pièce et s'assit dans un fauteuil, mal à l'aise. Et vaguement amusé par la gêne qu'il éprouvait. Il avait pour tâche de chercher des assassins, mais sans préjugés – beaux ou laids, gros ou maigres, jeunes ou vieux. Ce n'était qu'au cinéma que, stéréotype oblige, le meurtrier était toujours disgracieux.

Mais quand il entendit les pas lourds de Mme Stander revenir dans le couloir, il garda la main près de son pistolet de service et se redressa afin de pouvoir se lever sans difficulté.

Elle tenait un coffret. Elle vint s'asseoir à côté de lui et le lui tendit sans un mot.

Il le prit. Il observa le motif qui y était gravé – une scène de la guerre des Boers avec soldats à cheval, chapeaux, gilets et armes des hommes amoureusement et finement gravés dans le bois. Émerveillé, il effleura la petite œuvre d'art du bout des doigts.

– C'est mon grand-père qui l'a fabriqué à Sainte-Hélène, dit-elle. Il était officier. C'est là qu'il a été gardé prisonnier.

Il ouvrit le coffret.

Il avait vu le dessin, la représentation graphique de l'arme dans le *Burger* du matin, il se rappelait sa forme et son aspect, mais il ne s'attendait pas à un tel travail du métal et du bois, aux courbes et aux contrastes qu'il avait maintenant sous les yeux.

Ça ne ressemblait pas à une arme de crime.

La ligne du canon, l'angle que celui-ci formait avec la crosse en bois, tout avait quelque chose de féminin, était doux et plein de courbes sensuelles. Le chargeur, carré, trapu et court, était rudesse plantée devant la détente, organe mâle efficace mais sans beauté. Joubert sortit l'arme de son coffret. Elle était plus légère qu'il n'y paraissait. WAFFENFABRIK MAUSER OBERNDORF, lut-il sur le corps de l'arme. Il retourna le pistolet, en examina le canon, renifla l'odeur du métal noir et du bois foncé.

Il sut que ce n'était pas le Mauser qu'il cherchait.

– Vous devriez le graisser, dit-il à Mme Stander qui s'était penchée en avant sans le lâcher des yeux. Il y a de la rouille dans le canon. Il faut bien le graisser.

Puis il replaça soigneusement et respectueusement l'arme dans son coffret.

En gagnant Paarl, où il devait retrouver un autre propriétaire de Mauser, il songea à l'assassin. Pourquoi cette arme ? Pourquoi avoir choisi un pistolet qui attirait autant l'attention qu'un phare en pleine nuit ? Pourquoi utiliser des munitions vieilles d'un siècle et susceptibles de vous laisser dans la panade au moment crucial ? S'agissait-il d'une déclaration politique après tout ? « On ne fera pas taire la voix des Boers » ?

Deux morts : un anglophone qui courait les filles et un homo qui parlait afrikaans. « On ne fera pas taire la voix des Boers et nous tuerons tous les Anglais et tous les pédés » ?

Non, c'était trop simple. Trop unidimensionnel. S'il s'agissait d'une déclaration politique, cela se passait à un autre niveau. C'était une façon d'attirer l'attention. De dire : « Je ne suis pas comme les autres. Je suis particulier. »

Les sept autres noms et adresses qu'il avait notés dans sa liste l'amenèrent à frapper à la porte de deux maisons de retraite et à rendre visite à trois retraités et à deux collectionneurs d'armes amateurs. Il examina quatre modèles de Mauser Broomhandle, chacun d'eux assez subtilement différent des autres et doté de son propre charme à glacer les sangs.

Sa liste ne lui livra aucun suspect.

Vers la fin de l'après-midi, il rentra au Cap en voiture.

Arrivé en ville, alors qu'il s'était arrêté à un feu rouge, en route pour le cabinet du docteur Hanna Nortier, il vit un jeune vendeur de journaux juste à côté de lui sur le trottoir. La une de l'*Argus* proclamait :

BRUSQUE RETOUR DU PASSÉ.

17

Il franchit la porte derrière elle et remarqua qu'elle portait une robe simple en tissu bleu foncé orné d'un motif de petites fleurs rouges et orange. Elle lui tombait au-dessous des genoux. Il vit les muscles et les os de ses épaules et se demanda qui était sa diététicienne.

Ils s'assirent.

Elle était pâle et son sourire aimable mais sans chaleur, voire un rien forcé.

– Comment va le capitaine Joubert ? demanda-t-elle en ouvrant son dossier.

Que fallait-il répondre ?

– Bien, dit-il.

– Vous êtes-vous fait à l'idée de consulter un psy ?

– Oui.

Ce qui n'était pas entièrement vrai vu que, de fait, il avait attendu cette séance avec impatience. Il y avait beaucoup réfléchi entre ses visites à X et Y, propriétaires de Mauser. Il s'était interrogé et avait envisagé diverses possibilités : il n'y en avait pas qu'une. Après cette première consultation, il lui semblait que l'abcès qu'il avait dans la tête… que la pression avait décru et que le voile gris qui le séparait de la vie était devenu moins opaque.

Mais il y avait aussi l'autre histoire, docteur Hanna. Celle, ô combien pitoyable, du Crétin de Flic avec la Fille du Voisin Croque-mort. Thriller en un acte avec retournement de situation à la fin. Un rêve pour un psy, docteur Hanna. Tous ces trucs à analyser ! L'image de soi, le problème de la baise, le…

Il se surprit lui-même en s'apercevant qu'il voulait effectivement lui en parler. Lui dire le soulagement qu'il avait éprouvé en constatant que son désir n'était pas mort. Mais aussi l'humiliation qui avait suivi. Voilà… il voulait lui demander si l'humiliation devait absolument être son lot dans l'existence.

Mais il y avait encore une autre possibilité qu'il avait découverte, une autre raison pour laquelle Mat Joubert avait attendu cette deuxième consultation avec sa réductrice de tête attitrée. Et cette raison n'était autre que la dame elle-même.

Elle continua de feuilleter le dossier posé devant elle. Ça l'agaça. Elle ne pouvait donc pas se rappeler ce qu'il lui avait dit la dernière fois ? Il avait vomi ses tripes… et elle avait tout balayé d'un coup ? Il le regarda. Il vit la fatigue autour de ses yeux et eut soudain une intuition : il était le huitième ou neuvième patient qui s'asseyait devant elle pour lui cracher son amertume depuis le matin.

– Vous m'avez très peu parlé de votre mère, dit-elle.

Elle avait encore la tête penchée sur le dossier. Il entendit sa voix et c'était comme un instrument de musique. Il glissa sa main dans la poche de sa veste, en sortit ses Benson & Hedges, souleva le couvercle du paquet et y vit les cigarettes bien alignées. Il avait toujours du mal à en extraire la première avec ses gros doigts. Il pinça un filtre entre son pouce et son index et tira. La cigarette glissa, il changea sa prise, la mit finalement entre ses lèvres et s'aperçut brusquement que le docteur Hanna Nortier attendait toujours sa réponse.

– Ma mère…

Pourquoi donc avait-il tant attendu cette consultation ? Il remit la main dans sa poche, en ressortit son briquet, l'alluma et aspira la fumée. Et remarqua que sa main tremblait un peu. Il rangea le briquet. Et la regarda.

– Quel souvenir avez-vous d'elle ?

– Je…

Il réfléchit.

– Quand vous étiez enfant, je veux dire, précisa-t-elle.

Quand il était enfant ? Comment pouvait-on se rappeler quoi que ce soit de son enfance ? Y avait-il donc des épisodes, des incidents passagers qui laissaient une impression telle qu'on en reconnaissait la forme et le contenu même sous l'épaisse poussière de la mémoire ?

– Ma mère était jolie, dit-il.

Il avait six ou sept ans lorsqu'il s'en était rendu compte pour la première fois. Il habitait encore Voortrekker Road, la rue de son enfance. Les fonds de l'église, ou l'argent des missionnaires, étant au plus bas, les sœurs avaient monté un stand de crêpes sur le trottoir – comme tous les samedis matin. Il avait supplié sa mère de l'emmener, l'idée de l'odeur des crêpes à la cannelle et du sucre pas fondu craquant sous ses dents étant si séduisante qu'il en était devenu une vraie peste. Pour finir, elle avait cédé, juste pour qu'il lui fiche la paix. Il y avait trois ou quatre femmes au stand en cette heure matinale. La rue était encore tranquille sous le soleil qui se levait à l'extrémité est de Voortrekker Road, comme si cette artère lui indiquait sa trajectoire. Il s'était assis à quelque distance des femmes, le dos appuyé à une vitrine de magasin, les bras autour des genoux et la tête sur les bras. Il avait sommeil, il regrettait d'être venu, ses espoirs de crêpes s'étaient évanouis devant les visages affairés de ces dames. Il avait déjà fermé les yeux lorsqu'il entendit la voix de sa mère. Sa voix avait changé. Elle avait quelque chose de différent. Il avait levé la tête. Sa mère était là, debout

164

derrière la table, occupée à déballer et ranger, et ses mains étaient sûres et agiles tandis que son visage reflétait l'or des premiers rayons du soleil. Elle parlait. Les autres femmes l'écoutaient. Et riaient. Sa mère, la femme que les hurlements et les insultes de son mari obligeaient à s'effacer, était en train de distraire ses copines. Ce matin-là, il avait entrevu quelqu'un qu'il ne devait jamais vraiment connaître.

– Je crois qu'elles m'avaient oublié, dit-il à Hanna Nortier. Ma mère imitait quelqu'un. Je ne sais pas qui… une autre femme, sans doute. Là, vers 7 heures du matin. Elle remontait un peu le trottoir, faisait demi-tour et devenait quelqu'un d'autre… sa façon de marcher, de se tenir, de tourner la tête et le cou, ses mains et ses bras. « Qui suis-je ? » disait-elle et les autres riaient tellement fort qu'elles n'arrivaient pas à parler. « Je vais me pisser dessus », avait dit l'une. Je m'en souviens parce que ça m'avait choqué. Entre des éclats de rire en cascade, elles hurlaient le nom de la femme qu'imitait ma mère. Et après, elles applaudissaient. A la fin, ma mère a fait la révérence en souriant, le soleil brillait sur sa figure et c'est là que j'ai vu qu'elle était belle avec sa peau douce, ses joues rouges et ses yeux qui brillaient.

Il se tut. Sa cigarette s'était presque entièrement consumée.

– Je ne m'en suis souvenu que le jour où on l'a enterrée.

Elle écrivit quelque chose dans son dossier. Il écrasa le mégot dans le cendrier et se passa une main sur la lèvre supérieure. Il sentit le tabac et la fumée sur ses doigts, l'odeur était désagréable.

– Peut-être m'avait-elle déçu. Plus tard. En ne s'opposant jamais à mon père. En ne le quittant pas parce que c'était un tyran, parce qu'il l'insultait et buvait. Ce qu'elle pouvait être… passive ! Non, c'était plus que ça. Elle… Le vendredi soir, quand mon père était au café, elle n'en parlait jamais. Elle ne disait jamais : « Va chercher ton père au café, on va passer à table », mais simplement : « Va chercher ton père. » Comme s'il pouvait se trouver ailleurs. Et quand je rentrais en lui disant qu'il ne voulait pas manger, j'avais l'impression qu'elle ne m'entendait pas. Comme si elle était dotée d'une inépuisable capacité à nier la réalité. A créer la sienne.

— Et que vous en est-il resté ? lui demanda-t-elle d'un ton plus sec, presque accusateur.

Il comprit que c'était la première introspection psychologique qu'elle attendait de lui.

Il essaya de réfléchir. Mais elle le libéra, sa voix reprenant toute sa douceur :

— Avez-vous eu du mal à sortir avec des filles ? Plus tard ?

Quelque part dans sa tête une alarme retentit. Où s'embarquait-on avec ça ? Sa mère ? Ses nanas ?

— Oui, dit-il.

Il avait du mal à affronter ces souvenirs, la gêne, les incertitudes dévorantes de la puberté, l'époque à laquelle il ne s'était accepté qu'avec les plus grandes difficultés. Il vit la fragilité de Hanna Nortier. Comment pouvait-elle comprendre ?

— J'étais corpulent, docteur… même à l'école.

Pas simplement grand. Non, gros. Il savait qu'il n'était pas aussi bien dans sa peau que les autres enfants – les demis d'ouverture, les ailiers, les sprinters. Les autres cavalaient comme des pur-sang ; lui était lourd et luttait contre la gravité avec des mouvements pesants. Il était convaincu que cela suffisait à le disqualifier auprès des filles. Huit ans après les examens d'entrée en fac, il avait rencontré une ancienne camarade d'école qui lui avait demandé s'il s'était jamais douté qu'elle était amoureuse de lui. Il n'en avait pas cru ses oreilles.

– Je n'ai jamais eu de petite amie, reprit-il. Celle que j'ai emmenée pour le bal de la promo… c'étaient ma mère et la sienne qui avaient organisé l'affaire. Comme un mariage arrangé.

– Ça vous embêtait ? De ne pas avoir de copine ?

Il réfléchit.

– Je lisais.

Elle attendit.

– Les livres fabriquent leurs réalités à eux, docteur. Dans les livres, il n'y a pas de balourds. Et il y a toujours des fins heureuses. Même quand le héros commet des erreurs, à la fin il a toujours l'héroïne. Je me disais que je n'avais qu'à être patient. Et jusque-là, les livres me suffisaient.

– Votre première copine ?

Toutes sortes d'alarmes se mirent à sonner dans sa tête. Tout était révélé. Sa mère, ses nanas, ce qui l'avait conduit à Lara Joubert. Et Lara, il n'avait aucune envie d'en parler.

– Lara, dit-il doucement en regardant ses mains posées sur ses genoux, ses gros doigts qui remuaient et se battaient ensemble.

Il y en avait eu d'autres avant elle. Les amours secrètes de son adolescence, celles qui avaient fait battre son cœur. Une prof de gym, une nouvelle qui arrivait d'une autre école, la serveuse grecque lugubre à la peau foncée, qui sentait fort, du café au coin de Rhodes Street et Voortrekker Road.

Mais elles n'avaient jamais su sa passion pour elles, ses rêves et ses fantasmes. Au contraire de Lara.

Il sentit le regard de Hanna Nortier posé sur lui. Puis il entendit sa voix, douce, presque inaudible, profondément compréhensive.

– Vous ne voulez pas parler d'elle.

C'était tout à la fois une question et une affirmation, une forme de compassion… et un défi.

Il fut touché par l'émotion qu'il avait perçue dans sa voix. Il éprouva tout ce que pesait le souvenir de Lara. Son esprit lui criait : Dis-lui, Mat Joubert. Jette le ballast qui t'oblige à affronter toutes les vagues droit devant. Ouvre les écoutilles. Balance des trucs pardessus bord.

Il ne pouvait pas tout lui dire.

Il secoua la tête. Non. Il ne voulait pas parler de Lara.

– On peut y aller doucement, insista-t-elle d'un ton de voix toujours compréhensif.

Il leva la tête et la regarda. Il avait envie de serrer très doucement son corps frêle et de couvrir ses épaules de ses grandes mains afin qu'elle ne paraisse pas aussi vulnérable. Il avait envie de la tenir contre lui avec compassion et gentillesse, d'être sa défense, sa ceinture de sauvetage. L'émotion le submergeait.

– Comment l'avez-vous rencontrée ?

Elle parlait si bas que c'est à peine si ses mots lui parvenaient aux oreilles.

Il garda longtemps le silence. Au début, pour dominer ses émotions. Puis il commença à se promener dans ses souvenirs sur la pointe des pieds, comme si un pas trop lourd eût pu déclencher le cauchemar. L'émotion faisait fonction de loupe, d'amplificateur acoustique qui démultipliait la clarté de ses souvenirs. Il revit la scène, en réentendit les sons comme s'il y était. Au début, il dut reculer, puis il se rapprocha doucement. Le visage de Lara devant lui, la première fois. Lara qui ouvre la porte, ses cheveux noirs coupés court, ses yeux, noirs eux aussi, et qui brillent de tout son amour de la vie, sa bouche souriante, là, une dent légèrement décalée, son corps si souple, si vif sous sa robe d'un rouge éclatant. Elle l'avait regardé de haut en bas, lui avait dit : « Je n'ai pas commandé un extra-large », avait fermé la porte, puis l'avait rouverte en riant du rire qui ruisselait toujours sur lui comme une musique. Ensuite elle lui avait tendu la main et avait ajouté : « Je m'appelle Lara du Toit. »

– C'était un… (il chercha une expression plus heureuse, n'en trouva pas)… un rendez-vous arrangé.

C'était maintenant Hanna Nortier qu'il regardait, ses yeux, son nez, sa bouche, et il ne tenait plus que par un cheveu au-dessus de l'abîme de la mémoire.

– C'était Hans van Rensburg qui avait organisé le rendez-vous, enchaîna-t-il. Il était sergent à la brigade des Vols et Homicides. Il s'est fait tuer à un barrage routier sur la N1 en 1992. Lara était simple policier en tenue à l'époque, au commissariat de Sea Point ; c'était là que Hans l'avait rencontrée au cours d'une enquête sur un meurtre. Il m'avait dit qu'elle était faite pour moi. A l'entendre, ce serait elle qui ferait tout le baratin. Parce que moi, de toute façon, j'étais bien trop minable et effrayé par les femmes pour arriver à quoi que ce soit. Il lui avait téléphoné et avait réussi à la convaincre. Un jour donc, je m'étais rendu chez elle en voiture. Elle partageait un deux pièces à Kloofnek avec une copine qui était aussi fauchée qu'elle. Elle dormait dans le salon et l'autre fille dans la chambre, les hommes n'étant acceptés qu'à la cuisine. Et puis elle a ouvert la porte et elle était magnifique. Après, elle m'a dit qu'on devrait aller au cinéma à pied parce que la soirée était vraiment splendide. A pied. De Kloofnek jusqu'au front de mer ! Rien que ça ! On n'était même pas en bas dans la rue qu'elle m'avait pris la main et me disait qu'elle aimait bien qu'on la touche et que, en plus, les gens pourraient s'imaginer qu'on était frère et sœur si on ne se tenait pas par la main. Elle n'arrêtait pas de se moquer de ma timidité et de la façon dont je rougissais. Sauf que là, elle est devenue sérieuse parce que, pour elle, un homme qui rougissait, c'était quelqu'un qui épousait et là, elle a ri encore.

Il entendit à nouveau le rire de sa femme morte, le rire de ce premier jour, et se rappela comment ils étaient rentrés à pied plus tard, là, dans les premiers contreforts de la montagne, la nuit du Cap sans un souffle de vent autour d'eux. Elle lui avait parlé comme s'il avait de l'importance, comme s'il valait la peine que l'on partage des secrets avec lui. Il s'était repu de son rire, de la pression de sa main qui, comme un petit animal, ne restait jamais tranquille dans la sienne, de ses yeux, de sa bouche, de sa peau très bronzée, sans taches, qui luisait comme du cuivre poli.

Il se rappela comment il était remonté dans son antique Datsun SSS, comment, plus tard, il avait été incapable de se souvenir du trajet de retour. Comment, dans la rue bordée d'arbres de Wynberg où il louait une chambre derrière la maison principale, il avait levé la tête vers les cieux et poussé un grand cri parce qu'il ne pouvait plus contenir la joie qui l'habitait.

Et là, Mat Joubert pleura comme il ne l'avait encore jamais fait depuis dix-sept ans – sans un mot, en proie à une émotion silencieuse que seules les larmes qui coulaient de ses yeux exprimaient. Alors, il se détourna de Hanna Nortier et se demanda quand les humiliations allaient cesser.

18

Benny Griessel tremblait. Des mains, des bras, des épaules et des jambes.

– Je sais, Mat, dit-il. C'est le pire, je sais. Et je sais ce qui m'attend après. Ça me fout une trouille pas possible.

Joubert était assis sur la seule chaise de la petite pièce, Griessel sur le lit à couverture grise. Les murs étaient nus, recouverts de plâtre et peints en blanc jusqu'à la hauteur de la tête, couleur brique au-dessus. Près du lit se trouvait une table en bois sans tiroir. Une bible de la Gideon Society était posée dessus. Un buffet avait été poussé contre le mur, à côté du lavabo et des WC.

Joubert cherchait désespérément le Benny Griessel d'avant, celui qui était cynique et plein d'humour, celui dont l'haleine sentait à peine l'alcool. Le visage de celui qui était devant lui était crispé par la peur, sa peau était grise et ses lèvres bleues.

– Ce soir, les démons vont venir, Mat, les voix et les gueules. On me dit que c'est des hallucinations, mais quand elles sont là, je suis incapable de faire la différence. Je les entends m'appeler, je sens leurs doigts et y a jamais moyen de se tirer parce qu'on est toujours trop lent et qu'il y en a trop…

Benny Griessel se plia en deux sous le spasme qui secouait son corps.

– Je vais te chercher une autre couverture, Benny.

– C'est pas les couvertures qui vont les arrêter, Mat. C'est pas les couvertures qui vont les arrêter.

Il appela Gerrit Snyman dès qu'il fut rentré chez lui.

– Non, rien, capitaine. Il y en a qui sont tellement rouillés qu'on ne pourra plus jamais tirer avec. Le type de Table View a une sacrée collection ! Le sien a l'air d'avoir été fabriqué hier. Bien huilé et graissé… Presque trop, comme si c'était pas impossible que ce soit l'arme du crime. Sauf que le bonhomme a un alibi pour les deux meurtres.

Joubert l'informa que lui non plus n'avait rien trouvé, le remercia du travail qu'il avait fait et lui souhaita bonne nuit.

Puis il gagna sa salle de séjour avec quelques fruits, un couteau et une assiette et s'assit dans son fauteuil de lecture. Il coupa une pomme en quatre et en ôta soigneusement le trognon.

Deux jours, songea-t-il. Pendant deux jours entiers son *coïtus interruptus* à la Benny Griessel avait été son humiliation numéro un. Mais celle-ci avait été supplantée. Par ses épanchements à la noix devant Hanna Nortier.

Bah, elle est psychologue, pensa-t-il ensuite. Elle a l'habitude.

Pas lui. L'humiliation, il ne s'y habituait jamais.

Elle s'en était bien débrouillée. Elle n'avait rien dit. Elle s'était levée, avait fait le tour de son bureau et, franchissant la frontière invisible entre le psychologue et son patient, elle était venue à côté de lui. Elle avait posé sa main sur son épaule. Elle n'avait pas bougé jusqu'à ce que, toujours sans la regarder, il soit saisi de colère et essuie ses larmes avec la manche de sa veste. Alors seulement elle avait regagné sa place, s'était rassise et avait attendu qu'il retrouve son calme.

« On en reparlera plus tard », lui avait-elle dit doucement.

Il s'était levé et avait marché jusqu'à la porte, en se forçant à ne pas courir.

Et maintenant, un quartier de pomme dans la main, il savait que de ces deux humiliations, celle qu'il avait vécue devant elle était la pire. Parce qu'à placer le docteur Hanna Nortier et Yvonne Stoffberg sur l'échelle de la féminité, il ne pouvait qu'en rester abasourdi. Comment avait-il fait son compte pour être pareillement excité par la fille de son voisin ? Comparées à celles du docteur Nortier, la beauté d'Yvonne Stoffberg était creuse, sa sensualité de peu de valeur.

L'espace d'un instant, il eut pitié d'Yvonne. Puis il se rappela la fermeté de son dos, la texture de son sein dans sa bouche.

Il n'empêche : comparée à Hanna, Yvonne était commune, ordinaire. Mais elle ne l'en avait pas moins ému.

Ferdy Ferreira détestait les deux chiens de sa femme.

Surtout qu'il était 5 h 40 et que le soleil était à peine levé.

Une des raisons en était que, à son avis, son mobil-home, un Plettenberg, était trop petit pour deux adultes et deux corgis.

Une autre en était l'attention et l'amour que Gail Ferreira leur portait. Lorsque, en fin d'après-midi, elle rentrait à la maison après avoir passé sa journée au bureau de la société charbonnière où elle travaillait comme comptable, c'étaient eux qu'elle saluait en premier. Ils s'appelaient Charles et Diana, mais pour elle, c'étaient ses « anges ».

La raison principale, néanmoins, celle qui lui faisait haïr ces chiens, était bien qu'il devait les emmener promener sur la plage tous les matins. « Avant 6 heures,

Ferdy, pour que je puisse leur dire au revoir avant d'attraper mon bus. » Dans le Plettenberg des Ferreira, garé au caravaning Old Ship de Melkbos Strand, l'ordre hiérarchique était donc bien : numéro un, Gail ; numéro deux et trois, les clebs ; numéro quatre, Ferdy.

– Ferdy ? Les chiens ! lança Gail qui s'habillait devant son buffet.

De charpente et poids moyens, entre quarante et cinquante ans, mais sa voix et son comportement général lui donnaient des airs de femme imposante.

Ferdy soupira et sortit de son lit à une place, séparé de celui de son épouse par une table de nuit. Il savait qu'il ne servirait à rien d'argumenter. Ça ne faisait que rendre les choses encore plus pénibles.

Jusqu'aux corgis qui, grognons, étaient assis à la porte de la chambre et ne semblaient guère apprécier l'idée d'aller se balader.

Tous les matins, Ferdy avait mal au pied gauche.

– Ferdy ? Traîne pas ton pied gauche comme ça.

– Il me fait mal, Flash, dit-il d'un ton geignard.

Ce surnom, qui remontait à l'époque de la petite école, lui venait du personnage Jack the Flash[1], célèbre pour son adresse et sa rapidité au hockey. Ferdy l'appelait encore comme ça de temps en temps.

– Ton pied n'a rien du tout, lui renvoya-t-elle.

Ferdy Ferreira avait attrapé la polio quand il était enfant. Son pied gauche avait été touché mais ne nécessitait plus guère qu'une semelle un peu épaisse et lui conférait une démarche très subtilement chaloupée. Ferdy avait certes appris à s'en servir comme d'une arme, mais avec des résultats mitigés.

Il soupira, comme il le faisait tous les matins, et s'habilla. Il sortit les laisses du placard à balais de la cuisine et revint dans la chambre, en boitant exagéré-

1. Jack l'Éclair *(NdT)*.

ment pour se faire plaindre. Les chiens attendaient toujours dans la pièce, les yeux fixés sur Gail. Ferdy attacha les laisses à leurs colliers. Charles et Diana grondèrent.

– Bon, je vais y aller, dit-il.

Il avait l'air de souffrir, sa voix était celle du martyr.

– Fais bien attention à mes anges, lui répondit-elle.

Il descendit la grande allée goudronnée du caravaning jusqu'au portail principal, côté ouest. Il salua la vieille mémé Atkinson qui demeurait de façon permanente à l'emplacement 17 avec ses onze chats. Les corgis tirèrent sur leurs laisses pour les renifler. Ferdy les ramena en arrière d'un coup sec, avec plaisir et en y mettant un peu plus de force qu'il n'était vraiment nécessaire. Les corgis grondèrent.

Il leur fit franchir le portail. Le gardien noir devait dormir encore dans sa petite cahute en bois. Ils traversèrent l'allée goudronnée et passèrent dans le terrain vague près de la Little Salt River, qui se jetait dans l'océan à deux pas de là.

Il ne vit pas les lueurs orangées à l'est, ni le bleu-vert de l'Atlantique devant lui, ni la grande plage blanche ou la voiture garée dans le terrain vague. Parce qu'il pensait à autre chose. George Walmer avait fait l'acquisition de trois vidéos. Du pur porno. Il les apporterait chez lui plus tard.

Entre la terre brune du parking sauvage et la plage, il y avait une dune basse – une langue de sable irrégulière d'environ un ou deux mètres de haut avec çà et là des buissons de Port Jackson.

Ferdy suivit son chemin habituel pour gagner la plage en passant par la dune. Les corgis voulaient aller sentir une plante, il les tira violemment en arrière. Ils grondèrent.

Ferdy vit quelqu'un venir vers lui mais ne trouva pas la chose bizarre. A cette heure-là, il y avait souvent des gens sur la plage. On faisait du jogging, on marchait, on regardait fixement la mer.

Il ne prêta vraiment attention à cette silhouette que lorsque le Mauser sortit du coupe-vent bleu qu'elle portait. Il crut à une plaisanterie et eut envie de rire, puis il s'aperçut que le gros pistolet était braqué sur lui et la peur le saisit.

– Je suis infirme ! cria-t-il, les yeux ouverts tout grands.

Les corgis grondèrent.

Tenu fermement à deux mains, le Mauser était pointé sur sa tête. Ferdy vit l'index de l'inconnu se tendre, il vit sa mâchoire, ses yeux – le regard était décidé, il comprit qu'il allait mourir. Ferdy lâcha les laisses des chiens et se précipita en avant pour tenter de sauver sa peau.

La détonation fut un coup de tonnerre qui se répercuta tout le long de la plage, comme un écho des vagues. La balle en plomb lui brisa l'incisive droite inférieure, lui traversa l'arcade sourcilière et ressortit juste au-dessus de l'oreille gauche. Il vacilla puis tomba, assis. La douleur se rua dans sa tête. Le sang coula, chaud sur sa joue. Il n'arrivait plus à accommoder avec l'œil gauche.

Mais il était vivant.

Il leva la tête. Son œil gauche. Son œil gauche avait un problème, un problème grave.

Mais avec l'œil droit il vit bien le gros pistolet à nouveau devant lui.

– Je suis infirme, répéta-t-il.

Il ne vit pas l'index se tendre une deuxième fois. Mais il entendit bien le bruit métallique de la détente.

Enrayé, songea-t-il. Il ne va pas pouvoir tirer. L'arme ne fonctionnait plus. Et Ferdy Ferreira songea qu'il allait en réchapper.

Le Mauser disparut, mais il vit un autre pistolet. Un jouet, se dit-il, tant il était petit.

176

Alors il assista au plus étrange des spectacles. Les corgis s'étaient dressés et, la lippe tremblante et les crocs dehors, ils grondaient en regardant son bourreau. Et Charles bondit en avant. Ferdy entendit un coup de feu. Puis un autre.

Les chiens voulaient le protéger ! L'émotion le submergea. Le petit pistolet était de nouveau devant lui, mais il n'entendit pas le dernier coup de feu.

Après la piscine, Joubert se rendit au commissariat au volant de sa voiture personnelle, une Cortina XR6 jaune qu'il pilotait depuis l'époque où il essayait encore de concurrencer Gerbrand Vos. S'entraîner depuis une semaine entière et être toujours incapable de faire plus de quatre longueurs de bassin sans se reposer l'inquiétait.

Je suis peut-être un peu trop pressé, se dit-il, et il alluma une Special Mild. Et il allait devoir commencer son régime. Sur le siège à côté de lui se trouvait un sac en plastique Pick'n'Pay[1]. Il contenait le déjeuner qu'il s'était préparé ce matin-là : pain complet avec fromage blanc 0 % de matières grasses, feuilles de laitue, tranches de tomates et de concombres. Sans sel.

Il s'arrêtait devant le siège de la brigade lorsqu'il vit Mavis en sortir en courant. Il comprit qu'il se passait des choses graves avant même d'avoir entendu ce qu'elle disait.

Dans les bureaux de la SABC de Sea Point, le rédacteur en chef du bulletin télévisé apprit de la bouche même du spécialiste des affaires judiciaires que l'assassin au Mauser venait de faire une troisième victime.

1. « On choisit et on paie », nom d'une chaîne de magasins d'alimentation (NdT).

Le rédacteur en chef lisait les journaux et savait bien que la saga tenait toute la presse locale en haleine. Il n'eut guère de mal à imaginer ce qu'elle allait faire de ce troisième assassinat. Enfin, on avait la preuve irréfutable que la ville du Cap pouvait s'enorgueillir d'avoir un véritable tueur en série. Et ça, la télé ne crachait pas dessus. Le rédacteur en chef appela donc le journaliste et le cameraman chez eux. Et leur assigna leurs tâches.

– S'il y a quelqu'un qui avait des raisons de tuer Ferdy, c'est moi ! lança-t-elle.

Gail Ferreira était assise dans son fauteuil, dans le salon du Plettenberg. Gerbrand Vos s'était installé en face d'elle, sur le canapé à deux places. C'était lui qui était d'astreinte cette semaine-là. Joubert s'assit à côté de lui, les deux inspecteurs serrés l'un contre l'autre sur le canapé trop petit. Il n'y avait aucun autre endroit où s'asseoir.

Tous tenaient une tasse de thé à la main.

– Que voulez-vous dire par là, madame Ferreira ? demanda Vos en portant sa tasse à ses lèvres.

– Que Ferdy, c'était pas un cadeau !

Elle l'avait dit avec force, en insistant sur les trois derniers mots.

Elle se tenait droite, sa tasse de thé posée sur ses genoux serrés. Joubert remarqua que ce n'était pas une jolie femme. Ses cheveux noirs étaient parsemés de mèches blanches. Et coupés court, avec des boucles. Les traces laissées par une maladie de peau remontant à sa jeunesse se voyaient encore sous son maquillage. Les commissures de ses lèvres retombaient naturellement vers le bas, ce qui lui donnait un air amer.

– Pourquoi dites-vous ça ? insista Vos.

– Parce qu'il était incapable de garder un boulot. Parce qu'il était paresseux. Parce qu'il arrêtait pas de s'apitoyer sur son sort. C'est que, voyez-vous, capitaine, il avait eu la polio et son pied gauche en était légèrement affecté. Mais en dehors de ça, il allait parfaitement bien. Sauf dans sa tête. Dans sa tête, il s'imaginait que tout le monde devait lui donner de quoi gagner sa vie sans rien foutre.

Elle porta la tasse à ses lèvres à son tour.

– Quel genre de travail faisait-il ? demanda Joubert.

– Il était charpentier, enfin… quand il voulait bien travailler. Il était très habile de ses mains. Mais à l'entendre, ses patrons n'étaient jamais assez bons. Il disait toujours qu'il aurait dû avoir son entreprise à lui, mais c'était un incapable. Une fois, il a suivi des cours pour apprendre à monter une boîte, mais il n'en est rien sorti. Après, comme on demandait des charpentiers pour les usines d'Atlantis, on est venus ici, mais ça n'a pas duré. Il s'est plaint que c'étaient les Noirs qui décrochaient les meilleurs boulots et qu'on les traitait mieux que lui et non, monsieur ne pouvait pas travailler sous les ordres de patrons de ce genre. Maintenant, il passe ses journées à ne rien faire, assis devant la télé, à regarder des vidéos de cul avec son pote George Walmer dès que j'ai le dos tourné.

Vos posa sa tasse sur la petite table au milieu de la pièce.

– Mais vous ne l'avez pas tué, madame. Donc, il doit bien y avoir quelqu'un d'autre qui avait des raisons de…

– Capitaine, Ferdy était bien trop lamentable pour avoir des ennemis, dit-elle d'un ton catégorique.

– Avez-vous déjà entendu parler de James Wallace, madame Ferreira ?

– Non.

– De Jimmy Wallace ?

– Non plus.

– De Drew Wilson ?

179

– Non. J'aurais dû ?

– C'est probablement la même arme qui a été utilisée pour les assassiner. Nous cherchons un lien.

– Eux non plus, c'étaient pas des cadeaux ? demanda-t-elle gravement.

Les inspecteurs ne lui répondirent pas – Gerry Vos parce qu'il avait senti que la question était de pure rhétorique, Joubert parce qu'il se demandait si l'épouse de Ferdy Ferreira n'avait pas mis le doigt sur quelque chose. Ni James J. Wallace ni Drew Wilson n'avaient été des cadeaux. Chacun à sa manière, certes, mais…

C'est alors que Gail Ferreira montra qu'elle n'était pas totalement dépourvue de sentiments.

– La maison va être bien vide, soupira-t-elle en posant sa tasse sur la table.

Les inspecteurs levèrent la tête, légèrement surpris.

– Ben oui, quoi ! Qui c'est qui va m'aboyer dessus quand je rentrerai chez moi ?

19

L'équipe de télé était arrivée trop tard pour « tirer le portrait » de Ferdy Ferreira, comme ils disaient avec leur tact habituel. Travail des équipes de balistique et des premières constatations, du vidéaste, du photographe et de l'unité canine, ils avaient tout loupé.

Heureusement, le cameraman repéra une tache de sang sur le sable, à l'endroit où la tête de Ferdy était retombée après que la balle l'avait trouée. Il en fit plusieurs plans. Puis, en tenant sa caméra au ras du sable blanc, il franchit la petite dune afin de rendre plus tragiques les derniers pas qu'avait faits Ferdy Ferreira de ce côté-ci de la mort.

Après quoi, accompagné du journaliste, il se rendit au caravaning Old Ship et attendit avec ses camarades de la presse massés devant le Plettenberg. La télé n'était pas contente. Dès qu'il y avait un véritable événement, elle avait habituellement droit au tapis rouge. Le cameraman installa son trépied, vissa la Sony Betacam SP dessus et fit le point sur la porte du mobil-home.

Enfin Joubert et Vos en sortirent. Gail Ferreira leur dit au revoir sur le pas de sa porte. Les policiers rejoignirent leurs voitures, les reporters sur les talons.

La caméra suivait derrière. Le micro monté sur l'appareil ne saisit pas ces paroles de Vos :

– Bordel de merde ! Et maintenant, on a aussi la télé !

181

Tu peux te la garder, cette affaire ! Ça commence à chauffer.

Les journalistes les rejoignirent et leur demandèrent des explications.

– Vous savez que vous devez vous adresser aux Relations publiques, rétorqua Joubert.

– Juste le canevas, capitaine, les trucs de base !

– Le général de brigade veut savoir ce que nous fabriquons, dit le colonel Bart de Wit en frottant nerveusement sa verrue.

Il sourit vaguement et ajouta :

– Les Relations publiques lui ont dit que la télé y était aussi.

Joubert et Vos s'étaient assis en face de lui.

– Qu'il y ait changement de gouvernement ou pas, la situation reste la même. C'est quand même extraordinaire de voir comment la police chie dans son froc dès que la télé se mêle de couvrir une affaire, dit Vos en secouant tristement la tête.

Le sourire de De Wit ayant disparu, Joubert sentit son cœur se gonfler d'orgueil pour son collègue.

– Capitaine, ce commentaire était parfaitement inutile. C'est de l'image même de la police dont il est question.

– Avec tout le respect que je vous dois, colonel, je ne vois là, moi, que l'image du ministre, du haut commissaire et du général de brigade. Quand la presse écrit des trucs, tout le monde s'en fout. Mais que la télé s'y intéresse et là…

– Capitaine Vos ? Votre langage ne sied pas à un officier. Et nous ne sommes pas ici pour faire le travail des Relations publiques. Le général aimerait savoir ce que nous avons l'intention de faire.

Joubert vit que de Wit avait retrouvé son calme : sa voix était de nouveau lourde de sarcasmes.

– Nous enquêtons, colonel, dit-il.

– Sans doute, capitaine, mais pas assez bien. Nous en sommes à trois assassinats et vous n'avez toujours pas la moindre piste. Toutes les théories tombent à l'eau les unes après les autres. D'abord, c'est celle du type qui découche. Après, on a droit à l'homo de service. C'est quoi, ce coup-ci ? Une histoire de lesbiennes ?

Il savait que de Wit essayait de l'humilier devant Vos. Il avait envie de dire quelque chose pour retrouver sa dignité, mais aucun mot adéquat ne lui vint à l'esprit.

– Ce n'est pas juste, colonel. Avec un serial, on n'a jamais d'indices, lança Vos en défendant son collègue.

– Vous sauriez des choses que nous ignorerions, capitaine ?

– Y a pas besoin de lire dans le marc de café pour savoir que c'est un serial, colonel.

– Dans le meurtre de Melkbos, le calibre n'est pas le même. Ça vous fait l'effet du même *modus operandi*, capitaine ?

Joubert trouva enfin ses mots.

– Il sait que son Mauser et ses munitions ne sont pas fiables à 100 %. Pour lui, si ça s'enraye, c'est le bordel…

– Putain de Dieu, ça c'est vrai ! renchérit Gerbrand Vos.

– Et son arme s'est bel et bien enrayée ce matin. On n'a retrouvé qu'une seule cartouche de 7,63.

De Wit garda le silence.

– Nous saurons si nous avons affaire au même meurtrier dès demain, colonel.

– Ah bon ?

– Les types de la balistique de Pretoria sont sur les dents, colonel. Parce que vous les avez appelés, c'est clair. Et là, je dois vous remercier de l'avoir fait.

– Soutenir mes hommes fait partie de mon travail,

capitaine. (Le ton de sa voix ayant changé, il ajouta :)
Bon, mais… qu'est-ce que je dis au général ?

– Que je fais de mon mieux, colonel, dit doucement
Joubert.

– Mais cela suffit-il, capitaine ? lui renvoya de Wit en
souriant.

– Il veut te crucifier, Mat. Et tu ne te rebiffes pas ?

Vos lui avait posé la main sur l'épaule. Ils longèrent
le couloir conduisant à leurs bureaux.

Joubert se tut : à ses yeux, ça ne s'était pas si mal
passé. Au moins avait-il contribué au débat, au moins
avait-il eu quelque chose à dire. D'habitude, il restait
là, sans bouger, et…

– Il n'a pas le droit de te faire chier comme ça.

– Si, Gerry.

Vos s'immobilisa devant la porte de son bureau.

– Il va falloir que tu te le fasses, Mat. Tu le sais, non ?

Joubert acquiesça d'un signe de tête.

– Je suis avec toi, mec. Jusqu'au bout.

Joubert marmonna des remerciements et rejoignit son
bureau.

Les dossiers SAP 3 s'y empilaient. Il s'assit. Sur le
dessus du tas, les dossiers Wallace et Wilson n'en faisaient plus qu'un. Il poussa la pile de côté et ouvrit les
deux chemises, chacune contenant trois parties différentes. La A était réservée aux pièces à conviction dont
on pouvait se servir devant un tribunal. De ce côté-là,
les deux chemises étaient plutôt maigres, où l'on ne
trouvait que les photos de l'identité judiciaire, les rap-
ports d'autopsie et d'expertise balistique et les clichés
des premières constatations.

Dans la partie B étaient regroupées ses notes d'interrogatoires. On y trouvait la transcription de ses entre-
tiens avec Margaret Wallace, Walter Schutte, Zeelie…

Dans la partie C, il y avait toutes les notes qu'il avait prises au cours de l'enquête. Ses faits et gestes, les individus concernés, les moments où il avait fait ou dit ceci ou cela… il avait tout consigné de son écriture de cochon.

Il sortit un nouveau formulaire SAP 3, prit son carnet de notes, déplia le rapport du premier officier en tenue arrivé sur les lieux du crime et commença à donner corps au dossier Ferdy Ferreira.

Bientôt ses pensées revinrent à la question que lui avait posée de Wit : « Mais cela suffit-il, capitaine ? »

Il avait raison. Quelqu'un d'autre aurait-il pu regrouper les pièces du puzzle sanglant et leur trouver un sens ? Quelqu'un qui ne regardait pas le monde au travers d'un voile gris aurait-il su poser de meilleures questions ? Faire preuve de plus d'intuition dans l'analyse des faits ? Trouver un suspect dans le premier cercle de témoins ?

Il consulta encore une fois les dossiers. Ce n'était pas si mal. L'enthousiasme n'était certes pas celui des débuts, mais ça s'améliorait. C'était nettement mieux qu'à l'époque sinistre où il passait en conseil de discipline et où personne ne voulait plus travailler avec lui. Mieux que…

Il avait envie d'y réfléchir. D'examiner les raisons.

Le téléphone sonna. Il décrocha.

– Capitaine ? C'est l'heure de jouer les vedettes ! lui lança Cloete, des Relations publiques.

– Ah bon ?

– La télé veut une interview. Et tu sais combien c'est important à nos yeux.

20

Il entra dans la succursale de la banque Premier de Milnerton à 15 h 32. Cette fois, le pas était élastique : le braqueur de banques avait décidé de ressembler à Elvis. Les cheveux, noirs, étaient coiffés en arrière, avec une banane sur le devant. On n'avait pas oublié les favoris et les gros sourcils au-dessus des lunettes foncées. Pantalon, chaussures, chemise et veste blancs, la tenue en jetait.

Le foulard et l'arme dissimulée sous la veste étaient noirs.

– Salut ! lança-t-il à Rosa Wasserman, une brunette de dix-neuf ans avec de gros problèmes nerveux.

– Bonjour, monsieur, dit-elle. Que puis-je faire pour vous ?

Ce jour-là, le braqueur de banques faisait ses trucs sur les rythmes d'un air de rock and roll qu'il était le seul à entendre dans la salle de concert de sa tête. Mais certains signes ne trompaient pas, tels le pied droit qui battait la mesure et la voix qui imitait celle de feu le King.

– Des tas de choses, mon cœur. Disons… aller me prendre un de ces sacs et le remplir de billets de cinquante. J'ai une grosse pétoire sous la veste et je ne voudrais pas avoir à m'en servir.

Il avait soulevé le pan de la veste, d'un rien. Rosa, elle, avait entendu les mots « mon cœur » et vu la crosse noire de l'arme. Pétrifiée, elle était restée la bouche à moitié ouverte, ce qui avait encore accentué son double menton.

– Et on garde son pied loin de l'alarme, jugea bon de préciser le braqueur de banques. Allons, mon cœur, faudrait voir à danser plus vite !

Le pouls de Rosa s'était accéléré de manière dramatique. Comme sa respiration. Le braqueur de banques s'en aperçut.

– Quel parfum mettez-vous ? lui demanda-t-il. Il est délicieux.

Ça ne prit pas avec elle. Il vit la panique la saisir – ses mains tremblaient, sa poitrine se soulevait trop vite, elle avait le regard fou, les narines tendues, le double menton qui semblait s'agiter de son propre chef.

– J'aurais dû apporter mon Mauser, dit-il, et par ces simples mots il changea irrémédiablement de statut.

Le matin, avant que son père le feuillette à son tour, Rosa jetait parfois un coup d'œil au *Burger*. Les meurtres au Mauser, elle en avait entendu parler. Sa peur de l'homme qui se trouvait devant elle s'intensifia. Elle posa ses mains sur ses oreilles comme si elle ne voulait pas entendre le coup de feu qui mettrait fin à sa vie.

Elle hurla de toute la force de son grand corps et déclencha l'alarme, sans hésiter.

Lorsqu'elle eut fini de crier, le braqueur de banques s'ébroua.

– Ça, mon cœur, dit-il en se tournant vers la porte, ça se paye.

L'alarme ne sonna pas dans la banque à proprement parler, seulement sur le panneau de contrôle de la société de gardiennage. Le hurlement de Rosa avait pétrifié tout le monde dans la salle. C'était elle qu'on regardait maintenant, pas l'homme en blanc. Celui-ci en profita pour franchir la grande porte. Rosa le montra du doigt et poussa un nouveau hurlement. Surpris, les gens tournèrent la tête et suivirent des yeux la direction de son doigt, mais le voleur avait disparu.

De la succursale de Milnerton, Joubert gagna la clinique. Il était énervé. Les journalistes n'avaient pas cessé de lui poser des questions et il savait qu'ils feraient leurs choux gras de cette histoire. Un coup d'œil à l'*Argus* avait suffi à l'en convaincre :

LE MEURTRIER AU MAUSER SE DÉCHAÎNE

Heureusement, la tentative de hold-up était arrivée trop tard pour les journaux. La télévision n'en avait même pas eu vent. Mais le lendemain, ce serait un véritable pandémonium. Joubert avait précisé aux journalistes que cette affaire n'indiquait pas forcément qu'il y avait un lien entre le hold-up et les meurtres au Mauser, que le voleur avait très bien pu lancer sa remarque pour produire son petit effet, mais ce n'était pas ce que ces messieurs-dames avaient envie d'entendre.

– Cela dit, on ne peut pas exclure cette hypothèse, n'est-ce pas, capitaine ?

– Non, effectivement.

Et tous avaient gribouillé sur leurs blocs-notes.

De petite boule terrorisée qu'elle avait été la veille, Rosa Wasserman, quant à elle, était devenue la femme du jour. C'était elle qui avait donné l'information à la presse, elle qui lui avait appris que le voleur avait prononcé les mots « mon Mauser ».

– Et il m'a menacée de mort.

Benny Griessel aurait adoré. Du grand cirque ! Il n'aurait pas pu s'empêcher de lui donner son point de vue ironique habituel sur les médias.

Joubert s'arrêta devant le bâtiment en briques rouges et entra. A la réception, il déclara vouloir rendre visite à Benny Griessel. Les deux infirmières se regardèrent d'un air entendu.

– Je ne crois pas que ce soit une bonne idée, monsieur.

Le ton de voix décidé qu'elle avait pris l'agaça.

– Et pourquoi donc ?

– Parce qu'il a refusé ses médicaments, répondit-elle en se rendant compte que l'homme qui se trouvait devant elle ne comprenait pas ce que ça signifiait. A notre avis, l'adjudant Griessel n'a envie de voir personne pour l'instant.

– Je ne crois pas que vous ayez le droit de prendre des décisions à sa place, lui renvoya Joubert d'un ton agressif.

L'infirmière le dévisagea à travers ses lunettes, comme si elle le jaugeait. Puis elle dit, doucement :

– Bon. Eh bien, suivez-moi.

Ils partirent dans la direction opposée à la chambre de Benny, l'infirmière devant, Joubert sur ses talons, tout heureux d'avoir vaincu la bureaucratie.

Ils longèrent des couloirs silencieux et montèrent des escaliers.

Il entendit les bruits bien avant d'arriver à la porte.

La voix de Griessel, à peine reconnaissable. Des cris de douleur. Les hurlements d'un animal terrorisé. Des supplications aussi – qu'on l'aide, qu'on ait pitié.

Joubert ralentit le pas. Il avait envie de s'arrêter. L'infirmière se retourna, le prit par la manche de sa veste et le tira derrière elle – sa façon à elle de le punir.

– Allons, dit-elle.

Il ne la regarda pas. Il gagna la porte, la tête pleine de tous ces bruits.

Il y avait six lits d'hôpital. Sur un seul d'entre eux, dans le coin, une forme était allongée. Joubert s'arrêta net. Dans la pénombre, les cheveux noirs de Griessel se détachaient sur le blanc des draps. De grosses lanières en cuir enserraient son corps, d'un bout à l'autre du lit.

Sous les sangles, il tressautait de manière spasmodique. On aurait dit les convulsions qui précèdent la mort. Les bruits qu'il faisait venaient des tripes, réguliers, comme les cahots de sa respiration.

L'infirmière se posta près de lui. Elle ne dit rien. Elle se contenta de regarder Joubert.

– Je suis désolé, murmura-t-il. Je me suis trompé.

Puis il pivota sur ses talons et reprit vite le couloir gris. Les sons sortis de l'âme torturée de son ami retentirent dans ses oreilles bien après qu'il eut rejoint sa voiture.

Margaret Wallace s'était assise au salon avec sa famille. Il y avait là sa mère, son fils et sa fille. Ils prenaient leur repas devant la télévision parce que le silence et la gêne qui régnaient autour de la table les troublaient.

« Et maintenant, les nouvelles de ce soir ! » lança le speaker d'un air grave, et il en donna les grands titres.

Margaret ne l'écoutait pas. Le speaker parla d'une nouvelle crise politique, d'une sécheresse désastreuse dans le nord du Transvaal, puis…

« Le meurtrier au Mauser a fait une troisième victime au Cap et la police est toujours aussi déroutée… »

Margaret leva la tête et vit la photo de Ferdy Ferreira. Le speaker passa aux autres événements de la journée.

Connaissait-elle ce visage ?

– Maggie, lui demanda sa mère, tu veux que j'éteigne ?

Margaret lui fit signe que non, puis elle regarda l'écran où défilaient des images de la vie politique et des problèmes agricoles du pays. Dans sa tête, elle cherchait toujours quelque chose qui ferait le lien entre l'homme et le lieu.

« Dans ce qui a tout l'air de devenir une grande affaire de serial killer, reprit le speaker, le meurtrier au

Mauser a frappé pour la troisième fois ce matin. La victime est un certain Ferdy Ferreira, cinquante-quatre ans, de Melkbos Strand. D'après la police, l'arme du crime, un Mauser, modèle Broomhandle, vieux de cent ans, serait le seul lien entre cet assassinat et ceux de l'homme d'affaires James Wallace et du fabricant de bijoux Drew Wilson, l'un et l'autre tués pratiquement à bout portant ces dix derniers jours… »

Pendant que le speaker prononçait ces paroles, les images que le cameraman avait tournées dans les dunes apparurent – celles où, après avoir traîné son objectif au ras du sol, il s'était arrêté sur les taches de sang dans le sable.

Margaret se détourna. Ça lui rappelait trop…

Puis elle entendit une voix qu'elle connaissait et releva la tête. Le visage du capitaine Mat Joubert occupait tout l'écran. Il avait toujours les cheveux trop longs et mal peignés. Ses épaules s'affaissaient comme sous le poids d'un fardeau invisible. Et sa cravate était trop fine. Son anglais, lui, était acceptable.

« Le seul lien que nous ayons semble être l'arme du crime, dit-il. Nous n'avons aucune raison de croire que les victimes se connaissaient. »

Au bas de l'écran, la légende proclamait : *Capitaine M. A. T. Joubert, brigade des Vols et Homicides.*

Puis le visage du reporter reparut à l'écran.

« Mais M. Ferreira et ses deux chiens ont bien été tués par des balles de calibre plus petit, n'est-ce pas ?

– Oui, admit Joubert. Nous pensons que l'assassin porte une arme de poing de petit calibre en guise de renfort. Il semblerait que ce soit le Mauser qui ait servi en premier, mais le coup de feu n'a pas été fatal.

– Capitaine, pensez-vous que le meurtrier au Mauser frappera encore ?

– C'est impossible à dire », lui répondit Joubert, l'air gêné.

Puis on repassa la photo de Ferdy Ferreira à l'écran, ainsi que deux numéros de téléphone.

« Toute personne ayant des renseignements susceptibles d'aider la police dans ses recherches est priée d'appeler… »

Margaret regardait fixement la photo de Ferdy Ferreira. Elle avait déjà vu ce type-là quelque part, elle le savait. Mais où ? Et dans quelles circonstances ?

Fallait-il appeler l'inspecteur ?

Non. Pas avant que ça lui revienne.

Au treizième étage d'un immeuble locatif de Sea Point, une femme de trente-deux ans était assise devant sa télé.

Elle s'appelait Carina Oberholzer. Depuis les images autour du meurtrier au Mauser, elle n'avait plus rien vu de ce qu'on montrait à l'écran. Véritable métronome humain, elle se balançait sans arrêt d'avant en arrière dans son fauteuil à bascule. Sur ses lèvres, un seul mot, encore et encore : « Seigneur, Seigneur, Seigneur, Seigneur… »

Carina Oberholzer était en train de revivre un fragment de son passé. Les images qui lui revenaient à l'esprit allaient lui coûter la vie avant la fin de la nuit.

Un homme de quarante-six ans regardait le bulletin d'informations avec sa très jolie femme. Il s'appelait Oliver Nienaber. Ses quatre fils, l'aîné en terminale, le plus jeune en huitième, se trouvaient quelque part dans la grande maison et vaquaient à leurs occupations. Oliver Nienaber venait de passer trois semaines à Pretoria. Lui aussi avait été très occupé et il n'avait pas lu le journal. Les images consacrées au meurtrier au Mauser lui firent l'effet d'un coup de marteau en pleine poitrine. Mais il resta calme, de façon à ce que sa femme ne s'aperçoive de rien.

Il chercha des solutions, envisagea des implications, se rappela des faits. Oliver Nienaber était intelligent. Il était capable de penser vite même quand la peur le tenait comme un mauvais esprit. C'était d'ailleurs pour cette raison qu'il avait connu une telle réussite dans son métier.

Il se leva après la météo.

– J'ai encore du travail, dit-il.

Sa femme leva les yeux de ses travaux d'aiguille et lui sourit. Il vit sa beauté blonde et sans défauts et se demanda s'il allait la perdre. De fait, il se demanda même s'il n'allait pas tout perdre. Y compris la vie.

– Ne travaille pas trop tard, mon chéri, lui dit-elle.

Il gagna son bureau, qui était grand. Sur les murs, il avait accroché des photos et ses diplômes. Toute l'histoire de son ascension. De son triomphe. Il ouvrit son attaché-case en vraie peau de buffle gris et en sortit un fin carnet de notes noir et un stylo. Et dressa une liste. *Mac McDonald, Carina Oberholzer, Jacques Coetzee.*

Puis il sauta quelques lignes et écrivit le nom *Hester Clarke*. Il posa son carnet sur son bureau et attrapa le nouvel annuaire du Cap, à côté du téléphone. Il le feuilleta jusqu'aux P. Son doigt parcourut rapidement les colonnes et s'arrêta devant les mots *Pêcheries Mac-Donald*. Il souligna le numéro puis le nota. Il revint aux O, y chercha le numéro de Carina Oberholzer et le nota lui aussi. Il eut du mal à trouver celui de Jacques Coetzee tellement il y avait de Coetzee dans l'annuaire. Sans compter qu'il ne connaissait pas son adresse précise. Devant le nom de Hester Clarke, il n'inscrivit qu'un point d'interrogation. Puis il sortit des clés de son attaché-case, gagna un coin de son bureau, ouvrit le coffre-fort et en sortit son gros pistolet Star 9 mm. Il vérifia le cran de sécurité et remit son arme, son carnet et son stylo dans sa mallette.

Puis il se tint tout à fait immobile, l'attaché-case dans sa main, la tête penchée en avant et les yeux clos. On aurait dit qu'il priait.

Joubert comprit qu'il n'arriverait pas à lire. La soirée était chaude et le vent de sud-est faisait de tristes bruits en soufflant tout autour de la maison. La véranda de devant était orientée au nord. Là, le vent était à peine audible dans les arbres. Joubert s'assit sur le dallage en ardoise, s'adossa au mur et alluma une cigarette.

Il avait envie de se moquer de lui-même.

Comment avait-il pu croire être en mesure d'oublier Lara ?

Il aurait donc suffi de penser pendant quelques jours au corps épanoui d'une jeune fille de dix-huit ans ? De « consulter » un psy ?

Ce n'était pas la première fois qu'il entendait les cris que la douleur arrachait à Benny Griessel.

Ces cris, il les connaissait. Lui aussi les avait poussés. Pas avec sa voix, seulement dans sa tête. Dans ce passé brumeux où il haïssait la douleur et l'humiliation. Avant qu'il n'en devienne accro.

Dis-le à ta psychologue, songea-t-il. Dis-lui que ces ténèbres de l'âme, tu y es tout autant accro que Griessel à sa bouteille. Mais dis-lui qu'il y a une différence, au docteur. Dis-lui que Mat Joubert, on peut l'ôter aux ténèbres, mais pas le contraire – pas les ténèbres de Mat Joubert. Parce que ces ténèbres étaient devenues partie intégrante de sa chair. Parce que c'était autour d'elles que son corps avait grandi, tel l'arbre qui prend le fil de fer barbelé dans son tronc afin qu'à jamais il en soit blessé et déchiré et que la sève en coule comme du sang.

A nouveau, il entendit le rire de Lara, celui qu'encore et encore il se passait et repassait au magnétophone en se tapant la tête sur les murs – encore et encore, jusqu'à ce que le sang coule.

De fait, ce soir-là, la douleur de Griessel avait été une bénédiction. Elle l'avait ramené à la réalité.

Il aurait dû le comprendre la veille, lorsque Hanna Nortier lui avait posé sa dernière question. Lorsqu'il s'était rendu compte qu'il allait devoir lui parler de Lara et qu'il ne serait pas en mesure de tout lui dire.

Lara Joubert, il en était prisonnier. Et la clé qui ouvrait sa cellule était là, à portée de main, attendant qu'il l'attrape. Tout dire au bon docteur, Mat. Toute la vérité. La vérité et rien que la vérité. Raconte-lui la seule version de la mort de Lara que tu connaisses et, tu le sais, tu seras libre. Partage cela avec le docteur Hanna Nortier et tu pourras te débarrasser de ton fardeau, déchirer le rideau noir.

Il était midi et demi lorsqu'il était arrivé devant le magnétophone, en bas dans la cave, et avait appuyé sur la touche pour retourner la cassette. Le casque sur la tête, il avait regardé autour de lui pour vérifier que personne ne le voyait – c'était illégal –, sûr et certain qu'il était d'avoir le droit d'enfreindre la loi de cette manière. Appuyer sur la touche. On ne se doute de rien. On est dans l'exercice de ses fonctions.

PLAY.

Il ne pourrait pas le dire à Hanna Nortier.

Il appuya sa tête contre le mur et jeta sa cigarette dans le noir.

Il n'arrivait même pas à se le dire à lui-même. Combien de fois n'avait-il pas déjà essayé de voir la chose sous un autre angle ? De se trouver des excuses, des circonstances atténuantes, une sortie. D'envisager des points de vue différents.

Mais rien ne marchait, jamais.

Il avait brûlé la cassette. Mais les voix étaient toujours sur la bande. Là, dans sa tête. Et il n'avait plus la possibilité d'appuyer sur la touche. Même pas pour lui-même. C'était bien trop pénible, bordel, bien trop pénible !

Il se pencha pour mettre sa main dans sa poche de pantalon, sortit ses cigarettes, en alluma une autre.

Allons, allons, docteur Hanna, se dit-il. Vous seriez donc vraiment capable de ramasser les morceaux d'un être humain et de les remettre ensemble, d'y appliquer de la colle miracle pour qu'enfin le bonhomme soit entier à nouveau ? Non, les lézardes seraient visibles à jamais, il suffirait d'une pression du doigt pour qu'une fois de plus tout le bazar tombe en morceaux.

Et tout ça pour quoi, docteur ?

Dites-moi, docteur, ne vaudrait-il pas mieux que je me colle le canon bien froid de mon pistolet de service dans la bouche et que je bousille à jamais la dernière copie de la bande, avec tous les fantômes qu'il y a dessus, que j'expédie tout ça dans l'éternité ?

Assise à sa coiffeuse, Carina Oberholzer écrivait.

Elle écrivait tandis que des larmes coulaient le long de ses joues et tombaient sur son bloc-notes de papier bleu.

Carina Oberholzer n'écrivait pas les raisons pour lesquelles le meurtrier au Mauser expédiait ses victimes dans l'éternité d'un coup de pistolet. Elle ne le voulait pas. Elle ne le pouvait pas. De fait, son esprit ne lui permettait d'écrire qu'une chose : « Nous le méritons. » Elle le fit et, ensuite, elle précisa qu'il ne fallait pas arrêter l'assassin. Et qu'on ne devait pas le punir.

Puis elle écrivit un nom et un prénom d'une main tremblante, mais très lisiblement.

Et ajouta les mots « Pardonne-moi, Maman », bien que son père fût encore en vie, et signa « Carrie ». Enfin elle reposa son stylo à côté de sa feuille et gagna la fenêtre. Elle l'ouvrit en grand, leva le pied et le posa sur l'appui. Elle se hissa dans l'encadrement, hésita, à peine, et s'élança.

Elle tomba sans autre bruit que celui de sa jupe flottant délicatement dans le vent, comme un drapeau.

Plus tard, lorsque les hurlements d'une sirène couvrirent les grondements de la ville, le vent changea de direction. Il souffla doucement par la fenêtre ouverte du treizième étage et là, telle une main invisible, il s'empara de la seule et unique feuille de papier bleu arrachée au bloc-notes et la poussa dans le petit espace sombre entre la coiffeuse et le mur.

Joubert s'était assis sur le petit perron de devant et regardait les étoiles pâles qui brillaient dans le ciel de banlieue. Il ne savait pas comment réagir à ce qu'il venait d'entrevoir.

Mais que quelque chose avait changé, il le savait.

Une semaine ou deux, un mois ou encore plus, un an auparavant, l'idée de se glisser le canon du pistolet dans la bouche n'aurait rien eu que de très logique. Il ne s'agissait pas vraiment d'une envie, mais d'une manière logique d'en sortir, d'une issue à laquelle on ne peut que recourir comme on ne peut que se servir de tel outil plutôt que de tel autre pour exécuter une tâche particulière. Maintenant, lorsqu'il songeait au moment de vérité, lorsque la main devrait absolument s'emparer du pistolet, la bouche s'ouvrir et le doigt se contracter, Mat Joubert avait encore envie de vivre un peu.

Il pensa aux raisons qui avaient fait que tout avait changé : s'agissait-il du Triomphe de l'Érection suprême ? Y avait-il un rapport avec tous les aspects de sa relation avec Hanna Nortier ?

Mais alors ses pensées s'étaient dispersées.

Il allait finir infirme. Il serait un énième « pauvre » Ferdy Ferreira. Il devrait emporter Lara Joubert avec lui s'il n'arrivait pas à tout dire au bon docteur. Il allait devoir traîner sa douleur tel un fardeau toute sa vie durant.

Y parviendrait-il ?

Peut-être.

Il se leva, s'étira et sentit les muscles de son dos et de ses épaules, la fatigue diffuse et agréable des muscles qu'on a fait travailler dans une piscine.

Peut-être, se dit-il.

Il se retourna, entra dans sa maison, ferma à clé derrière lui et gagna la chambre d'amis pour y chercher quelque chose à lire. Ses livres de poche étaient empilés en désordre.

Il songea qu'il allait devoir se construire des étagères et resta un instant dans l'encadrement de la porte, à réfléchir en regardant droit devant lui. Brusquement, il avait envie de ranger ses livres, de les classer par auteurs, de les mettre tous à la place qui convenait.

Il entra dans la pièce, s'agenouilla près de la pile et prit celui du dessus.

21

Le docteur Hanna Nortier s'était allongée sur un sofa.
Il s'asseyait à côté d'elle, sur une chaise. Il caressait ses
cheveux incolores avec des gestes doux et mécaniques.
Son cœur débordait d'amour et de pitié pour elle. Il lui
parlait. Il vidait son âme. Les larmes coulaient abon-
damment sur ses joues. Sa main se glissait vers son
sein, petit et doux comme un oiseau, ses doigts le
pétrissaient soigneusement sous le tissu. Il la regardait.
Il voyait qu'elle était toute pâle. Il s'apercevait qu'elle
était morte. Mais pourquoi entendait-il des bruits stri-
dents monter de son corps ? Le réveil. Il ouvrit les
yeux. Les chiffres verts disaient 6 h 30.

Il se leva immédiatement et prit sa voiture pour aller à
la piscine. Il fit résolument sept longueurs de bassin
avant d'être obligé de se reposer. Dès qu'il se sentit
mieux, il en fit deux de plus, lentement.

Ce fut surtout à cause des manchettes qu'il ajouta un
journal au paquet de Special Mild qu'il venait d'ache-
ter. La plus grosse proclamait : ELLE VIT DANS LA PEUR
DES MAUSER, un sous-titre posant la question : MON-
SIEUR MON CŒUR SERAIT-IL LE SERIAL KILLER QUE L'ON
RECHERCHE ?

Il lut les articles dans sa voiture, en face du café. La
grande nouvelle était bien que le braqueur de banques

199

avait mentionné un Mauser à Rosa Wasserman, mais il y en avait d'autres, moins importantes, sur les crimes eux-mêmes. Un des reporters essayait ainsi, en se basant sur les dates, de trouver un lien entre les meurtres et les hold-up. Un autre citait les propos du célèbre criminologue et professeur de criminologie à l'université de Stellenbosch, le docteur AL Boshoff, sur le psychisme des tueurs en série.

Joubert finit sa lecture et replia le journal. Il serra les lèvres. C'était la première fois qu'il travaillait sur une affaire qui faisait autant de bruit. Il y avait bien eu le kidnapping d'un enfant de ministre en 1989, mais l'affaire avait été réglée en quelques heures, la presse ne s'en lançant pas moins dans une orgie de révélations pendant deux jours entiers. Il y avait aussi eu les assassinats à la hache en 1986, à Mitchell's Plain. Là, les journaux avaient eu de quoi écrire pendant quinze jours – mais seulement dans les pages intérieures, les victimes n'ayant pas la chance d'être blanches.

Il mit le contact et rejoignit la grande quincaillerie de Bellville, dans Durban Road.

Pourquoi trouvait-il donc les supputations du journaliste sur les dates et les similitudes entre les crimes si peu acceptables ? S'agissait-il uniquement d'une prémonition ? D'une opinion fondée sur l'expérience ?

Non. Cela provenait de toutes les différences que le journaliste avait ignorées. Le braqueur de banques était un exhibitionniste. Il jouait pour la galerie en usant de déguisements de théâtre et en ayant recours à des dialogues qui frappaient – le coup du petit nom et des questions sur le parfum. Ce n'était qu'un péteux qui tenait son arme sous sa veste et comptait sur la peur qu'elle inspirait aux femmes.

Le meurtrier au Mauser, lui, était d'une froideur clinique.

Il ne pouvait pas s'agir du même individu.

Ou alors… si ?

Son indécision l'agaçait. « Combattre le crime, c'est comme jouer au golf, Matty, lui avait dit Blackie Swart un jour. C'est juste au moment où on croit avoir la solution que ça dérape. »

Il avait fait un vague croquis pour ses rayonnages la veille au soir, il expliqua brièvement ce qu'il cherchait au vendeur. Enthousiaste, celui-ci lui montra les diverses bibliothèques en kit qu'il y avait sur le marché. Certaines étaient conçues de telle façon qu'on pouvait les assembler en cinq minutes sans avoir à percer un seul trou, scier la moindre planche ou planter un clou.

Mat Joubert, lui, voulait travailler davantage avec ses mains. Il se sentait nettement plus impliqué dans cette tâche depuis la veille au soir. Il avait envie de sentir l'odeur de la sciure et de se servir de la perceuse électrique qui prenait la poussière dans son garage depuis maintenant presque trois ans. Il voulait suer, mesurer, emboîter, faire des marques au crayon sur le mur et sur le bois.

Les deux hommes finirent par arrêter un plan beaucoup plus primitif : on visserait de grandes cornières en métal à la verticale dans le mur et on y accrocherait des équerres à l'horizontale, équerres sur lesquelles reposeraient des étagères en bois que Joubert devrait mesurer et scier.

Il acheta des mèches pour sa perceuse, des vis et des chevilles en plastique dans lesquelles les insérer. Du papier de verre, du vernis, des pinceaux et un mètre neuf vinrent compléter ses achats – plus une prise avec terre, car il ne savait pas si sa perceuse était encore munie de la sienne.

Il régla par chèque et fit un rapide calcul mental afin d'évaluer ce qu'il avait économisé en refusant la facilité des kits tout prêts. Deux employés noirs l'aidèrent à porter son matériel à sa voiture. Il leur donna 5 rands de pourboire à chacun. Certaines planches et cornières étant trop longues pour entrer dans la voiture ou dans le coffre, il les laissa dépasser par la vitre.

Il gagna le marché de Bellville pour reconstituer son stock de fruits et légumes et croqua une pomme en rentrant chez lui.

Lorsqu'il arriva, Emily était déjà en train de faire la lessive. Il alla la saluer et lui demanda des nouvelles de ses enfants dans le Transkei et de son mari à Soweto. Il ajouta que la chambre d'amis serait bientôt très accueillante. Elle hocha la tête comme si elle n'en croyait rien.

Son enthousiasme n'avait pas diminué. Il ouvrit la porte du garage et choisit ses outils. Tout, hormis les tournevis et la tondeuse à gazon, était recouvert d'une épaisse couche de poussière.

Certains de ces outils avaient appartenu à son père. Son père, qui s'en servait avec hâte, mais aussi précision et impatience. « Non, lui disait-il, il faudra d'abord qu'on t'apprenne à les utiliser à l'école. Ici, tu risquerais de te blesser. Et ta mère serait furieuse après moi. »

Il regagna la chambre avec son mètre neuf et fit un croquis sur du papier. Il alla chercher une autre pomme à la cuisine et s'empara de sa perceuse et de ses forets. La perceuse n'avait plus de prise. Il l'équipa de la neuve avec un grand sentiment de satisfaction. Puis il prit des mesures et marqua les endroits où il faudrait enfoncer les vis. Alors seulement il lui vint à l'esprit qu'il allait avoir besoin d'un niveau.

Non, il n'allait pas reprendre sa voiture. Il vérifierait soigneusement ses mesures en se servant du coin du mur comme d'un repère et ça devrait suffire. Il se mit au travail.

Lorsqu'il eut fini de percer les trous, il alla chercher le transistor dans la table de nuit de Lara. Il y avait toujours des piles neuves dans son tiroir. Il regarda. Elles n'avaient pas bougé. Il les installa dans le poste, l'alluma, tourna le cadran, passa quelques stations de musique et s'arrêta enfin sur RSG, la station en afrikaans. Deux reporters y commentaient un match de cricket. Il emporta le poste au garage, où il avait encore des choses à scier.

Un air de musique boer lui rappela des souvenirs. Son père ne suivait jamais la retransmission des matches de cricket. Mais, avant l'arrivée de la télé, il écoutait celle des matches de rugby le samedi après-midi. Il insultait les commentateurs, les joueurs et l'arbitre quand la Province-Occidentale perdait. Après le match, juste avant que les speakers ne passent aux autres stades pour avoir les résultats, il y avait toujours un petit air de musique boer ou un morceau pour orchestre. C'était le signal qu'attendait son père pour aller boire son verre du samedi soir au bar du Royal. Mat, lui, devait préparer le feu parce que, le samedi soir, il y avait barbecue. Parfois, il était obligé de l'alimenter avec des bûches de *rooikrans*[1] jusque tard parce que son père ne permettait jamais à quiconque de s'occuper de la viande. « C'est un travail d'homme », disait-il.

Au début, il avait pris plaisir à aller chercher son père au bar. Il avait aimé la chaleur des lieux, l'esprit de *camaraderie*[2], l'amitié bon enfant, le respect que les autres avaient pour son père.

Il se mit à scier. De la sueur lui coula sur le front. Il l'essuya du dos de la main, une marque de saleté y resta.

Par-dessus le bruit de la scie, il entendit le reporter qui disait : « Zeelie du côté opposé. Il arrive au guichet.

1. Arbre importé d'Australie, très répandu sur le territoire d'Afrique du Sud *(NdT)*.
2. En français dans le texte *(NdT)*.

Loxton joue le coup en défensive et renvoie sur le lanceur... »

Zeelie, le grand espoir blanc maintenant suspect. Il n'avait pas demandé à Gail Ferreira si son mari l'avait connu. Mais il était relativement sûr de la réponse qu'elle lui aurait faite.

Trois meurtres inexplicables. Avec rien en commun. Un père de famille, un homo et un infirme. Un hétéro qui courait les jupons, un homo conservateur et un fana de films porno. Marié, pas marié, marié. Homme d'affaires, bijoutier, sans emploi.

Il n'y avait aucun lien.

Sauf un – le fait qu'il n'y en avait pas.

Un tueur qui, sans schéma récurrent, sans rime ni raison, tard l'après-midi, tôt le matin ou en pleine nuit, pressait la détente et ravissait une vie. Comment choisissait-il ses victimes ? Pic et pic et collégram, bourre et bourre et ratatam... Ou alors... il repérait quelqu'un dans la rue et le suivait jusque chez lui parce que sa gueule ou ses habits ne lui revenaient pas ?

Ça s'était déjà vu. Ici. En Angleterre. Ça rendait les médias complètement fous parce que les gens voulaient qu'on leur donne des trucs à lire. Et ça réveillait une peur primitive : celle de la mort sans motif, le pire destin qui soit. Et la police, elle, était impuissante parce qu'il n'y avait aucun schéma récurrent. Ce qui nourrissait la grande machine à prévenir le crime, c'était le schéma qu'on repérait, le *modus operandi* reconnu ou le mobile compréhensible. Le sexe. Le fric. Quand il n'y avait pas de schéma repérable ou qu'elle n'avait rien d'intéressant à se mettre sous la dent, la grande machine finissait par s'immobiliser. Plus rien dans le ventre. Elle avait du mal à repartir.

Sans compter que si c'était le capitaine Mat Joubert qui se trouvait au volant...

Il n'avait besoin que d'un tout petit indice, de

quelque chose qui ne se dissiperait pas comme du brouillard sous le soleil quand on le scrutait avec attention. Un tout petit indice. Juste un.

Il ramassa une planche pour l'emporter dans la chambre. Il n'était pas encore sorti du garage lorsqu'il entendit que Zeelie lançait à Loxton pour l'égalisation.

22

Le rédacteur en chef du *Weekend Argus* feuilletait le numéro du samedi. Il cherchait des suites à donner aux articles pour l'édition du lendemain – un sujet qu'on n'aurait pas déjà vidé de toute sa substance. Afin de pouvoir demander à ses reporters de le faire.

Il relut le numéro de la dernière à la première page, sans s'attarder sur la brève de page 6 intitulée : UNE FEMME DE SEA POINT FAIT UNE CHUTE MORTELLE.

Il n'avait d'ailleurs aucun besoin de la relire étant donné qu'il en connaissait parfaitement la teneur. C'était lui qui avait vérifié le travail de son reporter.

> Une secrétaire de trente-deux ans demeurant à Sea Point, Mlle Carina Oberholzer, s'est mortellement blessée en tombant de son appartement du treizième étage sis dans Yates Road.
> Mlle Oberholzer, qui travaille pour la société Petrogas à Rondebosch, était seule chez elle au moment des faits.
> Selon un porte-parole de la police, il n'y aurait pas matière à soupçons. « D'après nous, il s'agit d'un tragique accident », nous a-t-il déclaré.

Le rédacteur en chef revint à la page 2, où l'on parlait encore des meurtres au Mauser. Dans cette page mal présentée, une photo du capitaine Mat Joubert occupait une bonne demi-colonne.

Et, comme il devait le confier plus tard au journaliste qui s'occupait des faits divers, cette photo lui avait dit quelque chose. Il avait décroché le téléphone posé à côté de lui, composé un numéro interne et attendu qu'on lui réponde.

– Bonjour, Brenda. J'ai besoin d'un dossier, *pronto*, s'il vous plaît. M.A.T. Joubert, capitaine, Vols et Homicides.

Il l'avait remercié et avait raccroché. Huit minutes plus tard, le dossier marron atterrissait sur son bureau. Il écarta les Télex posés devant lui, ouvrit le dossier et le feuilleta rapidement. Puis il poussa un soupir de soulagement, sortit un vieil article passablement jauni de la chemise et le lut.

Et se leva et, son article à la main, gagna le bureau de la chroniqueuse judiciaire dans la grande salle des informations générales.

– Vous saviez que la femme de ce type était morte en service commandé ? demanda-t-il en montrant son document.

– Non, lui répondit Genevieve Cromwell qui, malgré son nom, était une femme sans prétention ni beauté.

Elle ajusta ses lunettes sur son nez.

– Ça pourrait faire un truc pas mal. L'angle humain. Deux ans plus tard, toujours à servir la justice, toujours sous le coup de la tragédie, enfin quoi… toutes les conneries du genre.

Le visage de Genevieve s'illumina.

– Oui, dit-elle. Et s'il avait retrouvé une petite amie, hein ?

– C'est pas la peine de me regarder avec ces yeux de merlan frit, répliqua-t-il. Faisons juste quelque chose de si complet que les concurrents n'auront plus rien à gratter. On lui parle à lui, on parle à son patron, à ses voisins. On ouvre tous les dossiers et on pioche.

– C'est un type bien, vous savez.

– Je ne l'ai jamais rencontré.

– Ça n'empêche pas. Il est un peu timide.

– Ça ne vous ferait rien de me regarder autrement, ma chère, et de vous mettre au boulot ?

– Et beau avec ça, genre gros nounours câlin.

– Putain de Dieu ! s'exclama-t-il en secouant la tête de dégoût et en retournant à son bureau.

Mais Genevieve ne l'avait pas entendu blasphémer. Elle regardait fixement le plafond, sans rien voir.

Joubert commit sa deuxième petite erreur en passant une vis dans la cornière en métal et en commençant à l'enfoncer dans le mur.

Il lui restait encore quelques tours à donner lorsqu'elle refusa de bouger. Il décida de l'aider un peu en lui filant quelques petits coups de marteau sur la tête. Ce n'était pas la bonne décision – le trou qu'il avait percé n'était tout simplement pas assez profond.

Il frappa encore quelques coups et la vis se cassa, emportant la cheville en plastique et un joli morceau de plâtre avec elle.

Joubert, qui était pourtant loin de pouvoir rivaliser avec Gerbrand Vos, lâcha quelques jurons qui auraient fait le bonheur de son collègue. Emily, qui repassait dans la cuisine, l'entendit. Elle sourit et mit la main devant sa bouche.

Cloete, des Relations publiques, appela juste après 17 h 15, ce même samedi après-midi.

Bart de Wit jouait aux échecs avec Bart Junior. Se faire ainsi envahir ne lui déplut pas trop : il était en train de perdre.

– Désolé de vous déranger chez vous, colonel, dit

Cloete, mais l'*Argus* vient de me téléphoner. Ils voudraient faire un grand papier sur le capitaine Joubert. Parce qu'il enquête sur les meurtres au Mauser et les hold-up. Ils auraient donc besoin de vous interviewer, de parler avec des membres de son équipe, de connaître ses états de service, tout le toutim.

La première idée qui lui vint à l'esprit fut que la presse avait eu vent de quelque chose.

Cela arrivait. Il réfléchit. Les journalistes allaient chercher leurs informations dans les endroits les plus invraisemblables. Et voilà qu'ils soupçonnaient quelque chose.

– Non, dit-il.

– Colonel ?

– Non. En aucun cas. Il faudra me passer sur le corps.

Cloete sentit son cœur se dérober. Il attendit que le colonel lui donne au moins une explication, mais Bart de Wit garda le silence. Pour finir, Cloete lui dit qu'il informerait le journal de sa décision et raccrocha. Pourquoi diable avait-il accepté ce poste ? Il était impossible de contenter à la fois les gens de la presse et les officiers de police.

Il poussa un soupir et appela le journaliste.

Joubert avait enfin enfoncé ses quatre vis dans le mur.

Il recula d'un pas et contempla son travail. Le trou dans le plâtre était vraiment disgracieux. Sans même parler du fait que toutes les cornières n'étaient pas droites. Sans le niveau à bulle, son œil ne s'était pas montré d'une précision remarquable.

Tu n'as rien d'un bricoleur, reconnut-il, résigné. Cela dit, dès que les livres seraient à leur place, les cornières ne se verraient presque plus. Et pour l'instant, il avait surtout besoin d'une cigarette. Et d'une Castle… non, pas d'une Castle. D'une poire ?

– Mais qu'est-ce qui t'arrive ? se demanda-t-il tout haut.

– Monsieur Mat ? lui répondit Emily depuis la cuisine.

Bart de Wit Junior n'avait eu aucun mal à battre son père qui pensait à autre chose.

Celui-ci, de fait, réfléchissait à toute allure. La grosse question était de savoir si les journaux étaient au courant de la psychothérapie que suivait Joubert et des points noirs qui entachaient son dossier. Et s'ils l'étaient, comment ils en avaient eu connaissance.

Mais, même à supposer qu'ils ne sachent rien, quelles étaient leurs chances de découvrir le pot aux roses ?

De vraies hyènes, se dit-il. Ronger et mordre l'os jusqu'à ce qu'il casse et qu'ils soient alors en mesure de sucer à grand bruit la moelle de cette histoire – ils n'hésiteraient pas à le faire.

Et donc, qu'ils soient au courant ou pas, il allait devoir retirer les enquêtes à Joubert. Dès le lundi suivant.

Ça n'avait rien d'agréable, mais ça faisait partie de ses obligations de chef. Des sacrifices devaient parfois être consentis pour qu'on puisse continuer à faire respecter la loi.

Il confierait le travail à Gerbrand Vos.

Ce fut comme si on lui avait ôté un poids des épaules. Il se sentit soulagé et concentra de nouveau son attention sur l'échiquier.

– Échec et mat ! lança Bart Junior en se frottant l'aile du nez.

Où il n'y avait pourtant pas de verrue.

Joubert conduisit Mme Nofomela à l'arrêt du bus de Bellville en voiture et rentra chez lui. Il était fatigué, physiquement fatigué, il se sentait sale et plein de sueur, et il avait faim. Plus il pensait à sa faim, plus celle-ci grandissait.

Il décida qu'il lui fallait absolument faire un bon repas. Pas de bouffe à quatre sous. Il irait dans un restaurant convenable. Et y commanderait un steak, bien épais et bien juteux, du filet qui fondrait dans la bouche, avec des...

Non, non. S'en tenir au poisson. Pour le régime. De l'abadèche du Cap. Une grosse tranche dans un beurre fondu au citron. Non, de la sole, préparée comme au Chaudron à Homards – grillée, avec une sauce au fromage et aux champignons.

Sa bouche se remplit de salive. Son estomac gronda comme un orage dans le lointain. Depuis quand n'avait-il pas éprouvé une faim pareille ? Quand donc avait-il eu vraiment vraiment faim ? Avec l'impression d'avoir la tête qui tourne, d'être prêt à savourer le goût de la nourriture et à se ravir à l'idée d'être enfin rassasié ? Il ne s'en souvenait même plus.

Il prit un bain, s'habilla et se rendit au restaurant. Il comprit qu'il avait commis une erreur dès qu'il s'assit dans la salle.

Et ce n'était pas le regard fixe du gros bonhomme assis seul à une table qui le dérangeait. Non, ce fut plutôt qu'en regardant les couples en train de se parler doucement sur le ton de la confidence il comprit brusquement qu'il était seul.

Il engloutit sa sole parce qu'il avait envie de s'en aller et retourna aussitôt chez lui en voiture. Il arrivait à la porte lorsqu'il entendit sonner le téléphone. Il entra vite et décrocha.

– Allô ? Le capitaine Joubert ?

Il reconnut la voix.

– Bonjour, docteur.

– Vous vous rappelez le groupe dont je vous ai parlé ?

– Oui.

– Demain matin, nous allons à la représentation du *Barbier* donnée pour Les Amis de l'opéra. C'est à 11 heures, dans la salle de répétition de l'orchestre, au Nico. Nous serions heureux de vous avoir parmi nous.

Sa voix chantait et dansait sur toute la distance électronique qui les séparait. Il revit les traits de la jeune femme.

– Je... euh... dit-il.

– Vous n'êtes pas obligé de décider tout de suite. Prenez le temps de réfléchir.

– Je suis en train de construire des rayonnages pour mes livres.

Elle parut surprise et impressionnée.

– Je ne savais pas que vous aimiez bricoler avec le bois, dit-elle.

– Ben, c'est-à-dire....

– Bon. On se voit peut-être demain ?

– Peut-être, répondit-il, et il lui dit au revoir.

Puis il consulta sa montre. Il était 19 h 30. Ce qui signifiait qu'elle non plus, elle n'était pas très demandée le samedi soir.

Il se sentit mieux.

23

Oliver Nienaber lisait le *Weekend Argus*. Il était au lit avec sa femme. Celle-ci feuilletait le magazine du journal. Cela faisait partie de leur rituel du dimanche matin. Sauf que depuis l'avant-veille Oliver Nienaber lisait les journaux avec une attention bien plus grande que d'habitude. C'est ainsi qu'il découvrit la brève sur Carina Oberholzer.

A présent, il éprouvait le besoin urgent de se lever. De bouger, de partir en courant, de s'éloigner de tout ce qui était en train d'arriver. Il était sur le point de réaliser ses rêves, le moment n'aurait pu être pire. Alors que, famille et affaires, tout allait si bien…

Pourquoi fallait-il qu'on ait droit aux meurtres au Mauser et à la mort de Carina Oberholzer ?

« D'après nous, il s'agit d'un tragique accident », déclarait la police. Tu parles ! Il soupçonnait fortement le contraire. Comment la chose avait pu se produire, il n'en avait aucune idée. Parce que imaginer un truc pareil était difficile, parce que…

A nouveau, il sentit sa poitrine se contracter comme sous la pression d'une main gigantesque.

Il allait devoir en parler avec MacDonald. Et Coetzee.

Une pensée lui vint alors. Et si l'« accident » n'était autre que MacDonald et Coetzee eux-mêmes ? Mac était assez costaud pour jeter une femme du gabarit de Carina Oberholzer par la fenêtre d'une seule main.

Pourquoi l'aurait-il fait néanmoins…

Et Coetzee ? Quoi, Coetzee ? Non. Pas lui. Ça n'avait pas grand sens.

Ça n'en avait même aucun. Oliver Nienaber se leva, l'air décidé.

– Qu'est-ce qu'il y a, mon chéri ? lui demanda sa femme en plissant la peau douce, crémeuse et sans défaut de son front.

– Oh, je viens juste de me rappeler un coup de fil que je dois passer.

– Tu ne te détends jamais, lui répondit-elle avec plus d'admiration que de reproche dans la voix.

Puis elle revint au magazine qu'elle tenait dans les mains.

Il rejoignit son bureau et composa le numéro des Pêcheries MacDonald. Pas de réponse. Aujourd'hui, c'est dimanche, espèce d'andouille ! Bon, il irait à Hout Bay en voiture dès le lendemain. Il fallait en discuter.

Il se sentit mal à l'aise. C'était agaçant. Ça pouvait tout gâcher.

Margaret Wallace ne lisait pas les journaux du dimanche. Surtout depuis la mort de son mari.

Cela ne l'empêcha pas d'entr'apercevoir la première page du *Sunday Times* que sa mère avait acheté. Un article y était consacré aux meurtres au Mauser, avec une petite photo de Ferdy Ferreira.

Elle alla s'asseoir sur la balancelle dehors, en emportant une tasse de café avec elle. La douceur du soleil d'été parut alléger sa douleur.

Où avait-elle déjà vu ce type ?

Réfléchis soigneusement, se dit-elle. Systématiquement. En commençant par les collègues de Jimmy. Ça pourrait peut-être aider à la capture du fumier qui avait tué son mari. Et qui sait ? Peut-être cela soulagerait-il son immense douleur. Si seulement elle savait pourquoi quelqu'un avait voulu faire une chose pareille à Jimmy, à elle, à eux.

Il avait fini de scier ses planches. Il les posa sur les équerres et y installa ses livres de poche de façon à ce que tous puissent tenir.

Ses pensées étaient encore plus actives.

« Le Barbier » ?

Était-ce le titre d'un opéra ? Ça lui rappelait quelque chose. Quelque part dans son cerveau, une cellule porteuse du renseignement luttait contre les ténèbres. Ce que les humains pouvaient être sots ! se dit-il en se moquant de lui-même. Comme s'il n'aurait pas pu le lui demander, tout bêtement. « Docteur Hanna ? Cela vous dérangerait-il d'expliquer à un pauvre con de flic ce qu'est "le Barbier", s'il vous plaît ? » En plus, il y avait des chances pour qu'elle ait pris plaisir à le faire et lui, maintenant, il le saurait. Mais bon : les humains étaient bizarres. Ils ne voulaient surtout pas qu'on les prenne en défaut. Mieux valait vivre dans le mensonge, mieux valait ne pas être pris, quoi qu'il en coûte.

S'il s'agissait bien d'un opéra, non, il n'avait aucune envie d'y aller.

Genre « Samedis après-midi de la musique », tout ça. Des heures de pure torture, comme celles qu'il se tapait quand il était encore au lycée, comme celles où le silence était palpable dans la maison, comme celles où, pour ne faire aucun bruit, il mettait tout bas la radio dans sa chambre, pour ne pas déranger ses parents, comme celles où une grosse bonne femme hurlait comme si on l'agressait moralement, ou immoralement.

Il avait coupé sa planche trop court.

Comment diable s'y était-il pris pour arriver à un tel résultat ? Il avait mesuré toutes les planches soigneusement, l'une après l'autre, non ? Peu importait : il se retrouvait avec une planche trop courte. Il ne serait pas en mesure de finir ses étagères aujourd'hui.

Et s'il y allait, il pourrait voir Hanna Nortier.

Se ravir de son étrange pouvoir de séduction.

Mais… et les autres ? Les autres cinglés ? Il n'avait aucune envie d'aller à l'opéra avec elle s'il fallait que ce soit avec toute une bande de types fous comme des lapins. « Hé, t'as vu ? C'est le docteur Nortier avec ses minus ! Bonjour, docteur. Ah, quelle misère ! Regarde-moi ce grand dadais avec ses yeux morts ! Commotion cérébrale due à un éclat d'obus, y a des chances. »

Brusquement, il se rappela Griessel. Il allait devoir le… lui « rendre visite » n'était pas le mot qui convenait. Aller le voir, voilà : aller le voir.

Et donc… tant qu'à faire…

Il décida d'aller écouter ce putain de *Barbier* et de passer voir Benny après. A condition que ce soit possible.

Hanna Nortier se tenait dans le couloir qui conduisait à la salle de répétitions. Elle fronçait les sourcils.

Il vit qu'elle ne s'était pas mise sur son trente et un et en eut aussitôt l'estomac tout noué. Il avait revêtu un pantalon gris et son blazer noir avec pochette aux armoiries de l'équipe de natation de l'Académie de police. Sans parler de la chemise blanche et de la cravate marron. Hanna Nortier avait l'air petite, frêle et sans défense dans sa jupe longue bleu marine, ses sandales et son chemisier blancs. Elle lui sourit en le voyant. Le froncement de sourcils ne la lâchant pas, ce sourire lui fit une drôle de tête.

— Personne n'a voulu venir ! lui lança-t-elle en regardant l'entrée de la salle dans son dos.

– Ah, dit-il.

C'était une éventualité à laquelle il n'avait pas pensé. Il s'approcha de la jeune femme, mal à l'aise. Son blazer le serrait légèrement aux épaules. Il croisa les mains devant lui. A côté de lui, Hanna Nortier avait l'air d'une naine. Elle regarda encore une fois vers la porte en fronçant les sourcils, puis elle consulta sa montre en un geste exagéré qu'il ne vit pas.

– Ils vont commencer dans une seconde, annonça-t-elle, mais, toujours aussi mal à l'aise, elle ne bougea pas de l'endroit où elle se trouvait.

Il ne savait pas quoi dire. Il observa les gens qui entraient dans la salle au bout du couloir. Personne ne s'était mis en grande tenue. Il n'y avait même pas une seule cravate en vue. Tout le monde les regardait. Lui et Hanna Nortier. La Belle et la Bête.

Soudain elle prit une décision.

– Allons nous asseoir, dit-elle.

Elle le précéda dans le couloir et entra dans la salle. Celle-ci était grande, presque aussi grande que la piscine olympique où il allait souffrir tous les matins. Le plancher descendait par degrés, comme un amphithéâtre qui, plus bas au centre, serait remonté des deux côtés de l'allée du milieu. Des sièges avaient été posés sur les marches. Presque tous étaient occupés. En bas, au centre, se trouvaient le piano, quelques chaises et des pupitres en acier inoxydable.

Il suivit Hanna Nortier en regardant ses chaussures noires. Il s'aperçut qu'il avait oublié de les cirer. Il eut envie de les cacher. C'était comme si toute la salle avait, comme lui, les yeux rivés sur ses chaussures. Et sur sa cravate.

Enfin elle s'assit. Il s'installa à côté d'elle et jeta un coup d'œil autour de lui. Personne ne le regardait. Les gens bavardaient entre eux, complètement détendus.

Fallait-il lui dire qu'il ne connaissait rien à l'opéra ?

Avant qu'elle ait envie d'en parler et qu'il se montre totalement ignare en la matière ? Peut-être bien.

– Eh bien, dit-elle en lui souriant. (Et sans plus froncer les sourcils. S'il avait pu se débarrasser de ses frustrations aussi facilement, rapidement et complètement !) Vous êtes le seul que je n'attendais pas, capitaine Mat Joubert.

Dis-lui.

– Je…

Un petit groupe franchit la porte en file indienne. Le public applaudit. Les nouveaux arrivants s'assirent sur des chaises disposées contre le mur, derrière le piano. Un homme resta debout. Les applaudissements faiblissant, l'homme sourit et commença à parler.

Joubert pensa que Drew Wilson et lui se seraient plu.

L'homme parla de Rossini. Sa voix n'était pas forte, mais Joubert l'entendait clairement. Il jeta un petit coup d'œil à Hanna. Elle avait l'air fascinée.

Il respira un grand coup. Ce n'était pas aussi dur qu'il pensait.

L'homme continuait de parler avec un grand enthousiasme. Joubert se mit à l'écouter.

– … et alors, à l'âge de trente-sept ans, Rossini écrivit son dernier opéra, *Guillaume Tell*.

Ah, songea Joubert, le Prédateur suprême ne dédaigne pas la chair des gens illustres.

– Pendant les quarante années qu'il lui restait à vivre, il n'écrivit plus un seul opéra… à moins de donner ce qualificatif à son *Stabat Mater*. Était-il paresseux ? Fatigué ? Ou alors était-ce plus simplement que le besoin de créer s'était tari en lui ? demanda l'homme. (Il se tut un bref instant.) On ne le saura jamais.

Ce n'était donc pas l'œuvre du Prédateur suprême, mais Rossini n'en restait pas moins son frère de sang. Sauf qu'il avait coiffé le compositeur sur le poteau. Fatigué et sans plus de forces créatrices, il l'était déjà et il n'avait que trente-quatre ans. L'esprit qui avait eu raison des plus grandes affaires, « L'État d'Afrique du Sud contre Thomas Maasen » et autres dossiers du genre « Le violeur de l'Oranjezicht », réussirait-il encore à résoudre un grand classique ?

On ne le saura jamais.

Ou alors… si ?

L'orateur parlait du *Barbier de Séville*. Joubert se grava le titre de l'œuvre dans le cerveau. Il ne voulait pas l'oublier. Si jamais Hanna Nortier lui en causait, il n'avait absolument aucune intention de se rendre ridicule.

– Il est curieux que les Italiens aient pratiquement arrêté la première du *Barbier* par leurs sifflements, reprit l'orateur. Quelle humiliation ce dut être pour le compositeur !

Joubert sourit en son for intérieur. Ça, l'ami, je peux comprendre. L'humiliation, ça me connaît.

Mais voilà que l'homme s'était mis à parler du livret. Joubert ne comprenait plus. Il se pénétra de tous les mots en essayant de s'y retrouver. Enfin il comprit qu'il devait s'agir de l'histoire.

– Nous avons le privilège d'avoir avec nous le célèbre ténor italien, Andro Valenti, dans le rôle de Figaro.

L'homme à la voix douce se retourna, un autre individu se levant aussitôt derrière lui. Le public applaudit, Valenti fit la révérence.

– Antonio nous chantera la première aria, « Largo al factotum ». Je sais que vous la connaissez tous.

La manière dont le public applaudit cette fois lui fit comprendre qu'effectivement on connaissait et appréciait.

Il observa l'Italien. Il n'était pas grand mais avait les épaules et la poitrine larges. Bien campé sur ses pieds, il se tenait avec aisance, les mains le long du corps.

Une jeune femme s'étant installée au piano, ils se saluèrent d'un hochement de tête. Puis l'Italien sourit lorsque les premières notes montèrent de l'instrument.

Joubert fut saisi par l'intensité de sa voix. On aurait dit une radio allumée brusquement, et le volume trop haut.

La voix du chanteur emplit toute la salle. Il chantait dans sa langue et répétait souvent le nom de Figaro. La musique était légère et bien rythmée, la mélodie étonnamment agréable aux oreilles du policier. Et il y avait plus : Valenti chantait avec naturel.

Joubert fut vite fasciné par son attitude, son enthousiasme, son assurance, sa voix, qui faisait souvent trembler le plancher sous ses pieds, et surtout par l'aisance avec laquelle il chantait. Mais il y avait autre chose, quelque chose qui le faisait se sentir coupable, comme s'il avait été sous le coup d'une accusation. Il chercha à comprendre de quoi il retournait et eut du mal à se défaire de l'emprise que la musique avait sur lui.

L'Italien prenait plaisir à ce qu'il faisait. Sa profession était de chanter, il l'exerçait bien, et oui, c'était ça, il y prenait plaisir et sans la moindre réserve.

Rien à voir avec le capitaine Mat Joubert.

Le capitaine Mat Joubert était un être soupçonneux. Était-ce pour cette raison que Hanna Nortier l'avait fait venir ? S'agissait-il d'une forme secrète et particulièrement pointue de thérapie ?

Encore une fois, la voix de l'homme et la douce exubérance de la mélodie l'envahirent. Il en fut comme pénétré d'un vague désir. Il se concentra sur la musique et permit à ce désir de grandir dans son subconscient, sans nom ni forme.

Il comprit brusquement, juste avant la fin de l'aria. Lui aussi, il voulait se lever et chanter, se tenir à côté de l'Italien et rugir pour éprouver cette euphorie. Il voulait que la vie brûle en lui comme un grand tison incandescent. Il voulait faire son travail en s'engageant à l'efficacité totale, au mépris de tout. Il avait besoin d'enthousiasme, de passion, des rares moments d'intensité où la vie rit avec celui qui la vit. Vivre, voilà ce qu'il voulait. Il était fatigué de la mort, épuisé. Ce qu'il pouvait désirer vivre ! C'est alors que le public applaudit. Joubert applaudit avec lui. Plus fort que tout le monde.

Ils burent un café dans un restaurant.

– Ça vous a plu ? lui demanda-t-elle.

– Je ne connais rien à l'opéra.

– Il n'y a pas besoin de tout savoir sur ceci ou cela pour que ça vous plaise.

– Je... euh...

Il était on ne peut plus conscient du fait qu'elle était LA psychologue, Celle qui soupesait les mots. Il baissa la tête et les épaules.

– C'était excellent, au début. Mais après...

– Vous avez eu l'impression d'être un enfant qui a mangé trop de bonbons ?

Il ne comprit pas tout de suite. Elle expliqua. Le premier bonbon était délicieux, très sucré et savoureux. Après, c'était tout simplement trop.

– Oui, dit-il, surpris qu'elle l'ait compris aussi bien.

– Il y a surcharge sensuelle. Estimez-vous heureux que je ne vous aie pas infligé du Wagner.

– Le nom me dit quelque chose. Il a un casier ?

S'être ainsi risqué à l'humour l'étonna. Avoir ainsi géré sa propre ignorance et les connaissances supérieures de la dame...

Elle sourit. Il découvrit alors un aspect de son tempérament : son petit sourire se réduisait à un simple mouvement de ses lèvres délicates. Elle avait encore le regard de celle qui fronce les sourcils. Elle était en retrait, comme si elle connaissait toutes les émotions et réactions que suscitait sa personnalité. Il se demanda si c'était le prix qu'elle devait payer pour avoir toutes ces connaissances dans la tête. On aurait dit que chacune de ses pensées se référait à un paragraphe de manuel.

– Je vous passerai un CD du *Barbier,* reprit-elle. En l'écoutant et en vous familiarisant avec la musique, vous arriverez à la connaître et à la supporter mieux.

– Je n'ai pas de lecteur de CD.

C'était Lara qui avait acheté la radiocassette de la salle de séjour, avec son salaire de policier. De marque inconnue, elle l'avait trouvée en promotion aux magasins Lewis, mais cela lui suffisait pour écouter Abba et, plus tard, BZN. Parfois, elle montait le son à s'en faire exploser les oreilles et dansait, seule, dans la pièce sombre, tandis qu'assis dans un fauteuil il la regardait en sachant que dès qu'elle aurait fini…

Il se demandait alors si les voisins n'allaient pas se plaindre du bruit, mais il mourait d'envie que toute l'énergie qu'elle avait accumulée dans son corps par le biais de la musique se déchaîne sur lui. Plus tard, après sa mort, il s'était posé des questions sur ces instants où, pleine des rythmes de la musique, elle le chevauchait dans le grand lit. S'imaginait-elle être l'homme et ne voyait-elle en celui qu'elle avait entre les cuisses qu'une manière de prolongement d'elle-même ? Ou bien n'était-il que le moyen qu'elle avait de réaliser un fantasme tandis que, ses cheveux noirs aux reflets auburn en travers de la figure, les yeux clos, les seins luisant des sueurs de l'amour, ses hanches se soulevant comme la mer, sans cesse elle remuait jusqu'à ce que, des râles plus profonds indiquant la montée de l'orgasme, en rythme, en rythme, en rythme, plus vite, plus vite, ah, ah, ah, enfin elle suffoque et jouisse, sans même se rendre compte qu'il l'avait, lui, déjà fait et la regardait, les yeux brillant d'amour et de gratitude d'avoir une pareille chance, sans savoir que c'était tout son corps incroyablement souple qu'il gravait jusqu'au dernier millimètre dans sa mémoire.

Hanna Nortier avait dit quelque chose qu'il n'avait pas entendu, il rougit de ses pensées et de sa bouche qui s'était entrouverte sous la violence de son souvenir.

Elle s'aperçut qu'il ne l'avait pas entendue.

– Je vous l'enregistre, dit-elle. Vous avez une radio-cassette ?

– Oui.

– Et une télé.

Ce n'était pas une question.

– Non.

Il était impensable de lui dire qu'il l'avait donnée à la femme de ménage parce qu'il avait passé trop de temps assis devant, tel un zombie, alors que les sitcoms américaines défilaient l'une après l'autre sur l'écran, avec leurs rires en boîte qui lui mettaient les nerfs à vif, toutes ces histoires et leurs morales idiotes n'étant qu'une manière de reflet de sa propre existence.

– Donc vous ne vous êtes pas vu vendredi soir ?

– Non.

Il n'avait aucune envie que leur soirée tourne à la séance de thérapie. Il était avec une jolie femme, dans un restaurant. Rien à voir avec ce qu'il avait vécu la veille. Et il voulait sauver les apparences. Ne pas détruire ce que les autres voyaient en eux – un couple.

– Les médias exploitent cette histoire jusqu'à la moelle, dit-elle, et il comprit qu'elle aussi voulait rester hors de leurs relations professionnelles.

– *Ja*. A croire qu'il n'y a pas grand-chose d'autre aux nouvelles.

– Et le *Burger* d'hier, vous l'avez vu ?

Elle devait chercher une sortie par tous les moyens parce qu'il n'avait ni télé ni lecteur de CD.

– Celui d'hier ? Oui, je l'ai vu.

223

– Et vous croyez que c'est la même personne ? L'assassin et le voleur, je veux dire.

Il respira un grand coup. Son incertitude lui commandait de mettre fin à tout ça immédiatement, de lui faire une réponse sèche parce qu'il craignait de ne pas pouvoir l'expliciter, parce qu'il craignait d'avoir l'air con devant cette petite femme si jolie.

– J'en doute, répondit-il, et il se lança, lentement et prudemment.

Il lui raconta les meurtres, un par un, il lui parla de ceux qu'il soupçonnait, des manigances et des impasses. Il s'oublia lui-même complètement en lui expliquant les schémas récurrents, la conduite des criminels et ses précédentes expériences. Son monologue se mua vite en mise à l'épreuve de lui-même, en argument de la défense tendant à lui faire croire qu'il était toujours digne d'exercer son métier. Qu'il avait encore des raisons de vouloir vivre.

Hanna lui posait des questions, le mettait subtilement au défi d'y répondre, testait la validité de ses arguments, agitant ses doigts fins. Il gardait les yeux rivés sur son visage, sur ces pommettes qui lui paraissaient si fragiles sous sa peau pâle, sur ses yeux, ses sourcils – créés seulement pour qu'elle puisse les froncer –, sur les contours de sa mâchoire parfaitement dessinée.

– Vous avez lu ce qu'on raconte ? lui demanda-t-il. Sur l'employée de la banque ? Sa bravoure ? Une vraie héroïne, selon les journaux. Sauf que ce n'est pas vrai. Je crois qu'elle avait la trouille et que ça a flanqué la pétoche à l'agresseur. Le meurtrier au Mauser n'aurait pas eu peur. Il aurait tiré. Ce n'est pas le même bonhomme. Pour tirer sur quelqu'un à bout portant avec un gros pistolet, il faut… une certaine absence. Il arrive que des voleurs et des assassins soient semblables, mais là, le voleur est différent. C'est un clown. Les dégui-

224

sements, toutes ces âneries sur « mon cœur », non. Je n'arrive pas à y croire.

– Vous allez en parler au criminologue ?

Il était trop pris par sa démonstration pour voir où elle voulait en venir.

– Celui qu'on a cité ? Celui selon qui les actes des meurtriers de masse sont une forme de révolte contre la société ? Le docteur Boshoff, je crois.

Il haussa les épaules. Il ne l'avait pas envisagé.

– Vous ne pensez pas que ça pourrait vous aider à savoir ce qu'il a dans la tête ?

Comment lui expliquer que les examens qu'il avait passés pour devenir sergent, lieutenant puis capitaine ne disaient rien là-dessus ? Qu'en fait, il ne savait que poser des questions, chercher l'article adéquat dans la jungle des mille et un règlements juridiques et tout secouer jusqu'à ce que l'ensemble ait un sens ? Jusqu'à ce que, les comptes étant équilibrés, il puisse enfin demander un mandat d'arrêt et aller cogner à la porte de X ou Y avec une tête de bourreau ?

– Je ne sais pas. Ça, c'est plutôt votre domaine, dit-il.

– Ça ne peut pas faire de mal. Ils ont des tas de données et d'innombrables résultats de recherches. C'est ce qu'ils enseignent à leurs étudiants. Ça serait bien que ça puisse servir à quelque chose.

– Oui, je devrais peut-être.

C'était toujours la même infirmière.

– Je voudrais savoir comment va le sergent Griessel, lui dit-il avec autant de politesse que de prudence.

Elle avait de grands yeux derrière ses lunettes.

– Il a demandé des médicaments hier soir, lui répondit-elle.

Il eut l'impression qu'elle lui avait pardonné.

– Je pourrais le voir ?

– Il dort. Il ne saurait pas que vous êtes là.

Il ne discuta pas. Il la remercia et fit demi-tour. Puis il s'arrêta.

– Pourquoi refusait-il ses médicaments, avant ?

– A l'entendre, il ne les aurait pas mérités.

Il resta planté devant elle et la regarda en attendant que les rouages de sa machine à penser ne se mettent en route.

– Vous êtes de sa famille ?

– Non. Je suis juste… un ami.

– Ça leur arrive à tous, d'être comme ça. Ils nient trop longtemps. La bouteille, je veux dire. Ils croient que le coup d'après, il sera plus facile de se rappeler comme ç'a été dur de la lâcher.

– Merci, dit-il sans réfléchir, et il sortit.

Il avait encore des livres à disposer sur ses étagères. Sans parler de ses chaussures. Il allait falloir qu'elles brillent. Dès ce soir.

24

Ce matin-là, il ne se retrouva pas seul dans le bassin. Le Club des affaires était descendu en force – sans doute parce que tout le monde rentrait de vacances.

Il nagea lugubrement.

Saloperie de régime. La veille au soir, il avait eu faim. Était-ce la conversation qu'il avait eue avec Hanna Nortier ou l'effort physique qu'il avait dû fournir pour monter ses étagères qui lui avait aiguisé l'appétit ? Toujours était-il que manger de la nourriture qui faisait grossir, il n'en était pas question, même s'il mourait d'envie d'avaler des *russians and chips* [1] et des sandwiches à l'œuf et au bacon grillé au café du coin. Ses kilos, il avait décidé de les perdre et de leur montrer, à ce Bart de Wit, au docteur, à cette psychologue, à…

Il avait donc fumé. Comme si son estomac allait se nourrir par l'intermédiaire de sa poitrine. Parce que c'était bouffer ou fumer. La veille au soir, il avait fumé ses Special Mild sans plaisir, une cigarette après l'autre jusqu'à en avoir la bouche sèche et la langue qui pue cependant qu'il étudiait les relations étranges qui s'étaient nouées entre l'inspecteur et la psychologue : serait-il en train de tomber amoureux ? Vous seriez soudainement devenu une tornade sexuelle, monsieur Jou-

---

1. Plat de frites avec de la saucisse rouge fortement pimentée *(NdT)*.

bert ? Un jour, c'est une jeunesse en chaleur que tu n'as même pas pu toucher et le lendemain tu t'occupes d'une autre ? Monsieur Don Juan Joubert ? Et ta douleur, hein ? Qu'en est-il advenu ? Tu crois donc vraiment pouvoir échapper à Lara Joubert ?

De fait, il s'était payé sa propre tête, une partie de son esprit jouant les spectateurs et regardant filer sa vie, commentant et se moquant du propriétaire de la vidéo et de ses cassettes. Allez, Mat Joubert, on t'en passe une, rien que pour toi. Tu la vois, là, ta femme morte ? Là, assise devant sa coiffeuse... la brosse qu'elle se passait dans les cheveux à petits coups irrités ? Regarde donc les biceps et triceps de son bras qui se tendent sous sa peau. Regarde ses seins qui tressautent, ses seins nus que tu vois dans la glace, les petites saccades qui en faisaient bouger les pointes. Écoute-la, Mat, écoute sa voix.

« Putain, Mat, on passe tous les week-ends à la maison ! »

Et toi, tu es là, allongé sur le lit, un livre en travers de la poitrine.

« Ça fait un bruit assourdissant, la musique, là-bas », lui renvoies-tu faiblement, en te défendant comme un minable.

Regarde-la se tourner vers toi, regarde comme elle respire la vie. Regarde son ardeur, Mat. C'est comme ça qu'on doit vivre, Mat. Avec toutes les fibres de son corps qui sentent, expérimentent, s'expriment.

« J'irai toute seule, Mat. Dieu m'est témoin qu'un jour je finirai par y aller toute seule. »

Et il y avait aussi des images. Avant et après sa mort. Le démon qui orchestrait le livret de ses rêves était-il aussi le scénariste fou qu'il avait dans la tête ?

Il fit encore quelques longueurs de bassin, bien plus qu'il n'en avait encore jamais fait. Cela le rendit légèrement plus heureux.

Le rapport était posé sur son bureau. Il l'ouvrit. Mauser, modèle Broomhandle. Munitions anciennes.

Son téléphone sonna. De Wit voulait le voir. Il se leva et emporta le rapport avec lui. Gerbrand Vos se tenait devant la porte du bureau de De Wit.

– Je veux m'entretenir un bref instant avec le capitaine Joubert, dit celui-ci à Vos.

Il tint la porte ouverte à Joubert, entra et s'assit. Vos resta dehors.

– Comprenez-moi bien, capitaine, reprit-il, il n'y a rien de personnel là-dedans, mais cette affaire de meurtres au Mauser commence à nous échapper. Le général doit passer ici à 11 heures. Il veut un rapport complet. Quant aux médias… ils sont partis sur ce dossier à toute allure, et moi, il est de mon devoir de vous protéger.

– Colonel ?

– J'ai peur que quelqu'un ne parle trop, capitaine. Les gens sont ce qu'ils sont, même ici. J'ai décidé de vous retirer l'affaire avant qu'on ne soit au courant.

– Au courant de quoi, colonel ?

– De votre suivi psychologique, capitaine. La police ne peut pas se payer ce luxe en ce moment. Vous imaginez un peu comment la presse pourrait réagir ?

De Wit parlait de son traitement comme s'il s'agissait d'une transgression dont il aurait été directement responsable.

– Je ne comprends pas, colonel.

De Wit se remit à sourire nerveusement.

– Qu'est-ce que vous ne comprenez pas, capitaine ?

– Comment les médias pourraient le savoir. Il n'y a que vous, la psychologue et moi qui sommes au courant, n'est-ce pas ?

Le sourire s'effaça un instant puis reparut.

– C'est le ministère qui paie la psychologue, capitaine. Il y a donc des employés qui ont fait de la paperasse, qui ont expédié des mémos… Écoutez, capitaine, il s'agit d'une mesure préventive. Ça n'a rien de personnel.

Joubert ne s'y attendait pas. Il essaya de rassembler des contre-arguments et de les ordonner tandis que de Wit se levait.

– Je vais faire entrer le capitaine Vos, annonça ce dernier.

Il ouvrit la porte, appela Vos et se rassit. Vos s'installa à côté de Joubert.

– Capitaine, commença de Wit, le capitaine Joubert et moi sommes tombés d'accord pour vous confier l'affaire des meurtres au Mauser.

Joubert essayait désespérément de réfléchir, ses pensées filant, paniquées, dans tous les coins de son crâne. Il fallait absolument arrêter ça. Il en allait de sa survie. C'était sa dernière chance. Mais rien ne lui vint. Calme plat.

– Non, colonel, dit-il seulement.

Vos et de Wit le regardèrent.

– Nous ne sommes pas tombés d'accord, colonel, dit-il en se dominant.

De Wit ouvrit la bouche, la referma.

– Colonel… la raison que vous m'avez donnée pour me retirer cette enquête n'est pas acceptable.

Il se tourna vers Vos et ajouta :

– Je suis une psychothérapie, Gerry. J'en ai honte, mais c'est peut-être un bien. Le colonel craint que les journaux ne le découvrent. C'est pour ça qu'il veut me cacher. Mais je vais continuer à enquêter, colonel, jusqu'à ce qu'on me relève de mes fonctions, officiellement et selon les voies légales.

– Capitaine ! s'écria de Wit, le visage marqué par l'inquiétude.

Mais il ne trouva pas ses mots, lui non plus.

Vos lui décocha un large sourire.

– Putain, non, colonel ! s'exclama-t-il. J'en veux pas, moi, de cette affaire ! C'est un truc à rendre fou n'importe qui !

– Vous ne…

De Wit le regarda d'un air incrédule, puis il regarda Joubert, revint sur Vos…

On frappa à la porte.

– Non, pas maintenant ! hurla-t-il.

Sa voix menaçait de le lâcher. Il regarda encore une fois les officiers.

– Vous avez…

On frappa encore plus fort.

– Pas main-te-nant ! s'égosilla de Wit, au bord de l'hystérie.

Il secoua la tête comme s'il venait de traverser une toile d'araignée, puis il agita violemment son doigt sous le nez de Vos et de Joubert.

– Alors, c'est ça ? Vous conspirez contre moi ?

Le doigt trembla encore, comme sa voix.

A la porte, on frappait avec toujours plus de véhémence.

De Wit se leva d'un bond, son fauteuil en tombant derrière lui. Il gagna la porte et l'ouvrit d'un coup. C'était Gerrit Snyman.

– Vous êtes sourd ?

De Wit avait une voix de soprano.

– Colonel…

– J'ai dit « pas maintenant », répéta de Wit en commençant à refermer la porte.

– Il y a eu encore un meurtre, colonel, s'empressa de lui dire Snyman avant que le panneau de la porte ne s'encastre à nouveau dans son montant.

La porte s'immobilisa. Les trois hommes dévisagèrent l'intrus.

– Les collègues viennent de nous passer un appel radio. Ils réclament le capitaine Joubert. Un homme, à Hout Bay, colonel. Deux coups de feu. Deux cartouches de 7,63.

Ils continuèrent de le dévisager comme s'ils s'attendaient à ce qu'il leur avoue que c'était une blague. De Wit se calma, lentement, presque imperceptiblement.

– Merci, dit-il de sa voix de ténor genre scie à bande.

Snyman acquiesça d'un signe de tête et fit demi-tour. De Wit referma la porte. Il regagna son fauteuil, le redressa et se rassit.

Joubert réfléchit avant de recommencer à parler. Il n'était plus conscient que d'une chose : l'enquête sur les meurtres au Mauser était sa bouée de sauvetage et il fallait trouver une porte de sortie pour de Wit.

– Colonel, il n'y a aucune conspiration dans tout ça. Le capitaine Vos et moi-même ne pouvions pas savoir ce que vous alliez nous dire. Je vous demande de réexaminer votre décision.

Il comprit que cela ne pouvait suffire. Pas avec un homme comme de Wit. Il savait que l'heure était venue de faire ce qu'il fallait pour sauver sa peau en ne laissant surtout pas passer l'occasion.

– Colonel, reprit-il, vous avez eu raison de me dire que je n'avais pas de bons résultats depuis quelques années. Peut-être même avez-vous eu raison d'incriminer mon attitude générale. Même dans l'enquête sur les meurtres au Mauser… j'aurais pu y consacrer plus de temps. Mais je vous jure que je vais mettre le paquet. Ne m'enlevez pas cette enquête.

Il en était presque venu à mendier, il l'entendit dans sa voix mais s'en moqua.

De Wit le regardait. Il avait posé les mains sur la table, il remonta lentement la droite vers son visage. Joubert et Vos surent tout de suite où elle allait.

– Je ne pourrai pas arrêter les journalistes si jamais

232

ils l'apprennent, dit-il lorsque son doigt eut atteint sa destination.

Joubert lui fut gré de voir qu'il ne souriait pas.

– Je sais, colonel, répondit-il.

– Et si jamais ils l'apprennent, le ministre vous retirera l'affaire. Vous le savez.

– Oui, colonel.

De Wit pointa son doigt dans sa direction.

– Il faut que vous compreniez une chose, capitaine, reprit-il. Votre dernière chance, vous l'avez déjà eue.

– Oui, colonel.

Joubert lui fut reconnaissant de ne pas refuser de faire la paix. Et de lui permettre de retrouver son amour-propre.

– Vous allez être surveillé comme aucun policier ne l'aura jamais été. Et pas par les médias, par moi.

– Oui, colonel.

– Un seul faux pas, capitaine, et…

Le téléphone sonna. De Wit avait toujours les yeux fixés sur Joubert en signe d'avertissement. Enfin il décrocha le combiné. Son sourire reparut.

– Bonjour, général, dit-il.

Il congédia Vos et Joubert d'un geste de la main. Les deux hommes se levèrent, refermèrent la porte derrière eux et longèrent le couloir.

– Merci, Gerry.

– Tu déconnes ou quoi ? De rien !

Ils continuèrent de marcher en silence, le bruit de leurs pas résonnant sur le carrelage. Vos s'arrêta devant la porte de son bureau.

– Mat, dit-il, je peux te poser une question ?

Joubert acquiesça d'un hochement de tête.

– Comment t'as fait pour avoir des godasses qui brillent comme ça tout d'un coup ?

Il commença par établir un périmètre de sécurité tout autour de la zone – le terrain, la petite maison, le trottoir et un bout de la rue.

La splendeur du quartier l'étonna. La rue se détachait sur les pentes du Karbonkelberg, ses maisons en bois étant par leur désordre même l'image parfaite de la beauté du Cap. Ce n'était pas un endroit pour la mort.

Joubert avait posté les policiers en tenue du commissariat local au portail du jardin, avec ordre de ne laisser entrer, au moins pour l'instant, que le médecin légiste et l'équipe des premières constatations.

Un peu plus tôt, le gros sergent Tony O'Grady avait arrêté Mat Joubert et Gerrit Snyman dans le parking de la brigade des Vols et Homicides.

« J' peux venir avec vous, cap'taine ? avait-il demandé. Ça me fascine, ce truc. Et le cap'taine Vos dit qu'y a pas de problème. »

Tous les trois étaient maintenant en train d'observer le corps. Ils ne pouvaient pas s'en approcher trop, une grande flaque de sang s'étant répandue tout autour. Cela ne les empêchait pas de voir qu'Alexander Mac-Donald avait été un grand costaud aux fins cheveux roux. Barbe rousse, elle aussi, pieds et mains énormes. Il ne portait que son short. Même dans la mort, sa poitrine et ses bras formaient une masse impressionnante.

Ils virent aussi que son assassinat était assez différent des autres.

Le premier projectile lui avait traversé le cou ; le mur et les meubles étaient éclaboussés de sang, qui s'était ensuite largement répandu par terre.

Le deuxième avait été tiré dans le bas-ventre, en gros dans ce qui avait été les parties.

Le sergent Tony O'Grady avait la bouche pleine de sa nourriture de base, le nougat. Ce qui lui permettait d'oublier mais était aussi à l'origine de ses problèmes. C'était aussi ça qui lui avait valu son surnom : « Nougat ». Il avança précautionneusement entre les filets de sang et dit :

– C'est pas pareil, ça, cap'taine, pas pareil du tout.

Joubert garda le silence. Il examina la pièce et la façon dont le corps était allongé.

– Ça m'a pas l'air d'un accident, moi, ce coup dans les couilles, enchaîna O'Grady en arrachant un morceau de nougat d'un coup de dents. Je m' demande même si c'est pas par là qu'il a commencé. Ça doit faire un mal de chien, pas vrai, cap'taine ?

– On dirait qu'il s'est fait tuer à la porte. Première balle dans le cou, je crois. Regardez tout le sang sur le mur. C'est toujours comme ça pour les carotides : ça gicle fort. Il est tombé et c'est là que le type lui a tiré dessus la deuxième fois.

– En plein dans la bite, le pauvre !

Un flic en tenue appela depuis la petite véranda de devant. Joubert passa la tête par la porte.

– Y a des tas de gens des Vols et Homicides qui vous cherchent, capitaine, dit le policier en lui montrant la chaussée.

Joubert suivit des yeux la direction qu'il lui indiquait. Dix voitures banalisées venaient d'apparaître dans la rue. Les inspecteurs se tenaient au portail du jardin, telle une équipe de rugby qui pose pour la photo de groupe. Il se dirigea vers eux.

Le porte-parole du groupe était le seul officier de couleur des Vols et Homicides, le lieutenant Leon Petersen.

– C'est le colonel qui nous envoie. Pour aider. Il nous a dit que le chef de district avait téléphoné au général et que celui-ci l'avait appelé. On dirait que tout le monde se réveille pour ce… (il lui montra la maison) ce truc-là. Il a aussi dit que, le capitaine ayant besoin de plus d'hommes, le général devait lui trouver des inspecteurs dans tous les commissariats, surtout pour le travail de base. Bref, on est là pour aider.

– Merci, Petersen, conclut Joubert.

Cela était dû à la presse, il le savait. On mettait la pression sur tout le monde – du moindre capitaine jusqu'aux généraux tout en haut. Des réputations étaient en train de se jouer. L'odeur du sang allait rendre les médias complètement fous.

Joubert expliqua ce qu'il voulait : que personne ne pénètre dans la maison ni sur le terrain jusqu'à l'arrivée des techniciens du labo. Il les envoya faire l'enquête de voisinage par équipes de deux. Il n'était pas impossible qu'on ait vu quelque chose. Ou qu'on ait des renseignements sur la victime.

L'unité vidéo fut la première à débarquer. Il lui demanda d'attendre. On grogna. Il appela le sergent en tenue.

– Où est la femme qui a trouvé le corps ?

– A l'arrière du panier à salade, capitaine.

– A l'arrière du panier à salade ?

– On voulait juste être sûrs, capitaine ! s'écria le sergent en sentant que Joubert n'appréciait pas.

– Amenez-la-moi, s'il vous plaît.

C'était une Noire, grande et forte. Outrée par le traitement qu'on lui avait infligé, elle pinçait les lèvres de colère. Joubert lui ouvrit le portail du jardin.

– Je suis désolé du dérangement, lui dit-il en afrikaans.

– Je ne parle qu'anglais.

Il répéta en anglais.

Elle haussa les épaules.

Il gagna la porte de derrière avec elle. Dans la véranda se trouvaient un vieux canapé et deux chaises de cuisine en plastique et acier.

– Asseyez-vous, je vous prie, lui dit-il, puis il appela Snyman et O'Grady.

Lorsque tout le monde fut là, il lui demanda son nom.

– Ce n'est pas moi qui l'ai tué, déclara-t-elle.

Il lui répondit qu'il le savait, mais qu'il lui fallait son nom, juste pour les formulaires.

– Miriam Ngobeni, dit-elle.

Et son adresse était… ?

Dans le squat, ici, à Karbonkelberg.

Que s'était-il passé ce matin-là, exactement ?

Elle était venue travailler aux environs de 7 h 30, comme d'habitude. Mais la porte était ouverte et elle avait vu son patron étendu par terre dans une mare de sang. Elle avait pris peur et avait couru chez les voisins.

Avait-elle vu quelqu'un ? Quelqu'un qui lui aurait paru suspect ?

Non. Pouvait-elle enfin s'en aller ?

Si elle voulait bien répondre encore à quelques questions, merci.

D'après le policier en tenue, le type s'appelait Mac-Donald. Connaissait-elle son prénom ?

Oui, Mac.

Savait-elle où il rangeait ses papiers personnels dans sa maison ? Disons… ses papiers d'identité ?

Non. Ce n'était pas dans sa maison. C'était plutôt sur son bateau, sans doute.

Son bateau ?

Un des deux bateaux de pêche ancrés dans le port. Les bateaux des Pêcheries MacDonald. Elle ne les avait jamais vus, mais tous les jours elle devait essayer de faire partir la puanteur de poisson de ses habits. Et à la main, étant donné qu'il n'avait pas de machine à laver. Y avait pas moyen de laisser les habits même une journée dans le panier à linge tellement ça puait…

MacDonald vivait-il seul ?

Elle le pensait. Des fois, le lundi matin, il restait des choses qui montraient qu'il avait fait la fête. Des bouteilles vides, des mégots, des taches d'alcool, des brûlures de cigarette sur les tables, les chaises et par terre, sur les tapis. Mais en dehors de ça, non, elle ne pensait pas qu'il y avait une femme à demeure. Et d'ailleurs, elle le voyait peu. La plupart du temps, seulement le samedi lorsqu'elle passait prendre sa paie. Et même alors, elle attendait à la porte.

Comment était-il ?

C'était un Blanc.

Ce qui voulait dire ?

Qu'il était difficile, qu'il n'arrêtait pas de menacer et de se plaindre qu'il la payait trop cher et qu'elle lui piquait ses bouteilles et la petite monnaie dans ses poches.

Et donc, elle ne l'aimait pas beaucoup.

Pas du tout. C'était comme ça qu'étaient les Blancs.

– Merci beaucoup d'avoir accepté de répondre à nos questions. Quelqu'un pourrait-il ramener madame chez elle un peu plus tard ?

– Non, je vous en prie.

Joubert lui avait alors expliqué la manière dont il allait examiner la maison et lui avait demandé si elle était prête à attendre qu'il ait fini. Il allait devoir tout passer au peigne fin pour voir s'il manquait des choses.

Allait-elle devoir encore attendre à l'arrière du panier à salade ?

Non. Elle pouvait s'installer dans la véranda de derrière si elle le souhaitait.

Elle avait accepté d'un hochement de tête.

Ils avaient regagné le portail de devant. Les médias étaient arrivés. Une véritable horde. D'un seul regard, il avait compté dix bonshommes, essentiellement des reporters et des cameramen. Les flashes avaient crépité.

– Y a-t-il un suspect ? avait demandé quelqu'un.

La question avait été reprise en chœur. On s'était rués jusqu'au portail. Les policiers en tenue avaient bloqué tout le monde.

– Les types du labo sont arrivés, capitaine.

– Merci. Dites à votre sergent de maintenir les médias à l'extérieur.

Joubert envoya O'Grady et Snyman au port, afin qu'ils jettent un coup d'œil aux bateaux et s'entretiennent avec les équipages. Puis il revint dans la maison et informa l'équipe des premières constatations qu'il allait falloir examiner toute la maison et tout le terrain. On se plaignit. Il ajouta qu'il allait falloir se grouiller parce que personne n'aurait le droit d'entrer tant qu'ils n'auraient pas fini. On se plaignit davantage.

Il se mit à la fenêtre et regarda dehors. Encore une scène de crime, songea-t-il. Elles se ressemblaient toutes. Dans les townships ou en ville. Des groupes de curieux qui se rassemblent, on est avide de détails, on se parle à voix basse comme si on se croyait capable de réveiller les morts. Les flics en tenue dans les voitures jaunes à gyrophare bleu, les lumières rouges et blanches des ambulances. Parfois, quand l'hystérie était suffisante, la presse se pointait, masse bruyante et mouvante qui faisait songer à une séance à la Bourse. Il arrivait aussi que les proches occupent le devant de la scène : on se tenait serrés les uns contre les autres, en petit groupe, on espérait ne pas avoir à connaître le pire.

Joubert aperçut le médecin légiste, Pagel, qui dépassait les personnes massées le long de la haie. Le professeur atteignit le portail, montra sa carte en plastique au policier en tenue, gagna la pelouse déserte et entra dans la maison.

Il siffla entre ses dents puis découvrit Joubert.

– Sale blessure, dit-il.

Puis il vit la deuxième, à l'entrejambe de la victime.

– Ça, c'est original, ajouta-t-il.

– Oui, dit Joubert en soupirant. C'est le petit quelque chose en plus.

Dehors, l'unité vidéo, l'unité canine et le photographe

étaient enfin arrivés. Ils allaient devoir attendre. Ils n'allaient pas aimer, mais c'était quand même ce qu'ils allaient devoir faire : attendre.

Joubert alluma une cigarette et ressortit de la maison. A sa hanche, sa radio se mit à crachouiller. De Wit voulait le voir d'urgence. Il eut l'impression de savoir pourquoi.

25

Le patron du district était un général aux cheveux noirs bien huilés et peignés en arrière ; sa moustache était noire elle aussi, à la Charlie Chaplin. Le chef des inspecteurs, lui, était brigadier. Grand et fort, il n'avait plus grand-chose sur le caillou. A eux deux, on aurait dit une version sud-africaine de Laurel et Hardy. A une différence près : Bart de Wit ne trouvait absolument rien d'amusant à leur présence. Son sourire habituel était bien là, mais Joubert comprit, et sans qu'il y ait raisonnablement possibilité d'en douter, que c'était un sourire purement nerveux.

Ils se tenaient dans le bureau du général. Grande et séduisante, la pièce était lambrissée de bois sombre, meublée d'un grand bureau à un bout et, à l'autre, d'une table de conférence circulaire, entourée de dix chaises. Tous s'assirent. Joubert connaissait déjà ce bureau pour y être venu trois ans plus tôt, lors d'une remise de récompenses où on l'avait honoré. Il remarqua que le bureau n'avait pas changé. Contrairement à beaucoup d'autres choses.

Le général voulait savoir si le dernier meurtre avait permis de découvrir de nouveaux indices. Joubert lui détailla ce qu'on savait et insista sur le coup de feu dans les parties.

— Ça, c'est nouveau, lança le général.

— Effectivement, répondit de Wit en souriant.

241

– Nous avons installé un PC temporaire au commissariat de Hout Bay, dit Joubert. Nous avons commencé les enquêtes de voisinage et nous interrogeons les équipages des bateaux. Nous recherchons des proches et des amis.

– Autre chose ?

De Wit regardait Joubert d'un air désespéré. Du calme, Deux-Pifs, songea celui-ci, j'ai la situation bien en main.

– Général, reprit-il, j'aimerais envoyer des hommes chez tous les armuriers du Cap.

– Vous ne l'avez pas encore fait ?

– Nous avons commencé par essayer de retrouver tous les possesseurs de Mauser déclarés. Ça n'a rien donné. Maintenant, nous allons devoir nous intéresser aux armuriers. Il se peut que quelqu'un ait fait réparer un Broomhandle.

– Pas bête, ça, dit le général.

– Pas bête du tout, renchérit le brigadier.

– Naturellement, lança de Wit.

– Mais cela nous fera-t-il avancer ? Les gens sont obligés de montrer leur permis quand ils veulent faire réparer leurs armes.

– Les armuriers ne sont que des hommes, général. Quelques rands qu'on glisse en douce sont souvent plus efficaces que le respect des règlements… même s'ils n'ont pas de noms ou d'adresses, ils pourraient se rappeler des visages.

– Ce qui nous donnerait des signalements et ce serait déjà ça, dit le général. (Puis il se tourna vers le brigadier et ajouta :) Pete, ça t'embêterait de faire ce qu'il faut pour aider le capitaine Joubert à disposer de plus d'hommes, et ce pendant tout le temps nécessaire ?

Le brigadier acquiesça d'un signe de tête enthousiaste.

– Il y a autre chose, général, poursuivit Joubert. La deuxième arme dans le meurtre de Ferreira… Nous

242

n'avons toujours pas reçu le rapport balistique. Dès que nous connaîtrons le calibre et que nous saurons quel type d'arme a été utilisé, nous pourrons aussi interroger les armuriers sur ce point. Peut-être même aurons-nous la chance de tomber sur quelqu'un qui aura réparé les deux armes en même temps.

– Vous aurez votre rapport dans moins d'une heure, capitaine. Vous pouvez me croire.

Joubert le crut.

– Et si vous trouvez qu'on traîne un peu trop les pieds ici ou là, vous me le faites savoir. Même chose si vous avez besoin de renforts supplémentaires. C'est entendu ?

– Merci, général.

– Bon, quoi d'autre ?

– Je veux voir les parents des victimes précédentes. Avec ce nouveau meurtre… ça pourrait leur rappeler des choses.

– Bon, quoi d'autre ?

– Je vais consulter un docteur en criminologie de l'université de Stellenbosch. Je…

– Celui qui écrit dans le *Burger* ?

– Oui, général. Je…

– Pourquoi ?

– Je voudrais faire faire un profil psychologique dès ce soir. Avec tout ce qu'on sait. Ça ne va pas loin, mais ça vaut la peine d'essayer. Nous pensons qu'il s'agit d'un homme : l'arme est très grosse. Le docteur arrivera peut-être à nous concocter quelque chose de bien. Et je veux pouvoir communiquer ce profil à la presse. Il se peut que quelqu'un connaisse un type qui possède un Mauser et une petite arme de poing.

– Ce serait un coup de chance.

– Effectivement, dit le brigadier.

De Wit hocha la tête et sourit.

– Je veux être sûr de ne rien laisser au hasard, général.

243

– Et ça pourrait marcher.

– Plutôt deux fois qu'une, dit le brigadier.

De Wit hocha de nouveau la tête.

– Et le braqueur de banques ?

– Général, je suis persuadé que ce type n'a rien à voir avec les meurtres.

– Faites-le savoir à la presse.

– Mettre un policier – en civil – dans toutes les succursales Premier de la Péninsule, je ne vois pas ce qu'on pourrait faire de plus, général. En espérant que notre braqueur voudra bien recommencer. Mais côté hommes…

– Capitaine… si nous nous trompons et s'il s'avère que le braqueur de banques et l'assassin au Mauser ne font qu'un, vous et moi serons réduits à démarcher des polices d'assurance sous vingt-quatre heures. Tous les commissariats peuvent se passer d'un ou deux hommes. J'en parlerai au brigadier Brown. Et vous, vous vous débrouillez avec la banque.

– Merci, général.

– Bon. On a fait le tour ?

– Pour l'instant, oui, général.

– Un médium ? suggéra de Wit.

– Un quoi ? demanda le général pour tout le monde.

– Un médium. Un spirite. Les Anglais préfèrent le terme « télépathe ».

– Vous êtes sérieux ? s'exclama le général, incrédule.

– On y a souvent recours en Angleterre, général. Pendant mon séjour là-bas, ce ne sont pas moins de deux meurtres qui ont été résolus de cette manière. Dans le premier cas, c'était le corps qu'on n'arrivait pas à retrouver. Le site indiqué par le télépathe était à moins de cinq cents mètres du lieu où on a fini par le découvrir.

– Vous voulez qu'on prenne le ministre pour un… (Le général se domina.) Non, dit-il. Nous n'avons pas d'argent à dépenser pour des âneries de ce genre, colonel. Vous devriez le savoir.

Le sourire de De Wit était un véritable masque.

– Il n'est pas obligé que ça nous coûte quoi que ce soit.

– Ah bon ?

– Il n'est pas rare que des gens fassent ce genre de travail pour rien. Ça leur fait de la publicité.

– Hmm. Je ne sais pas. Ça m'a l'air bien débile.

– Les médias adoreraient, fit remarquer Joubert.

Tout le monde le regarda.

– Ça leur fournirait des sujets d'articles, général. Ça ferait baisser la pression de notre côté et ça nous permettrait de continuer à travailler tranquillement.

La surprise de De Wit était visible.

– Mais c'est vrai, ça ! s'écria le général. Bon, d'accord, mais à une condition : que ça ne nous coûte pas un sou. Et le télépathe ne dit en aucun cas que c'est nous qui avons fait appel à lui.

– A elle. La meilleure télépathe d'Angleterre est une femme, général.

– Tiens donc, dit celui-ci.

– Parce qu'on n'en aurait pas ici ? s'exclama le brigadier.

– Si. C'est juste qu'elle, je la connais. Et que la valeur médiatique d'une étrangère…

– Voyez-vous ça ! ricana le brigadier.

Joubert garda le silence.

Cou épais et crâne rond et chauve comme un boulet de canon, l'homme en salopette fendit la foule des inspecteurs et des policiers en tenue. Il cherchait quelqu'un et n'arrivait pas à croire que le commissariat de Hout Bay fût aussi animé. Il demanda où se trouvait le capitaine Mat Joubert, des Vols et Homicides. Dans la réserve, là-bas, lui répondit quelqu'un. C'est le poste de commandement, précisa quelqu'un d'autre.

Il essaya de franchir la porte. La pièce était bondée et enfumée. Dans un coin, assis à une table, se tenait un costaud aux cheveux bien trop longs et trop sales pour qu'il puisse s'agir d'un inspecteur. Sauf que l'individu correspondait au signalement qu'on lui avait donné. L'homme en salopette se dirigea vers lui. L'inspecteur avait une cigarette dans une main et un stylo dans l'autre. Il était en train de parler à un gros type debout devant lui.

– Nougat, disait-il, il faut diviser la Péninsule en secteurs. Et ne pas oublier une seule armurerie, même minuscule. Mais avant, va falloir attendre ce putain de rapport balistique…

– Le voici, lança l'homme au crâne en boulet de canon.

Il tendit une enveloppe à Joubert, qui leva la tête d'un air surpris.

– Merci, dit-il. C'est le général qui vous envoie ?

– Oui, capitaine…

Joubert jeta un coup d'œil à sa montre.

– C'est un homme de parole, ajouta-t-il avant de déchirer l'enveloppe et de lire le rapport : « 22 Long Rifle. Un Smith & Wesson Escort, d'après les marques sur la cartouche. Modèle 61. »

– Un 22 ! Merde alors ! C'est aussi commun que la vérole, grogna Nougat.

– Ça nous aide quand même. Va falloir travailler les armuriers, Nougat. Demander après quelqu'un qui aurait acheté un Smith & Wesson et fait réparer un Mauser. Ou alors acheté des munitions pour un 22. Ou fait nettoyer un Mauser et un Smith & Wesson. Ou juste un Smith…

– Je crois avoir pigé, capitaine.

– Faut tout demander, Nougat. C'est une aiguille dans un tas de foin qu'on cherche ! Et ça, ça veut dire qu'on ne se contente pas de poser deux ou trois questions de rien du tout avant de passer à l'armurerie suivante. On menace l'armurier de lui coller une inspection sur le dos. Il n'y a pas de permis pour les Mauser...

– Laissez-moi faire, cap'taine. On le coincera, ce type.

– Cette femme ! lança l'homme au crâne en boulet de canon.

– Qu'est-ce que vous dites ? demanda Joubert d'un ton légèrement irrité.

– Je pense qu'il s'agit d'une femme, capitaine.

– Ah.

– Le modèle 61, capitaine. C'est une arme de femme.

– Et vous seriez... si je puis me permettre ? dit Nougat.

– Adjudant Mike de Villiers. De l'armurerie générale. Le général m'a téléphoné pour me demander de consulter le rapport balistique et de vous l'apporter. Vous pouvez me poser toutes les questions que vous voulez. Je... je sais pas mal de choses en matière d'armes, capitaine.

Joubert regarda l'homme devant lui : tête ronde, pas de cou, salopette bleue couverte de taches de graisse de fusil. Si c'était effectivement le général qui le lui envoyait...

– Parlez-moi du 22 Long Rifle, adjudant.

Mike de Villiers ferma les yeux.

– La société Smith & Wesson a conçu l'Escort pour les femmes, capitaine. Dans les années soixante-dix. Petite arme, petite crosse. On parlait déjà du modèle 61. Ça tenait facilement dans un sac à main. Pistolet semi-automatique, cinq balles dans le chargeur. Ça n'avait pas eu beaucoup de succès, surtout la première série : la sécurité n'était pas bonne. La firme a conçu un autre mécanisme de sécurité pour le modèle suivant, en 1970, et les propriétaires du premier ont dû retourner leurs armes à l'usine pour correction. Il y a eu quatre modèles d'Escort entre 1969 et 1971. Bonne pénétration, bien meilleure que celle du Baby Browning. Et très précis à courte distance. S'enraye rarement, mais ça arrive.

Mike de Villiers rouvrit les yeux.

Joubert et O'Grady le dévisageaient.

– Ça ne signifie pas qu'un homme ne puisse pas s'en servir, dit Joubert qui n'en revenait toujours pas.

Les yeux se refermèrent.

– Petite crosse, capitaine, vraiment vraiment petite. Comme l'arme. Votre doigt n'entrerait même pas dans le pontet. Ça ne tient pas dans une main de mec, ça ne correspond pas à son ego. Les hommes, c'est des gros trucs que ça veut… du 9 mm, du 45 Magnum. Les statistiques montrent que dans 87 % des meurtres commis avec des armes de poing, on a affaire à des hommes se servant de gros calibres. Les cas de meurtres par arme à feu sont rares chez les femmes. Il s'agit en général de légitime défense et l'arme est très souvent de petit calibre.

Les yeux se rouvrirent, lentement, comme ceux d'un reptile.

La mâchoire d'O'Grady s'en était décrochée. Joubert, lui, se contenta de froncer les sourcils.

– Mais le Mauser est une arme de mec, dit-il.

– Je ne sais rien du modèle Broomhandle, capitaine. Il a été fabriqué avant 1918, ça ne m'intéresse pas.

– Le capitaine Joubert est-il là ? demanda le chef d'un groupe de policiers en tenue qui venaient de franchir la porte.

– Ici ! cria Joubert avant de pousser un soupir.

On se serait cru dans une maison de fous.

– Le capitaine a-t-il d'autres questions ?

– Non, adjudant, merci. Je saurai où vous trouver s'il y a autre chose.

De Villiers acquiesça d'un signe de tête, salua et s'éloigna rapidement.

– Il a une tête de lézard et parle comme un ordinateur, fit remarquer O'Grady. Un vrai génie, ce type !

Joubert ne l'entendit pas. Frustré, il se sentait perdre pied devant ce nouvel élément.

– Nougat, dit-il, rien n'a de sens dans cette enquête. Absolument rien.

Il appela l'université de Stellenbosch et demanda à parler au docteur AL Boshoff.

– Anne Boshoff à l'appareil, dit une voix.

Il soupira discrètement. Encore un docteur du sexe faible !

Il lui expliqua qui il était et lui demanda s'il serait possible d'avoir un entretien avec elle dans le courant de l'après-midi : il y avait urgence.

– Je vous attends et je me prépare, lui répondit-elle.

Il ferma la porte du patron du commissariat.

– Ce silence fait du bien, dit le lieutenant Leon Petersen.

O'Grady essuya son mouchoir sur son front.

– Il ne nous manque plus que la clim, dit-il.

Son carnet de notes devant lui, Gerrit Snyman avait pris place à ses côtés.

– Grouillons-nous ! lança Joubert.

– Identité complète : Alexandre MacDonald, né à Humansdorp, le 8 avril 1952. Célibataire, personne à charge. Propriétaire de deux chaluts de pêche, le *High Road* et le *Low Road*. D'après les titres, il doit encore 110 000 rands à la banque pour le *Low Road*. Il est en contrat avec les Pêcheries de Bonne-Espérance et leur livre toutes ses cargaisons en exclusivité. C'est un dénommé John Paulsen qui commande le *High Road*. Ça fait dix-huit ans qu'il travaille pour MacDonald.

D'après lui, le bonhomme avait bon cœur mais un caractère de cochon. A la question de savoir qui aurait pu avoir des raisons de tuer MacDonald, il nous a répondu pouvoir nous trouver au moins deux cents personnes, et sans se casser. MacDonald ne buvait jamais en mer, mais dès qu'il touchait terre... Il a un casier. Conduite en état d'ivresse, Hout Bay, 1988 ; agression avec intention d'infliger des blessures graves, 1989 ; quinze plaintes pour tapage depuis 1979. Une condamnation pour dégradation de biens privés. Il a bousillé un bar de Simons Town avec plusieurs membres de son équipage. Et ça, qui devrait vous intéresser : une plainte pour viol a été déposée contre lui par une certaine Eleanor Davids, il y a deux ans de ça. Plainte retirée par la suite. Les inspecteurs en charge du dossier soupçonnent MacDonald de l'avoir menacée de violences, mais ils n'ont jamais pu le prouver.

– Un client pas facile, constata Petersen.

– Il serait peut-être intéressant d'aller bavarder avec cette dame, dit Joubert.

– C'est ça, capitaine ! C'est tout à fait ça !

26

Lorsqu'il gagna enfin Stellenbosch en voiture, il était en retard à son rendez-vous avec le docteur Anne Boshoff.

Le directeur régional de la banque Premier qui l'avait reçu dans son luxueux bureau s'était montré très impatient. Ces hold-up n'étaient bons ni pour les affaires ni pour l'image de l'établissement. Beaucoup trop de « publicité négative » dans tout ça. Et le plan d'action de la police ne l'impressionnait guère. Un policier en civil dans toutes les succursales ? Que se passerait-il si l'un de ces messieurs flanquait la trouille au voleur ? Celui-ci ne pourrait-il pas se mettre à tirer ? La banque Premier n'avait aucune intention d'exposer ses clients et ses employés au moindre danger.

Patiemment, Joubert lui avait expliqué que la police était tout à fait consciente des dangers encourus : toute confrontation avec le voleur serait gérée avec la plus grande circonspection.

Le directeur régional lui avait répliqué que des exemples de « circonspection policière », on en voyait tous les soirs à la télé.

Joubert avait soupiré, s'était levé et lui avait annoncé son intention de parler de l'attitude de la banque au cours de la prochaine conférence de presse.

Le directeur régional avait soupiré à son tour et prié Joubert de se rasseoir. Il allait devoir consulter la direction générale.

Elle non plus ne pouvait pas décider comme ça. Il allait falloir convoquer une réunion pour en discuter. Joubert avait déclaré devoir se rendre à Stellenbosch. Et avait laissé le numéro du docteur Boshoff au directeur régional. Celui-ci n'aurait qu'à l'avertir dès qu'on aurait arrêté une décision.

Il prit la N2 et conduisit trop vite. Dans la grande Sierra blanche, il se concentra sur la circulation. Après la sortie R300, tout devint plus calme. Il ne voulait pas trop réfléchir à l'enquête, à la tentative de De Wit pour le virer, à la réunion au bureau du général, au retour de la montée d'adrénaline, tel un vieil ami presque oublié. De fait, il ne savait même pas si tout cela en valait la peine. Demain ou après-demain, son excitation retomberait. Alors, il serait de nouveau seul, avec ses pensées et ses souvenirs pour seuls compagnons.

Il se força à penser au rendez-vous qui l'attendait. Qu'allait-il dire au docteur Boshoff ? *Je suis venu vous voir sur les conseils de ma psychologue. Elle est jolie et frêle, elle a des yeux tristes et je crois que je suis amoureux d'elle parce que je lui ai dit des trucs sur mon père dont je n'avais jamais parlé à personne. Parce que c'est la première personne avec laquelle j'ai pu parler en deux ans sans craindre l'espèce de sympathie surfaite dont m'accablent tous ceux qui s'en foutent. Voilà, docteur Boshoff. C'est pour ça que je suis ici.*

Non, non. C'était un profil psychologique qu'il voulait. Et pas seulement pour les journaux – aussi pour lui. Il ne pouvait pas se permettre de pourchasser un fantôme. Il avait besoin d'un visage. De celui d'un individu à ce point perturbé qu'il prenait des vies humaines.

Le bureau d'Anne Boshoff se trouvait dans une vieille maison à pignons restaurée. Dans le joli jardin de devant, un panneau déclarait :

Joubert se gara et descendit de voiture. L'après-midi était chaud et sans un souffle de vent. Il ôta sa veste, la mit sur son épaule et arrangea son Z88 dans son étui de hanche.

Deux étudiants marchaient devant lui sur le trottoir. Ils regardèrent son arme et sa voiture de patrouille avec curiosité. Puis ils le virent ouvrir le portail du jardin.

– Je savais bien que ce test était trop difficile, dit l'un d'eux. Allez, foutez-moi tout ça au gnouf !

Joubert sourit et passa dans la véranda. La porte de devant était ouverte. Il entra d'un pas hésitant. Il n'y avait personne. Il vit des noms sur des plaques. Il longea le couloir. Tout au bout se trouvait la porte du docteur Boshoff. Elle aussi était ouverte. Il risqua un œil à l'intérieur.

Le docteur Boshoff était assise devant un ordinateur et lui tournait le dos. Il remarqua ses cheveux noirs coupés court, plus court que les siens. Il vit son cou et un bout de son épaule.

Elle sentit sa présence et se retourna.

Il découvrit son visage : son front haut, ses yeux bien écartés, ses pommettes larges, presque orientales, sa grande bouche aux lèvres pleines, sa mâchoire solide. Elle le jaugea. Elle avait les yeux noirs et brillants.

– Mat Joubert, annonça-t-il, conscient de son embarras.

– Au téléphone, on aurait dit un vieil homme, lui renvoya-t-elle en faisant pivoter son fauteuil.

Elle était musclée et portait une jupe courte. Il détourna son regard de ses jambes aussi belles que bien bronzées et resta planté entre elle et la porte tandis qu'elle se levait. Elle était grande, presque aussi grande que lui.

– Asseyons-nous, proposa-t-elle en gagnant un petit bureau dans un coin de la grande pièce.

Il remarqua les muscles de ses jambes, qui roulaient sous sa peau. Il détourna encore une fois les yeux et regarda le reste du bureau. Il était en désordre. Avec des piles de livres partout. La petite bibliothèque croulait sous les volumes. Un vélo de course était posé contre un mur et il n'y avait qu'une chaise dans toute la pièce : celle qui se trouvait devant l'ordinateur. Sous la fenêtre s'entassaient des cartons remplis de documents. Le docteur se retourna, s'assit sur l'un d'entre eux et étendit ses longues jambes devant elle. Puis elle lui montra un autre carton d'une main où il n'y avait pas d'alliance.

– Faites comme chez vous, dit-elle.

Il réajusta son holster de façon à être plus à son aise et s'assit.

– C'est vrai ce qu'on dit des hommes qui se baladent avec de gros calibres ? demanda-t-elle.

Il la dévisagea. Sa bouche était vraiment grande, ses lèvres vraiment rouges et souriantes.

– Je… euh…

Elle était incroyablement sexy.

– Géniale, la réponse ! s'exclama-t-elle.

– C'est-à-dire que je…

– Qu'attendez-vous de moi, Mat Joubert ?

– Je…

– Pour votre histoire de meurtres, s'entend.

– Oui, bien sûr. Je…

– Les statistiques ? Ça pourrait vous aider. Vous donner une image générale. Mais américaine, cette image. Sur les meurtriers de masse, ils sont imbattables. Nous ne faisons que marcher sur leurs brisées. Little America, voilà ce que nous sommes. Mais bon, ces chiffres pourraient vous aider. Savez-vous de combien tout cela a monté en vingt ans ? Croissance exponentielle, Mat

254

Joubert. Et c'est toute la civilisation occidentale qui est mise en accusation.

Elle ne cessait de le regarder en parlant, à la fois point focal, projecteur, rayon de lumière.

– Est-ce que…

– Les statistiques nous disent que votre assassin est un homme. Classes moyennes, avec tout le poids de son passé sur les épaules. Pourquoi un homme ? Parce que les trois quarts des assassins le sont. Ce sont eux qui ont du mal à accepter la prison que représente l'appartenance aux classes moyennes. Car nous vivons à une époque où nous apprenons à nos fils qu'il faut réussir, faire mieux, être riche. Et quand ils n'y arrivent pas… Pourquoi les classes moyennes ? Parce que c'est à celles-là qu'appartiennent la grande majorité des gens. Et ce n'est pas étrange, ça ? Par le passé, les rares assassins de masse qu'on connaissait étaient issus des classes inférieures. Esclaves, prostituées, la lie de la terre. De nos jours, tout ça sort des classes moyennes. Parfois, de sa couche inférieure, comme Charles Starkweather, parfois de sa couche supérieure, comme Ted Bundy. Le passé de tous ces gens ? Il peut varier. Savez-vous combien de ces assassins sont des enfants adoptés ? Kallinger. Bianchi. Earle Nelson. Et je ne parle même pas des bâtards. Certains psychologues affirment que Ted Bundy n'aurait tué que pour cette raison. David Berkowitz, lui, était un bâtard et un enfant adopté. Plus tous ceux qui sortent des orphelinats ou de l'Assistance. Fish. Kemper. Olson. Panzram. Bonin. Ils assassinent pour se faire une petite place dans la communauté. Tragique, tout ça, vous ne trouvez pas ?

Il écrivait. Au moins, cela lui occupait les mains et les yeux.

– Mais vous savez ce qui me gêne ? reprit-elle. L'arme et les victimes. Le Mauser est un peu trop évident. Trop macho. C'est une déclaration d'intention et ça me gêne.

Déjà, on y voit le sexe lever son horrible gueule. Le canon long. J'ai vérifié dans l'ouvrage de Ian Hogg, *Revolvers et Pistolets allemands*. Le canon long. Symbole phallique. Symbole mâle. Ce monsieur a un problème. Toutes les victimes sont des hommes. Et moi, ça, ça me gêne. Un homme qui a des problèmes et qui tue d'autres hommes. Et ses victimes ne sont pas homo…

– Elles… si, il y en avait un, dit-il à voix haute.

– Un seul, Mat Joubert ? Juste un. Vous êtes sûr ? Vous en êtes sûr et certain ?

– Wallace était… coureur mais hétéro. Wilson était homo. Ferreira… je ne sais pas. Il aimait les films porno, d'après sa femme. Et MacDonald, celui qu'on a trouvé ce matin… Il avait été accusé de viol. Mais la femme a retiré sa plainte.

– Ben, vous voyez ! s'écria-t-elle d'un ton faussement sérieux. Vous êtes même capable de parler !

Elle avait froncé les sourcils, il se demanda s'il y avait une seule chose que cette femme pouvait faire sans lui donner des idées de baise.

– Eh bien, moi, Mat Joubert, reprit-elle, j'ai l'impression d'avoir affaire à toute une bande de pédés réprimés. Savez-vous combien d'hommes cachent leur homosexualité sous des dehors de coureurs de jupons ? Sans même parler du viol. Peut-être voulait-il se prouver qu'il était un homme. Allez, allez… je vous parie que votre assassin est homo. Ça colle parfaitement. Le Mauser, c'est une véritable déclaration… d'orientation sexuelle, s'entend…. d'homosexualité, Mat Joubert.

– Originaire des classes moyennes… adopté, dit-il en fronçant les sourcils comme elle l'avait fait auparavant.

– Je vois que le capitaine a le sens de l'humour ! lança-t-elle à l'adresse de son vélo.

Puis elle le regarda de nouveau.

– Que faites-vous ce soir, monsieur Joubert ? Vous êtes trop précieux pour qu'on vous laisse partir.

– Docteur, le problème est que…

– Pas de « docteur » entre nous, je vous prie. Appelez-moi comme vous voudrez. Même Miss Sexy, si ça vous plaît. Dites… vous me trouvez sexy ? D'où sortez-vous votre prénom, Mat ? Diminutif de Matthew ?

– Oui, répondit-il pour gagner du temps.

– Oui, je suis sexy, ou oui, diminutif de Matthew ?

Quelque part sur son bureau le téléphone sonna. Elle se leva avec souplesse et fit un grand pas. Elle fouilla sous ses livres et ses documents. Il regarda se tendre et détendre les muscles de ses mollets et fut émerveillé par leur perfection.

– Anne Boshoff, dit-elle, irritée. Un instant… (Elle lui tendit l'écouteur.) C'est pour vous, Matthew.

Il se leva, posa son carnet de notes sur le carton et prit l'écouteur. C'était le directeur régional de la banque Premier. La direction générale était d'accord pour que la police déploie des hommes dans toutes ses succursales. Mais on suppliait aussi la police de ne jamais oublier la sécurité du personnel et des clients de la banque. Joubert assura son interlocuteur qu'on y veillerait.

– Je peux téléphoner ? demanda-t-il en se retournant.

Elle s'était rassise sur son carton et, les jambes croisées, feuilletait son carnet de notes.

– Vous avez une écriture de cochon, dit-elle. Les longues boucles de vos Y, de vos J et de vos G disent vos frustrations sexuelles. Vous êtes frustré, Mat Joubert ? Le téléphone ? Mais vous vous en servez déjà, non ? Continuez, Mat, continuez.

Il composa un numéro et tenta de se concentrer sur son coup de fil. Il chercha son paquet de cigarettes dans la poche de sa chemise. Et se rappela qu'il les avait mises dans la poche de sa veste. Ce qu'il avait envie de fumer ! D'occuper ses mains pour cacher son horrible gêne. De Wit lui répondit comme il est recommandé de le faire dans la circulaire du grand patron de la police.

– Vols et Homicides. Le colonel Bart de Wit à l'appareil, bonjour.

Joubert lui fit part de la décision prise par la banque, de Wit lui promit de se mettre en contact avec le brigadier Brown afin de finaliser la chose.

– Où êtes-vous, capitaine ? lui demanda-t-il ensuite.

– A Stellenbosch, colonel. Avec le criminel… la criminologue.

– La conférence de presse est prévue pour 18 heures. Au bureau du général. Je vous en prie, ne soyez pas en retard.

– Très bien, colonel.

Il regarda sa montre. Il allait devoir se dépêcher.

– Lapsus freudien, Matthew ? s'enquit Anne Boshoff. Geste presque chaste, elle avait serré les genoux.

– Non. C'est une conférence de presse…

– Je voulais parler du criminel que vous avez évoqué. Dites-moi, c'est à Bart de Wit que vous causiez ?

Il acquiesça d'un signe de tête.

– Je le connais. Il était à l'Académie de police. J'ai assisté à quelques conférences avec lui. Parfait exemple d'homme de petite taille. On le surnommait Kilroy. « *Kilroy the killjoy*[1]. » Il a tout à fait sa tête. Vous savez bien… le graffiti avec le petit bonhomme qui passe son nez par-dessus le mur. « *Kilroy was here*[2]. » Avec son nez. Sauf que lui, il n'a pas les hormones qu'il faut. N'a même pas essayé de me draguer à une seule conférence. Ça fait réfléchir les filles, ça.

– Je pourrais ravoir mon carnet de notes, s'il vous plaît ?

– Dites-moi, Matthew, vous êtes vraiment absent ou c'est votre façon à vous de mettre à l'aise les escrocs et les grandes vilaines ?

1. Kilroy le rabat-joie *(NdT)*.
2. Kilroy est passé ici *(NdT)*.

Elle lui tendit son carnet. Il prit sa veste, en sortit une cigarette et l'alluma.

– Vous savez que c'est mauvais pour la santé ?

– C'est une Special Mild.

– Ah bon ! Et ça ne causerait pas le cancer ?

– Docteur, dit-il fermement, l'arme utilisée pour tuer Ferreira était un Smith & Wesson, modèle 61. D'après un de nos experts, ce serait une arme typiquement féminine.

– Et… ?

– Ça ne cadre pas avec votre théorie, docteur…

– « Docteur ». On dirait un curé. Appelez-moi Anne. Et on laisse tomber le « docteur », d'accord ? J'aime bien que les hommes me rudoient. Ça me remet à ma place. Bien sûr que si, que ça cadre avec ma théorie. Quand on a un Mauser, on a déjà un gros pistolet : la taille du zizi n'a plus aucune importance.

– Vous êtes sûre qu'il s'agit d'un homme ?

– Bien sûr que non. Ça pourrait être une femme. Ça pourrait être une lesbienne chimpanzé. Tout ce que je peux vous dire, c'est ce qu'affirme la loi des moyennes. Je n'ai pas de cendrier. Il va falloir ouvrir la fenêtre.

– Et moi, il va falloir que j'y aille.

– C'est que vous êtes superbement grand et fort, vous savez ? Physiquement, s'entend. Et moi, ça me plaît beaucoup. Les hommes petits ont trop de complexes. Y a pas assez de place pour toutes les hormones qu'on a.

Il ne savait plus quoi faire. Il regarda par la fenêtre pour ne plus être obligé de voir ses longues jambes et sa poitrine généreuse.

– Vous avez l'air d'un ours, reprit-elle. Et moi, ça me plaît beaucoup. Pour moi, l'air qu'on a influe beaucoup sur la personnalité. Vous ne trouvez pas ?

Elle avait toujours les yeux fixés sur lui comme une arme. Il la regarda puis se détourna. Il n'avait aucune idée de ce qu'il allait bien pouvoir lui répondre.

– Mat Joubert, vous mettrais-je mal à l'aise ? poursuivit-elle. Seriez-vous le genre d'homme à aimer les femmes plus subtiles ?

– Je… euh…

– Êtes-vous marié, Mat Joubert ?

– Non. Je…

– Moi non plus. Je suis divorcée. Un de ces trucs à vous fendre le cœur qu'a pas marché. Il était… chirurgien. Nous sommes toujours amis. Voilà. Maintenant, vous savez.

– Bon, dit-il.

Il savait qu'il fallait vite reprendre le contrôle de la conversation. Il décida d'être décisif.

– Je…

– Je déteste les petits jeux, l'interrompit-elle aussitôt. Je déteste la façon artificielle dont les gens communiquent. Le côté superficiel de tout ça… Pour moi, on devrait toujours dire ce qu'on a envie de dire. Parler pour dire les choses, quoi. Ça ne plaît pas toujours. Surtout chez les hommes. Ils veulent tout contrôler, ils veulent jouer selon leurs propres règles. Surtout en amour. Pourquoi s'embarrasser de tous ces faux préliminaires ? Si je trouve un type sexy, je veux pouvoir le lui dire. Inutile qu'il m'emmène dans un restaurant cher et m'envoie des fleurs s'il a envie de moi. Qu'il me prenne. Vous ne trouvez pas que ça ferait gagner du temps ?

Il regarda ses jambes.

– Je connais une étudiante à Monte Vista, âgée de dix-huit ans, qui serait tout à fait d'accord avec vous, répondit-il en se sentant mieux de réussir à s'exprimer.

– Parlez-moi d'elle. C'est votre amante ? Vous les aimez toutes jeunes ? J'ai trente-deux ans. Ça me disqualifie ?

– Ce n'est pas mon amante.

– On dirait que ça vous déçoit. Pourquoi ? (Puis, sans lui donner le temps de répondre, elle ajouta :) Vous êtes très différent de ce que j'imaginais, vous savez ? Un inspecteur des Vols et Homicides… Je voyais un type dur et élégant, avec une cicatrice en travers de la figure et des yeux bleus… un type au regard de glace. Et vous… vous n'êtes qu'un grand ours tout timide. Et absent. Vous me paraissez absent, Mat Joubert. L'êtes-vous ?

– Un peu, répondit-il en ayant l'impression de remporter une victoire.

– Vous savez qu'on ne vit qu'une fois, n'est-ce pas ?

– Oui…

– La vie, il faut s'en emparer.

– Je…

– Tous les jours, à tous les instants.

– Faut que j'y aille.

– Je vous épuise ? Beaucoup de gens me disent que je les épuise. Mais j'ai des amis, vous savez ? Je peux le prouver.

– Devant un tribunal ?

Elle sourit.

– Vous allez me manquer, Matthew.

Il rangea ses cigarettes, son stylo et son carnet de notes dans la poche de sa veste.

– Merci de m'avoir accordé tout ce temps, doc… Anne.

– Vous voyez que vous faites des progrès ! Accrochez-vous ! Je vous raccompagne.

Ils longèrent le couloir en silence et retrouvèrent le grand soleil dans la véranda. Il vit sa peau brune et brillante, il vit ses épaules, ses jambes. Il vit ses fesses qui bougeaient sous sa minijupe.

Elle se retourna et le surprit en train de l'admirer.

– On se reverra, Mat ? lui demanda-t-elle.

– S'il y a autre chose que…

– Moi, je vous reverrai, Matthew Joubert. Je vous le promets.

27

Comme un grand nombre de personnes devaient assister à la conférence de presse, on avait décidé de la tenir dans le hall d'entrée du quartier général de la police.

– T'es en retard ! lui lança Cloete en le voyant arriver. (Il avait l'air inquiet, voire paniqué.) Il y a deux équipes de télé anglaises. Et une de la SABC. Plus une de M-Net, ils enregistrent un truc pour *Carte blanche*. Et il y a des journalistes de la presse écrite que je n'ai encore jamais vus.

Il partit vite informer le général de l'arrivée de Joubert.

La presse se rangea en demi-cercle. Les gros projecteurs de la télé étaient braqués sur une petite table. Le général s'y assit, de Wit et le brigadier prenant place à côté de lui. Le général fit signe à Joubert d'approcher.

– Du nouveau ?

Du nouveau ? Il avait essayé de réfléchir à la question en revenant, mais le docteur Anne Boshoff était comme une ombre sur ses pensées. Il se demanda si les femmes qui avaient deux F dans leur nom étaient toutes comme ça. Bonnie Stoffberg, Anne Boshoff. Le deuxième F était-il l'initiale de « fuck » ? Il hocha la tête en songeant au fait qu'il était absolument incapable de penser à autre chose qu'à la baise. A peine tombé amoureux de Hanna Nortier et déjà envie d'aller voir ce qui se passe entre les jambes de l'autre docteur plein d'astuce ? Un taureau en rut, qu'il était. On passe d'objecteur de conscience de la baise à Rambo en à peine plus d'une semaine. Oui, général, il y a du nouveau. Mais je ne maîtrise pas trop.

– Je crois, général, dit-il.

– Bon. Je commence et je vous présente.

Non. Il n'était pas prêt. Il ne pouvait pas leur dire que c'était du côté d'un homo des classes moyennes qui, peut-être, était un bâtard adopté qu'il fallait chercher.

– *Dames en here…* attaqua le général d'une voix forte.

Tout le monde se rua, qui sur sa caméra, qui sur son carnet de notes. On alluma quelques projecteurs de plus.

– *Dames en here…*

C'était toujours la pagaille.

– Vous pouvez parler anglais ? demanda quelqu'un.

Des caméras ronronnèrent, des flashes crépitèrent.

– *Dames and here, dankie…*

Cloete s'était propulsé vers le général et lui murmurait à l'oreille. Le général eut l'air agacé. Puis il hocha la tête.

– *Ladies and gentlemen*, merci d'être venus, lança-t-il. Tout d'abord, permettez-moi de vous dire que la police d'Afrique du Sud font tout ce qu'elle peuve pour appréhender l'assassin sans pitié qui tue des gens sans raison apparente.

« Fait », pensa Joubert. La police « fait » tout ce qu'elle « peut… » pour…

– Nous prenons cette affaire sous un jour très sérieux et allouons toutes les ressources dont nous dispose pour faire avancer l'enquête. Je ne peux pas vous révéler tout ce que nous faisons, étant donné que ça fait partie de la stratégie que nous déploie pour attraper le ou les coupables. Ce que je peux vous dire, c'est que l'homme chargé de l'enquête, le capitaine Joubert, ont tous les policiers dont ils ont besoin. Nous lui avons déjà donné tous les officiers disponibles de la brigade des Vols et Homicides. Et si c'est nécessaire, nous lui en donnerons aussi encore. C'est devenu la plus grande chasse à l'homme que Le Cap a jamais vue. Nous ne dormirons pas tant que la ou les personnes responsables de ces actes insensés sera pas appréhendée. Et maintenant, je vous laisse entre les mains du capitaine Mat Joubert. Après, je répondrai à vos questions. Si vous en avez.

Puis il annonça :

– Le capitaine Joubert.

Joubert fit le tour de la table. La presse s'affaira. Le général se leva et offrit sa chaise à Joubert. Les projecteurs l'aveuglèrent. Les caméras se remirent à ronronner. Il ne voyait plus personne au-delà des lumières. Il s'assit. Le bouquet de micros qu'on lui brandit sous le nez avait de quoi intimider.

– Bonjour, lança-t-il sans avoir la moindre idée de ce qu'il allait dire ensuite.

Tu commences par ce qui s'est passé ce matin, se dit-il en paniquant. Après tout, parler devant des gens, il l'avait déjà fait. Sauf que là, il y en avait tellement que…

– Euh…

Son cœur battait fort dans sa poitrine. Il avait la bouche sèche et respirait trop vite.

– Comme vous le savez…

Il entendit son solide accent afrikaans. Son cœur battit encore plus fort.

– … le meurtrier au Mauser a frappé pour la quatrième fois ce matin.

Son carnet de notes. Où était passé son carnet de notes ? Il tâta sa poche intérieure. Il n'y était pas. L'avait-il laissé chez Anne Boshoff ? L'autre poche. Là, tâter. Il était là. Le soulagement fut bref. Dans le hall, le silence était de plus en plus pesant. Quelqu'un pouffa, quelqu'un d'autre toussa. Joubert sortit son carnet et l'ouvrit. Ses mains tremblaient.

– La victime…

De wiektum. Connard de flic.

– … est un homme de quarante et un ans, un certain Alexander MacDonald, de Hammerhead Street à Houbaaiaiai… euh… Hout Bay.

Quelqu'un l'interpella. Il l'ignora.

– L'assassin s'est servi d'une arme semblable à celle que…

– Capitaine Joubert…

– Un instant, s'il vous plaît, dit le brigadier, juste à côté de lui.

Joubert ne savait plus où il en était.

Puis il vit une silhouette passer devant les projecteurs et se diriger vers la table. Petcrsen.

– Excusez-moi, capitaine, dit celui-ci, mais on a trouvé quelque chose. A l'instant même.

Le général les rejoignit.

– Non mais dites ! Qui êtes-vous ? gronda-t-il à voix basse.

– Vols et Homicides, lieutenant Petersen, général.

– Ils ont trouvé quelque chose, général, dit Joubert.

Il entendit la presse s'agiter encore plus.

– Vaudrait mieux que ce soit important, lieutenant, dit le général.

– Effectivement, renchérit le brigadier.

– C'est un voisin, général, reprit Petersen dans un souffle. Il a vu une voiture sur les lieux du crime ce matin. Une BMW, de la nouvelle série 5.

– Et… ? dit le général, impatient.

– Il a dit que c'était tôt. Il allait rejoindre son arrêt d'autobus. C'est à ce moment-là qu'il a vu un homme descendre de la BMW et entrer chez MacDonald. Quelques minutes plus tard, la BMW passait en trombe devant lui.

– Il a vu le type ? Il l'a reconnu ?

Le général avait du mal à ne pas crier.

– A peine. D'après lui, ça s'est passé très vite, mais il a

265

vu le numéro d'immatriculation. C'était facile à se rappeler : CY 77.

– Putain de Dieu ! s'écria le général. Vous me retrouvez qui c'est, tout de suite !

– C'est déjà fait, général. C'est pour ça que nous sommes ici. Nous voulons que le capitaine Joubert vienne avec nous.

– Putain de Dieu ! répéta le général en s'éclaircissant la gorge.

– *Ladies and gentlemen…* Du calme, s'il vous plaît. *Ladies and gentlemen…*

On aurait pu entendre une mouche voler.

– … nos efforts vient de payer.

« Viennent », pensa Joubert. « Viennent » de payer.

– Nous venons d'avoir d'autres renseignements et devrions pouvoir arrêter un suspect dans les heures qui suit. Nous excuserons donc le capitaine Joubert qui doive suivre cette piste nouvelle.

Heureux d'être ainsi libéré de sa corvée, Joubert se leva. Les reporters lui crièrent des questions, mais il s'empressa de franchir la porte d'entrée avec Leon Petersen.

– S'il vous plaît, *ladies and gentlemen*, pourrais-je avoir votre attention un instant ? s'écria le général.

Joubert et Petersen avaient déjà disparu.

– A qui appartient la BMW ? lui demanda Joubert.

– A Oliver Sigmund Nienaber.

Joubert en resta sans voix et se figea sur place.

– Nienaber, le… ?

– En personne. « Personne ne coupe les cheveux aussi bien et pour si peu, je vous le promets. »

– Putain de Dieu ! s'écria Joubert en se prenant pour un vrai général.

La maison se trouvait sur les hauteurs de Tygerberg, de là, la vue s'étendait de Bellville et des Cape Flats jusqu'à la chaîne des Hottentots-Holland. Construite sur trois niveaux, elle était moderne et tout en verre et ciment peint en blanc. Ils s'arrêtèrent devant un garage à trois portes.

– Riche grâce à la vanité des femmes ! lança Petersen.

Ils montèrent l'escalier à côté du garage. La porte de devant était imposante. Joubert appuya sur la sonnette. Ils ne l'entendirent même pas retentir dans les profondeurs de la maison et attendirent.

Enfin la porte s'ouvrit. Une Noire vêtue d'un bel uniforme parut devant eux.

– Vous désirez ?

Joubert lui montra la carte en plastique avec sa photo, la couronne de la police et tous les détails nécessaires.

– Police. Nous aimerions voir Oliver Nienaber, s'il vous plaît.

Elle ouvrit grands les yeux.

– Entrez, je vous prie, dit-elle en pivotant sur ses talons.

Ils pénétrèrent dans le hall d'entrée, elle disparut dans le couloir. Ils entendirent des voix de femmes tandis qu'ils regardaient le tableau moderne accroché au mur. Puis une femme blonde se présenta. Ils la reconnurent tout de suite. C'était Mme Antoinette Nienaber, née van Zyl, la vedette de films aussi inoubliables que *Une rose pour Janey, Les Sept Guerriers* et *Une femme amoureuse*. Ainsi que les journaux ne cessaient de le répéter, elle était toujours mariée, et heureuse de l'être, au roi des coiffeurs, Oliver Nienaber, le grand patron de la chaîne de salons de coiffure Des Cheveux pour Demain.

Elle était encore assez belle pour leur couper le souffle et leur adressa un aimable sourire.

– Bonsoir, dit-elle. Que puis-je faire pour vous ?

Joubert toussa.

– Capitaine Joubert. Je vous présente le lieutenant Petersen. Nous travaillons à la brigade des Vols et Homicides et nous aimerions parler à M. Nienaber.

Son sourire s'agrandit.

– Naturellement. Si vous voulez bien me suivre… Il est en train de jouer au *snooker* [1] avec les garçons.

Elle les précéda, Joubert songeant à part lui qu'elle devait approcher des quarante ans et que son corps était toujours impeccable.

Elle s'arrêta à l'entrée d'une grande salle.

– Oliver ? Il y a quelqu'un pour toi.

Ils entendirent sa voix.

– A cette heure-ci ?

Elle ne répondit pas.

– Bon, vous continuez à jouer, dit-il. Toby, tu me remplaces. On peut encore gagner.

– D'accord, Papa.

Oliver Nienaber franchit la porte. Joubert découvrit le visage qu'on pouvait voir pratiquement tous les jours dans les publicités pleine page des journaux avec le slogan, lui aussi très connu : « Personne ne coupe les cheveux aussi bien et pour si peu, je vous le promets. » Suivaient sa signature resplendissante et le grand logo Des Cheveux pour Demain. Tout en bas de la page, on trouvait encore la mention : « Nouveaux salons à Laingsburg… Oudtshoorn… Kimberley… »

– Bonsoir, messieurs, lança-t-il d'un ton jovial. Je suis désolé, mais je ne travaille pas le soir.

– Ces messieurs sont de la police, mon chéri, lui dit doucement Antoinette.

Elle les lui présenta et ajouta :

– Emmène-les donc au bureau. Je vous prépare quelque chose à boire. Thé ? Café ?

Tous voulurent du café. Nienaber les précéda mais n'alla pas s'asseoir derrière son bureau. La pièce était assez grande pour abriter un canapé et des fauteuils.

1. Jeu de billard à 15 billes rouges et 6 d'une autre couleur *(NdT)*.

– Je vous en prie, asseyez-vous, proposa-t-il. Ce n'est pas tous les jours que je reçois la visite de la police.

Joubert regarda les photos, les publicités parues dans la presse et les diplômes encadrés accrochés au mur.

– C'est la même publicité depuis six ans et ça marche encore, dit Nienaber en suivant le regard de Joubert.

– Combien de salons possédez-vous, à l'heure qu'il est ? lui demanda ce dernier.

– Le soixante-deuxième vient d'ouvrir ses portes à Cradock, la semaine passée. Et nous allons en ouvrir un dans le Gauteng. Si j'arrive à trouver un bon gérant dans le coin. Ça vous tente ?

Nienaber s'adressait à Joubert et ignorait complètement Petersen. Il avait l'air parfaitement à l'aise et détendu, mais Joubert savait que ça ne voulait rien dire.

– Monsieur Nienaber…

– Que puis-je faire pour vous ?

– Nous travaillons à la brigade des Vols et Homicides…

– Ah, mon Dieu ! Mais c'est donc sérieux !

– Le nom d'Alexander MacDonald vous dit-il quelque chose ?

– MacDonald ? MacDonald ? C'est que je rencontre tellement de gens, vous savez…

– M. MacDonald est le propriétaire des Pêcheries MacDonald, une petite entreprise de deux chaluts sise à Hout Bay. C'est un homme grand. Et roux, dit Petersen.

– Comment c'est, son prénom ? Alexander ? Pourquoi ai-je l'impression d'avoir déjà entendu ça quelque part ? se demanda Nienaber en regardant le plafond et en se palpant l'oreille.

– Vous ne seriez pas allé voir quelqu'un qui porte ce nom aujourd'hui même ?

– Pas que je me souvienne.

– Vous êtes bien le propriétaire d'une BMW rouge foncé toute neuve, immatriculée CY 77 ?

– C'est exact.

Aucun signe d'inquiétude.

– Vous êtes-vous servi de votre véhicule aujour-
d'hui ?

– Je m'en sers tous les jours.

– Quelqu'un d'autre aurait-il pu s'en servir, à votre
connaissance ?

– Non… Et si vous me disiez pourquoi vous… Ma
voiture a été volée ?

– Quand avez-vous vu votre véhicule pour la dernière fois, monsieur Nienaber ? lui demanda Joubert.

– Cet après-midi, quand je suis rentré chez moi.

– A quelle heure êtes-vous parti ce matin ?

– A 6 heures. Oui, vers 6 heures, je crois. J'aime bien
arriver tôt au bureau. (Il commençait à donner des
signes d'inquiétude.) Vous pourriez me dire de quoi il
s'agit, s'il vous plaît ?

– Vous n'étiez pas…

– Toc toc ! lança Antoinette Nienaber à la porte.

Elle portait un plateau avec des tasses de café, Nienaber bondit pour l'aider.

– Merci, ma chérie, dit-il.

– C'est un plaisir, lui répondit-elle, l'air aussi détendu
qu'avant. Tout va bien, mon chéri ?

– Tout va très bien.

– N'hésitez pas à prendre des biscuits, dit-elle en sortant.

Nienaber tendit le plateau aux inspecteurs en silence,
puis il se rassit.

– J'aimerais que vous me disiez de quoi il s'agit,
répéta-t-il.

– Vous n'étiez donc pas à Hout Bay ce matin entre
6 heures et 6 h 30 ?

– Non. Je vous ai déjà…

– Réfléchissez bien, monsieur Nienaber ! lui lança
Petersen.

– Mais bon sang, sergent ! Je sais quand même bien où j'étais !

– Lieutenant, monsieur Nienaber.

– Lieutenant, excusez-moi, dit Nienaber d'un ton où perçait une grande irritation.

Il n'aime pas que ce soit Petersen qui l'interroge, songea Joubert. Putain de raciste plein aux as.

– Avez-vous entendu parler des meurtres au Mauser qui ont lieu au Cap depuis quelque temps, monsieur Nienaber ?

Il haussa les épaules.

– Bien sûr que oui ! Je lis les journaux. Et il y a eu des trucs à la télé.

– Possédez-vous un Mauser, modèle Broomhandle, monsieur Nienaber ?

– Non. Et vous n'imaginez quand même pas que… Mais qu'est-ce que c'est que cette histoire ? !

– Pouvez-vous nous expliquer pourquoi votre voiture, une BMW série 5 rouge foncé, immatriculée CY 77, a été vue ce matin devant le domicile de M. Alexander MacDonald, la dernière victime du meurtrier au Mauser ?

Nienaber se redressa d'un bond.

– Comment voulez-vous que je… Sauf que non, bien sûr. Vous êtes flics. Vous devez savoir ce que sont des fausses plaques. Je vous ai déjà dit que je suis arrivé à mon bureau un peu après 6 heures ce matin.

– Pouvez-vous le prouver ?

– Quoi ? Que j'y étais ? Non, je ne peux pas. C'est même pour ça que je pars si tôt le matin : pour être seul et abattre du boulot.

– Et donc, vous y êtes arrivé à 6 heures.

– Oui.

Soulagement. Ces deux-là avaient l'air de le croire.

– Et votre bureau ne se trouve pas près de Hout Bay ?

– Non.

– Vous n'avez donc rien à craindre, monsieur Nienaber, dit Joubert, qui vit son interlocuteur se détendre dans l'instant.

– Non, rien, dit Nienaber.

– Mais nous aimerions vous demander un service.

– Oui ?

Soupçonneux.

Joubert déforma très légèrement la vérité :

– Cela nous aiderait beaucoup si vous pouviez nous prouver tout ça sans qu'il y ait le moindre doute possible. Nous sommes effectivement convaincus que vous ne vous trouviez pas près de Hout Bay. Mais un témoin oculaire affirme y avoir vu votre BMW et un homme qui lui disait quelque chose. Cela vous ennuierait-il de nous accompagner au siège de la brigade ? Nous avons ce que nous appelons une « salle d'identification ». Nous y rassemblons des gens du même gabarit et de la même couleur de peau et le témoin oculaire doit identifier la personne qu'il croit avoir vue. Et comme vous êtes innocent…

Oliver Nienaber avait pâli.

Il les dévisagea longuement, puis il dit :

– Je vais devoir appeler mon avocat.

28

Oliver Nienaber mentit à sa femme au moment de descendre avec Joubert et Petersen au siège de la brigade, dans Kasselsvlei Road. Il lui raconta que la police avait besoin de son aide pour résoudre une affaire. Il n'y avait « pas de quoi s'inquiéter ».

Assis tous les trois autour de la table où seules les brûlures de cigarettes témoignaient des interrogatoires précédents, ils attendirent l'avocat sans rien dire.

Celui-ci arriva en courant. Ce tout petit homme d'une quarantaine d'années avait une très grosse tête, des lèvres épaisses et pratiquement pas de menton. Selon les habitudes des gens de sa profession, il protesta contre le traitement qui était infligé à son client, mais Nienaber le fit taire tout de suite.

– Phil, l'interrompit-il, je suis venu ici librement et de ma propre volonté.

L'avocat s'assit, déverrouilla les serrures de son superbe attaché-case, en sortit un carnet de notes, prit un stylo dans sa poche et leva la tête vers Joubert.

– Vous pouvez poursuivre, dit-il comme si la procédure avait enfin son aval.

Joubert se contenta de hausser les sourcils.

– Phil, reprit Nienaber, je suis passé chez Alexander Mac-Donald ce matin. Tu sais... le type qui s'est fait tuer par le meurtrier au Mauser.

– Putain ! s'exclama l'avocat en plissant les lèvres.

Nienaber jeta un coup d'œil à Joubert.

– Il m'avait téléphoné. La semaine dernière. Mardi ou mercredi. Je ne me rappelle plus. Il voulait savoir si je n'aurais pas envie d'ouvrir un salon à Hout Bay. Il avait de l'argent à investir. Il voulait acheter un immeuble dans la grand-rue, enfin… quelque chose comme ça. Mais il cherchait d'abord des locataires…

– MacDonald ? demanda Petersen.

– Oui. Je ne voulais pas vraiment…

– Alexander MacDonald ? Le patron des pêcheries ? Le grand rouquin ?

Petersen parlait d'une voix tendue.

– Ben… je ne savais pas à quoi il ressemblait…

– Ce type avait dans les 100 000 rands de dettes et pouf, comme ça, il vous téléphone pour vous demander si vous avez envie d'ouvrir un salon dans un immeuble qu'il ne possède même pas ?

– Si vous voulez bien me laisser le temps de finir mon histoire, lieutenant.

Bien appuyé et sarcastique, le « lieutenant ».

– Nous vous écoutons, dit Joubert.

– Je lui ai dit que je ne traitais pas de cette manière-là. Parce que quoi ? Je n'avais jamais entendu parler de lui, moi ! Sans compter que je n'avais aucune envie d'ouvrir un salon à Hout Bay. Et donc, je lui ai dit non. Mais il m'a rappelé le lendemain. Même voix. Il parlait anglais, avec un accent. Vous savez bien… comme le Gallois qui commente les matches du tournoi des Quatre Nations…

– Cinq, le corrigea son avocat.

– Hein ?

– Le tournoi des Cinq Nations.

– Non, dit Nienaber en levant la main et en comptant sur ses doigts. L'Angleterre, le pays de Galles, l'Écosse et l'Irlande.

– Putain, Oliver ! Tu travailles trop, tu sais. Y a aussi la France.

– Mais la France…

– On revient à Alexander MacDonald ? lança Joubert en penchant ses épaules larges au-dessus de la table.

Il avait mis la tête en avant et donnait l'impression de vouloir les charger. Il grondait, à la façon d'un grand chien, plus qu'il ne parlait.

– Oui, bon, excusez-moi, reprit Nienaber. Et donc, il m'a rappelé. Même histoire. Aurais-je envie d'ouvrir un salon s'il achetait l'immeuble ?

– Quel immeuble ? demanda Joubert.

– Je n'en sais rien.

– Il a bien dû vous dire son nom.

– En effet. Le Marine Plaza, un truc comme ça. Je ne me rappelle pas. Je ne l'ai pas noté. Je ne traite pas comme ça, moi.

– Et ensuite ?

– Et ensuite, je lui ai dit non, encore une fois. Et je n'ai plus entendu parler de lui. Jusqu'à hier soir. Et là, c'est chez moi qu'il a appelé. C'était toujours la même histoire d'immeuble et de salon de coiffure. Je lui ai dit : « Écoutez, monsieur, votre immeuble ne m'intéresse pas. Ni ce soir ni plus tard. » Alors, il m'a dit : « Toi, le Hollandais, je vais te briser les couilles ! » Texto. Et le reste à l'avenant. « Je vais te couper la… le pénis et te le coller dans l'oreille. » Comme ça…

– Minute, minute, s'il vous plaît ! s'écria Petersen en colère. Nous aurions donc un marin, un type qui s'est déjà fait foutre en taule pour agression et dégradations de biens, qui nous parlerait de « pénis » ?

– Écoutez, lieutenant, je ne me rappelle pas les mots exacts…

– Messieurs, messieurs, lança l'avocat d'un ton apaisant, vous ne pouvez pas interroger mon client comme si vous aviez affaire à un criminel et attendre de lui qu'il se rappelle, et verbatim, d'une conversation téléphonique qui a eu lieu vingt-quatre heures plus tôt.

Vous lui mettez la pression, ce n'est qu'un être humain, je vous en prie…

– Ce n'est qu'un menteur, oui ! s'écria Petersen en se levant et tournant le dos à Nienaber.

– Très bien. Il a utilisé des termes orduriers. Est-il nécessaire que je les répète ? demanda Nienaber d'une voix éthérée.

– Faites de votre mieux, lui conseilla Joubert en se radossant à son siège.

Il soupçonnait Petersen de vouloir jouer les méchants flics.

– Toujours est-il qu'il m'a fait des remarques déplacées et que j'ai raccroché. Mais il m'a rappelé une demi-heure plus tard. Il s'excusait de s'être laissé emporter comme ça et… ça ne m'intéressait vraiment pas de venir jeter un coup d'œil ? L'immeuble était absolument fantastique. Et il ne me ferait payer qu'un loyer ridicule. Il s'est montré très convaincant. Pour finir, je me suis dit qu'il valait mieux me débarrasser de lui de la manière la plus expéditive : en allant voir le bâtiment. Parce que… c'était quand même moins cher que d'avoir à changer de numéro de téléphone, non ? Mais c'est là que je lui ai dit ne pas avoir le temps. Il m'a demandé si tôt le matin… Avant d'aller au travail… Je lui ai dit que c'était d'accord : on dit demain matin ? J'avais envie d'en finir et de me débarrasser de lui une bonne fois pour toutes. Nous avons convenu de nous voir à 6 heures. Chez lui. On pourrait prendre ma voiture. La sienne puait trop. Le poisson. Bref, j'ai fini par y aller ce matin. Mais je suis arrivé en retard parce que j'ai eu du mal à trouver son adresse. Et quand je suis arrivé, il était étalé en travers de la porte et on lui avait tiré dans les… les…

– Le pénis ? dit Petersen en se tournant vers lui.

– Voilà, c'est ça : le pénis.

– Putain ! lança l'avocat.

– Vous mentez, dit Petersen.

– Vous pouvez pas dire ça ! s'écria Nienaber.

– Je peux dire ce que je veux.

– Il peut pas dire ça ! répéta Nienaber en se tournant vers le petit homme.

– Je vous demande expressément de bien vouloir traiter mon client avec respect.

– Avec tout le respect que je te dois, Oliver, tu mens !

– Y peut pas dire ça, se plaignit encore Oliver en se tournant vers Joubert qui s'était renversé sur sa chaise, un sourire méprisant sur les lèvres.

La scène qui se jouait sous ses yeux lui paraissait légèrement irréelle.

Petersen, lui, était de plus en plus en colère. En colère parce que Nienaber avait commencé par l'ignorer pour finir par le traiter de « lieutenant » d'un ton horriblement sarcastique. En colère parce que l'homme qu'il avait devant lui était riche, prenait des grands airs et mentait comme il respirait.

– Sache que je peux, bonhomme, reprit-il. Et que tu mens ! Et que je vais te coincer et te foutre au gnouf. Et jeter la clé. Et qu'est-ce que va devenir ta petite femme si jolie, hein, Ollie ? Pendant que tu seras derrière les barreaux ? Qui c'est qui va la gratter quand ça la démangera, hein, Ollie ?

– Leon ! lança Joubert pour le mettre en garde.

Il avait reconnu le ton de son collègue. Brusquement, il se rappela le samedi après-midi où, à Mitchell's Plain, Petersen s'en était pris à un jeune membre d'un gang qui, lui aussi, mentait comme il respirait, comment il lui avait cassé la figure, comment… Petersen avait un sale caractère.

– Capitaine, s'écria Petersen, les yeux soudainement exorbités, ce putain de richard blanc est en train de mentir !

Ses mains tremblaient.

– Allons, allons, pas de ça ! s'interposa l'avocat en agitant un doigt menaçant sous son nez.

Nienaber s'était à moitié levé de sa chaise et grimaçait.

– Espèce de *hotnot* ! lança-t-il, tout le charme que lui prêtaient ses publicités désormais complètement inimaginable. Espèce de petit *hotnot* !

Petersen sauta par-dessus l'avocat et frappa Nienaber à la joue d'un seul et même geste rapide et coulé. Nienaber tomba à la renverse. Sa tête heurta le carrelage avec un bruit sourd, puis il roula par terre.

Joubert avait bondi avant que le coup soit donné, mais un peu trop tard quand même. Il attrapa Petersen par la chemise et le secoua tandis que l'avocat plongeait vers son client et tendait les bras au-dessus de lui afin de le protéger.

– Non, non ! Pas de ça ! hurla-t-il, sa grosse tête rentrée dans les épaules et les bras toujours tendus comme pour détourner d'autres coups.

Petersen expira fort et se détendit sous l'emprise de Joubert.

– Vous inquiétez pas, capitaine, dit-il. Je le frapperai plus.

– Appelez une ambulance ! lança l'avocat. (Il tendait toujours les bras en avant pour prévenir toute autre attaque.) Je crois qu'il est mort.

Joubert s'agenouilla à côté d'eux.

– Faites voir, dit-il.

L'avocat renâcla mais finit par s'écarter. Nienaber avait déjà la pommette enflée et décolorée. Mais sa poitrine se soulevait et s'abaissait tout à fait normalement.

– Tout va bien, conclut Joubert. Il est juste un peu sonné.

– Trouvez-moi une ambulance ! répéta l'avocat. Et faites-moi appeler votre patron.

Joubert savait ce que ça signifiait. Il savait aussi quel serait le résultat : de Wit passerait l'affaire à Gerry. « Le baron du cheveu exige des millions de dommages et intérêts de l'État. » De Wit ne pourrait pas faire autrement que de confier le dossier à Gerry. Il n'aurait pas le choix. Joubert soupira et ses épaules s'affaissèrent. Petersen s'en aperçut et comprit à son tour.

– Excusez-moi, capitaine, dit-il.

– Alors, et cette ambulance ! s'écria l'avocat d'un ton à la fois plaintif et impérieux. Je la veux, tout de suite !

– Ce ne sera pas nécessaire, intervint une voix au sol.

Tout le monde regarda Nienaber qui se relevait doucement.

– On va leur coller un procès, Oliver, assura l'avocat. On leur prendra jusqu'à leur slip ! Lui, là, il… hurla-t-il en montrant Petersen du doigt. Il ne retrouvera plus jamais de boulot dans ce pays !

– Non, dit Nienaber. (Silence.) On laisse tomber, complètement.

Il se redressa avec peine et porta sa main droite à sa joue. L'avocat se précipita aussitôt à son secours, remit sa chaise d'aplomb, l'aida à se relever et enfin à s'asseoir.

– Ils n'ont pas une chance d'en réchapper ! assena l'avocat. C'est de la brutalité policière de la pire espèce. Et sous le nouveau gouvernement… Tous les deux, ils vont être obligés de chercher du boulot !

– Phil, dit Nienaber, je suis disposé à laisser tomber.

– Mais putain, Oliver !

Nienaber regarda Joubert.

– Et vous, vous êtes prêt à laisser tomber de votre côté ?

Joubert garda le silence. Il hésitait et retenait son souffle. Il se contenta de dévisager Nienaber, tandis que Petersen fixait le mur.

– Allons-y, Phil, dit Nienaber en gagnant la porte.

L'avocat saisit son attaché-case, son carnet de notes et son crayon et se dépêcha de le rattraper sur ses petites jambes. Nienaber ouvrit la porte et sortit. L'avo-cat le suivit et claqua la porte derrière lui.

Petersen releva légèrement la tête et se massa la main avec laquelle il avait frappé Nienaber.

– Je suis navré, capitaine.

– T'inquiète pas.

Joubert s'assit et sortit ses cigarettes. Il en alluma une et souffla un mince filet de fumée au plafond.

– Ça ira. Moi aussi, je suis persuadé que ce trou du cul de Blanc friqué ment comme il respire.

29

Lundi soir, 8 h 30. Ils prirent du café à la salle de repos. Ils s'étaient assis l'un à côté de l'autre et, les coudes posés sur les genoux, tenaient leur tasse à deux mains. Des rangées de chaises bon marché en plastique et acier s'empilaient contre le mur.

– J'ai tout foutu par terre, capitaine, dit Petersen.

Joubert soupira.

– C'est vrai, répondit-il en avalant une gorgée de café resté trop longtemps à passer dans la grande cafetière. Va falloir que tu réformes ton caractère.

– Je sais.

Petersen regarda le contenu de sa tasse, sa couleur boueuse, la vapeur qui en montait en un tortillon transparent.

– Ah, capitaine, reprit-il, si vous saviez les problèmes que j'ai à la maison ! Ma femme…

Il baissa la tête et soupira fort à son tour.

– Qu'est-ce qu'il y a, Leon ?

Petersen leva la tête vers le plafond comme s'il espérait y trouver de l'aide, puis il expira très lentement.

– Ma femme… elle veut me quitter.

Joubert garda le silence.

– Elle dit que je suis jamais à la maison. Elle dit que mes filles ont besoin d'un père. Elle dit qu'un beau-père à la maison, c'est mieux qu'un père qu'on ne voit jamais. Elle dit que de toute façon, y a jamais d'argent pour rien. Tu travailles comme un cadre et t'es payé comme un jardinier, qu'elle me dit. J'peux vous dire quelque chose, capitaine ? Quelque chose d'intime ?

Il jeta un coup d'œil à Joubert et enchaîna avant même que celui-ci ait pu lui répondre.

– Vous savez quand ma femme et moi, on a… vous savez… pour la dernière fois ? Ça remonte à des mois, capitaine. Et maintenant, c'est Bart de Wit qui me demande de péter le feu parce que les Noirs doivent monter dans l'échelle sociale et montrer que leur ascension n'est pas seulement le résultat de la politique anti-discriminatoire ! Parce que tout d'un coup, v'là que j'suis un « Noir », moi ! Fini l'« homme de couleur », le « Malais du Cap » ou le « brun », non, non, je suis un « Noir ». Reclassement immédiat. Et faut que je pète le feu. Non mais, je vous demande, capitaine : qu'est-ce que je fais d'autre ? Ça fait des années et des années que je pète le feu, mais mon salaire, lui, on dirait qu'il est toujours victime de discrimination. Comme ceux de tout le monde, d'ailleurs. Les Blancs, les Noirs et les bruns. Tous ces problèmes qu'il y a ! Tous ces meurtres, toutes ces morts et tous ces viols, toutes ces heures passées avec des petits fumiers qui te tirent dessus, avec des connards de Blancs friqués qui font comme si t'étais pas là et ton patron qui te dit qu'il faut péter le feu alors que, d'après le syndicat, tout irait bien, vous inquiétez pas, et que la femme, elle te dit qu'elle va te quitter…

Il avala une gorgée de café.

Il soupira de nouveau, puis ce fut le silence.

– On le coincera, Leon, dit Joubert.

– Non, capitaine. J'ai tout foutu en l'air.

– Contretemps passager.

– Et maintenant, on fait quoi ?

Ils entendirent des bruits de pas précipités dans le couloir.

– Je vais le faire suivre.

Ils regardèrent la porte. Un sergent y passa la tête.

– Capitaine… Gerrit Snyman au téléphone. Il est en ligne. Vous pouvez le prendre dans mon bureau.

Joubert posa sa tasse sur la grande table et se dépêcha de suivre le sergent. Aussitôt arrivé dans son bureau, il prit l'appareil.

– Gerrit ?

– J'ai trouvé Eleanor Davids, capitaine !

– Qui ça ?

– La femme qui accusait MacDonald de viol.

Joubert fit de son mieux pour se rappeler de quoi il s'agissait. Snyman comprit son silence.

– Y a deux ans de ça, capitaine, lui rappela-t-il. Et après, elle a retiré sa plainte.

– Ah, oui.

– C'est une prostituée, capitaine.

– Hein ?

Ça devenait intéressant.

– Et elle a un Smith & Wesson Escort, capitaine.

Joubert sentit son cœur s'emballer.

– Elle dit qu'elle a un alibi, mais pour moi, elle ment.

– On arrive tout de suite.

– Génial. (Puis il parla plus bas, sur le ton de la confidence.) Elle est assez bizarre, capitaine. C'est une femme de couleur, mais elle s'est teint les cheveux en blanc et elle s'habille tout en noir. Bottines montantes, pantalon, chemise. Elle a même une cape…

« Une grande cape noire, comme Batman. Bottes et cheveux noirs. L'ange de la Mort que c'était. » Hercules Jantjies. Le vagabond. Au commissariat. Brusquement Joubert se rappela. « Verbatim », comme aurait dit l'avocat. « Cheveux noirs. »

– Gerrit, dit-il précipitamment.

– Oui ?

– Vous avez bien dit qu'elle avait les cheveux blancs, non ?

– Blancs comme neige, capitaine.

Et si, malgré ses vapeurs d'alcool à brûler, Hercules Jantjies avait saisi une part de la vérité ?

– Où êtes-vous ?

– A l'agence d'« hôtesses » Les Drôles de Diablesses, capitaine. Galleon Parade, à Hout Bay.

– Vous ne bougez pas. Leon et moi, nous nous mettons en route.

Les drôles de diablesses étaient peintes sur les vitres donnant sur la rue. Longues jambes sensuelles, taille souple et poitrines voluptueuses, elles étaient au nombre de deux. Une queue leur avait poussé aux fesses, qu'elles avaient impertinentes, une queue qui se terminait en point d'interrogation. Sous leurs longs cheveux blonds pointaient deux petites cornes, au-dessus desquelles s'étalait l'inscription : LES DRÔLES DE DIABLESSES.

L'air gêné, Snyman était assis dans un fauteuil passablement usé de la réception : on aurait dit qu'il avait envie de se sauver. Joubert et Petersen, eux, se partageaient le canapé orné du même motif que le fauteuil où Eleanor Davids avait pris place, ses longues jambes serrées dans son pantalon en cuir noir passées par-dessus l'accoudoir. Elle portait des bottes noires qui lui montaient jusqu'aux genoux. Une longue cigarette pendait à ses lèvres, noires elles aussi. Le propriétaire du lieu, un jeune Grec à cheveux longs et chemise déboutonnée, se tenait au fond de la réception. Il se concentrait sur un livre de poche ouvert devant lui, mais Joubert savait qu'il tendait l'oreille.

Eleanor niait connaître les autres victimes du meurtrier au Mauser.

– Je ne connaissais que MacDonald, reprit-elle. Et pour celui-là, c'est bon débarras.

– Le viol ? demanda Petersen.

– C'était un drôle de type, dit-elle en sortant sa cigarette de sa bouche avec des doigts aux ongles longs, peints en noir.

Elle parlait lentement, à voix basse et sans inquiétude.

– Que s'est-il passé ?

– Il avait téléphoné pour demander une fille. Pour une nuit, pendant le week-end. Du vendredi au samedi. Il voulait de la « viande brune ». Mike m'y a emmenée dans son van. Il est entré chez MacDonald avec moi pour prendre le fric et voir un peu les lieux. Puis il est parti. C'est là que MacDonald m'a attrapée et, putain, qu'est-ce qu'il en voulait, mon frère ! J'ai essayé de le tenir à distance, mais il m'a arraché mes vêtements et a voulu me prendre de force. Mais avec moi, mon frère, c'est pas comme ça que ça marche. Avec moi, on commence toujours par discuter. Pas question de la jouer « je prends et je baise ». Une vraie bête que c'était, ce mec. Il avait payé, il voulait y aller tout de suite.

– Et alors ?

– Et alors, mon frère, c'est là qu'il m'a dit ce qu'il voulait.

Ils attendirent en silence. Elle aspira une grande bouffée de fumée et se mit calmement en devoir d'écraser sa cigarette à moitié consumée dans un cendrier qui débordait.

– J'ai appelé Mike quand ç'a été fini et je lui ai demandé de m'emmener déposer plainte. Il voulait pas, mais j'ai insisté, et ma plainte, j'ai fini par la déposer.

– Mais tu l'as retirée plus tard.

– Mike m'avait filé une prime.

– Et donc, samedi, tu as tué MacDonald, c'est ça ?

Elle sourit lentement et découvrit ses dents jaunes et inégales.

– T'es mignon, mon frère, tu sais. T'as dû sortir d'un paquet cadeau.

– Tu possèdes une arme.

– Bien sûr que oui, mon frère. Dans mon travail…

– On pourrait la voir ?

Elle se leva lentement et jeta sa cape noire sur ses épaules d'un grand geste théâtral.

– C'est quoi, le coup de la cape, frangine ?

– Faut toujours que l'emballage soit unique, mon frère.

En marchant à petits pas précis sur ses hauts talons, elle gagna une porte près du bureau de la réception. Elle l'ouvrit et la laissa ouverte. Les trois inspecteurs jetèrent un coup d'œil dans une pièce où quatre femmes étaient assises. L'une d'elles lisait une revue, une autre se maquillait pendant que les deux dernières bavardaient. Puis Eleanor Davids referma la porte. Elle tenait un sac. Elle en sortit un petit pistolet noir qu'elle tendit à Petersen.

Celui-ci le retourna dans ses mains.

– C'est un Escort, frangine.

Elle se rassit, ralluma une cigarette et haussa les épaules.

– Comme moi, mon frère. Moi aussi, j'escorte.

– C'est la deuxième arme du meurtrier au Mauser.

– Et ce meurtrier, ce n'est pas moi, mon frère. D'accord, je suis très vilaine, mais je ne tue pas.

– Va falloir que tu viennes avec nous, frangine.

– Je connais mes droits, mon frère. J'ai un alibi.

– Tu penses que le juge te croira ?

– Non, mais y a des chances pour qu'il croie un flic.

– Qu'est-ce que tu racontes ?

– Demande donc à Hatting, le flic de service au commissariat de Hout Bay, quel soir de la semaine il se tape sa grande brune, mon frère. Cadeau de la maison. Du coucher au lever du soleil.

D'âge moyen, Hatting essayait de cacher sa calvitie en ramenant par-dessus les quelques cheveux qui lui restaient. Le commandant du commissariat l'ayant fait appeler chez lui, il était en civil.

– Je vais perdre ma pension, dit-il, et il eut l'air vieux, effrayé, sans défense.

– Ça ne montera pas plus haut, sergent, répliqua Joubert en regardant Petersen, Snyman et le patron du commissariat.

Tous acquiescèrent d'un signe de tête.

– Ma femme est morte, capitaine, reprit Hatting. Ça va faire douze ans de ça.

Personne ne souffla mot. Hatting se tordit les mains en regardant fixement par terre. Il avait le visage déformé par le regret.

– Les enfants repartent en pension le dimanche après-midi, capitaine... Mon Dieu, si vous saviez les dimanches soir que je me...

Ils gardèrent un silence gêné, mais Joubert devait être sûr.

– Sergent, dit-il, êtes-vous certain qu'Eleanor Davids soit restée avec vous jusqu'après 7 heures du matin, lundi ?

C'est à peine si Hatting hocha la tête. Et il fut incapable de regarder Joubert dans les yeux.

– Elle est restée toute la nuit, c'est ça ? répéta celui-ci.

Hochement de tête. Puis de nouveau le silence.

– Je le ferai plus jamais, dit Hatting en se mettant à pleurer.

Griessel avait les yeux profondément enfoncés dans leurs orbites et le teint jaunâtre et bleuté des grands malades, mais il écouta tout ce que lui racontait Joubert avec la fougue de quelqu'un qui recherche désespérément la routine, la normalité, la vie qu'on mène là-bas, de l'autre côté des murs. Joubert avait pris place sur le matelas nu d'un lit en fer. Benny se tenait sur l'autre lit, les jambes ramenées sous le menton. Parfaitement silencieuse, la clinique tenait du mausolée.

– Snyman va filer Nienaber à partir de demain matin, dit Joubert. Louw le relèvera le soir. C'est tout ce qu'on a, Benny.

– C'est pas possible que ce soit lui, dit Benny aussi vaguement que s'il parlait à des kilomètres de là.

– Je ne sais pas, Benny. Un coiffeur… J'étais…

Il dut réfléchir pour se rappeler quand il était allé voir Anne Boshoff. Aujourd'hui ? Il avait l'impression que c'était la veille, voire l'avant-veille. Il se souvint d'elle et de sa gêne, et il eut envie de rire de sa bêtise. Il eut aussi envie de parler d'elle à Benny mais se contenta de sourire d'un air légèrement embarrassé.

– J'ai vu une belle femme aujourd'hui, Benny, dit-il enfin. Un docteur en criminologie. D'après elle, l'assassin pourrait être un pédé. Nienaber est marié, mais il est coiffeur et…

– Mon neveu est coiffeur à Danielskuil et il baise les femmes de tous les fermiers du coin.

– C'est tout ce que j'ai, Benny. Nienaber ment. Je ne sais ni sur quoi ni pourquoi, mais il ment. Il est insaisissable, ce type. Une vraie anguille.

Il consulta sa montre. Il était 10 h 30. L'infirmière ne lui avait donné qu'un quart d'heure.

– Je pourrais venir t'aider, proposa Benny.

– Tu viendras m'aider quand ça ira mieux, lui répondit Joubert en se levant. Bonne nuit, Benny.

Il longea le couloir du service. Le bruit de ses pas résonnait contre les murs. Il était presque arrivé aux doubles portes lorsqu'il entendit Griessel l'appeler.

– Mat !

Il s'arrêta et se retourna.

– Pourquoi tu lui demandes pas de sortir avec toi ? Ton docteur…

Joubert resta immobile dans la pénombre et regarda la silhouette sur le lit.

– Peut-être, Benny, peut-être que je le ferai. Dors bien.

A une rue de chez lui, il s'arrêta au croisement, sa vitre ouverte de façon à ce que la fumée de sa Special Mild puisse passer dehors. Il entendit la grosse moto avant qu'elle ne s'immobilise à sa hauteur. Casque de sécurité noir sur la tête, le pilote regardait droit devant, une passagère accrochée à lui.

Curieux, Joubert leva instinctivement la tête et découvrit les yeux d'Yvonne Stoffberg dans la mince ouverture de son casque.

Le motard fit ronfler son moteur et s'éloigna tandis que Joubert faisait le rapprochement. La Kawasaki de Ginger Pretorius, un peu avant minuit, un lundi soir. Les yeux d'Yvonne Stoffberg.

Il y avait quelque chose dans la manière dont elle l'avait regardé, quelque chose dans son froncement de sourcils, la soudaineté avec laquelle elle s'était détournée. Mais peut-être n'était-ce que son imagination qui lui jouait des tours, songea-t-il en traversant le carrefour, mais… si, si, elle avait bien l'air gênée. « Je peux faire mieux que sortir avec Ginger Pretorius », voilà ce qu'elle essayait peut-être de lui dire.

Alors il comprit qu'il n'allait pas suivre le conseil de Griessel. Non, il n'allait pas demander à Anne Boshoff de sortir avec lui.

C'était Hanna Nortier qu'il voulait.

30

Margaret Wallace se réveilla juste après 3 heures du matin en se rappelant que le mardi était le jour des poubelles et qu'il lui faudrait traîner ses sacs toute seule de la cuisine jusqu'au portail de devant. Et tôt. En général, les éboueurs passaient avant 6 heures. La semaine précédente, son beau-frère était encore là pour lui donner un coup de main, mais maintenant elle était seule. Sans Jimmy. Cela ferait quinze jours demain que... Tout ce qu'il y avait à faire ! Des milliers de choses ! Cent fois trop.

Elle se leva, enfila sa robe de chambre et gagna la cuisine, sachant que le sommeil ne viendrait plus. Elle mit la bouilloire électrique à chauffer, déverrouilla la porte de derrière, attrapa la poubelle par une poignée et la traîna jusqu'au portail le long d'une allée faiblement éclairée par les réverbères et les lumières du jardin. La tâche fut longue et fatigante mais lui procura de la satisfaction. Elle allait devoir apprendre à se débrouiller toute seule. Jimmy n'en aurait pas moins attendu d'elle. Elle le devait aux enfants.

Arrivée au portail, elle sortit les sacs, les posa sur le trottoir, s'essuya les mains et revint à la cuisine en traînant la poubelle vide derrière elle.

Et soudain, elle se rappela.

Ferdy Ferreira.

Sans prévenir ni avoir besoin d'encouragements, sa

mémoire venait de lui livrer le renseignement qu'elle cherchait, là, entre le portail et la cuisine.

Le type à la télé. La troisième victime. Ferdy Ferreira. Elle se rappela où elle avait vu sa figure. Il était passé chez eux un soir. Elle était occupée à la cuisine lorsqu'on avait sonné à la porte. Jimmy était allé ouvrir. Ils étaient passés directement au bureau. Mais quand il était reparti, elle l'avait vu traverser la salle de séjour en boitillant. Il avait levé la tête et avait croisé son regard. Il avait un visage triste et des yeux de grand chien fidèle. Mais il ne l'avait pas saluée, se contentant de continuer à marcher vers la porte.

Ça remontait à loin. A quatre ans ? Cinq ?

Elle avait demandé à Jimmy qui c'était. « Un contact d'affaires, ma douce », lui avait-il répondu. L'explication était vague et s'était perdue dans les brumes. Tous ces gens qui étaient passés chez eux ! Tous ces contacts d'affaires, ces amis d'un moment, les gens du cricket…

Mais oui, Ferdy Ferreira était bien passé chez eux. Et demain, elle appellerait le gros flic aux yeux qui ne voyaient rien pour le lui dire.

Peut-être que ça aiderait.

Il était à peine 6 heures et il nageait déjà. Il savait que la journée serait longue et avait décidé d'attaquer tôt. Il fit deux longueurs de bassin en cherchant des solutions. Qu'avait-il donc à faire aujourd'hui ? Ah, oui : Oliver Nienaber. Suspect numéro un. Gerrit Snyman devait déjà être garé devant sa maison de richard, prêt à se lancer dans sa première journée de « on suit le coiffeur à la trace ». Plus l'autopsie. Demander au légiste s'il avait réussi à établir l'heure de la mort. Ça permettrait peut-être de coincer Nienaber… malgré le coup de poing de Petersen. Et parler de MacDonald aux proches des autres victimes. Quelqu'un l'aurait-il connu ? Et où ? Le braqueur de banques. Demander au brigadier Brown s'il avait fini de déployer ses hommes dans toutes les succursales de la banque Premier.

Encore deux jours avant de revoir Hanna Nortier. Non : seulement deux.

Il avait envie de lui demander de sortir avec lui. Pour aller où ? « Boire un coup à la cantine, docteur ? »

Ha ha.

Non, dîner aux chandelles dans un bon restaurant à gros rideaux du côté de Sea Point, peut-être même dans un de ceux qui venaient d'ouvrir sur le front de mer et dont tout le monde parlait. Non. Pas la première fois – ce serait trop intime, beaucoup trop : pour elle et pour lui.

Une toile ? Peut-être. Mais quoi ? « Z'avez déjà vu *Rocky VII*, docteur ? » Pourquoi pas un de ces trucs européens avec sous-titres qu'on passait dans les quartiers sud ? Non. Trop de seins nus et de baise éhontée. Elle pourrait se faire de mauvaises idées sur lui.

Il s'aperçut brusquement qu'il n'avait pas cessé de compter et qu'il en était à sa huitième longueur. Et qu'il en voulait encore.

Il n'en revint pas. Huit longueurs. Qu'est-ce que tu dis de ça, Mat ? Huit longueurs, bordel de Dieu !

Comme s'il y avait besoin d'arrêter de fumer ! Il pivota comme on le lui avait appris il y avait si longtemps, d'un mouvement bien coulé, en poussant fort des deux pieds sur la paroi du bassin. Il glissa dans l'eau jusqu'à ce que son corps en brise à nouveau la surface, le bras tendu, la tête tournée de côté pour pouvoir inspirer, et là, il bascula la poitrine pour effectuer le mouvement suivant, et encore le suivant, et encore… Gauche, droite, gauche, droite, gauche, droite, respirer…

Il fit quatre longueurs de plus, en cadence, facilement, tandis que son cœur battait fort et régulièrement dans sa poitrine. Sa satisfaction ne cessant de grandir, il alla jusqu'à douze en sachant que c'était génial et que cela suffisait. Il sortit du bassin sans aucun effort et, l'eau lui dégoulinant le long du corps, il gagna les vestiaires. La grande salle était vide, la tentation fut brusquement trop forte.

– Baaaaah ! beugla-t-il.

Ce fut comme une explosion, en écho dans tout le bâtiment. Le bruit qui résonna dans ses oreilles était embarrassant, mais la joie l'étreignait encore lorsqu'il descendit de voiture au commissariat de Hout Bay, dépassa les journalistes qui bavardaient et monta l'escalier pour franchir la grande porte en bois. Elle fondit dès qu'il vit le général, le chef des inspecteurs et de Wit.

Ils le saluèrent, les yeux des trois officiers les plus âgés restant posés sur lui avec espoir. Il prit soin de ne rien trahir par ses regards. Ils gagnèrent la salle des opérations spéciales et refermèrent la porte derrière eux.

Joubert leur raconta tout ce qui s'était passé – jusqu'au moment où Petersen avait cogné. Après, il mentit.

– Nous avons été obligés de relâcher le suspect, conclut-il.

– Vous avez été obligés de relâcher le suspect ? répéta le général, abasourdi.

– Nous avons pensé à l'image de la police, général. En ces temps difficiles… C'est notre réputation qui est en jeu. Oliver Nienaber est quelqu'un de connu. On ne pourrait l'enfermer qu'en ayant des preuves solides, et nous n'en avons pas. Nous n'avons qu'un témoin qui dit l'avoir vu sur les lieux du crime. Et le légiste n'a même pas pu établir si MacDonald a été assassiné à ce moment-là. Et nous n'avons pas non plus la preuve que Nienaber possède un Mauser. Ce qu'il nous raconte… il se pourrait même que ce soit vrai…

Joubert insista tant qu'il pouvait : il savait que c'était le seul point fort de son raisonnement.

– Mou-ou-oui, dit le général d'un ton pensif.

– Mais on l'a pris en filature, général.

– Bon, mais… qu'est-ce qu'on dit à la presse ? demanda le brigadier. Après le petit numéro d'hier soir à la conférence de presse, ils sont comme des hyènes qui ont flairé le sang. Le *Burger* va jusqu'à dire qu'il pourrait y avoir une inculpation aujourd'hui même. Où sont-ils allés chercher des âneries pareilles ?

Le silence se fit dans la salle.

– C'est tout ce que nous avons, capitaine ? s'enquit le général en connaissant très bien la réponse à sa question.

– On a beaucoup de choses à suivre, général. Et ça pourrait donner des résultats.

– On ne peut pas avoir l'air défaitiste devant les médias. Je vais leur dire que nous avons fait une découverte importante et que nous suivons de nouvelles pistes. C'est presque la vérité.

– Le médium ! lança de Wit, qui n'avait encore rien dit.

Tous le dévisagèrent.

– Elle arrive ce soir. Mme Jocelyn Lowe.

– Bart, dit le brigadier d'un ton irrité, on ne peut pas parler de ça à la presse.

– Je sais, brigadier, et nous ne le ferons pas. Mais la dame a une attachée de presse. Et cette attachée de presse a déclaré vouloir expédier des fax aux journaux locaux dès ce matin. Depuis Londres. (Il consulta sa montre et ajouta :) Ce n'est pas notre manque de réussite qui fera la une des quotidiens cet après-midi, brigadier, je puis vous l'assurer.

– J'espère que vous avez raison, Bart, dit le général. Bon, allez… allons causer aux vautours.

Pendant que le général s'entretenait avec la presse,

Joubert se tint à l'écart. Il écouta d'une oreille en se concentrant toujours sur ce qui restait à faire. De temps en temps néanmoins, il saisissait une question au vol : « Quand va-t-on procéder à une arrestation ? » ; « Y a-t-il un lien entre les meurtres et les hold-up dans les banques ? » Rien que de très habituel. Puis il y en eut une nouvelle :

– Général, savez-vous que le prétendu *field marshall* de l'armée de la Nouvelle République afrikaner a déclaré que le Mauser était une voix qui appelait tous les patriotes boers à servir la nation ?

– Non.

Le reporter chercha dans son carnet de notes.

– Je cite : « Le Mauser est la voix de nos ancêtres, l'écho du sang qu'ils ont versé pour la liberté deux guerres durant alors que tout était contre eux. C'est un appel au soulèvement de la nation boer, un cri de guerre qui monte de l'époque oubliée où la fierté afrikaner était encore pure et vraie. »

Tous les représentants de la presse s'étaient tus. Comme le général. Joubert regarda ses chaussures qui brillaient fort dans la lumière du soleil.

– Je laisse au capitaine Joubert le soin de répondre à cette question, dit le général.

Un instant sans voix, Joubert regarda les visages tournés vers lui. Pris de panique, il chercha des mots, les choisit, les rejeta, en choisit d'autres jusqu'au moment où enfin il se mit à parler, en faisant très attention à ce qu'il disait.

– On ne peut exclure aucun motif pour ces meurtres, lança-t-il. Je dois à la vérité de dire que nous avons envisagé les mobiles politiques dès le début de cette enquête. Cela étant, je dois vous avouer qu'il n'y a, pour l'instant, aucune raison de croire qu'un quelconque groupe politique serait, directement ou indirectement, impliqué dans cette affaire.

– Mais vous n'écartez pas entièrement cette possibilité ? demanda un reporter de la radio en brandissant son micro.

– Nous n'écartons absolument rien pour l'instant.

Ils sentirent que la conférence de presse *impromptue* [1] venait de prendre fin et commencèrent à se disperser. Les équipes de télévision remballèrent leur matériel, les photographes dévissèrent leurs flashes. Joubert remonta les marches et regagna la salle des opérations spéciales. Il devait absolument trouver le légiste.

Le professeur Pagel se plaignait d'O'Grady.

– Ce type-là n'a aucun respect pour la mort, capitaine, dit-il. A l'avenir, j'aimerais que vous soyez présent. Je trouve cette espèce d'humour macabre assez peu professionnel.

Joubert marmonna des excuses, puis il lui demanda à quelle heure MacDonald était mort.

– C'est difficile à dire, capitaine. Vous savez bien que je ne peux pas vous donner une heure exacte.

Toujours et encore les précautions d'usage, toutes rodées par des centaines de dépositions en qualité de témoin à charge.

– Mais je dirais vers 6 heures du matin, à une heure près, dans les deux sens.

Puis il se mit en devoir de lui expliquer pourquoi. Joubert fut sauvé par quelqu'un qui l'appelait du bureau où l'on déposait les plaintes. Il s'excusa et fila au trot. Le policier lui tendit le téléphone, il s'en empara.

– Joubert, dit-il.

– Capitaine ? Margaret Wallace à l'appareil.

– Bonjour, madame Wallace.

1. En français dans le texte *(NdT)*.

– Capitaine… je ne sais pas si ça peut vous aider, mais je crois que Jimmy connaissait une des victimes.

Il remarqua qu'elle utilisait l'imparfait et comprit qu'elle était passée de l'autre côté du Grand Portail de la Nuit et qu'elle savait maintenant ce qu'on y trouvait.

– MacDonald ? dit-il.

– Non, l'autre. Celui de Melkbos. Ferreira, je crois.

Brusquement, Joubert sentit son cœur battre plus fort : enfin un lien probable. Ça plus les mensonges d'Oliver Nienaber, on approchait des grandes découvertes.

– Où êtes-vous ? dit-il.

– Chez moi, capitaine.

– J'arrive tout de suite.

Elle l'invita à s'asseoir dans le coin-repas, au bord de la grande piscine derrière la maison, et s'en alla préparer du thé. Elle revint vite avec un joli plateau sur lequel étaient disposés des tasses en porcelaine avec des soucoupes et un gâteau à la banane fraîchement tranché. Elle posa le tout sur la table en plastique blanc.

– Jimmy adorait le gâteau à la banane, vous savez ? Mais à un moment donné, j'ai cessé d'en faire. Je ne sais pas pourquoi. Un truc comme ça. La vie continue et on oublie les gâteaux à la banane. Avec les enfants qui grandissent, c'est à leur nourriture à eux qu'on prête attention, à ce dont ils ont besoin.

Elle versa le thé. Joubert entendait les oiseaux dans les arbres et le murmure du thé qui passait de la théière à sa tasse ; il voyait ses mains élégantes parsemées de taches de rousseur délicates, et l'alliance qu'elle portait toujours à la main gauche.

– Et hier, tenez, reprit-elle, j'ai eu de nouveau envie de faire un gâteau à la banane. Ce n'est pas bizarre, ça ?

Il la regarda, vit qu'elle l'observait de ses yeux dépareillés mais n'eut pas envie de lui répondre.

– Vous en voulez ? lui demanda-t-elle.

Il acquiesça d'un signe de tête mais, coupable, ajouta aussitôt :

– Je suis au régime.

Elle sourit. Elle avait les dents blanches et bien alignées, une très jolie bouche.

– Vous ? ! s'exclama-t-elle. Vous en avez vraiment besoin ?

– Oui.

– Et qu'en dit votre femme ?

Toujours amusée.

– Je ne suis pas marié.

Puis, sans rime ni raison :

– Ma femme est morte.

– Je suis désolée.

Le silence qui s'ensuivit assombrit la lumière du soleil et noya tous les bruits du jardin, se dressa sur la table comme une frontière tangible. Soudain ils étaient partenaires, amis qui avaient fait le même chemin mais ne voulaient pas se regarder dans les yeux tant ils craignaient que l'un ou l'autre ne ravive la douleur qu'on repoussait.

En silence ils se versèrent du lait, ajoutèrent du sucre et tournèrent le thé dans leurs tasses avec des petits bruits de cuillère. Elle lui parla de la visite de Ferdy, mais d'une voix plate et en gardant les yeux fixés sur sa tasse et sa soucoupe. Il se demanda si elle avait bonne mémoire. Après quatre ou cinq ans... Puis elle mentionna qu'il boitillait.

– Il avait eu la polio, dit-il.

– Ah bon ?

Il lui demanda si Ferdy Ferreira était jamais revenu chez eux. Si elle ne se rappelait pas autre chose. Si elle avait jamais entendu parler d'un certain Alexander MacDonald. Toutes ses réponses furent négatives. Il finit vite son thé. Puis il lui demanda une photo de feu James J. Wallace.

– Récente, si c'est possible, je vous prie, précisa-t-il.

– Pourquoi ?

– Pour la montrer aux proches des autres victimes.

– Vous pensez que ça a un sens ? Que Ferdy Ferreira soit passé ici, je veux dire ?

– C'est ce que j'aimerais savoir.

Elle disparut un instant, puis elle revint avec une photo et la lui tendit sans la regarder. Il se dépêcha de la glisser dans sa poche et s'excusa. Elle le raccompagna jusqu'à la porte et sourit en le saluant, mais cela ne voulait rien dire.

L'oncle Zatopek Scholtz n'aimait pas le centre commercial de Tygerberg. Il n'aimait pas le thème américain du grand atrium, il n'aimait pas les gens, il n'aimait pas la musique trop forte et l'odeur de fast-food qui y régnait. Il avait envie de retrouver sa ferme de l'autre côté de Malmesbury, mais son épouse avait tenu à ce qu'il s'arrête au centre commercial en revenant de sa vente aux enchères : il y avait des soldes sur les sous-vêtements aux magasins Woolworth et elle ne portait que des soutiens-gorge de cette marque.

Voilà pourquoi « Tonton Zato », ainsi que tout le monde l'appelait, était resté assis dans son camion Nissan garé dans le parking jusqu'au moment où il s'était rappelé n'avoir guère plus de deux ou trois rands sur lui. Et il fallait encore qu'il prenne de l'essence et achète du tabac pour un des ouvriers agricoles.

Alors Tonton Zato avait sorti son carnet de chèques de la banque Premier de la boîte à gants, était descendu de son camion, l'avait fermé à clé, avait ajusté sa veste et gagné le centre commercial. Il savait qu'il s'y trouvait une succursale de la Premier. Il prit son temps, il n'était pas pressé : Tonton Zato était quand même un vieux monsieur de soixante-cinq ans vêtu d'une veste en tweed, d'une chemise bleue à manches courtes, d'un short, de chaussettes beiges et de Grasshopper [1] marron. Il longea deux rangées de voitures et entra dans l'établissement. Il ouvrit son carnet sur un comptoir, rédigea un chèque et prit la queue. Enfin ce fut son tour.

Il glissa son chèque sous la paroi en verre et regarda la très jeune employée aux longs cheveux noirs et aux lèvres boudeuses qui se tenait devant lui.

– Vous me donnez ça en billets de vingt, mon cœur ? dit-il, en mettant la main dans la poche intérieure de sa veste en tweed pour en sortir son portefeuille.

Elle n'entendit que les deux derniers mots qu'il avait prononcés et ne vit que le geste qu'il faisait pour déboutonner sa veste et y glisser la main.

Paniquée, elle écrasa le bouton d'alarme du pied et poussa un hurlement.

Le policier Vusi Khumalo en fut tout surpris. Habillé en civil, il se tenait devant la vitrine de la banque et regardait une jolie Noire qui passait une serpillière par terre, dans le centre commercial. Dès qu'il entendit le hurlement de la caissière, il porta la main à sa ceinture, en arracha son Z88, pivota sur ses talons, vit l'employée et l'homme qui avait glissé sa main dans sa veste.

Khumalo était un bon flic. C'était à l'époque la plus orageuse de 1994 qu'il avait connu le baptême du feu dans les townships du Cap. Il venait juste de passer l'examen de sergent et, dans le manuel, on recommandait de bien répartir son poids sur les deux jambes, de tendre son pistolet droit devant soi en le tenant à deux mains et, l'œil sur la mire, de crier d'une voix forte et impérieuse. C'est du respect que l'on exige – tout le monde doit savoir qui commande.

1. Nom d'une marque de chaussures *(NdT)*.

– Ne bougez pas ou je tire ! lança-t-il d'une voix qui s'entendit par-dessus les ululements du signal d'alarme et les cris terrifiés des clients qui regardaient.

Il avait braqué son arme sur le front de Tonton Zato.

L'innocence du fermier de Malmesbury ne faisait aucun doute. S'il avait été un voleur, il se serait tenu absolument immobile afin que ses intentions ne prêtent pas à confusion.

Mais Tonton Zato avait eu peur. Il s'était retourné rapidement, avait vu le Noir avec son pistolet et avait tenu à garder son portefeuille dans sa main.

Il l'avait sorti de la poche intérieure de sa veste.

Khumalo avait déplacé son arme de quelques centimètres et, sûr et certain que le type à la veste en tweed voulait sortir un flingue, avait pressé la détente.

La balle de 9 mm avait déchiré l'épaule de Tonton Zato, lui brisant la clavicule et lui sectionnant l'artère sous-claviculaire. Tonton était tombé à la renverse contre le comptoir, son sang giclant fort sur le lambris. Il ne lui restait plus que deux minutes à vivre, avant qu'une trop grande quantité de son sang ne se déverse par terre.

Entre les hurlements et les exclamations des clients et du personnel de la banque, Vusi Khumalo, qui s'était avancé et se penchait maintenant sur le corps de Tonton Zato, fut le seul à entendre celui-ci lui lancer d'un ton incrédule :

– Non mais… qu'est-ce qui vous prend ?

– Vous vouliez braquer la banque.

– Mais non !

Les ténèbres s'emparant de lui, Tonton Zato ne comprenait déjà plus grand-chose à ce qui se passait.

– Je crois qu'il faut arrêter l'hémorragie, dit une voix calme, juste à côté du policier Khumalo.

Celui-ci releva la tête et vit un jeune Noir en veste blanche.

– Vous êtes médecin ? lui demanda-t-il, tout en s'écartant de façon à ce que l'homme puisse porter la main à l'épaule de Zato et arrêter le flot rouge qui s'en échappait.

– Non, répondit le jeune homme, pas encore. Mais je suis étudiant.

Et Zatopek Scholtz eut la vie sauve.

31

Joubert et de Wit étaient assis dans le luxueux bureau du directeur régional de la banque Premier. La vue vers le nord, sur le port et Table Bay, était à vous couper le souffle. Ni les uns ni les autres ne la regardaient.

Le directeur régional se planta devant Joubert et lui agita un doigt sous le nez.

– Vous m'aviez promis d'agir discrètement, dit-il. Dis-crè-te-ment. En fait de discrétion, c'est maintenant un de nos chers clients qui lutte contre la mort au service des soins intensifs de l'hôpital de Tygerberg. En fait de discrétion, c'est le président du conseil d'administration de la banque qui attend mon coup de fil. En fait de discrétion, j'ai droit à un coup de téléphone des médias toutes les sept minutes. En fait de discrétion, j'ai un braqueur de banques qui se balade toujours, en liberté, avec son énorme pistolet pendant que, discrets au possible, les membres de la brigade des Vols et Homicides me racontent qu'ils sont vraiment vraiment navrés !

De la sueur coulait sur son visage, son grand crâne chauve luisant sous l'éclairage indirect du bureau.

– Il faut comprendre… commença le colonel Bart de Wit en levant lui aussi un doigt en l'air.

– Non, non, non : je n'ai rien à comprendre. Cette espèce de gros lard… (il montra Joubert de l'index) m'avait assuré qu'il n'arriverait rien. Ce qu'il avait oublié de me dire, c'est que vous aviez décidé de déployer toute une bande de *kaffers* armés de canons dans mes succursales ! Il...

Joubert se leva, son corps et son visage touchant presque ceux du directeur.

– Écoutez, dit-il.

Le directeur recula d'un pas et se tut.

– Écoutez-moi attentivement. Vous voulez me parler, à moi ou à lui (il désigna Bart de Wit), vous le faites poliment. Et si jamais vous traitez encore mes hommes de « bande de *kaffers* », je vous pète la tronche.

Le directeur régional regarda de Wit d'un air suppliant. De Wit se tourna vers Joubert. Il avait un petit sourire perdu sur les lèvres.

– Sans compter que je ne suis certainement plus un « gros lard », reprit Joubert. Je suis au régime.

Et il se rassit.

Personne ne souffla mot pendant un moment. Le directeur régional fixa le tapis des yeux, soupira profondément, gagna lentement son fauteuil et s'assit.

– Excusez-moi, excusez-moi, dit-il. C'est le stress... (Il sortit un mouchoir corporativement correct de la poche de poitrine de sa veste et se le passa sur le front.) Oui, c'est le stress, répéta-t-il.

Puis il releva la tête et ajouta :

– Bon, et maintenant ?

– Nous allons évidemment mettre à pied le policier Vusi Khumalo et ouvrir une enquête sur l'incident, dit Joubert. Et dès ce soir, nous rassemblons tous les policiers de service dans vos succursales. Et nous leur répétons les consignes : sécurité, prudence, intérêt public. Nous leur ferons un petit rapport qu'ils devront transmettre à tous les directeurs de succursales dès demain. Gestion de crise. Self-control. Plan d'urgence.

De Wit hocha la tête d'un air enthousiaste.

– Et dès demain, toute l'opération sera placée sous le

commandement de l'un des meilleurs inspecteurs de la Péninsule.

De Wit et le directeur de la banque le regardèrent.

– L'inspecteur Benny Griessel.

– Non, non, capitaine. J'approuve entièrement la réaction que vous avez eue à ses propos racistes et discriminatoires, mais Benny Griessel…

Ils se dirigeaient vers la voiture de Joubert.

– Je suis désolé, colonel. J'aurais dû vous en parler avant. Mais je n'y ai pensé qu'il y a quelques minutes. Là-bas, dans son bureau.

– Mais enfin ! Griessel est en train de dessaouler à l'hôpital !

– J'y suis passé hier soir, colonel. Il est guéri. Et il a besoin de travailler. Il faut absolument l'occuper, colonel. Lui donner de quoi retrouver son amour-propre. Et ce job est exactement ce qu'il lui faut.

– « Exactement ce qu'il lui faut » ? Avec tout le stress que ça implique ?

– Le stress, il sait s'en débrouiller, colonel. C'est avec la mort qu'il a du mal, répliqua calmement Joubert.

Ils arrivèrent à la Sierra blanche sans en dire davantage. Joubert déverrouilla la portière côté passager, fit le tour de la voiture et monta. Il faisait une chaleur insupportable dans l'habitacle. Ils descendirent les vitres. Puis Joubert démarra et ils gagnèrent la N1.

Bart de Wit regardait fixement la route par le pare-brise. Il frottait nerveusement sa verrue du bout du doigt, encore et encore. Il ne disait rien. Joubert soupira et se concentra sur sa conduite.

Ils avaient déjà dépassé la bretelle de sortie de la N7 lorsque de Wit se tourna vers lui.

– Nous ne contrôlons plus rien du tout, constata-t-il. Ni vous ni moi. Cette affaire s'est mise à vivre sa vie. Il

305

ne nous reste plus qu'à prier. C'est ma tête que je joue, moi, là-dedans, capitaine. Il y a beaucoup de gens qui m'ont à l'œil, vous savez. « Qu'est-ce qu'il va faire de ça, Deux-Pifs, hein ? Il n'y arrivera jamais. On ne lui a filé le poste que parce qu'il avait des potes à l'ANC. Il ne le méritait pas. » Et dire que tout ce que je voulais, c'était leur prouver qu'ils se trompaient.

Il garda le silence jusqu'à ce qu'ils empruntent Kasselsvlei Road.

— Vous pouvez donner sa chance à Benny Griessel, capitaine, dit-il enfin.

— Merci, colonel.

— Qui sait ? Peut-être quelqu'un trouvera-t-il son compte dans ce merdier !

Joubert ferma la salle des opérations spéciales de Hout Bay et retransféra le PC à la brigade des Vols et Homicides. Il envoya des policiers chercher des photos des victimes chez Gail Ferreira et les employeurs d'Alexander MacDonald et en fit faire des copies par le service Photo du SAPS. Puis il convoqua l'équipe à la salle de revue.

— Je veux vous remercier de tout ce que vous avez fait du côté des armuriers, commença-t-il. Malheureusement, nous n'avons trouvé aucune piste que nous pourrions remonter. Cela dit, il y a encore de l'espoir.

On le regarda.

— Il n'est pas impossible que les victimes se soient rencontrées.

On souffla fort.

— Je vais donc vous mettre en équipes de deux et ferai donner un jeu de clichés à chacune. Leon Petersen et moi, nous nous chargeons des proches ; vous vous occupez des voisins, des collègues et des amis. On commence par les noms apposés au tableau des annonces, mais chacun doit faire ce qu'il faut pour allonger la liste si c'est nécessaire. A tous ceux et toutes celles qui ont un rapport avec les victimes. Aux contacts de boulot. Aux copains de beuverie. Tout le monde, quoi. Nous voulons absolument savoir si les victimes se connaissaient.

Il parcourut l'auditoire des yeux. Gagnés par l'excitation, tous l'écoutaient attentivement. Ce soir, on rentrerait chez soi et on annoncerait : « On m'a mis sur l'affaire du tueur au Mauser. »

— Autre chose, et plus compliqué, reprit-il. Il pourrait y avoir de l'homosexualité dans tout ça.

Quelques sifflets, plus une ou deux remarques habituelles.

— Cela ne signifie pas qu'il faille commencer par demander à tout le monde s'il est pédé.

On rit. Il leva la main jusqu'à ce que le silence revienne et prit un ton pressant.

— Si jamais la presse l'apprenait, ce serait le chaos. Je demande donc instamment à tous les chefs d'équipe d'agir de manière responsable. On pose ses questions en faisant attention. Très très attention. Nous n'avons aucune preuve directe. Mais nous devons continuer à enquêter et vous savez très bien de quoi la presse est capable. C'est la réputation de la police qui est en jeu. Mais on n'en oublie pas les parents des victimes pour autant. On n'oublie pas que c'est très dur pour eux. Et donc, on ne leur rend pas la vie encore plus impossible en manquant de tact et en laissant filer sa langue. Des questions ?

— Est-il vrai qu'Oliver Nienaber soit considéré comme un suspect ? demanda quelqu'un au fond de la salle.

Joubert hocha la tête. La rumeur se répandait vite.

— Non, plus maintenant, dit-il d'un ton catégorique. (Il fallait mettre un terme aux ragots.) D'autres questions ?

– Une caisse de bière pour l'équipe qui résout l'affaire ?

– Dix, lança Joubert, qui eut aussitôt droit à une ovation.

Ni lui ni Petersen ne trouvèrent quoi que ce soit en allant interroger les parents des victimes : ce ne fut pourtant pas faute de leur montrer longuement et sérieusement les photos. Tous avaient la même réaction : on secouait la tête et lançait le très rituel « Non, je suis désolé, mais je ne… ».

Dans le courant de l'après-midi, Joubert déposa Petersen à la brigade des Vols et Homicides et poussa jusqu'à la clinique. L'infirmière le conduisit à une salle de jeu du troisième étage. A peine entré, Joubert y vit Griessel assis à une table avec cinq autres personnes, trois hommes et deux femmes. Ils jouaient aux cartes.

– Je monte de quarante, dit Griessel en lançant deux pièces de vingt centimes au milieu de la table.

– Putain ! s'écria une femme aux cheveux graisseux.

Elle tenait une longue cigarette entre ses doigts.

– Toi, t'as sûrement un flush.

– Faut payer pour voir, riposta Benny, l'air mystérieux.

Joubert vint se poster derrière lui, personne ne remarquant son arrivée.

– Je monte de dix ! lâcha un grand squelette aux yeux bleus.

– Moi, je plie, annonça une vieille femme à côté de lui, et elle posa ses cartes sur la table.

Une paire de reines.

– Moi aussi, dit un homme avec un fin réseau de lignes rouges et bleues qui lui descendait de l'épaule au poignet : le dragon était élégant et crachait du feu.

– Je monte de quarante, dit Griessel.

– Ça fait trop pour ma bourse, gémit le squelette humain. C'est vous qui gagnez.

Griessel se leva, se pencha sur la table et ratissa l'argent.

– Montrez-nous ce que vous aviez, lui demanda la femme à la cigarette.

– Je suis pas obligé.

– Allons, soyez sympa, supplia le dragon.

– Je vous ai bluffés, dit Griessel en ramenant tout l'argent au bord de la table d'une main.

Il le laissa tomber dans son porte-monnaie, posa celui-ci et retourna ses cartes.

– Même pas une paire ! se plaignit la vieille dame.

– Z'êtes trop futé pour être alcoolo, dit le squelette.

– Non, intervint Joubert, c'est rien qu'un con de flic. Et il recommence à bosser dès ce soir.

Griessel le remercia de la salle de repos jusqu'au couloir désert, mais Joubert ne se laissa pas attendrir. Durant un quart d'heure entier, il lui rappela ses obligations jusqu'à ce que le sergent lève les mains en l'air en signe de soumission.

– J'ai déjà entendu ça mille fois. Ma femme, mon frère, Willie Theal. Et ça ne m'a jamais aidé, Mat. C'est là-dedans qu'il faut que ça aille, dit-il en se tapant la poitrine du plat de la main. J'ai beaucoup réfléchi, ces jours-ci. Et je sais que je m'en sortirai pendant une semaine ou deux. Après, je reprendrai le même chemin si je ne fais pas autre chose. J'ai besoin de ton docteur, Mat. Je sais que si ça va bien dans ma tête, je pourrai laisser tomber la bibine. Et c'est ça que je veux. Va falloir qu'elle m'aide, ta nana.

– Enfin une bonne idée, Benny, approuva Joubert.

Puis il le mit au courant des derniers développements des deux enquêtes – l'affaire du tueur au Mauser et celle de « Monsieur Mon Cœur, le braqueur de banques » – pendant que Griessel rangeait ses affaires dans un grand sac en papier. Ils longèrent le couloir jusqu'à la réception.

– Et maintenant, c'est toi qui te mets sur l'affaire du braqueur de banques, Benny, dit Joubert. Dès ce soir. A toi de parler aux gars. C'est ton équipe.

Griessel garda le silence jusqu'à la sortie.

– Vous partez, Griessel ? l'apostropha l'infirmière derrière le comptoir.

– Oui, ma sœur.

– Vous avez peur, Griessel ?

– Oui, ma sœur, répondit-il en signant le registre des sorties.

– C'est bien, Griessel. Ça empêche de boire. Et vous, le gros, vous vous débrouillez pour qu'on ne le revoie plus.

– Oui, ma sœur, dit Joubert comme en humble écho à Griessel.

Ils descendirent l'escalier ensemble et marchèrent vers la voiture.

La grande faim le frappa de nouveau après 16 heures, dans son bureau, où il s'affairait à vérifier des listes et faire des prévisions pour son enquête en espérant trouver d'autres pistes. Elle fut si concrète et brutale qu'il en perdit sa concentration, comme s'il avait reçu la foudre sur la tête – ses boyaux se tordirent en gémissant, sa main trembla cependant qu'un vertige étrange le prenait : il était sûr et certain de vouloir manger tout de suite, là, assis à son bureau, armé d'une fourchette et d'un couteau. De manger avec audace et sérieux. Un gros steak bien juteux ; une pomme de terre en papillote, avec de la crème fraîche ; du chou-fleur dans de la sauce au fromage, et épaisse, la sauce ; des haricots verts avec des tomates et des oignons ; une grosse courge évidée et pleine de beurre qui fondrait pendant que lentement il répandrait du poivre et du sel sur le tout.

Il voyait cela si clairement et l'envie de monter dans sa voiture pour aller au restaurant était si forte qu'il dut s'en empêcher en frappant plusieurs fois le montant de la porte de la main.

« Le gros », voilà comment l'infirmière l'avait appelé.

Et le directeur de la banque l'avait traité de « gros lard ».

Il se rassit à son bureau et alluma une Special Mild. Son estomac gronda encore, grand bruit qui monta en crescendo.

Il chercha le numéro de la diététicienne dans son carnet, le trouva et appela. Elle décrocha avant la fin de la première sonnerie. Il se présenta.

– Mon régime ne marche pas, annonça-t-il.

Elle le bombarda de questions jusqu'au moment où elle fut enfin satisfaite.

– Capitaine, lui dit-elle alors, votre régime « marchera » si vous le respectez. Vous ne pouvez absolument pas vous contenter de le suivre le matin et le soir. Les repas de la mi-journée…

– Je travaille, moi, pendant la pause déjeuner.

– Préparez votre déjeuner le soir, capitaine. Et emportez-le au bureau.

Il garda le silence en hochant la tête : tout cela était bien injuste.

– Suivre un régime n'est pas facile, capitaine, reprit-elle. C'est du boulot.

– Ça ! dit-il en soupirant profondément.

Il s'ensuivit un long silence pendant lequel on n'entendit plus que la friture sur la ligne. Pour finir, la diététicienne reprit la parole :

– Vous pouvez tricher une fois par semaine. Mais intelligemment.

– Je peux tricher, mais intelligemment, répéta Joubert, plein d'espoir.

– Tout ce que je peux vous suggérer, c'est de vous procurer un *Génération nouvelle*. Ici.

– Un quoi ?

– Un *Livre de recettes pour une génération nouvelle*. Édité par la Fondation pour les maladies du cœur. Avec ce truc-là, on peut tricher intelligemment. Mais seulement une fois par semaine.

– *Livre de recettes pour une génération nouvelle*, répéta-t-il.

Et se sentit bête. Et la faim lui fit gronder les boyaux, encore un coup.

32

« Nous connaissons tous l'apparence que prennent les graisses sur le corps humain », était-il écrit à la page 12 du livre de recettes.

– Putain, c'est pas vrai ! marmonna Joubert en remuant sur sa chaise dans la cuisine.

Il avait posé le volume sur la table devant lui, à côté de tous les ingrédients que la diététicienne lui avait recommandé d'acheter pour son plat.

« Vous avez envie de quoi ? lui avait-elle demandé après lui avoir tendu le livre.

– D'un steak.

– Vous êtes têtu.

– Non, j'ai faim, lui avait-il répondu d'un ton définitif.

– Essayez le filet de bœuf aux champignons. Page 113. Mais vous lisez toute l'introduction avant, de façon à bien comprendre comment fonctionnent les calories et les graisses non saturées. Et prenez-en seulement une petite portion. Inutile de cuisiner sainement pour avaler tout le plat d'un seul coup. »

Il s'était arrêté dans un Pick'n'Pay et, son livre ouvert à la page 113, en avait arpenté les allées jusqu'à ce qu'il ait enfin trouvé tous les ingrédients dont il avait besoin.

« Ce que vous ne savez sans doute pas, lut-il encore, c'est qu'en plus de la couche de graisse qu'on voit se former autour de la taille, des cuisses et de la poitrine,

313

les obèses développent de la graisse en dessous. En général autour des organes internes, essentiellement dans la partie inférieure du corps, et autour des intestins, des reins et du cœur. »

Il se représenta tous ces organes sans difficulté, chacun dans sa gangue de graisse jaunâtre, et frissonna.

« Le test du pli », proclamait un sous-titre. « Une des façons les plus rapides et les plus aisées de mesurer sa graisse est de prendre un grand morceau de peau du ventre entre le pouce et l'index. S'il fait plus de deux centimètres et demi, vous êtes gros – et vous pouvez être sûr que vous avez du gras dans tout le corps. »

Il reposa le livre sur la table, se renversa en arrière, sortit sa chemise de son pantalon et attrapa un bout de peau. Il mesura, à l'œil.

Merde. C'était quand même pas vrai, si ?

Il se leva et alla chercher son mètre. Il le trouva dans le bureau où il avait entassé ses livres sur ses étagères de guingois. Il revint à la cuisine, se rassit, s'attrapa un autre bout de peau de la main gauche et le mesura avec la droite.

Plus de quatre centimètres. Et il comptait serré.

Furieux, il referma le livre de recettes d'un coup sec.

Tricher intelligemment.

Il ne pouvait même pas se payer ce luxe. Pas avec quatre centimètres de bide. Pas avec tous ses organes pris dans des tonnes de graisse.

Il soupira, repoussa le volume et s'empara de sa feuille de régime. *120 grammes de poisson grillé. 250 ml de purée, salade d'oignons et de tomates. Une unité de matières grasses.*

Une unité de matières grasses. Il chercha la solution à la fin du volume. Il avait le choix entre de petites quantités de margarine, d'assaisonnement pour la salade, de mayonnaise, de beurre de cacahuètes, d'avocat, de petites olives, de crème légère et une tranche de bacon.

Il choisit l'assaisonnement pour la salade et commença ses préparatifs.

– Le rapport sur l'agence d'hôtesses d'Eleanor Davids est arrivé, capitaine, dit Snyman en lui tendant la feuille.

– Négatif ? demanda Joubert sans prendre la peine de la regarder.

– Oui, capitaine.

Il soupira.

– Merci, Gerrit.

Il se retourna. L'heure était venue d'aller voir « Benny Griessel, le retour ».

Il s'arrêta à la porte de la salle de revue. Il ne fallait surtout pas que Griessel se demande s'il n'était pas là pour le surveiller.

Debout à côté de la télé, Benny haranguait ses vingt-deux policiers en tenue.

– Dans ce dossier, dit-il, vous trouverez les photographies prises par les caméras de sécurité des succursales de la banque et un portrait-robot du braqueur, enfin... vu par notre dessinateur. Il ne s'agit là que d'indications. Et vu ce qui s'est passé ce matin, le boulot pourrait être dangereux. Pour l'amour du ciel, ne sortez pas votre arme dès que vous voyez quelqu'un qui ressemble un tant soit peu au portrait. On se sert de sa jugeote. On réfléchit. Plutôt deux fois qu'une.

Il s'arrêta et sourit à ses hommes.

Joubert n'eut pas de mal à voir sur son visage les traces de ce qu'il avait enduré la semaine précédente – et aussi sur son corps, visiblement amaigri. Mais la voix était claire et le ton enthousiaste.

– Les médias ne savent toujours pas que nous avons posté des hommes dans toutes les succursales de la Premier, reprit-il. Nous leur avons raconté que c'était absolument par hasard que Khumalo se trouvait dans celle-là : il était seulement venu y retirer de l'argent. Et ça, ça veut dire que notre braqueur de banques n'est pas obligé de soupçonner tout le monde. Mais il n'est pas idiot non plus. Il ne repassera pas à l'acte avant d'avoir tout vérifié. Il va faire très attention. Je sais que réfléchir n'est pas une option couverte par vos salaires, mais je vous demande de le faire... pour votre pays. Réfléchissez avant de vous planter quelque part comme un flic qu'on repère à cent mètres. Déplacez-vous. Remplissez des formulaires. Faites semblant de retirer du fric. Allez au guichet des renseignements. Le lieutenant Brand, de l'Internal Stability [1], va vous parler de la gestion de crise que vous devrez mener à bien avec le personnel de la succursale où vous aurez été affecté. Suggérez aux employés de collaborer. Demandez-leur de vous traiter comme des clients. Rien de plus, rien de moins...

Joubert se détourna et poursuivit vers la sortie : Griessel n'avait pas besoin de son aide. Dans la nuit, il regagna sa voiture.

Assis au volant de sa BMW rouge foncé, Oliver Nienaber riait tout seul.

Les flics devaient le prendre pour un imbécile. Il s'en était déjà aperçu la veille, complètement par hasard, lorsque l'Opel Kadett blanche l'avait suivi jusque chez lui. Le crétin qu'il avait aux fesses avait dû griller un feu rouge pour ne pas se faire semer ! Plus tard encore, il l'avait revu sur les routes nettement plus tranquilles de Plattekloof. Et ce matin, il avait de nouveau découvert la Sierra rouge dans la rue, juste en dessous de chez lui.

1. Police anti-émeute *(NdT)*.

Et maintenant, à 5 h 45, la N1 n'était pas assez chargée pour qu'on puisse le suivre sans se faire repérer. La Ford était parfaitement visible dans son rétroviseur.

Ils perdaient leur temps, songea-t-il. Il était innocent. Là-dedans, c'était lui la proie, pas le prédateur, le meilleur étant que, sans le vouloir, c'étaient les flics qui le protégeaient.

N'eût été le petit lieutenant brun de peau, son mensonge serait passé inaperçu. Seigneur, ce qu'il avait dû réfléchir vite ce lundi-là, dans la salle des interrogatoires ! Mais bon, c'était pour ça qu'il avait réussi : il pensait vite. De coiffeur, il était devenu millionnaire en à peine six ou sept ans !

Le coup de MacDonald lui téléphonant pour le bâtiment lui était venu comme ça, sans réfléchir. Nécessité fait loi quand c'est le diable qui mène la danse.

La nécessité. Il n'y avait eu que ça pendant toute la journée du lundi. Dès qu'il avait vu Mac allongé par terre dans l'entrée de cette pitoyable baraque en bois avec tout ce sang sur le mur, son cou emporté et là, la balle dans les couilles, il n'avait plus eu qu'une envie : se sentir en sécurité.

Il voulait lui parler. Il ne savait pas à quelle heure Mac partait en mer, mais il espérait arriver assez tôt. Il s'était arrêté devant la porte, avait ouvert le portail et l'avait découvert par terre, lui, le grand Mac. Le grand Mac et son pénis comme il n'en avait jamais vu d'aussi énorme. Ça, il pouvait s'en rappeler.

« Putain, Mac, mais c'est un vrai poteau que t'as là ! » s'était écrié Ferdy Ferreira.

Feu Ferdy Ferreira. Feu, boiteux et con.

– Un « pénis » ! s'écria Oliver Sigmund Nienaber en ricanant.

C'était le mot qui avait attiré l'attention du petit lieutenant.

Putain de *hotnot*. Il se frotta la joue. Elle lui faisait encore mal. Mais ça valait le coup. Ce n'était qu'un tout petit prix à payer.

« Je suis tombé, avait-il déclaré à sa superbe épouse.

– Pourquoi la police avait-elle besoin de ton aide ? » avait-elle voulu savoir.

Réfléchir vite.

« Oh, c'était juste pour un Noir qui fait du nettoyage pour nous. Il est accusé de mauvais traitements à enfant. Les flics voulaient savoir si on avait remarqué quoi que ce soit.

– Ils n'auraient pas pu te le demander ici, mon chéri ? »

Il s'était contenté de hausser les épaules.

« Ils devraient quand même essuyer leurs godasses. Toute cette terre rend les marches glissantes. Je me suis cogné au montant de la porte en dérapant. »

Antoinette était allée chercher du fond de teint pour masquer la tache violacée qu'il avait sur le visage.

« Là, mon chéri, c'est plus joli. »

Il tourna encore une fois, prit la direction de Wynberg jusqu'à Main Road. Juste avant d'entrer dans le parking de son immeuble, il vérifia si la Sierra le suivait toujours, mais non, rien. Bah, inutile de s'inquiéter, pensa-t-il. Ils vont probablement se garer dans un endroit où ils verront mieux. Il s'immobilisa à sa place, celle marquée : EMPLACEMENT RÉSERVÉ AU PDG DE LA SOCIÉTÉ DES CHEVEUX POUR DEMAIN.

Il déverrouilla la combinaison de son attaché-case et l'ouvrit. Le pistolet Star n'avait pas bougé. Il referma sa mallette et refit tourner les chiffres d'un coup de pouce routinier. Il n'aurait plus besoin de son arme maintenant que la police lui offrait gratuitement sa protection. Il descendit de sa voiture, actionna le système de fermeture centralisé de son véhicule et gagna l'ascenseur. La porte était ouverte. Il entra dans la cabine et

318

consulta sa montre. 6 heures. Pile à l'heure. Comme d'habitude. Sauf ce lundi matin-là. Il appuya sur le bouton du sixième étage. La porte de la cabine se referma sans un bruit.

Snyman se gara devant l'immeuble de Main Road, de façon à pouvoir surveiller les deux entrées : celle du bâtiment et celle du garage. Il ouvrit sa musette à côté de lui et en sortit un paquet de sandwiches et une Thermos de café. Il n'avait pas faim, mais le café aurait bon goût. Il dévissa la tasse, y versa le liquide fumant et but lentement et précautionneusement.

Le café lui brûla les lèvres. Il jura et souffla sur la surface brune de son breuvage.

Puis il se renversa en arrière, sur le siège confortable de la Sierra.

La journée risquait d'être longue.

Comme à son habitude, Nienaber regardait fixement le plancher de la cabine et ne releva la tête que lorsque les portières se rouvrirent.

Il vit son bourreau tout de suite.

Les pieds légèrement écartés, les bras tendus en avant, l'arme tenue à deux mains, braquée sur lui.

Il comprit qu'il l'attendait et qu'il avait surveillé les chiffres lumineux au-dessus de la porte. SS pour sous-sol, RdC pour rez-de-chaussée, 1, 2, 3, 4, 5, 6.

Réfléchis vite, Oliver Nienaber. C'est pour ça que tu as réussi.

Le Star qu'il transportait dans sa mallette était trop loin. Et donc inutile. Mais il pouvait encore parler. Négocier. Réfléchir.

Il leva la main pour lui faire signe d'arrêter.

– Tu… dit-il, mais la balle lui avait déjà traversé la paume de la main et se dirigeait vers son cerveau sans que rien puisse l'arrêter.

A 6 h 45 ce mercredi matin-là, Joubert était assis sur un banc en bois des vestiaires de la piscine. Il avait posé ses coudes sur ses genoux et, la tête penchée en avant, regardait l'eau dégouliner par terre. Il savait qu'il allait devoir arrêter de fumer.

Il avait les poumons en feu. La couche de goudron, bien noire, gluante, sale et caoutchouteuse, lui arrachait la poitrine dès qu'il arrêtait de nager, elle l'empêchait de retrouver la forme de manière permanente. Il l'avait senti chaque fois qu'il tentait de reprendre son souffle après cinq ou six longueurs de bassin. A chaque mouvement de ses bras, à chaque battement rythmé de ses jambes, l'image s'était faite plus claire dans sa tête : de la boue, voilà ce qui s'était incrusté dans ses poumons, et c'était cette boue qui l'empêchait de puiser librement dans sa réserve d'oxygène.

Mat Joubert, la poubelle ambulante. Mat Joubert, le gros lard plein de graisse et de suie.

Special Mild ou pas, tôt ou tard il allait devoir arrêter. Sans compter qu'elles n'avaient aucun goût, de toute façon.

Il prit sa décision.

Il se leva brusquement et, résolu, gagna l'endroit où il avait accroché ses vêtements à une patère. Il sortit son briquet et son paquet de cigarettes gris et blanc de sa poche de veste, marcha jusqu'à la grande poubelle noire posée dans un coin de la salle, en souleva le couvercle et jeta le tout à l'intérieur.

La poubelle avait été vidée, il regarda son briquet et ses cigarettes tombés au fond du réceptacle.

C'est fini, pensa-t-il. Pour toujours.

Il referma solennellement le couvercle, pivota sur ses talons et gagna les douches.

C'est en revenant vers Kasselsvlei Road qu'il vit l'affiche du *Cape Times* :

AFFAIRE DU MEURTRIER AU MAUSER :
UNE VOYANTE ANGLAISE AU SECOURS DE LA POLICE

Le vendeur tenait son journal de telle façon qu'il put lire la manchette qui s'étalait en travers de la première page. Elle se réduisait à un seul mot, mais énorme :

HYSTÉRIE

Juste en dessous, le sous-titre était le suivant : « Le fermier dans un état critique après la fusillade de la banque. »

Il allait acheter un exemplaire lorsque le feu passa au vert. Il poursuivit sa route. Ainsi donc, la spirite de De Wit était arrivée, songea-t-il. Hystérie, et comment !

– Je n'ai rien entendu, capitaine, disait Snyman. La première chose que j'ai entendue, c'est lorsqu'ils ont donné l'adresse à la radio. Je n'en croyais pas mes oreilles. Ce fumier tire un véritable coup de canon et je n'entends rien.

Joubert, Snyman, Petersen, O'Grady, Basie Louw et deux flics en tenue du commissariat de Wynberg formaient un cercle autour de la dépouille d'Oliver Sigmund Nienaber. Étalé en travers de la porte de l'ascenseur, une main ensanglantée tendue en avant, celui-ci couvrait presque la mallette de son corps. Les portes de l'ascenseur s'ouvraient et se refermaient automatiquement en buttant sur le cadavre, se rouvraient, se refermaient, encore et encore.

– Faudrait bloquer les portes ! ordonna Joubert à l'un des flics en tenue.

– Tout de suite, capitaine.

– L'agent de sécurité posté à l'entrée n'a rien entendu non plus, reprit Snyman.

– Où est passée la femme ? demanda Joubert.

– Elle travaille au septième, dans une boîte d'informatique, capitaine. Ils ont appelé un médecin. Elle est en état de choc. Elle dit qu'elle a pris l'escalier en ne voyant pas monter la cabine. Et que c'est en arrivant là… (Snyman lui montra l'issue de secours, juste à côté de la cage d'ascenseur) qu'elle l'a vu. Elle dit qu'elle le connaissait. Il la saluait toujours très aimablement.

– Et personne n'a rien vu ?

– D'après moi, le type au Mauser est passé par l'entrée de service qui se trouve à l'arrière du bâtiment. D'après l'agent de sécurité, les locataires laissent souvent la porte ouverte. Il y a trop de gens qui ont la clé dans l'immeuble.

– Comment savez-vous que c'était l'assassin au Mauser ?

Snyman sortit un petit sac en plastique de la poche de sa chemise. Deux cartouches s'y trouvaient.

– On s'occupe des empreintes sur la porte ?

– Le personnel du commissariat, cap'taine ! dit O'Grady.

Un homme et une femme de l'unité vidéo arrivaient en haut de l'escalier.

– Et pourquoi y marche pas, ce putain d'ascenseur ? s'écria l'homme en grimpant les dernières marches, complètement essoufflé.

Personne ne lui répondit. Il vit Nienaber et les portes qui continuaient de s'ouvrir et de se refermer.

– Ah, évidemment, dit-il.

– Je n'arrive pas à croire que je n'aie rien entendu, répéta Snyman.

Joubert regarda Petersen.

– Tu avais raison. Il mentait.

– Sauf que maintenant on ne saura jamais la vérité, capitaine.

– On trouvera.

– Où sont les photographes ? Je veux retourner le corps et voir si on lui en a aussi tiré une dans la bite, dit O'Grady.

– Parce que toi aussi, tu crois que c'est le meurtrier au Mauser ? demanda Louw.

– Encore un meurtre au Mauser ? s'enquit Pagel qui lui aussi arrivait en haut de l'escalier à bout de souffle.

– On le pense.

La radio de Snyman crachota :

« Capitaine Mat Joubert, capitaine Mat Joubert. Appelez le docteur Boshoff à l'université de Stellenbosch. Capitaine Mat Joubert, capitaine… »

– Y a un téléphone quelque part ? demanda celui-ci.

– Dans le bureau de Nienaber, au coin.

Joubert longea le couloir. Anne Boshoff… qu'est-ce qu'elle voulait ? Il chercha son carnet dans sa poche.

Le bureau de Nienaber était luxueux : grande zone de réception avec mobilier pastel, tapis en laine épaisse, tableaux sur un mur. Agrandie et encadrée, la publicité Des Cheveux pour Demain était accrochée sous le logo de sa firme.

La fin d'une époque, songea Joubert. Le Prédateur suprême n'avait pas peur du succès et ne se laissait pas mener en bateau par l'égoïsme et la vanité.

Il vit le combiné sur le bureau, feuilleta son carnet, trouva le numéro d'Anne Boshoff et le composa.

Elle décrocha et se présenta tout de suite.

– Mat Joubert à l'appareil.

– Matthew ! s'écria-t-elle. Ça fait plaisir d'entendre ta voix ! Mais elle sonne encore vieux. Dis-moi, Matthew, t'es encore vivant ? Et quand est-ce que tu viens me voir, hein ?

– J'ai reçu un message qui…

– Et tu m'as rappelée tout de suite ! Tant d'efficacité dans le service public me rassure comme tu peux pas imaginer ! C'est pour ta voyante, Matthew. La dame Jocelyn Lowe. J'espère pour toi que tu n'es pas son « vieil ami ».

– Son « vieil ami » ?

– Tu ne lis pas les journaux ?

– J'enquête sur des meurtres, docteur Boshoff.

– Anne.

– Et sachez que votre homo des classes moyennes a encore frappé. Ce matin… Anne.

Agacé, il avait insisté sur son prénom, mais elle ne réagit pas.

Elle se contenta de pousser un sifflement.

– Ben, dis donc, il accélère !

– « Il accélère » ?

– Dis donc, Mat. T'as remarqué que tu passes ton temps à répéter ce que je dis ? Oui, Mat, il accélère. Ça ne fait que trois jours qu'il a tué MacDonald. L'intervalle entre les meurtres ne cesse de rétrécir. Voyons voir… (Il l'entendit froisser du papier.) Une semaine entre le premier et le deuxième. Enfin presque… si on inclut le jour du meurtre. Et après… quatre jours jusqu'au troisième. Encore quatre jours et c'est le tour de MacDonald. Et maintenant, on descend à trois. Lundi, mardi, mercredi. Seulement deux, si on ne compte pas le lundi…

– C'est exact.

– Il est malade, Matthew. Très très malade. Il commence à dérailler. Il a besoin d'aide. Et ça modifie mon analyse. Il va falloir que je reprenne mes livres. Dis-moi, Mat : la victime était-elle homo, elle aussi ?

– C'est Oliver Nienaber.

– Le roi de la coiffure ?

– En personne.

Elle poussa un autre sifflement.

– Il n'était pas homo, Matthew.

– « Il n'était pas homo » ? Comment le savez-vous ?

– Je connais les hommes, moi. Et celui-là n'était pas homo, Mat. Ça se voyait tout de suite.

– Il faut que j'y aille.

– Ta voyante, Mat. J'ai besoin de savoir d'autres trucs. Elle déclare dans le *Times*... (Autre bruit de papier froissé.) « Disons que je viens donner un coup de main à un vieil ami. Quelqu'un qui est impliqué dans l'enquête. » Dis-moi, Mat : ce « vieil ami », c'est toi ?

– Non.

– Qu'est-ce que je suis contente ! Fais gaffe à ces gens-là, Matthew. Les médiums mentent comme ils respirent. Martin Reiser, de l'université de Californie, a fait une étude sur eux et, d'après lui, « le fond de l'affaire est qu'ils sont tous très très nuls »... Ne l'oublie pas, Matthew.

Gerrit Snyman parut à la porte. Il avait l'air manifestement très pressé.

– Faut que j'y aille, dit Joubert. Mais j'apprécie vraiment...

– Y a mieux que les paroles pour me le dire, Matthew, lui renvoya-t-elle avant de raccrocher.

Ils retournèrent Nienaber sur le dos. Il avait une grande tache de sang en travers de la poitrine, et un joli trou dans sa cravate design.

– Les bijoux de famille n'ont pas souffert, dit O'Grady, déçu, avant de mordre dans un autre morceau de nougat.

– Mais il n'y a aucun doute que c'est le type au Mauser. Cette histoire n'est pas finie.

– Non. Elle ne sera finie que lorsque le rideau tombera, comme on dit à l'opéra.

Tout d'un coup, Joubert sut où il emmènerait Hanna Nortier quand il lui demanderait de sortir avec lui.

– La mallette est fermée à clé, capitaine, constata Snyman qui s'était agenouillé par terre.

– On laisse les types du labo en relever les empreintes et on la rapporte au bureau. Van Deventer pourra s'amuser avec ses petits tournevis.

– Il va adorer, dit O'Grady.

– Gerrit… on va voir la femme de Nienaber. Tu m'avertis s'il y a du nouveau ?

– Très bien, capitaine.

Joubert emprunta l'escalier, suivi par O'Grady, Petersen et Louw. Il y avait de l'élasticité dans sa démarche. Enfin, il savait où il allait emmener Hanna Nortier.

33

Le braqueur de banques aimait bien les petits surnoms que lui donnaient les journaux. « Don Caméléon » dans la presse anglaise, « Monsieur Mon Cœur » dans le *Burger*. Mais à présent il était malheureux. Voilà qu'on le prenait pour le meurtrier au Mauser. Et qu'un innocent était soigné à la clinique de Panama, l'épaule transpercée par une balle parce qu'un policier l'avait pris pour Don Caméléon.

Or il n'avait jamais voulu de violence ni de quoi que ce soit d'approchant. Ni de publicité non plus. Tout ce qu'il voulait, c'était… mais cela n'avait plus d'importance. Tout ce qu'il voulait maintenant, c'était remettre les choses au clair.

C'était même pour cela qu'il allait dévaliser une autre banque ce matin-là. Les succursales de la Premier commençaient à sentir le roussi. Pourquoi diable ce policier s'était-il trouvé à la succursale de Tygerberg ? Était-on en train de le piéger ? Ce gros capitaine qu'il avait vu à la télé… Il avait l'air un peu absent, mais ce ne devait pas être pour rien qu'il était capitaine.

Et non, il n'était pas question que Don Caméléon se laisse prendre. Il allait remettre les choses en place. Et après, il attendrait que ça se calme.

Ce matin-là, il fut donc un homme d'affaires avec barbe, moustache et perruque noires. Il avait enfilé une chemise blanche et un costume gris anthracite taillé sur

327

mesure et mis une cravate orange et bleu. Il franchit les portes de la BANKSA de Somerset ouest – le plus loin possible des zones où il avait opéré jusqu'alors. Il alla tout de suite à la caisse tenue par une petite femme d'âge moyen et sortit une enveloppe de sa poche.

– Bonjour, mon cœur, dit-il succinctement.

– Bonjour, monsieur, lui répondit-elle en souriant. (Puis, sans se douter de rien, elle ajouta calmement :) C'est avec des paroles comme ça qu'on termine en prison.

– Comment ça, mon cœur ? insista-t-il.

– Le type qui braque les succursales de la banque Premier. Bon, qu'est-ce que je peux faire pour vous ?

– Que pensez-vous de lui ?

– On dit que c'est l'assassin au Mauser. Tout ce que j'espère, c'est qu'on l'abattra avant qu'il recommence.

– C'est rien que des menteurs ! s'écria-t-il en colère. Vous m'entendez ? Rien que des menteurs !

– Mais...

Il écarta le pan gauche de sa veste.

– Ça, là, dit-il, vous trouvez que ça ressemble à un Mauser ?

Terrorisée, elle regarda fixement le pistolet noir qu'il avait sous le bras.

– Je veux des billets de cinquante. Et vite. Pas la peine de vous parler de l'alarme, n'est-ce pas ?

Elle acquiesça d'un signe de tête.

– Gardez votre calme, monsieur, lui dit-elle.

– Non, c'est vous qui restez calme, d'accord ?

Elle sortit des liasses de billets de cinquante de son tiroir et les posa sur le comptoir.

– Dans un sac de la banque, espèce d'andouille !

Sa dureté la fit sursauter. Il poussa l'enveloppe vers elle.

– Et vous filez ça à la police. A l'intention du capitaine Mat Joubert.

– Bien, monsieur.

– C'est quoi, votre parfum ?

– Chanel.

– Répugnant ! lança-t-il, et il attrapa le sac et gagna la sortie.

Joubert regardait les Cape Flats et la chaîne des Hottentots-Holland, mais la vue qu'il avait du bureau d'Oliver Nienaber ne l'intéressait pas. L'interrogatoire de sa femme l'avait épuisé.

Ils avaient commencé par revenir à la brigade des Vols et Homicides pour mettre de Wit au courant. Le colonel avait souri et téléphoné au brigadier. Ils étaient ensuite repartis vers la grande maison dans les faubourgs huppés et avaient frappé à la porte.

La superbe blonde s'était effondrée en hurlant « Non, non, non ! » d'une voix suraiguë qui les avait glacés jusqu'à la moelle.

Joubert s'était penché sur elle et lui avait posé une main sur l'épaule, mais, le visage tordu par la douleur, elle l'avait repoussé. Puis elle s'était redressée d'un bond et, les deux mains posées sur la poitrine de l'inspecteur, elle l'avait fait reculer jusqu'au seuil, l'avait flanqué dehors et lui avait claqué la porte au nez en hurlant. Là, les yeux baissés, Joubert, Petersen, Louw et O'Grady avaient écouté les bruits qui montaient de l'autre côté de la porte.

« Appelez une ambulance et faites venir une collègue, leur avait ordonné Joubert en rouvrant. Tony, tu viens avec moi. »

Il était entré et s'était dirigé vers les bruits qu'il percevait. Une servante noire leur avait barré le passage.

« Je vais appeler la police ! leur avait-elle lancé.

– Nous sommes la police ! »

Elle avait dit quelque chose en xhosa qu'il n'avait pas compris.

« M. Nienaber est mort », lui avait-il annoncé.

Elle en avait appelé à ses dieux dans sa langue.

« Aidez-nous à la réconforter », avait-il repris en lui montrant la direction des bruits.

Ils l'avaient trouvée par terre dans la salle de bains. Elle serrait une photo encadrée sur son cœur. Elle ne les avait pas entendus entrer et n'avait pas paru prendre conscience de leur présence. Elle avait seulement continué à produire les bruits qu'ils avaient entendus, à hurler comme une folle plutôt qu'à pleurer de douleur.

Ils étaient restés avec elle jusqu'à l'arrivée du médecin et de leur collègue femme. Ils n'avaient pas bougé de la chambre et là, juste à côté du lit, avaient essayé de ne rien voir ni entendre jusqu'à ce que le docteur, qui était grand et élancé, passe enfin devant eux, ouvre sa sacoche noire et en sorte une seringue et un petit flacon. Il avait, lui aussi, essayé de lui parler, mais Joubert avait bien vu qu'elle n'entendait rien. Le médecin avait fini par lui faire une piqûre.

Maintenant, appuyé à la fenêtre du bureau, Joubert se sentait coupable et ne pensait plus qu'à une chose : fumer, tirer une grande bouffée de Winston bien parfumée pour oublier le message de mort qu'il avait apporté à Antoinette Nienaber, celui-là même qui l'avait précipitée dans l'abîme.

– Les merdes, ça arrive, capitaine ! lui lança Tony de la porte.

Joubert se retourna et se demanda depuis combien de temps il était là.

– Oui, dit-il.

– Ça fait partie du boulot.

– Tu parles d'un boulot !

Brusquement, sans rien dire de plus, O'Grady fouilla dans sa poche, en sortit une barre de nougat et en arracha habilement l'emballage.

– C'est tout ce que je peux faire, capitaine, ajouta-t-il.

Joubert regarda de nouveau par la fenêtre et réfléchit aux dernières paroles du gros sergent.

Comment faisait-il avant ? Comment arrivait-il à porter le manteau noir de la mort sur ses épaules avec tant d'aisance ? Comment parvenait-il à jouer les anges de la mort sans que ça le ronge comme un cancer ? Était-il trop jeune alors ? Trop con ?

Non.

Ce n'était qu'une question d'ignorance, tout bêtement. Alors, la mort ne s'écrivait pas avec une majuscule, c'était seulement quelque chose qui arrivait aux proches et aux amis des autres. Ce n'était qu'un phénomène, qu'une aberration ordinaire, qu'une source d'excitation qui marquait le début de la poursuite, qu'une sonnerie de trompette appelant la charge de la cavalerie. Ne craignez rien, Mat Joubert est là, Mat Joubert, le grand niveleur, le bras armé de la loi, Mat Joubert, celui qui remet les plateaux de la justice en équilibre.

Jusqu'au jour où, Lara étant morte à son tour, c'était dans son âme même qu'il avait tout ressenti pour la première fois.

C'est tout ce que je peux faire.

– Va falloir que j'examine le bureau, Tony, dit-il.

– Je m'occupe de la chambre, capitaine. Le lieutenant est en train de parler à la bonne. Je vais demander à Basie de venir vous aider.

– Merci.

O'Grady avait disparu. Joubert se retourna et rejoignit le bureau. Il s'assit dans le fauteuil. Un sous-main avec buvard et crayon y était posé. Sur le sous-main, un agenda mensuel, mais rien dans les cases. Un téléphone juste à côté. Et près du téléphone, un nouvel annuaire du Cap avec deux volumes plus petits posés dessus. Joubert les regarda.

Les Sept Habitudes des gens qui réussissent.

Il ferait peut-être bien de le lire.

La Pyramide des marchés.

Les livres d'Oliver Nienaber. Les clés de son succès et de sa célébrité. Il tira l'annuaire du téléphone vers lui. Nienaber s'était-il assis dans ce fauteuil pour lire ? S'était-il servi de l'annuaire pour y chercher le numéro des Pêcheries MacDonald et prendre rendez-vous avec ce dernier ? Il ouvrit le volume, le feuilleta jusqu'à la lettre P et y chercha « Pêcheries ». L'entrée était soulignée. Son cœur battit plus fort. Et à la lettre F ? Il trouva bien le numéro de Ferdy Ferreira, mais là, l'entrée n'était pas soulignée.

Déception.

W… Wallace. Pas soulignée non plus. Wilson D. ? Aucune marque particulière.

Nienaber avait-il dit la vérité sur MacDonald ? Joubert referma le volume, puis, rêveusement, il recommença à en feuilleter les pages de l'index, le léchant de temps en temps.

Basie Louw entra.

– Besoin d'un coup de main, capitaine ?

Joubert leva la tête.

– Oui, dit-il.

Il voulait ouvrir un tiroir du bureau fermé à clé.

– Basie, dit-il, faut qu'on fasse les tiroirs. Demandez à la bonne si elle sait où sont les clés.

Louw reparti, Joubert continua de feuilleter les pages de l'annuaire. La première entrée soulignée qu'il trouva fut : *Oberholzer CA, 1314 Neptune's View, Yates Road, Sea Point.* Il regarda fixement le numéro de téléphone. Pourquoi ? Quand ? Il recommença à feuilleter, dépassa l'entrée « Pêcheries MacDonald », puis, l'estomac noué, il attrapa le téléphone et composa le numéro.

Sonneries longues et régulières.

Il chercha le numéro des Renseignements, le composa et demanda qu'on vérifie. On le rappellerait.

Il continua de feuilleter l'annuaire, mais arriva au Z sans rien trouver de plus.

Louw revint dans la pièce.

– Elle dit que c'était Nienaber qui avait les clés, capitaine.

– Essayez d'attraper Snyman au passage. Il doit les avoir.

Louw s'approcha du combiné.

– Non, servez-vous du téléphone de la voiture, dit Joubert. J'attends un appel urgent.

Louw acquiesça d'un signe de tête et repartit. Joubert se releva et se dirigea paresseusement vers la fenêtre. Il regarda encore une fois le visage souriant et honnête du coiffeur sur le mur.

– Qu'est-ce que tu savais, Oliver ? dit-il tout haut.

Il examina tous les diplômes qui s'étalaient devant lui. CISEAUX D'ARGENT DE L'ACADÉMIE DE COIFFURE – ÉCOLE DE COMMERCE DU CAP : IL EST ICI CERTIFIÉ QUE M. O.S. NIENABER A SUIVI LES COURS DE GESTION DES PETITES ENTREPRISES – JUNIOR BUSINESSMAN DE L'ANNÉE. Et le certificat d'enregistrement de la société Des Cheveux pour Demain auprès du tribunal de commerce.

Le téléphone sonna. Joubert fit deux grands pas pour décrocher.

– La ligne est suspendue, monsieur. Depuis ce matin.

Il raccrocha et mit la main dans sa poche pour y prendre ses cigarettes. Et se rappela qu'il ne fumait plus. Avait-il vraiment choisi le bon moment pour s'arrêter ? Il n'avait pas le temps de répondre pour l'instant ; il se dépêcha de rejoindre la chambre à coucher, où il trouva O'Grady à genoux devant la table de nuit.

– Je file à Sea Point, dit-il. Je demanderai qu'on vous envoie une voiture.

La dame passablement âgée qui ouvrit à Joubert lui parla calmement de la mort de sa fille. Son mari était assis à côté d'elle, dans le salon du 1314 Neptune's View. Tout gris, maigre et silencieux, il regardait fixement le plancher. L'un et l'autre étaient habillés en noir.

— Le service a eu lieu ce matin, dit-elle, à l'église de Sea Point. Mais il n'y avait pas beaucoup de monde. Cinq ou six personnes, qui sont parties tout de suite après la cérémonie. Mais son patron nous a accompagnés jusqu'au crématorium. C'est comme ça, à la ville. On pourrait appeler les voisins, mais ils sont déjà rentrés chez eux. On est fermiers à Keimoes, capitaine. Notre fils fait des études en Amérique. Il va venir, mais il arrivera trop tard pour le service.

— Malheureusement, il va falloir que je vous pose des questions sur la mort de votre fille, madame Oberholzer.

— Je croyais que la police avait fini d'enquêter, dit son mari. D'après eux, ce serait un accident.

— Ce devait être les policiers du secteur, monsieur. Nous sommes de la brigade des Vols et Homicides.

— Elle est tombée, inspecteur. Par la fenêtre là-bas, dit Rina Oberholzer en lui montrant une pièce qui donnait dans le salon.

— Vous pensez qu'ils se sont trompés ? Je veux dire… les autres policiers ?

Comment aurait-il pu même seulement lui donner un début d'explication ? Un nom souligné dans un annuaire…

— Je ne sais pas, monsieur Oberholzer, dit-il. J'enquête sur une autre affaire. Je… son nom… Il se pourrait très bien que ça n'ait rien à voir.

— Tout le mal qu'il y a en ce monde !

— Quel genre de travail faisait-elle, madame Oberholzer ?

— Elle était secrétaire, à Petrogas. Depuis des années. Il n'y a pas de travail pour les jeunes chez nous, capi-

334

taine. Ils s'en vont tous à la ville. On était toujours inquiets. C'est tellement grand ici. Mais on pensait que ça serait mieux qu'à Johannesburg.

– Vous connaissiez ses amis ici?

– Carrie sortait beaucoup, capitaine. Elle en avait des tonnes. Dans ses lettres, y avait toujours plein de noms. Tous ces noms qu'il y avait! Mais où étaient-ils ce matin, hein? Mais c'est ça, la ville. Les amis, c'est pour quand tout va bien.

– Oliver Nienaber?

Ils secouèrent tous les deux la tête.

– Alexander MacDonald?

Non. Ils ne connaissaient pas. Tous ces noms, tous ces noms!

Drew Wilson? Ferdy Ferreira? James Wallace?

Pas de réaction.

– Qui sont tous ces gens, capitaine? demanda le père de Carina Oberholzer.

– Ils sont compromis dans une autre affaire. Votre fille avait-elle… un ami?

Le mari et la femme se regardèrent.

– Oui, un Portugais, répondit enfin le mari d'un ton désapprobateur. Un catholique.

– Vous sauriez comment le joindre?

– A son travail, y a des chances. Il tient un restaurant dans le port.

– Un fish and chips.

– Vous savez son nom?

Rina Oberholzer prit la main de son mari.

– Da Costa, répondit-elle comme si ces mots étaient difficiles à dire. Julio Da Costa.

34

La réunion se tint dans la salle de revue. Il y avait là toute l'équipe de Joubert, Griessel et quelques-uns de ses hommes, de Wit et le brigadier.

– « Cher capitaine Joubert, commença Joubert en lisant la lettre du braqueur de banques. Je tiens à vous informer que je ne suis pas le meurtrier au Mauser. Je tiens aussi à vous faire savoir que je ne ferai plus aucun hold-up dans une succursale de la Premier ou dans n'importe quelle autre banque tant que vous n'aurez pas coincé ce type. Je suis désolé pour le paysan Scholtz qui s'est fait tirer dessus, mais je n'y suis pour rien. Bien à vous, Don Caméléon, *alias* M. Mon Cœur. »

Joubert retourna la feuille et la montra aux autres.

– Imprimée, dit-il.

– Tapée à la machine. Ce n'est pas une sortie d'imprimante. Et il n'y a pas d'empreintes, précisa Griessel.

– Putain d'enfoiré ! s'écria Vos. Il aime bien son surnom !

– Vous croyez ce qu'il dit ? demanda le brigadier.

Griessel fut ferme :

– Oui, général. Que lui et le meurtrier au Mauser ne fassent qu'un ? Non, général, ça n'a aucun sens. Il y a trop de différences.

– Je suis d'accord, dit le brigadier en hochant la tête. Qu'est-ce que vous allez faire ?

336

– Je vais l'attraper, général.

– Votre optimisme me plaît.

– J'ai un pressentiment, général, dit Griessel en sortant un tas de photos de son dossier.

Puis il se leva, les accrocha avec des punaises sur le tableau d'affichage et ajouta :

– En examinant ces clichés, on voit quand même une ressemblance. Là, regardez attentivement, moi aussi, au début, ça m'a échappé.

Il s'écarta de façon à ce que tout le monde puisse voir.

– Y a une chose qui ne change pas.

Ils écarquillèrent tous grands les yeux pour mieux voir.

– Pour moi, toutes ces photos sont différentes, dit de Wit d'un ton pessimiste.

– Génial, colonel. C'est exactement ça qui m'échappait. Elles ont l'air toutes différentes. On dirait que ce n'est pas la même personne. Sauf quand on les regarde très attentivement. Le nez, là. Regardez le nez. Très attentivement. Il remonte un peu au bout. Vous devriez pouvoir le voir d'assez loin parce que les clichés sont mauvais. C'est le même type, mais il est différent à chaque coup. Et c'est comme ça que je vais l'avoir.

– Ah bon ? dit de Wit qui se préparait à la possibilité d'avoir honte d'un Griessel qui débiterait des âneries devant le brigadier.

– C'est un pro, colonel, reprit Griessel. Pas du vol, mais du déguisement. Il sait très bien ce qu'il fait avec ses perruques, ses moustaches et le reste. Regardez cette photo-là, où il a l'air d'un vieillard. Il en a vraiment l'air, vous savez ! Regardez-moi ces rides. Et ses habits. On dirait qu'il joue un rôle au cinéma. Tout est absolument parfait. Il va bien trop loin pour ne vouloir tromper que les caméras de surveillance. Ce mec-là est un pro. Ça lui plaît de se déguiser. Et il le sait.

Il se retourna vers son public.

– C'est son boulot, son métier, conclut-il.

– Aha ! lança le brigadier.

Satisfait, de Wit frotta sa verrue.

– T'es un as, Benny, dit Joubert.

– Je sais, répondit Griessel, parce qu'il y a mieux.

Ils étaient tout ouïe.

– C'est à la Premier qu'il en veut. Pourquoi ne voler que là ? Je ne vous parle pas de son dernier coup. Celui-là ne compte pas parce que là, il s'est dégonflé. Non, je vous parle de ceux d'avant. Un mec aussi futé que lui ne se concentrerait pas sur les succursales d'une seule banque s'il n'avait pas une raison. Et une raison, il doit y en avoir une parce qu'il sait forcément que le prix à payer sera terrible s'il se contente de braquer la Premier. Il n'y a pas besoin d'être Einstein pour deviner que les flics vont finir par essayer de le piéger. Non, s'il s'en prend à la Premier, c'est qu'il a un grief contre elle.

– Là, vous ne faites que supposer, dit le brigadier.

– Je sais, général. Ce n'est qu'une théorie. Mais reconnaissez que ça se tient.

– Comme si c'était pas le pays tout entier qui en voulait aux banques ! s'écria Vos.

– Ça aussi, c'est vrai, lui renvoya Griessel, raide comme un piquet. Mais combien de professionnels du maquillage avons-nous au Cap ?

Tous réfléchirent en silence à la vérité de ce qu'il venait d'énoncer.

– Vous allez chercher du côté des maquilleurs professionnels, dit de Wit en grimaçant.

– Ils y passeront tous, l'un après l'autre, colonel. En fait, j'ai même commencé à téléphoner. On m'a suggéré de commencer par l'Arts Council[1]. Et de passer

---

1. Organisme d'encouragement aux activités artistiques *(NdT)*.

aux studios de cinéma ensuite. Il y en a une douzaine. D'après eux, ça pourrait être un type qui travaille en free-lance, mais dans ce métier tout le monde se connaît.

– Beau boulot, tout ça, dit le brigadier.

– Je vais donc vous prier de m'excuser, si vous le voulez bien. Moi et mon équipe.

– Avec plaisir, sergent.

Griessel passa devant ses hommes, Joubert remarquant ses épaules bien carrées.

C'est tout ce que je peux faire.

– Capitaine ?

Tous les yeux étaient fixés sur lui.

Il remit de l'ordre dans les dossiers marron devant lui, prit son carnet de notes et commença à le feuilleter. Puis il s'éclaircit la gorge.

– Je crois que nous avançons, dit-il, sans être trop sûr de le croire. Nous avons de nouveaux renseignements, mais nous ne savons pas trop comment tout est relié.

Il trouva les dernières notes qu'il avait prises à toute vitesse, juste avant la réunion impromptue.

– Permettez que je reprenne au début, enchaîna-t-il. Quatre des victimes sont à relier deux à deux. James Wallace connaissait évidemment Ferreira. Sa femme dit être certaine de l'avoir vu chez elle un soir, mais celle de Ferreira affirme tout ignorer de cette visite. Nous ne savons pas pourquoi Ferreira s'est rendu chez Wallace. Et nous sommes sûrs que MacDonald connaissait Nienaber. Nienaber a reconnu s'être trouvé sur les lieux du crime, mais…

– Comment se fait-il que je n'entende parler de ça que maintenant ? voulut savoir le brigadier.

Petersen s'enfonça plus profondément dans son siège. De Wit ouvrit la bouche et la referma :

– Je…

– L'avocat de Nienaber était présent avec lui lors de

l'interrogatoire. Nous avons été obligés de suivre le règlement à la lettre. Et il n'y avait tout simplement pas assez de preuves. Il était connu, influent, il...

Joubert essayait désespérément de consolider ses positions.

– Vous auriez dû m'en informer.

– Oui, général, nous aurions dû. C'est ma faute. Mais nous voulions garder profil bas parce que nous avions l'intention de le faire suivre. Nous pensions qu'il faisait un excellent suspect. Nous voulions voir s'il n'y avait pas un lien entre lui et les autres. Mais les parents de ces autres n'ayant pu nous confirmer quoi que ce soit, nous...

– Vous auriez dû me le dire.

– Vous parliez de nouveaux renseignements ? lança de Wit, plein d'espoir.

Joubert lui décocha un regard reconnaissant.

– C'est exact, colonel, répondit-il. Nous avons découvert que Nienaber avait souligné un certain nombre de numéros de téléphone dans son annuaire. Celui de MacDonald. Celui de Mlle Carina Oberholzer... Elle est tombée d'une fenêtre de son appartement, au treizième étage d'un immeuble de Sea Point, vendredi soir. D'après les premières constatations, il n'y aurait pas de blessure par balle ou autre. Les inspecteurs de Sea Point disent n'avoir relevé aucun signe de lutte. Mais je n'arrive pas à croire qu'il puisse s'agir d'une coïncidence. C'est vendredi que Ferreira a été assassiné. Et lundi, ç'a été au tour de MacDonald, chez lequel Nienaber se trouvait aussi, comme par hasard... L'heure et la date... Son patron – elle travaillait chez Petrogas – affirme qu'elle était en pleine forme vendredi dernier, comme toujours. Elle a un ami qui tient un restaurant sur le front de mer et, d'après lui, il lui aurait parlé au téléphone l'après-midi même. Elle devait venir l'aider pendant le coup de feu, aux environs de 9 heures du soir. Plus tard, vers 10 heures, il a commencé à s'inquiéter et a essayé de lui téléphoner, mais personne n'a décroché. Il ne pouvait pas passer la voir avant la fermeture et, bien sûr, à ce moment-là, elle était déjà morte.

– Ce qui fait qu'il a un alibi, conclut Vos.

– Oui, dit Joubert. Et il en avait besoin. Carina Oberholzer était sa maîtresse. Ce fumier est marié. Il dit qu'elle le savait.

Le sergent Carl van Deventer devait sa promotion à la brigade des Vols et Homicides au fait qu'il était devenu le meilleur spécialiste des cambriolages du commissariat du Cap.

Il était ainsi capable de dire si un cambrioleur X ou Y était un amateur ou un pro rien qu'en examinant les marques, ou leur absence, laissées sur les serrures d'une porte de maison ou d'appartement.

Telle la diseuse de bonne aventure qui lit dans le marc de café, van Deventer pouvait observer les lieux d'un cambriolage et vous sortir le nom et le passé criminel du monsieur qui avait fait le coup rien qu'à la façon dont les tiroirs avaient été fracturés ou aux mégots de cigarettes laissés dans un cendrier.

Il devait ces compétences à un intérêt passionné pour la cambriole, à un travail acharné et à des études approfondies, et pas seulement dans le but de réussir aux examens de la police. Il avait aussi beaucoup appris à l'école de la rue. En interrogeant les coupables gentiment, mais d'un ton pressant, afin qu'ils lui racontent comment ils avaient débranché tel ou tel système d'alarme ou comment ils avaient réussi à forcer tel ou tel mécanisme de serrure.

Au fil des ans, il s'était fabriqué une trousse de cambrioleur qui avait fait de lui un personnage légendaire.

Quand on travaillait à la brigade des Vols et Homicides et que, disons, un des gosses faisait disparaître les clés du voisin en actionnant la chasse d'eau, on ne faisait pas appel à un serrurier – on téléphonait à Carl van Deventer. Et quand on voulait contourner très légèrement la loi en fouillant un bureau ou la maison d'un suspect sans avoir les autorisations (ou les clés) nécessaires, c'était encore à lui qu'on faisait appel.

Et quand on avait un attaché-case fermé par une combinaison qui avait suivi Oliver Nienaber dans l'au-delà, on demandait au sergent van Deventer d'apporter ses petits tournevis.

Van Deventer était en train d'enquêter sur un meurtre de type satanique à Durban lorsque l'inspecteur Snyman lui avait téléphoné sa demande.

« Vous n'avez qu'à le laisser sur mon bureau, lui avait répondu l'expert en serrures. J'y passerai cet après-midi. »

Fidèle à sa parole, il s'était mis au travail dès son arrivée au commissariat. Il avait sorti sa petite trousse noire de la poche intérieure de sa veste, choisi l'outil adéquat, titillé ici, poussé un peu là, et les deux serrures de l'attaché-case s'étaient ouvertes d'un coup – exactement quarante-quatre secondes après qu'il avait extrait son instrument de sa trousse.

Sa récompense ? Être autorisé à contempler le contenu de la mallette. Il en avait soulevé le couvercle, avait vu le Star 9 mm et su tout de suite qu'il ne devait absolument pas y toucher : l'arme avait pu servir à commettre un crime et on ne déconnait pas avec ce genre d'objets, à moins de chercher une retraite anticipée.

Il appela donc Snyman mais n'obtint pas de réponse. Il téléphona à Mat Joubert, mais celui-ci n'était pas à son bureau non plus. Il fit alors ce que le manuel ordonnait quand on se trouvait en présence d'une arme qui avait peut-être servi à tuer : il alla voir Mavis Petersen, à la réception de la brigade des Vols et Homicides, ouvrit le coffre-fort et y déposa le Star et la mallette. Puis il demanda à Mavis d'aviser Snyman ou Joubert que la mallette était ouverte et prête à recevoir toute leur attention.

Il ne savait pas que le Star n'avait pas servi à tuer. Il ne savait pas non plus que sous le pistolet, perdue au milieu d'une foule de documents, se trouvait une liste de noms qui attendait qu'on la découvre. Il ne savait pas davantage que sur cette liste figurait le nom de l'assassin.

Mais il est vrai que Carl van Deventer n'avait pas le don de double vue, même s'il était capable de lire aussi bien dans les mégots que d'autres dans le marc de café.

– Non, je ne lis pas dans le marc de café, lança « Madame » Jocelyn Lowe en souriant.

Elle se tenait dans le parking de l'hôtel de Newlands où James J. Wallace avait rendu son dernier souffle. Autour d'elle, un grand nombre de journalistes s'étaient rassemblés en cercle. Il y avait là des représentants de la SABC et du M-Net, et une équipe de reporters free-lance qui espéraient bien revendre des trucs à Sky News ou à CNN. La BBC2 et Thames étaient venues, elles aussi. Comme la presse écrite : la locale, avec son large éventail de langues, et celle des pays étrangers. Les tabloïds anglais étaient descendus en force.

Mat Joubert, Nougat O'Grady et Louw se tenaient à l'écart. Louw béait de stupéfaction, Joubert préférait baisser la tête : il n'avait pas envie d'être là. Il voulait passer à autre chose. Appeler Hanna Nortier et lui lancer : « Salut, doc... qu'est-ce que tu dirais d'aller voir le *Barbier* vendredi soir ? » Malheureusement, il devait récupérer ses preuves à conviction. Mme Lowe avait parlé au brigadier, qui avait aussitôt demandé à Joubert de l'aider, et personnellement.

Joubert avait bien compris pourquoi de Wit avait eu tellement envie de faire venir la dame. Et il comprenait maintenant pourquoi le brigadier avait, lui, très envie d'aider la dame : la quarantaine, Mme Lowe était belle, grande, séduisante, très digne et dotée d'une poitrine imposante.

– Ce sont les romanichelles qui lisent dans le marc de café, reprit-elle. Je suis médium, moi, et les médiums ne lisent dans rien. Ils sentent.

Et de sa voix légère, mais au fort accent Oxford-Cambridge, elle annonça :

– J'ai pu avoir des bouts de vêtements portés par la victime et je vais tenter de voir si je ne pourrais pas ressentir certaines des vibrations émanant du tragique événement qui s'est produit ici même.

– « Le trâââgique évééénement qui s'est produit ici mêêême », répéta O'Grady en imitant son accent. Un charlatan de première, cette nénette, mais faut voir comment elle te les manipule !

– La présence est forte, reprit la dame. Nous devons être entourés de gens très doués. Je vais donc vous demander de vous écarter un peu. J'ai besoin d'espace et de silence pour travailler.

Les journalistes se turent.

– Si vous pouviez attendre là-bas, enchaîna-t-elle en indiquant l'extrémité du parking d'un joli doigt orné d'une bague. Et je vous en supplie, messieurs les photographes, pas de flashes pendant que je me concentre. Il y aura tout le temps de prendre des photos après.

Douce comme un agneau, la presse se dirigea vers l'endroit indiqué, les cameramen ouvrant la marche afin de pouvoir préparer Sony et trépieds avant qu'elle se mette au travail.

Mme Lowe attendit patiemment, puis elle tourna le

dos à tout le monde et alla se poster à l'endroit que Joubert lui montrait d'un air gêné. Les traces de sang avaient terni, tout comme les innombrables taches d'huile qu'on voyait sur le goudron.

Elle sortit la chemise blanche pleine du sang de Wallace de son sac en plastique, ferma les yeux en un geste théâtral et serra le vêtement sur sa poitrine. Puis, tout son corps se tendant d'un coup, elle resta parfaitement immobile.

Joubert entendit alors comme un bruit surnaturel – une manière de bourdonnement sourd et monotone – et comprit que ce bruit sortait de la bouche de la dame.

– Hmmmmm….

Une seule note, peu musicale. Qui dura et dura encore, tandis qu'elle se tenait toujours absolument immobile, le dos raide – parfaite dans sa robe discrète mais à la mode.

– Hmmmmm…

Joubert se demanda si de Wit la connaissait bien.

« Un vieil ami », avait dit Anne Boshoff en citant le *Cape Times*.

Ils auraient formé un couple assez bizarre, se dit Joubert. La grande femme sensuelle et le petit homme moche.

Non, non. Anne Boshoff avait aussi dit que de Wit n'avait fait les yeux doux à personne pendant leur conférence en commun.

– Hmmmmm…

Il avait du mal à s'ôter cette image de la tête : allongée nue sur le dos, Mme Lowe se trouvait dans une pièce inquiétante aux lustres pleins de toiles d'araignées, avec un chat noir assis devant la cheminée. Bart de Wit souriait en jouant avec l'imposante poitrine de la dame, d'où montait un bruit irréel.

– Hmmmmm…

Pourquoi s'était-il remis à penser à la baise ? Brusquement, son estomac se noua. Était-il excité à l'idée de la soirée qu'il allait peut-être passer avec sa psychologue ? Espérait-il donc, quelque part dans sa tête, pouvoir caresser son corps frêle avec ses grandes mains, y enfermer ses petits, tout petits seins et, lentement mais sûrement, la préparer à l'amour ? Embrasser doucement ses jolies lèvres sans rouge, laisser ses mains glisser sur ses épaules, la toucher…

Mme Jocelyn Lowe souffla fort. Ses épaules s'affaissèrent sous la fatigue, ses mains, qui tenaient toujours la chemise, s'écartèrent de sa poitrine tandis qu'elle penchait la tête en avant. Elle resta dans cette posture plusieurs secondes, pendant lesquelles la presse s'agita d'un air incertain.

– Pas assez de vibrations, dit-elle enfin, l'air résignée. Il va falloir essayer autre chose.

35

Une ribambelle de voitures se déplaçait de scène de crime en scène de crime, Mme Lowe et son chauffeur noir ouvrant la route à bord d'une Mercedes-Benz. Derrière elle venaient les inspecteurs dans leur Sierra et une longue file de véhicules de la presse – ça allait du minibus des équipes de télévision aux grosses voitures de la presse écrite.

Pendant que Mme Jocelyn Lowe essayait de s'imprégner des vibrations émanant des derniers instants de Ferdy Ferreira, Joubert partit à la recherche d'une cabine téléphonique dans le caravaning Old Ship. Il trouva le numéro de Computicket dans l'annuaire en lambeaux et le composa. On l'informa qu'il y aurait effectivement une représentation du *Barbier de Séville* ce vendredi soir-là. Et encore samedi, et les mercredi, vendredi et samedi suivants.

Il demanda s'il restait des places pour le vendredi soir.

Cela dépendait de ce qu'on voulait. Voulait-on des places chères ou bon marché ?

– Ce qu'il y a de mieux.

– Il nous reste quelques places extrêmement chères. Si vous voulez bien me donner votre numéro de carte de crédit...

Il hésita un instant. Et si Hanna Nortier ne voulait pas y aller avec lui ? Il se vit assis au milieu des amateurs d'opéra avec Benny Griessel, deux pauvres cons de flics en train d'écouter des sopranos, des librettos et d'autres trucs en o. Mais il décida qu'il fallait penser positif. Qui ne risque rien…

Il réserva deux places, raccrocha et descendit vers la mer, où la dame Jocelyn continuait de pousser de grands « Hmmmmm… ».

– J'ai fait quelques observations intéressantes, dit-elle, mais il va falloir me laisser le temps de mettre de l'ordre dans mes pensées. Ce que je pourrai faire en revenant à l'hôtel… Nous convoquons une conférence de presse pour disons… 18 heures ?

La presse se plaignit, mais tous savaient les vertus de la patience. On remballa et regagna les véhicules bien garés dans le parking en gravier près de la plage.

– Jamais entendu des conneries pareilles ! lança O'Grady en s'ébrouant.

Joubert garda le silence. Il tenait les morceaux de tissu que Mme Jocelyn Lowe avait exigés pour effectuer son travail et songeait à son envie de fumer. Il avait la tête qui tour…. Il y eut un bourdonnement dans ses oreilles. Seigneur, c'était son envie de fumer qu'il entendait !

– J'aimerais savoir ce qu'elle a à raconter, dit Basie Louw. Je pourrai assister à la conférence de presse, capitaine ?

– Oui.

– J'aimerais vraiment écouter ce qu'elle va dire. Je veux savoir si elle sait que Wilson était homo. Et que Wallace baisait à droite et à gauche.

La spécialiste des affaires judiciaires de l'*Argus* marchait derrière et l'entendit. Elle laissa traîner l'oreille, mais il n'en dit pas plus. Elle vérifia que personne n'avait entendu et remarqua que ses collègues étaient tous trop loin.

– Quelqu'un voudrait-il que je le ramène à l'hôtel ?

proposa-t-elle avec un accent anglais, assez fort pour que Louw l'entende.

– Vous retournez au bureau, capitaine ? demanda celui-ci.

– Non, je vais chez Nienaber.

– Je peux venir avec vous ? demanda Louw à la journaliste.

– Mais bien sûr ! lui répondit-elle.

– Les enfants sont chez les voisins, capitaine, dit Snyman. J'ai parlé à l'aîné. Il dit que son oncle paternel est en route. Il vient d'Oudtshoorn. Ce sont les voisins qui l'ont appelé. D'après les médecins de l'hôpital, Mme Nienaber est toujours sous sédatifs.

– Et le bureau ?

– Quoi ? Ces documents, capitaine ? demanda Snyman en lui en montrant une jolie pile par terre. Rien qui aurait de l'importance. Des trucs de famille. Un certificat de mariage, des extraits de naissance, des bulletins scolaires des enfants, des photos…

– Du bon boulot, tout ça.

– Qu'est-ce qu'on fait maintenant, capitaine ?

– Vous avez interrogé le garçon sur les autres noms ?

– Il n'en a jamais entendu parler.

– Oberholzer ?

– Non.

– Bon, ben, on recommence tout, Gerrit. J'appellerai Mme Wallace et Mme Ferreira. Vous vous chargez de la mère de Wilson et de ses collègues. On demande pour Nienaber.

Snyman acquiesça d'un signe de tête et fit demi-tour, mais Joubert vit bien qu'il ne croyait pas à la théorie des liens entre les victimes. Il gagna le bureau de Nienaber, passa devant les photos et les diplômes, se rassit derrière le bureau et sortit son carnet de notes. Le docteur Hanna Nortier. Il la reverrait le lendemain. Alors, ce serait officiel. Maintenant, c'était personnel. Il composa son numéro.

« Bonjour. Je ne suis malheureusement pas disponible pour l'instant. Veuillez laisser votre message après le bip sonore. Merci et au revoir. »

Un bip électronique se fit entendre. Joubert garda le silence. Elle devait être en séance avec quelqu'un. Il coupa la communication et refit le numéro.

« Bonjour. Je ne suis malheureusement pas disponible pour l'ins… »

Il se dit qu'elle avait une jolie voix. Elle parlait comme si elle était sincèrement désolée de ne pas pouvoir répondre. Vraiment douce et mélodieuse, cette voix. Il vit bouger ses lèvres, sa bouche si mignonne dans son visage anguleux, son nez long et pointu… Mais… elle donnait l'impression d'être… fatiguée ? C'est vrai que porter tous les problèmes des autres sur ces frêles épaules… Ce qu'il aurait aimé l'aider à se détendre ! Comme il voulait lui rendre les choses plus faciles…

Il raccrocha tout doucement.

Toi, tu es amoureux, espèce de grand sot.

Il porta la main à la poche de sa veste pour y attraper une cigarette. Il s'arrêta à mi-chemin en se rappelant.

Ce n'est pas le bon moment, se dit-il, et il regarda sa main qui tremblait.

Dieu du ciel, ce qu'il avait envie de fumer une cigarette, là, tout de suite !

Tu fumes moins, c'est tout. Quatre par jour. Trois serait génial. Trois par jour, c'est vrai que ça ne peut faire de mal à personne. Une avec le café… Non, pas avant de nager. La première au bureau. Disons, vers 9 heures. Et une autre, après le déjeuner régime. Et une le soir, avec un livre et un petit truc à boire. Quoi ? Il faudrait y penser. Il ne pouvait plus boire de bière, ça faisait grossir. Du whisky. Voilà : il allait apprendre à boire du whisky.

« Qu'est-ce que vous prenez, Mat ? » lui demanderait Hanna Nortier vendredi soir lorsqu'elle l'aurait fait monter chez elle, dans son appartement, sa maison ou autre, qu'ils seraient assis dans des fauteuils, qu'elle aurait mis un air d'opéra sur la chaîne, tout doucement, et qu'il n'y aurait que la belle lampe du coin qui serait allumée, le reste de la pièce dans la pénombre.

« Du whisky, dirait-il, s'il vous plaît, Hanna. »

Hanna.

Il n'avait jamais prononcé son prénom à voix haute.

– Hanna, dit-il.

Alors, elle lui ferait un signe de tête approbateur parce que le whisky était une boisson pour gens cultivés qui allaient à l'opéra, se lèverait et disparaîtrait dans la cuisine pour aller leur chercher quelque chose à boire et lui, il se renverserait en arrière dans son fauteuil, croiserait les mains derrière la nuque et chercherait des choses intelligentes à dire sur l'opéra et son frère de sang, Rossini, lorsqu'elle reviendrait lui donner son whisky et se rassiérait, replierait ses jambes sous elle, bien à son aise, ses grands yeux marron rivés sur lui. Ils parleraient de choses et d'autres et plus tard, quand l'atmosphère et les sentiments seraient juste comme il faut, il se pencherait en avant et l'embrasserait sur la bouche, légèrement, pour tâter le terrain. Et après, il se rassiérait dans son fauteuil et attendrait qu'elle…

Il refit encore une fois le numéro. Il était plein de compassion pour Hanna Nortier, pour ses journées plus que chargées et pour les rêves qu'il faisait sur elle et lui.

« Bonjour. Je ne suis malheureusement pas disponible pour l'instant. Veuillez laisser votre message après le bip sonore. Merci et au revoir. »

– Mat Joubert à l'appareil, dit-il tout bas après le bip. J'aimerais… Je… (Une seconde plus tôt, il savait très bien ce qu'il voulait dire et voilà qu'il avait des difficultés à parler.) Le *Barbier*… j'ai deux billets pour vendredi soir… Ça vous dirait peut-être d'y aller avec moi. Vous pouvez m'appeler chez moi, plus tard, parce que là, je travaille encore et il faut que j'aille… euh…

Brusquement, il se demanda combien de temps il restait sur la cassette, lança « Merci beaucoup » et raccrocha à toute allure.

Il palpa encore ses poches, décida que trois cigarettes par jour, ce n'était pas excessif et appela Margaret Wallace.

Son fils décrocha et alla chercher sa mère. Joubert lui demanda si son mari connaissait Oliver Nienaber.

– Le coiffeur ?

– C'est ça.

– Oui, il le connaissait.

Joubert se pencha en avant dans le fauteuil du mort.

– D'où le connaissait-il ?

– Ils avaient été finalistes au concours du Meilleur Businessman de l'année, catégorie Petites et Moyennes Entreprises. C'est Nienaber qui a eu le prix.

Joubert regarda les diplômes et trouva celui qu'il cherchait.

– Nous étions à côté d'eux à la cérémonie, reprit-elle. Ça remonte à quoi… ? Deux, trois ans ? Sa femme est une personne très bien. Nous nous sommes très bien entendues.

– Votre mari et M. Nienaber ont-ils eu d'autres contacts ?

– Je ne pense pas. Je ne crois pas que James l'aimait beaucoup. Il y avait… c'était tendu, à table. Ce devait être parce qu'ils étaient concurrents.

Margaret Wallace garda le silence un instant.

– Ne me dites pas qu'il est…

– Si, dit prudemment Joubert. Il a été abattu ce matin.

Il l'entendit soupirer.

– Seigneur Dieu, dit-elle, résignée.

– Je suis navré, répliqua-t-il sans savoir pourquoi.

– Qu'est-ce que ça signifie, capitaine ? Je veux dire : Jimmy connaissait ce Ferreira et maintenant Nienaber. Qu'est-ce que ça veut dire ?

– C'est ce que j'essaie de savoir.

– Parce que ça doit bien vouloir dire quelque chose…

– Oui. Et donc… vous ne savez pas s'ils ont eu d'autres contacts ?

– Non. Je ne crois pas. Jimmy n'a plus jamais reparlé de lui après.

– Je vous remercie, madame Wallace.

– Capitaine… ?

Le ton était incertain, hésitant.

– Oui ?

– Combien de temps cela vous a-t-il pris… je veux dire… combien de temps après la… le décès de votre femme…

Il réfléchit. Parce qu'il ne pouvait pas le lui dire. Parce qu'il ne pouvait pas lui déclarer que ça faisait déjà plus de deux ans que c'était arrivé et que la mort de Lara le tenait toujours dans ses rets. Il se devait de mentir. Il devait absolument redonner de l'espoir à la femme aux yeux dépareillés.

– Environ deux ans, dit-il.

– Seigneur Dieu, soupira-t-elle, Seigneur Dieu !

Griessel comprit tout de suite que la personne chargée du maquillage à l'Arts Council ne pouvait pas être le braqueur de banques : c'était une femme, intéressante sans être belle. Elle avait les cheveux auburn coupés très court, un visage ouvert et intelligent. Elle fumait une cigarette longue et agitait beaucoup les mains en parlant.

– C'est du côté des maquilleurs de cinéma qu'il faut chercher, dit-elle de sa voix grave.

Elle lui montra les rangées de photos d'artistes qui étaient épinglées au mur et ajouta :

– Tous ces clichés ont été pris en répétitions ou pendant des représentations. Regardez le maquillage. Il est fort. Regardez les yeux. Les bouches. Les vêtements. Pour la scène, le maquillage est différent. Il est fort parce que le type assis tout au fond de la salle doit être capable de voir. Cela dit, certaines choses restent identiques. (Elle mit l'index sur une des photos posées sur la table basse devant elle.) Moi aussi, je pourrais lui donner l'air vieux, mais mes rides seraient plus prononcées. Ce truc-là a été fait au latex. Je préfère le crayon. Peut-être une touche de latex pour un double menton ou autre, mais pas plus. Non, je vous le dis : ce type-là travaille pour le cinéma. Ça se voit. Regardez là. (Elle lui indiqua la photo où il jouait les Elvis Presley.) On voit tout de suite qu'il a les joues plus grosses. Et on dirait que ses pommettes sont plus saillantes. C'est avec du caoutchouc qu'on arrive à ce résultat, en en glissant des lamelles à l'intérieur des joues. Faites ça à un acteur de théâtre et il ne pourra pas parler. Et ça, il faut absolument qu'il puisse le faire. L'acteur doit même être capable de projeter sa voix parce que le type du fond doit aussi pouvoir l'entendre. Au cinéma, on peut enregistrer les voix plus tard. Et là, tenez, celui-là… Sa barbe n'est pas une barbe de théâtre. Une barbe ou une perruque pour le théâtre coûte un dixième de celles qu'on utilise au cinéma parce que, au théâtre, il n'y a pas de gros plans. Quand on est près d'un acteur qui porte une perruque, on le voit tout de suite. Même chose pour la barbe ou la moustache.

La cigarette ayant été écrasée, elle en alluma une autre.

– Y a-t-il des maquilleurs qui travaillent pour le théâtre *et* le cinéma ?

– Non, enfin… peut-être, mais je n'en connais pas. Le monde du théâtre est très petit. Nous sommes quatre ou cinq ici. Et je ne connais personne qui aurait travaillé pour le cinéma. Ce n'est pas un boulot qu'on peut faire en free-lance ; c'est tout un art.

– Combien de maquilleurs de cinéma y a-t-il ici ?

– Au Cap ? Je ne pourrais pas dire. Il y a quatre ou cinq ans de ça, il n'y en avait même pas. Maintenant, c'est assez à la mode de venir crever de faim au Cap quand on a le tempérament artiste. Cela dit, je ne sais pas combien il y en a aujourd'hui. Dix ? Quinze ? Pas plus de vingt.

– Vous avez un syndicat, ou autre ?

Elle rit, il vit qu'elle avait les dents légèrement jaunies par le tabac, mais ça ne la rendait pas moins attirante.

– Non, dit-elle.

– De quel côté faut-il que je commence à chercher ?

– Je connais un type qui a sa maison de production. Je vous passerai son numéro de téléphone.

– « Maison de production » ?

– Oui, ils font des films. C'est comme ça qu'ils appellent leur société. En fait, ils sont deux ou trois propriétaires. Ils engagent des cameramen, des maquilleurs, des metteurs en scène, des éclairagistes, etc., etc. Ils auront probablement les numéros de téléphone de tout le monde.

– Combien gagne un maquilleur de cinéma ?

– A Hollywood, ils sont peut-être riches, mais ici… Travailler en free-lance n'est pas facile…

– C'est peut-être pour ça qu'il braque des banques, dit Griessel en reprenant ses photos.

– Vous êtes marié ? lui demanda-t-elle.

– Divorcé.

– Quelqu'un dans le tableau ?

– Non, mais je vais retrouver ma femme. Et mes enfants.

– Dommage, dit-elle en rallumant une autre cigarette. Je vous trouve votre numéro de téléphone.

– Mesdames et messieurs, je vous remercie d'être venus. Nous avons tous eu une journée difficile, je vais donc essayer de ne pas vous faire perdre votre temps. Mais j'aurai quand même besoin d'une ou deux minutes pour vous expliquer un certain nombre de choses.

» Ce talent que j'ai, je ne l'ai pas cherché. Il m'a été donné par la grâce de Dieu. Quand il faut aider la police à résoudre un meurtre, je ne demande jamais d'argent. C'est ma façon à moi de dire merci, de contribuer comme je peux au bien de tous. Tout le monde ne croit pas à mes dons. Il y aura des sceptiques parmi vous. Tout ce que je vous demande, c'est de me donner ma chance. Ne portez pas de jugement avant que l'affaire ne soit résolue. Alors seulement, nous pourrons savoir si j'ai servi à quelque chose.

Louw renifla. A ce moment-là, ça n'aura plus aucune importance, madame le médium, songea-t-il. Il avait pris grand plaisir à bavarder avec la journaliste en descendant de Melkbos. Ils avaient parlé de Mme Lowe. La journaliste la prenait pour une arnaqueuse. Et lui, Basie Louw, était d'accord. La journaliste n'était peut-être pas une beauté, mais elle avait un joli cul et s'il arrivait à jouer ses cartes comme il faut, il pourrait peut-être décrocher le jackpot dès ce soir.

– Bon, et maintenant, passons à ce qui nous a réunis ici, reprit Mme Lowe.

Plusieurs personnes applaudirent ironiquement, mais la dame se contenta de sourire d'un air digne.

– Je puis vous assurer que ça n'a pas été facile. Dans certains cas, les incidents remontent à quinze jours et, malheureusement, l'aura diminue beaucoup avec le temps. Comme le son, elle voyage dans l'espace. Plus on est loin de la tragédie, plus elle est faible. Sans oublier que lorsque le meurtre est perpétré dans un endroit public, dans un parking, sur une plage ou dans un ascenseur, il y a beaucoup de vibrations contraires. Pour reprendre l'analogie avec le son, on peut parler d'une grande quantité de voix parlant toutes ensemble. Il est alors très difficile d'en isoler une.

Elle se ménage des portes de sortie, songea Louw. Les reporters commencèrent à s'agiter sur leurs sièges comme s'ils en étaient d'accord avec lui.

– Je vous vois déjà vous dire que je me ménage des portes de sortie…

Putain, pensa Louw. Elle lit dans les esprits !

– … mais encore une fois, je vous en prie : gardez vos réserves pour plus tard parce que, en réalité, j'ai absorbé assez de choses pour avoir une image raisonnablement claire de ce qui s'est passé.

Soudain le silence fut tellement profond dans la salle qu'on n'entendit plus que le bruit de la climatisation – et celui des Betacam qui tournaient.

– J'ai commencé par sentir beaucoup de haine et de peur, reprit-elle. Même dans le parking de Newlands, cette haine et cette peur étaient encore palpables… (On grattait furieusement.) Je peux vous dire que pour que la haine soit aussi forte, il faut que ça s'accumule depuis des années. Même chose pour la peur, qui remonte à la nuit des temps. Je vois… (là, elle ferma les yeux et, vulnérable, tendit les mains en avant)… je vois une forme qui se consume, qui est tenue par la passion, qui est vaincue. Les motifs ne sont pas rationnels, la folie réduit tout à des ombres. Une silhouette avance au crépuscule, grande, imposante, prédateur attaché à sa vengeance. Elle entre dans une flaque de lumière irréelle. Un chapeau prend forme, un chapeau à larges bords. Des traits se dessinent lentement, flous, déformés, des yeux brûlent de haine. Il y a aussi une barbe, je crois. Je perçois une barbe claire, blond sable peut-être, luxuriante, des joues et du menton elle se répand jusque sur la veste. Les mains… Elles sont énormes, façonnées par des générations de labeur sur des terres sans pitié. L'homme tient une étrange arme à feu le long de son flanc, il attend, il cherche sans distinction tous ceux… Prédateur, guerrier, il nous ramène à une époque oubliée, il est apparition, fantôme. Mais il est aussi fait de chair et de sang, il est réel, aussi réel que sa haine, que ses peurs…

Elle rouvrit les yeux, se tint tout à fait immobile un instant, puis elle s'empara du verre d'eau posé sur le lutrin à côté d'elle et en but une petite gorgée.

– Il faut comprendre, reprit-elle, tout cela est très fatigant.

Deuxième gorgée, puis calmement, sans aucune intonation théâtrale, doucement, avec juste assez de force, et pas plus, pour qu'on l'entende dans tous les coins de la salle absolument silencieuse, ceci :

– J'ai des raisons de croire que ces assassinats ont des motivations politiques. Pas politiques au sens où nous l'entendons habituellement, mesdames et messieurs, politiques au sens où seul un fou pourrait le comprendre. Parce que oui, c'est un homme que j'ai senti. Mais un homme étrange, particulier, bizarre. Un homme qui porte son héritage comme un fardeau, un homme qui porte le poids de toute une nation sur ses épaules.

– Êtes-vous en train de nous dire que cet homme serait un Afrikaner ? ne put s'empêcher de lui demander un journaliste du *Weekly Mail*.

Elle sourit légèrement.

– Je ne l'ai pas entendu parler, monsieur.

On rit sous cape, la tension qui s'était accumulée dans la salle se libérant peu à peu.

– Mais vous nous avez bien dit qu'il avait la barbe blond sable. C'est donc un Blanc.

– De type caucasien, vous voulez dire ? Certainement. Ça, je peux vous l'assurer.

– Et il porte un chapeau ?

– Oui.

Soudain, les questions fusèrent. La dame leva la main gauche, les pierres précieuses de ses bagues scintillant dans la lumière.

– Je vous en prie, dit-elle. J'ai presque fini, mais j'ai encore quelque chose à ajouter.

Ce fut de nouveau le silence.

– J'ai senti un chapeau. Mais cela ne signifie pas qu'il le porte chaque fois qu'il presse la détente. J'ai aussi senti un long manteau noir. Mais là encore, il ne s'agit que d'une vibration qui pourrait tout simplement vouloir dire qu'il aime bien ce genre de vêtement. Cela étant, il y avait autre chose. Il ne vit pas dans cette ville. Ce n'est pas ici qu'il a sa maison. Pour trouver sa maison, il faudra chercher ailleurs. Il faudra chercher un endroit où les plaines sont vastes et le soleil fort. Car c'est là que cet homme est chez lui. C'est là qu'il a nourri sa haine et sa peur. Là qu'il a trouvé l'énergie diabolique qui le pousse à tuer.

» Et maintenant, je suis prête à répondre à vos questions. Mais je vous en prie, gardez présent à l'esprit que je vous ai déjà tout dit.

Des mains se levèrent, des questions furent posées.

La journaliste de l'*Argus* se tourna vers Louw et lui sourit.

– Qu'en pensez-vous ? En tant que policier ?

– J'en pense qu'elle raconte des conneries, lui répondit-il sincèrement, regrettant aussitôt d'avoir utilisé ce terme.

Certaines femmes n'aimaient pas le langage ordurier et il n'avait aucune envie de gâcher ses chances.

– C'est ce que je pense, moi aussi, dit-elle en souriant à nouveau. Je vous paie une bière ?

– Non. C'est moi qui vous l'offre.

Au dîner, Joubert avala 60 grammes de poulet en ragoût (sans peau), 60 millilitres de sauce (sans matière grasse), 125 millilitres de légumes mélangés et autant de chou-fleur (sans goût) qu'il voulait – et une seule unité de matières grasses, bordel !

Et après, ce serait une Winston plein arôme et un doigt de whisky.

Sa vie, distribuée un gramme après l'autre.

Il avait beaucoup attendu sa cigarette et son whisky. Brusquement, sa lugubre soirée valait la peine d'être vécue. C'était sa récompense.

Après avoir appelé Gail Ferreira et n'avoir obtenu que des réponses négatives à ses questions, il avait pris la voiture pour se rendre dans un magasin de spiritueux, où il s'était acheté une bouteille de whisky. Du Glenfiddich parce qu'il n'y avait rien de plus cher et qu'il voulait en boire du bon, pas un truc minable avec un nom écossais plus que douteux, genre offre spéciale en rayon. Puis il avait filé au café s'acheter un paquet de Winston, maintenant sur sa table, pas ouvert et prometteur. Ce que ça allait être bon ! Ah, cette première bouffée, celle qui sent encore l'allumette (parce que son briquet, il l'avait jeté le matin même, bordel, avec les Special Mild), celle qu'il allait tirer fort, mais fort...

Le téléphone sonna. Il descendit le couloir au petit trot, en avalant un morceau de chou-fleur au passage.

– Joubert, dit-il.

– Hanna Nortier à l'appareil.

Cette fois-ci, la fatigue s'entendait très nettement

dans sa voix et il eut envie d'aller la chercher, de lui dire que tout irait bien, que...

— Je ne sais pas trop si c'est une bonne idée, dit-elle, et brusquement, il regretta de l'avoir invitée.

Il ne sut quoi dire.

— Vous êtes un patient.

Comment avait-il pu l'oublier ? Comment avait-il pu la mettre dans une situation pareille ? Il espéra qu'elle trouverait une sortie honorable...

— Mais c'est vrai qu'il faut que je sorte, reprit-elle comme si elle se parlait à elle-même. Je peux vous donner une réponse demain ?

— Oui.

— Merci, Mat.

Et elle raccrocha.

Il regagna la cuisine.

La journaliste était aussi futée qu'un bataillon de singes. Elle attendit qu'ils aient attaqué leur cinquième bière au bar du Cape Sun.

— J'ai entendu dire que le père Wallace couchait à droite et à gauche, dit-elle.

Ce n'était pas une question, juste une déclaration prononcée avec un fort accent anglais maintenant qu'elle parlait afrikaner. Elle tenait bien l'alcool, mais il n'était pas facile de ne pas prendre de retard sur le policier.

— Vous autres journalistes, lui lança Louw avec une admiration non dissimulée, vous savez toujours des trucs !

Ce n'était pas la réponse qu'elle voulait entendre.

— Oh, dit-elle, je ne sais pas grand-chose.

— Mais c'est quand même vrai : monsieur était toujours prêt. Jusqu'à la dernière minute. Il était avec une blonde à l'hôtel et c'est quand il en est sorti qu'ils l'ont arrosé.

– Mais il était marié !

– C'est pas ça qui l'a arrêté, dit-il en réalisant brusquement à qui il parlait. Vous ne… vous n'allez pas citer mes propos, n'est-ce pas ?

– Bouche cousue, répliqua-t-elle en lui souriant.

C'est soir de chance, pensa-t-il.

– Elle était de Johannesburg, reprit-il. Elle bossait dans les ordinateurs. Et Wallace la baisait, comme qui dirait entre midi et deux. Van der Merwe. J'ai son nom quelque part. (Il sortit son carnet, le feuilleta, reprit une gorgée de bière, feuilleta encore et encore, s'arrêta.) Voilà, c'est ça : Elizabeth van der Merwe. Mais on ne la soupçonnait pas. Ça, je l'ai vu tout de suite.

Il vida son verre.

– Une autre ?

– Pourquoi pas ? dit-elle en repassant à l'anglais. La nuit commence à peine !

Et elle lui décocha un regard qui en disait long.

36

Nienaber connaissait MacDonald et Wallace. Wallace connaissait Ferreira.

Et Oberholzer. Et Wilson, qui n'entrait dans aucune case.

La veille au soir, après son coup de cafard suite à la réponse de Hanna Nortier, il avait repris ce qu'il savait sous tous les angles possibles. Et il continuait dans le bassin de la piscine. Les morceaux du puzzle refusaient toujours de s'emboîter.

Il connaissait bien cette impression : on sent que tout a un sens, mais il n'y a pas assez d'éléments pour tirer sur un fil de la bobine et formuler une hypothèse, pas assez de renseignements pour qu'une théorie devienne irréfutable. Et c'était d'autant plus frustrant qu'il ne voyait pas où aller chercher ailleurs. Il se pouvait très bien que la solution soit là, sous son nez. Il arrivait souvent qu'il faille tout revoir sous un jour nouveau, selon une perspective différente.

Mais, la veille au soir, il avait tout essayé.

Directeur d'une société de mailing. Bijoutier. Menuisier sans travail. Pêcheur. Coiffeur.

Quarante ans, trente et quelques, cinquante, quarante, quarante.

Réussite, moyen-moyen, échec, moyen-moyen, réussite.

Trousseur de jupons. Gay. Accro aux films de cul.

Violeur. Et pas moyen de savoir si Nienaber était resté fidèle à sa femme.

Oberholzer ? Aurait-elle été impliquée dans l'affaire ? Vraiment ? Elle avait eu des relations avec un homme marié. En aurait-elle eu avec Nienaber un peu plus tôt ? Il prenait mentalement des notes tandis que ses bras le tiraient en avant dans l'eau. Téléphoner à l'hôpital. Peut-être pourrait-il parler à Mme Nienaber ce matin même. Parler au patron de la demoiselle Oberholzer. Où travaillait-elle avant d'arriver chez lui ? Rappeler ce poilu de Walter Schutte chez Quickmail. Aurait-il jamais entendu parler d'une certaine Carina Oberholzer ?

De quoi le docteur Hanna Nortier voudrait-elle discuter cet après-midi ?

Il fallait absolument lui faire oublier Lara Joubert. Il ne pouvait pas parler de sa femme aujourd'hui et emmener Hanna Nortier à l'opéra le lendemain.

Mais le docteur Hanna Nortier pourrait peut-être le débloquer. Au fond, il savait bien que oui. Elle pouvait l'éplucher comme un oignon et arriver au cœur. Elle était bien trop maligne pour lui.

Il ferait peut-être mieux de ne pas y aller. Et s'il l'appelait pour lui dire que l'affaire du Mauser devenait un peu trop prenante et qu'il ne pouvait vraiment pas passer ? Il viendrait le jeudi suivant, comme prévu et, à propos… on allait toujours à l'opéra ou pas ?

Il sortit de l'eau sans effort, sans même sentir qu'il respirait ni avoir conscience de toutes les longueurs de bassin qu'il avait faites en essayant de trouver la solution de ses problèmes. Il se rhabilla et rejoignit Kasselsvlei Road en voiture en évitant de trop regarder les affiches des journaux qui proclamaient :

« C'EST LA GUERRE DES BOERS QUI RECOMMENCE ! »
DÉCLARE LA MÉDIUM ANGLAISE.

Et dans le *Burger* :

LA MORT PRÉMATURÉE
DU BARON DES SALONS DE COIFFURE.

Tous ces titres, il les vit, mais il était trop occupé à réfléchir pour comprendre ce que ça voulait dire.

D'après Anne Boshoff, l'assassin était en train de dérailler et il ne pouvait rien faire pour l'arrêter. Quand donc ce type allait-il frapper à nouveau ?

Tard dans l'après-midi. Dans la nuit. Au petit matin. Au petit matin. Au petit matin.

L'homme qui tue après la fermeture. Qu'est-ce que tu fous dans la journée, espèce de fumier ? Ou alors… tu ne pourrais pas prévoir les faits et gestes de tes victimes pendant les heures de bureau ?

Il avait emprunté l'itinéraire habituel, comme tous les matins, sans réfléchir ni s'attendre à la formidable découverte qu'il allait faire en ouvrant l'attaché-case.

– Le sergent van Deventer a mis la mallette au coffre, lui annonça Mavis Petersen dès qu'il entra.

Il la remercia, lui demanda d'aller la lui chercher, signa le bon et l'emporta dans son bureau. Puis il la posa sur la table, sortit ses Winston, les plaça à côté de la mallette, gagna le salon de thé et s'offrit une grande tasse de café noir bien amer. Enfin il revint à son bureau, s'affala dans son fauteuil, alluma une Winston et s'inhala deux pleins poumons de fumée.

Génial.

Après quoi, il avala son café instantané, tira une autre bouffée de sa cigarette…

PEAU DE BUFFLE AUTHENTIQUE, lut-il sur la mallette en cuir.

Il l'ouvrit. Et trouva le pistolet, sécurité armée. Il sortit son carnet et écrivit : *Antoinette Nienaber ? Le pisto-*

365

let toujours à portée de main ? Connaissait Oberholzer ? Ferreira ? Wilson ? Fidèle à son mari ? ? ?

Il reposa son stylo et son carnet, s'empara du pistolet et en renifla le canon. L'arme n'avait pas servi ni n'avait été nettoyée depuis longtemps. Pourquoi te baladais-tu avec ce pistolet, Oliver ? Il écarta le Star, reprit sa cigarette et en tira une autre bouffée.

Un petit agenda noir aux coins dorés. A la fois agenda et carnet de notes. Il le feuilleta jusqu'à la date du premier meurtre. 2 janvier. Rien d'important. Il continua de tourner les pages. 3, 4, 5, 6, 7, 8 janvier. Rendez-vous avec des gens dont il n'avait jamais entendu parler. Puis *Anniversaire d'Ollie*. Un des fils. 9, 10, 11.

Puis la liste.

Mac McDonald. Mal orthographié. *Carina Oberholzer. Jacques Coetzee.* Un blanc. *Hester Clarke.*

Mat Joubert oublia la Winston qu'il tenait entre ses doigts. Il relut la liste. Il se leva et gagna la porte.

– Nougat ! cria-t-il dans le couloir d'un ton pressant. Snyman ! Basie !

Sa voix avait changé. Il cria de nouveau, encore plus fort.

« Il est malade, Matthew. Il est en train de dérailler. »

C'étaient les paroles d'Anne Boshoff qui le poussaient à agir. Il allait arrêter ce type. Il allait faire tout son possible pour que Hester Clarke et Jacques Coetzee ne deviennent pas eux aussi des « affaires ». Il était l'homme qui se noie mais auquel on a jeté une bouée de sauvetage, le nomade du désert qui voit l'oasis reflétée dans le mirage. Il était général au combat – et la guerre avait sérieusement commencé.

La salle de revue ressemblait à une ruche. Joubert s'était assis contre le mur du fond. A côté de lui se tenait O'Grady. Ils distribuaient la liste. Les renforts arrivés des autres commissariats faisaient la queue. On travaillerait par équipes de deux. Le mot d'ordre était de retrouver les bons Clarke et Coetzee. Pour tout indice, il n'y avait que les noms et les photos des victimes de l'assassin au Mauser. Et ceux de Carina Oberholzer.

— Y a cinquante-quatre Coetzee dans ce putain d'annuaire ! s'était plaint O'Grady lorsqu'ils s'étaient réunis dans le bureau de Joubert.

— Et des centaines de Clarke avec un E, avait ajouté Snyman.

— Vu qu'il a mal orthographié MacDonald, avait fait remarquer Joubert, il va aussi falloir s'occuper des Clark sans E.

— Ce qui nous en fait cent de mieux ! avait gémi Snyman.

— Aucune importance, avait répliqué Joubert. C'est aujourd'hui qu'on boucle.

Et le ton était définitif.

Plus tard, de Wit était passé. Joubert l'avait mis au courant des derniers développements de l'enquête et lui avait demandé des renforts. Surexcité et n'ayant pas honte de le montrer, de Wit avait filé à son bureau au trot afin d'appeler le brigadier et le général.

Louw était arrivé en retard – son haleine puait l'alcool et il avait l'air très content de lui. Joubert lui avait assigné la tâche de demander aux proches des victimes ce qu'ils savaient sur ces nouveaux noms. Il avait ensuite gagné la salle de revue pour lancer tous les hommes de la brigade disponibles sur les traces de tous les J. Coetzee et H. Clarke de la création. Il n'oubliait pas non plus que les initiales pouvaient tromper. Jacques pouvait très bien être un deuxième prénom, l'initiale apparaissant juste après dans l'annuaire. Cela dit, il fallait bien commencer par quelque chose.

« Vous leur demandez de regarder les photos. Vous leur lisez les noms et vous les observez : ils pourraient très bien mentir », telles étaient les consignes que toutes les équipes avaient reçues. Nienaber avait menti sur Wallace et MacDonald et, maintenant, il était mort. Pourquoi Nienaber avait-il menti ? Pourquoi ce pistolet ? L'avait-il toujours avec lui ?

Pressé par le capitaine, Snyman avait fiévreusement fait des copies de la liste.

Et maintenant les inspecteurs ne cessaient d'arriver – de Paarl et de Fish Hoek, de Table View et de Stellenbosch, certains agacés parce qu'ils avaient d'autres affaires importantes sur le feu, d'autres reconnaissants du changement et de l'occasion qui leur était offerte de travailler sur le dossier du très sensationnel « meurtrier au Mauser ».

– Appelez l'hôpital. Demandez-leur s'il est possible de parler avec la femme de Nienaber, dit Joubert à Gerrit Snyman qui distribuait sa dernière pile de listes.

Snyman fila, tandis que Joubert et O'Grady dispatchaient de nouvelles tâches.

– D'après le docteur, elle a repris connaissance, mais elle ne peut voir personne, dit Snyman en revenant.

– C'est ce que nous verrons, rétorqua Joubert. Vous prenez ça, je fonce à l'hôpital.

A Kraaifontein, dans le grand terrain à ciel ouvert entre l'école d'Olckers High et la ligne de chemin de fer, se dressait un énorme chapiteau. A l'entrée une bannière proclamait :

TABERNACLE DU RÉDEMPTEUR
SERVICES LES :
MERC. À 9 HEURES ET DIM. À 9, 11 ET 19 HEURES

A côté du chapiteau se trouvait une caravane Sprite

Alpine, modèle 1979, avec une petite tente plantée devant. Sur le canapé de cette caravane était assis le pasteur Paul Jacques Coetzee. Il se préparait activement pour le service suivant.

Le pasteur Coetzee ne se doutait pas que plus de quatre-vingts inspecteurs de la péninsule du Cap étaient en train de le chercher : il n'avait pas la télévision et ne lisait pas les journaux. « Les instruments du diable », ainsi qualifiait-il souvent les médias dans ses sermons enflammés.

Absorbé par son travail, il entendait déjà toutes les formules qu'il allait jeter du haut de sa chaire en pin et le leitmotiv du Message que les haut-parleurs lance-raient en écho dans tout le terrain.

C'est au plus profond du cœur que naissent les mau-vaises pensées, le meurtre, l'adultère, la corruption, le vol, les faux témoignages et les ragots scandaleux...

– Sergent ? J'ai le renseignement que vous cherchiez, annonça la secrétaire du directeur régional de la banque Premier.

Griessel avait pris place dans le bureau et se tenait prêt à écrire.

– Je suis tout ouïe, dit-il.

– Sur les quatorze noms que vous nous avez donnés, cinq ont un compte chez nous. Carstens, Geldenhuys, Milos, Rademann et Stewart.

– Et... ? dit-il quand il eut fini d'écrire.

– Carstens et Rademann sont des femmes. Sur les trois hommes qu'il nous reste, deux sont des clients à problèmes.

– Oui ?

– Milos et Stewart. Milos a un découvert de 45 000 rands et seize incidents impliquant des arriérés à payer sur les vingt-quatre derniers mois.

Griessel émit un sifflement.

– Son compte chèque est bloqué et il n'a pas d'autre compte chez nous. Nous avons déjà entamé les poursuites judiciaires pour essayer de récupérer ce qu'il nous doit. La voiture de Stewart a été reprise par le vendeur il y a deux mois de ça, suite à six mois de non-paiement des traites qui se montent à 980,76 rands par mois. Nous l'avons interdit de chéquier et de carte de crédit. Mais il a un compte d'épargne chez nous. Le solde en est de 543,80 rands.

Griessel transcrivit tout ce qu'on lui disait.

– Sergent ? reprit la femme à la voix douce.

– Oui ?

– Mon patron me demande de vous rappeler que tous ces renseignements sont strictement confidentiels.

– Absolument, dit-il en souriant.

– Je comprends votre position, docteur, mais vous aussi, vous devez comprendre la mienne. Il y a un type qui se balade avec un Mauser et, d'après les criminologues, il ne se dominerait plus. Et dans cette chambre, une femme peut nous aider à prévenir un autre bain de sang.

Il fut fier des mots qu'il avait choisis.

– Vous ne comprenez pas, capitaine. Son état est… Elle est au bord du gouffre. Je suis responsable de sa santé, rien de plus.

Joubert joua son atout.

– Docteur, dit-il, vous voulez que j'aille voir le juge et que je lui demande un mandat ?

– Capitaine, lui renvoya-t-il, le juge devra m'entendre, moi aussi.

Un partout. Debout, ils se faisaient face dans le couloir de l'hôpital privé. Petit et maigre, le docteur avait des cernes noirs sous les yeux.

– Je vais lui demander si elle est d'accord pour vous voir, dit-il enfin.

– Je vous remercie.

Joubert attendit pendant qu'il ouvrait la porte de la chambre et disparaissait à l'intérieur. Il mit les mains dans les poches de son pantalon et les ressortit. Il était malheureux. Il n'avait pas le temps d'attendre. Il pivota sur lui-même et fit les cent pas sur la moquette épaisse. Il tourna et vira, encore et encore.

Enfin le docteur reparut.

– Elle dit qu'elle vous doit bien ça.

– Merci, docteur.

– Cinq minutes, capitaine. Et on y va très doucement.

Le docteur lui ouvrit la porte. Antoinette Nienaber avait une mine effroyable. Les rides autour de sa bouche étaient très marquées. Ses yeux étaient enfoncés dans leurs orbites et son visage d'une pâleur de fantôme. Allongée, la tête sur un oreiller, le haut du corps légèrement surélevé, un goutte-à-goutte attaché à son bras, elle portait une chemise de nuit bleu ciel. Ses cheveux blonds étaient étalés sur l'oreiller.

Joubert s'approcha.

– Je suis désolé, commença-t-il, mal à l'aise.

– Moi aussi, dit-elle d'une voix lointaine.

Il vit les traces de narcotique dans ses yeux au regard flou.

– Je n'ai que quelques questions à vous poser. Surtout, dites-moi quand vous serez fatiguée.

Elle acquiesça d'un hochement de tête.

– Savez-vous si votre mari connaissait Ferdy Ferreira ou Drew Wilson ?

Il lui fallut un petit moment pour secouer la tête. Non.

– Carina Oberholzer ?

Non.

– Jacques Coetzee ?

Non.

– Hester Clarke ?

– Non, fit-elle d'un tout petit filet de voix.

– Votre mari se promenait-il toujours avec une arme à feu dans son attaché-case ?

Ses yeux se fermèrent. Les secondes passèrent. Dans le couloir, il y eut des bruits de pas.

L'avait-elle entendu ?

Les yeux se rouvrirent.

– Non, dit-elle, et une larme se forma sous son œil, courut le long de sa joue pâle, tomba sur le col bleu de sa chemise de nuit et y resta une seconde avant d'être absorbée par le tissu.

Il se retrouva pris dans des émotions contradictoires. L'urgence le poussait à lui demander si son mari lui avait été fidèle, mais il savait bien que ce n'était pas possible, pas maintenant. En procédant par euphémismes ? Avaient-ils été heureux en ménage ? Il la vit qui le regardait, ses yeux exprimaient l'attente, celle de la biche devant le canon du fusil.

– Merci, madame Nienaber, dit-il. J'espère que vous… Rétablissez-vous vite.

Merci. Ses lèvres avaient formé le mot, mais aucun son n'en était sorti. Elle tourna la tête vers la fenêtre.

Joubert était revenu au bureau et avait déjà l'oreille collée au téléphone.

D'après Julio Da Costa, Carina Oberholzer avait peut-être mentionné des noms tels que Jacques Coetzee ou Hester Clarke, mais franchement, il ne s'en souvenait plus.

– Elle parlait beaucoup, capitaine. Tout le temps. Et elle riait. C'était une jeune femme très vivante. Elle aimait les gens et les fêtes. Elle ne travaillait que pour gagner de l'argent et passer le temps. C'était quelqu'un qui vivait la nuit. C'est comme ça que nous nous sommes rencontrés. Elle est venue ici un vendredi soir, après minuit, avec toute une bande d'amis.

– Et… ?

– Ben quoi, capitaine. Vous savez bien comment c'est. On ne peut quand même pas travailler tout le temps. Et vous savez ce que c'est quand on a une femme à la maison.

Joubert garda le silence. Non, il ne savait plus.

– Ce n'est pas illégal, reprit Da Costa sur la défensive. Et d'ailleurs, elle n'en était pas à son premier essai.

– Comment le savez-vous ?

– Ça, les hommes le savent toujours, capitaine. Si vous l'aviez possédée, vous sauriez ce que je veux dire. Elle était chaude, cette nana-là.

– En parlait-elle ?

– Tout ce qu'elle disait, c'est qu'elle n'avait aucune envie de voir la vie lui passer sous le nez. Elle voulait en savourer tous les instants.

Joubert mit fin à la conversation.

Carina Oberholzer, de Keimoes. Carina qui riait, parlait et vivait sa courte vie à fond. La fille de la campagne qui disait oui – au rusé catholique portugais et à Dieu sait qui encore. Personne ne l'aurait donc connue assez pour savoir ce qu'elle savait ?

Il obtint le numéro de ses parents, le composa – avec son indicatif, il était interminable – et attendit. Ça sonna longtemps. Une femme décrocha, une servante.

– Les maîtres sont pas là, dit-elle. Ils sont allés chercher leur fils à Johannesburg.

Il sortit le Tupperware de son tiroir et l'ouvrit : 60 grammes de fromage blanc à 0 % de matière grasse, quatre boules de riz, tomate, avocat et laitue avec un peu d'assaisonnement, mais sans graisses. Il allait mourir de faim. Au moins sa Winston l'attendait-elle – le point culminant de sa journée, son plus grand plaisir.

Quelqu'un courait dans le couloir.

Il comprit qu'on avait retrouvé une personne de la liste. C'était Louw.

– Il a flingué Jacques Coetzee, capitaine ! s'écria-t-il. Y a moins d'une heure. Mais, cette fois-ci, y a des gens qui l'ont vu !

Les deux écoliers étaient en sixième et très désireux de voir le corps, mais les policiers ne voulaient pas en entendre parler. Les enfants devaient dégager et se tenir entre les cordes qui maintenaient le chapiteau en place s'ils voulaient continuer à regarder arriver les voitures de police. Il n'empêche : c'était nettement mieux que le cours de biologie qu'ils étaient en train de sécher.

Un des premiers inspecteurs à arriver sur les lieux vint tout de suite les voir. C'était un grand costaud.

– Voilà les enfants, capitaine.

– Merci, dit le grand costaud.

Puis il leur tendit une main énorme et leur lança :

– Mat Joubert.

– Moi, c'est Jeremy, monsieur.

– Neville, dit l'autre.

Le grand costaud leur serra la main.

– Il va falloir tout me raconter.

– Vous êtes pas passé à la télé l'autre soir ?

Le grand costaud haussa les épaules.

– Ça se peut.

– Alors, c'est l'affaire du Mauser, non ?

– On le pense.

– Putain, monsieur ! Il les zigouille tous, les uns après les autres !

On ne cachait pas son admiration.

– On va le coincer.

– On n'a vu que sa voiture, monsieur, dit Jeremy. On avait entendu les coups de feu. On était derrière l'auvent

374

du camion quand on les a entendus, mais comme y avait un train qui passait, on n'était pas trop sûrs. Alors, on s'est approchés pour regarder. C'est là qu'on a vu la bagnole.

– Quelle marque ?

– C'est là qu'il y a un problème, monsieur.

– C'est toi qui sais pas reconnaître les voitures !

– Si, si, les voitures, je connais. Tu ferais mieux d'aller te faire examiner les yeux !

– Bon, ça suffit, dit Neville sans se fâcher, comme s'il s'agissait d'une dispute habituelle.

– C'était une Fiat Uno, monsieur, blanche. Je crois que c'était un modèle Fire, mais j'en suis pas sûr. C'était pas une turbo, parce que les turbos, elles ont des bandes en décalcomanie et des jalousies en plastique sur la lunette arrière.

– C'était une City Golf, monsieur ! Blanche. L'arrière des Golf, je connais, parce que mon frère en a une. Lui aussi est dans la police, monsieur. Au Natal. Ils flinguent les Zoulous.

– Arrête ça, fit Jeremy. Ils vont finir par te coffrer.

– T'es sûr que c'était une Uno ?

– Oui, monsieur.

– Et toi, tu es aussi sûr que c'était une Golf ?

– Oui, monsieur.

– Et le numéro ?

– On est arrivés trop tard. On a juste vu l'arrière de la voiture quand il dégageait.

Joubert évalua la distance qui séparait la clôture de l'école de la route qu'avait prise le véhicule.

– Vous n'avez pas vu à quoi il ressemblait ?

– Non, monsieur.

– Eh bien, merci beaucoup, les gars. Et si jamais l'un d'entre vous décidait qu'il s'est trompé pour la marque, il me le fait savoir, d'accord ? On me trouve à la brigade des Vols et Homicides.

– Bien sûr, monsieur.

Il était sur le point de rejoindre la caravane lorsque Jeremy reprit la parole :

– Monsieur ?

– Oui ?

– On peut vraiment pas voir le corps ?

Joubert réprima un sourire et secoua la tête.

– C'est pas joli-joli, vous savez ?

– Y a beaucoup de sang ?

– Des litres.

– Et les balles ? Y a des trous, monsieur ?

– Gros comme des maisons, dit-il en mentant d'une manière éhontée.

– Puuutain ! dit Jeremy.

– Ouh ! là, là ! dit Neville. C'est vrai que c'est un canon, ce Mauser.

Et, profondément impressionnés, ils s'en furent avec un renseignement qui valait une fortune dans leur monde.

37

C'est une des équipes volantes qui avait trouvé le corps.

– On a dû le rater de quelques minutes, capitaine ! Le sang n'avait même pas eu le temps de coaguler.

Le cadavre reposait dans la caravane, où le coup de feu l'avait projeté en arrière. Jacques Coetzee avait le crâne ouvert, juste au-dessus de l'oreille gauche. Le deuxième coup avait été porté au cœur, comme dans tous les meurtres précédents, hormis celui de MacDonald.

Si seulement il avait examiné le contenu de l'attaché-case la veille ! Mais comment aurait-il pu savoir ? Il rejoignit la Sierra et appela O'Grady par radio. Il fallait rappeler toutes les équipes qui essayaient de retrouver Jacques Coetzee. Tous les efforts devaient maintenant se concentrer sur Hester Clarke. Il fallait essayer de sauver au moins une vie dans tout ça.

– Il y a une adresse sur la facture de téléphone, capitaine, lui dit Louw qui l'appelait de la caravane. C'est à Durban.

Au moins le lien était-il sûr ce coup-là, pensa Joubert. Ils savaient maintenant que la liste de Nienaber voulait bien dire quelque chose. Et qu'il n'y restait plus qu'un nom.

Il héla Louw et ils partirent pour Durban. En ruine, la maison se trouvait au centre-ville. Pelouse haute et mal entretenue, plates-bandes envahies par les mauvaises herbes.

– J'espère qu'il était meilleur pasteur que jardinier, dit Louw.

Il avait emporté un trousseau de clés qui pendait à la serrure de la caravane, il les essaya toutes jusqu'à ce que l'une d'entre elles ouvre la porte de devant.

Ils entrèrent. Il n'y avait pas de meubles dans le salon, seulement un téléphone posé par terre. L'évier de la cuisine était plein d'assiettes sales. Dans un coin de la pièce, un vieux frigo faisait un bruit de ferraille. Pas de moquette dans le couloir. Même chose pour la première chambre. La deuxième comprenait un lit et une table de nuit sans tiroirs. Une pile de livres était posée par terre. Joubert en prit un : *Loué soit Son nom*. Le deuxième volume était lui aussi à caractère religieux. Et tous les autres.

Sur la table de nuit se trouvait une enveloppe ouverte. Joubert la ramassa et en sortit une lettre :

SMUTS, KEMP ET SMALL,
NOTAIRES ET AVOCATS

Cher monsieur Coetzee,
D'après notre cliente, Mme Ingrid Johanna Coetzee, vous lui devez encore, au titre de la pension alimentaire dont le montant a été arrêté lors de votre jugement de divorce, la somme de…

Griessel talonnait George Michael Stewart de près.

Il avait fait chou blanc à son appartement d'Oranjezicht, mais le gardien lui avait dit que le suspect travaillait comme garçon à temps partiel chez Christie, un restaurant de Long Street.

Incapable de trouver une place de stationnement, Griessel finit par se garer dans une zone de chargement de Wale Street et tourna le coin de la rue. Le restaurant était plein, on remarquait de nombreux yuppies. Il y fut accueilli par un grand type élégant au sourire tendu, et promptement conduit à une table au fond de la salle, près de la porte des cuisines, une carte lui étant aussitôt fourrée dans la main.

Griessel s'assit et sentit tous les regards se poser sur lui. Il ne collait pas dans le tableau. Il consulta le menu et comprit qu'il ne pourrait pas se payer grand-chose. Il décida de commander une soupe au potiron et releva la tête. Il n'y avait que deux hommes qui servaient, tous les deux blancs – le type élégant qui l'avait conduit à sa table et un autre de taille et carrure moyennes. Tous les deux portaient la même tenue, à savoir un pantalon noir et une chemise blanche avec un nœud papillon noir. Tous les deux avaient les cheveux noirs et coupés court, tous les deux étaient rasés de près. Tous les deux avaient un nez qui ressemblait beaucoup à celui du braqueur de banques.

M. Taillemoyenne se dirigea vers Griessel, son crayon et son carnet de commandes à la main.

– Je vous propose nos spécialités du jour ? lui demanda-t-il mécaniquement et sans vraiment le regarder.

– Comment vous appelez-vous ?

– Michael Stewart, répondit l'homme en regardant son client de plus près.

– J'aimerais commander la soupe de potiron, s'il vous plaît.

– Bien, monsieur. Et après ?

– Ce sera tout, merci, monsieur Stewart.

– C'est parfait, dit l'homme avant de filer à la cuisine.

Il parle anglais, songea Griessel. Le voleur parle afrikaans. Simple écran de fumée ?

Il se pencha en avant, les coudes sur la table, les mains sous le menton, et regarda les gens qui l'entouraient. C'étaient surtout des hommes, avec une femme par-ci par-là. Tout près de la Cour suprême et du Parlement, songea-t-il. Des gens importants, qui roulaient en BMW et se promenaient avec des téléphones portables. A la table voisine, un client avalait sa bière avec grand plaisir : le verre incliné, la pomme d'Adam qui monte et qui descend jusqu'à ce que, la dernière lichette de mousse sortant enfin du verre, on le repose sur la table et s'essuie la bouche avec une serviette.

Griessel imagina la chaleur qui se répandait dans l'estomac du bonhomme, sentit comme elle devait lui faire du bien par tout le corps, voilà qu'elle remontait à sa tête, Dieu que c'était chaud et agréable – ça titillait, voilà, une vague de plaisir qui arrondit tous les angles.

Il baissa la tête et regarda le poivrier et la salière posés sur la table. Il était trempé de sueur.

Et George Michael Stewart n'était toujours pas ressorti de la cuisine. Il y avait anguille sous roche.

Il tripota le Z88 attaché à sa ceinture. Il n'aurait pas dû lui demander son nom. Il regarda la porte de la cuisine. Depuis combien de temps Stewart avait-il disparu de l'autre côté ? Cinq minutes ? Il n'y avait plus que M. Élégant qui se démenait entre les tables, ici pour reprendre une bouteille vide, là pour demander si on était content de la nourriture.

Où était passé Stewart ?

Les minutes passèrent et le malaise de Griessel s'accentua. Si jamais Stewart s'était douté de quelque chose et avait décampé par la porte de derrière, il pouvait être déjà à la gare.

Préparer une soupe ne demandait certainement pas aussi longtemps.

Il prit sa décision tout d'un coup. Il se leva et, la main sur la crosse de son arme, se dirigea vers la cuisine. Le dos contre la porte en métal et le pistolet dans la main, il frappa avec force et rentra tout droit dans George Michael Stewart et son assiette de soupe jaune vif. Le liquide brûlant éclaboussa sa chemise et sa cravate, tandis que Stewart chavirait en arrière et dégringolait sur le cul. Les yeux écarquillés, il regarda la silhouette carrée qui se dressait au-dessus de lui avec un pistolet.

– Je ne sers quand même pas si mal que ça ! s'écriat-il nerveusement.

Tiré à quatre épingles, costume gris foncé et cravate à la mode, maître Kemp était aussi grand que Joubert. Il s'était assis sur le bord du bureau, Joubert et Louw ayant pris place dans les fauteuils en face de lui. L'avocat était occupé à appeler East London où résidait désormais sa cliente, Mme Ingrid Johanna Coetzee.

Il s'était montré tout de suite désireux d'aider la police. Rapide et efficace, il avait la voix grave et les cheveux terriblement bien coupés et peignés.

Joubert examina encore une fois ses habits – le costume croisé, les fines rayures tissées dans l'étoffe même.

Il n'avait pas, lui, de vêtements décents pour aller à l'opéra le lendemain soir. Il allait devoir s'acheter un costume de ce genre-là. Et se faire couper les cheveux. Il fallait que tout soit parfait… si jamais Hanna Nortier acceptait son invitation. Si jamais il arrivait à aller la voir cet après-midi.

– Je vois, lança l'avocat dans l'écouteur, je vois. Bon. Merci. Au revoir. (Il raccrocha et ajouta :) Elle est en vacances. Elle est partie faire de la plongée. Je ne savais même pas qu'elle aimait ça. C'est une petite femme, sans couleur ni grandeur d'aucune sorte.

Il contourna le fauteuil derrière son bureau.

– Je n'ai pas voulu lui parler de la mort de ce monsieur.

Il écrivit quelque chose dans un grand bloc-notes, arracha la page et la tendit à Joubert.

– Tenez, dit-il, c'est là qu'elle travaille. A la comptabilité. Elle devrait retourner au bureau lundi matin.

– Va falloir y aller en avion, dit Joubert à Louw.

Puis il se tourna vers l'avocat :

– Pourquoi ont-ils divorcé ?

– Ses trucs de religion, répondit Kemp. Il était technicien télé, je crois. Ici, à Bellville. Il tenait un magasin de réparations. Et tout d'un coup, il s'est mis à donner dans la sainteté et a aussitôt perdu son boulot parce qu'il passait tout son temps à l'église, vous savez bien : les charismatiques, celles où on passe ses soirées à crier alléluia et amen en frappant dans ses mains. Un jour, elle n'a plus supporté. Heureusement, il n'y avait pas d'enfants. Au début, il a refusé le divorce. Ça allait à l'encontre de la Loi et de la foi. Nous lui avons ménagé un petit enfer, je ne vous dis que ça. Sans même parler de la pension… Ma cliente n'avait jamais travaillé. Il voulait qu'elle reste à la maison à jouer à la mamma et à faire le ménage. Il n'a jamais eu toute sa tête…

– C'est alors qu'il a fondé sa propre Église ?

– Après le divorce, oui. Je ne connais qu'une partie de l'histoire, celle que m'a racontée sa femme. Elle n'arrivait pas à croire qu'il soit capable de prêcher. Il avait toujours été taciturne. Mais bon, hein… quand le Seigneur appelle… Il s'est brouillé avec toutes les autres Églises et a fondé la sienne. Il y a pas mal d'argent à se faire là-dedans, vous savez ?

– L'endroit où il travaille ?

– Je ne sais pas. Il faudra que vous le demandiez à sa femme.

– Je vous remercie beaucoup, conclut Joubert en se levant.

Louw l'imita.

– Tout le plaisir est pour moi, dit l'avocat. J'aime

bien aider la police quand je peux. Vous pensez coincer le type au Mauser ?

– Ce n'est plus qu'une question d'heures.

Arrivé à la porte, Joubert se retourna.

– Je peux vous demander où vous achetez vos habits ?

– A Queenspark, répondit l'avocat en souriant. Mais je dois vous avouer une chose : c'est ma femme qui choisit. Je suis bien trop nul de ce côté-là.

Le restaurant était vide. Sa chemise et sa cravate enfin raisonnablement propres, mais encore très mouillées après une énième application de torchon humide, Griessel s'était rassis à sa table et Stewart avait fini par prendre place en face de lui. Ils fumaient les cigarettes de ce dernier, des Gunston.

– Je ne braque pas les banques, dit Stewart.

Son afrikaner était passable, mais pas dénué d'accent.

– Vous pouvez le prouver ?

– Demandez à Steve, dit-il en lui montrant l'autre serveur à nœud papillon du bout de sa cigarette.

Celui-ci finissait de nettoyer les tables avec quelques femmes noires.

– Je suis ici tous les jours, de 10 heures du matin à minuit.

– Mon frère Jack ment autant que moi, mais…

– Du diable, oui ! Steve est le propriétaire du restaurant et ça lui rapporte de l'argent. Pourquoi voudriez-vous qu'il mente ?

– Pourquoi travaillez-vous ici ?

– Parce qu'il n'y a pas assez de boulots de maquillage au Cap. Je n'aurais jamais dû venir ici.

– Pourquoi l'avez-vous fait ?

– Pour une femme. Et aussi pour la montagne et la mer, l'atmosphère, quoi. Ma femme m'a laissé tomber quand je n'ai plus eu d'argent. Je dois du fric à la banque et les boulots de maquillage sont rares. Le dernier remonte à deux mois. Des Français venus tourner une pub pour la télé. Ma voiture... je continue à la payer alors même qu'elle est à la casse...

Griessel sortit une photo de sa poche. Elvis.

– Vous connaissez ce type ?

Stewart examina le cliché.

– Il est... (il chercha le mot juste)... peu soigneux.

– Comment ça ?

– Regardez ses rouflaquettes ! On voit la colle. Il doit se maquiller tout seul et ce n'est pas facile. Personnellement, je n'ai même jamais essayé.

– Vous le connaissez ?

– Non.

– Avez-vous jamais entendu parler d'un certain Janek Milos ?

– Hmm...

– Vous ne le connaissez pas.

Ce n'était pas une question mais une affirmation. Griessel était déçu que Stewart ne soit pas son bonhomme. Et que Janek Milos n'ait pas l'air d'un Afrikaner qui pillait poliment des banques, en disant « mon cœur » aux caissières. Il était déçu que toutes ses belles théories s'effondrent les unes après les autres.

Les inspecteurs venaient chercher d'autres noms et adresses et chaque fois qu'une équipe arrivait, Joubert sentait son cœur qui flanchait : on avait échoué, une fois de plus. On avait fait tous les Clarke sans E, on en était aux initiales R et S et on n'avait toujours rien trouvé.

Il consulta sa montre. Sa séance avec Hanna Nortier se rapprochait à grands pas et il n'avait toujours pas trouvé d'excuse pour ne pas s'y rendre.

Louw était passé lui dire au revoir. Il avait trouvé une place sur le vol de 6 heures pour Port Elizabeth et East London. Ils avaient revu une dernière fois toutes les questions qui devaient être posées. Puis Louw était parti, les yeux tout ensommeillés après sa gueule de bois.

Deux inspecteurs arrivèrent encore, en secouant la tête.

– Téléphone, capitaine ! lança Mavis de la porte.

Joubert se leva et gagna vite la réception.

– Joubert, dit-il.

– Bertus Botha à l'appareil, capitaine. On a retrouvé une Hester Clarke. Mais elle est morte. D'un cancer. Début décembre.

– D'où m'appelez-vous ?

– De chez sa sœur, capitaine. A Fish Hoek. La défunte avait cinquante-trois ans. Vieille fille. Artiste. Elle faisait des cartes de Noël et d'autres trucs pour un éditeur de Maitland, mais les deux sœurs travaillaient chez elles. Puis elle a eu un cancer de la colonne vertébrale. D'après sa sœur, les docteurs peuvent dire ce qu'ils veulent, ce serait parce qu'elle restait assise toute la journée. Elle dit aussi que tout ce qu'elle sait sur les meurtres au Mauser, elle l'a lu dans les journaux et vu à la télé.

– Elle en est sûre ?

– Oui, capitaine. On lui a montré les photos et tout et tout.

– Sa sœur n'a jamais eu de contacts avec Oliver Nienaber ?

Il espérait désespérément : il ne devait pas y avoir des tonnes de Hester Clarke au Cap et il avait peur de ne jamais arriver à ses fins.

– Elle dit qu'elles ne sortaient jamais. Les rues ne sont pas sûres. Elle connaissait tous les gens que connaissait sa sœur.

Joubert chercha encore d'autres pistes.

– Le médecin qui a soigné sa sœur… trouvez-moi son nom. Je reste en ligne.

Il entendit Botha reposer le téléphone, puis il y eut des bruits de conversation en arrière-plan. Au bout d'un moment, Botha revint avec le renseignement. Groote Schuur. Joubert nota. Puis il remercia Botha et consulta de nouveau sa montre. Il avait juste le temps de passer à l'hôpital avant d'aller voir sa psychologue.

38

Le médecin se rappelait très bien la maladie de Hester Clarke.

– Forte femme, dit-il. Elle ne se plaignait jamais. Et pourtant, ça devait être extrêmement douloureux, surtout les derniers mois.

Quand le cancer avait-il été diagnostiqué ?

Trois ou quatre ans plus tôt. Ils avaient tout essayé.

Son état d'esprit ?

Forte femme. Je vous l'ai dit.

Ainsi Joubert était-il allé à la pêche, en essayant inutilement d'attraper quelque chose qui pourrait l'éclairer. Il savait que c'était une impasse.

Il gagna la ville et parla avec O'Grady par radio.

On n'avait pas d'autre Hester Clarke. La plupart des équipes étaient rentrées. Mais il y avait des choses intéressantes du côté de la caravane du pasteur Jacques Coetzee. On y avait trouvé 40 000 rands sous un siège. En liquide. Et des documents bancaires attestant que, côté finances, l'Église se portait on ne peut mieux. Il y avait aussi des listes de membres de la congrégation, de diacres, d'anciens…

Qu'on lui apporte tout ça au bureau, avait dit Joubert. Et il avait renvoyé l'équipe de Bertus Botha chez la sœur de Hester Clarke. Il fallait trouver à quelle Église elles appartenaient. Et réinterroger les proches des autres victimes par téléphone. Demander aux enfants

Nienaber. Avaient-ils jamais entendu parler de l'Église du Tabernacle de la Rédemption ?

En conduisant, Joubert sentit l'optimisme lui revenir. Chaque affaire était une espèce de montagne qu'il fallait gravir. Parfois les prises pour les mains et les pieds étaient faciles et monter jusqu'au sommet ne présentait aucune difficulté : alors venaient les mandats d'arrêt, les preuves, les mobiles et les relations de cause à effet qui s'emboîtent à la perfection. Parfois aussi, comme maintenant, les parois de la montagne étaient lisses et glissantes, sans le moindre creux où mettre la main ou l'orteil pour s'accrocher. Alors on montait et dérapait, remontait et dérapait à nouveau, sans résultat ni la moindre possibilité d'atteindre le sommet.

Sauf que la situation commençait à évoluer. On tenait enfin quelque chose qui pouvait pousser quelqu'un à tuer. A exploser six personnes pour les envoyer dans un monde meilleur.

L'argent.

La racine de tous les maux. La force agissante, le besoin qui fait qu'on vole, qu'on presse la détente, qu'on frappe, qu'on réduit en morceaux, qu'on met le feu.

Il sentait la montée d'adrénaline lorsqu'il pénétra dans la salle d'attente et s'affala sur une chaise. Ils touchaient au but. Ils y étaient presque. Il allait résoudre l'affaire – aujourd'hui même.

Hanna Nortier ouvrit la porte, le sourire aux lèvres.

– Entrez, capitaine Joubert.

Il y avait de la gaieté dans sa voix, et il s'en réjouit parce qu'il sut alors qu'elle allait l'accompagner à l'opéra.

– Je crois qu'il faut commencer par la soirée de demain, poursuivit-elle en rouvrant son dossier. Pour mettre cette histoire derrière nous. Je n'ai pas le droit de sortir avec vous, capitaine. Ce serait aller à l'encontre de l'éthique professionnelle. Et injuste envers vous parce que nous avons encore pas mal de travail à faire, et pas des plus simples. C'est totalement injustifiable.

Il la regarda en essayant de ne pas lui montrer sa déception.

– Cela dit, il y a l'autre face du problème, reprit-elle. Je suis flattée que vous m'ayez demandé de sortir avec vous. Cela ne m'est pas arrivé depuis si longtemps que je ne sais même plus à quand ça remonte. Et j'en ai très envie. J'ai très très envie de voir *Le Barbier de Séville*. Je meurs d'envie de sortir. Je suis dans une mauvaise passe et je crois pouvoir mettre une barrière entre ma vie professionnelle et ma vie privée. Je devrais pouvoir y arriver. Mais pas à vos dépens.

Elle parlait vite et d'un ton pressant. Ce n'était pas la Hanna Nortier qu'il connaissait. Elle faisait danser ses mains pour souligner ses propos, ses pupilles étaient dilatées et noires, et sa beauté si parfaite qu'il n'arrivait pas à en détacher les yeux.

– Et vous, Mat, reprit-elle, vous sentez-vous capable de séparer le personnel du… thérapeutique ?

Pas trop vite, se dit-il. Pas trop d'empressement.

– Je crois, oui.

Bien calme, réfléchi.

– Il faut en être absolument sûr, insista-t-elle.

– J'en suis sûr.

Trop vite.

– Vous pourrez toujours m'appeler demain si vous changez d'avis, dit-elle.

Et donc… elle venait ou elle ne venait pas ?

– Je vais vous donner mon adresse personnelle. A quelle heure commence la représentation ? 8 heures ?

Il acquiesça d'un signe de tête.

– Je serai prête à 7 h 30.

– Merci, dit-il.

Pourquoi la remerciait-il ? Il lui en était si reconnaissant qu'il en avait l'estomac noué.

– Et l'enquête ?

Il ne réagit pas tout de suite – il fallait quand même le temps de changer de vitesse.

– Bien, dit-il. Ça avance. On touche au but.

– Racontez-moi.

– Il y a eu un autre assassinat ce matin. Le pasteur d'une petite église sous tente à Kraaifontein. Ils… On a trouvé de l'argent dans la caravane. Ça pourrait bien être le motif. Dans ce cas-là, ce ne serait plus qu'une question de temps.

– Ça me fait vraiment plaisir pour vous, dit-elle sincèrement en remettant de l'ordre dans le dossier.

Puis elle changea de ton, regarda droit devant elle et lui lança :

– Et maintenant, vous me parlez de l'enquête disciplinaire.

Il ne voulait pas y penser.

C'était arrivé quatre mois après la mort de Lara.

Mais il ne le lui dit pas. A elle de s'en débrouiller toute seule.

Elle était passée trop rapidement du personnel au professionnel. Il n'était pas prêt. Il s'attendait à un atterrissage en douceur et voilà que, tout d'un coup, il fallait repenser au passé, en rouvrir les portes et entendre les voix, retrouver la noirceur de ce qu'il ressentait alors, la nuit sombre, noire et sans failles, la nuit noire comme poix, l'incroyable fardeau, les rêves fiévreux, épais comme de la mélasse, alors même que quelques secondes auparavant il avait le cœur léger comme une plume, comme un oiseau qui vole.

Il ferma les yeux.

Il ne voulait pas repenser à tout ça.

A contrecœur, il chercha les images dans son esprit.

Les ténèbres.

Il était au lit. C'était l'hiver.

Les images. Lentement. Fatiguées, elles refaisaient surface, inégales et embrouillées. Il était tard, il était dans son lit, il s'en souvenait, lentement le goût lui revenait dans la bouche, le poids des couvertures, le monde de rêves, c'était au royaume des morts qu'il retrouvait sa femme, son rire, ses bruits, hmm, hmm, hmm, un téléphone qui sonne, « Capitaine Joubert… aller à Parow », vent de nord-est froid et humide.

Une maison aux murs en ciment, un portail de jardin, une allée entre des plates-bandes et une petite fontaine au milieu de la pelouse ; les lumières bleues des lampadaires dans la rue ; les voisins en robe de chambre pour se protéger du froid, curieux, regardant droit devant eux ; le policier en tenue qui lui disait que le type était à l'intérieur, qu'il avait abattu sa femme et qu'il refusait de sortir ; les voisins avaient entendu les détonations, étaient venus frapper à la porte et s'étaient fait tirer dessus à leur tour, le type leur criant après, leur disant que ce soir il allait tous les flinguer, les expédier dans l'autre monde ; la joue du voisin qui saignait – il s'était coupé avec les éclats de verre de la fenêtre de devant.

Il s'était planté devant la porte ; le sergent de la brigade des Vols et Homicides lui avait crié : « Non, capitaine ! Pas devant la porte ! » ; le manuel disait qu'il fallait se tenir contre le mur, mais le manuel de Joubert était couvert de suie. « Je ne suis pas armé, je vais entrer et poser mon pistolet de service à l'entrée de la véranda, ça y est, j'ai ouvert la porte et je suis entré… » – « Non, capitaine, putain, non ! Il est complètement cinglé ! »

Il avait refermé la porte derrière lui, le vent était audible partout dans la maison.

« Vous êtes fou ? »

Le gros 375 Magnum pointé sur lui, l'homme dans le couloir, pratiquement fou, frappé de terreur. « Je vais vous tuer tous. »

Il n'avait pas bougé et l'avait regardé ; ses yeux ne clignaient pas, il attendait que le signal lui entre dans la tête et que le rideau tombe. « Vous êtes fou, allez-vous-en. » De la salive lui coulait de la bouche, il avait les yeux d'une bête, dans ses mains le gros revolver tremblait. Il n'avait pas bougé, il s'était contenté de rester planté là, de le regarder fixement, ça ne le concernait pas.

« Où est-elle ? »

Sa propre voix, sans émotion.

« Dans la cuisine. Sale pute. Elle est morte, cette pute. Je l'ai tuée. Et ce soir, je vais tous vous tuer. »

L'arme de nouveau braquée sur lui. L'homme respirait par à-coups, sa poitrine se soulevait, son corps tremblait.

« Pourquoi ? »

Un bruit – un sanglot et un cri, et le dégoût tout en un. L'arme s'était abaissée de quelques millimètres ; l'homme avait fermé les yeux, les avait rouverts.

« Tuer… »

Le vent et la pluie qui frappaient les fenêtres, le toit en tôle ondulé ; la lumière qui courait sur les murs, les ombres des branches des buissons emportées par le vent. Le corps de l'homme incliné vers le mur, le revolver toujours en position haute, l'épaule de l'homme contre le mur ; puis le bruit, un autre, long, comme un gémissement ; l'homme s'était affaissé au sol ; jambes tordues, yeux qui ne voient plus ; en tas, à quatre pattes, assis, le bras sur un genou ; la main relâchée sur l'arme, un bruit, comme le vent, aussi peu réconfortant que son âme.

La respiration qui ralentit.

« Qu'est-ce que je pouvais faire ? »

Il pleure.

« Qu'est-ce que je pouvais faire ? Elle ne voulait plus de moi. Qu'est-ce que je pouvais faire ? »

Les épaules qui tremblent, les spasmes.

« C'est ma femme. »

Comme un enfant. Voix haute et plaintive.

Le silence qui s'éternise, encore et encore.

« Elle lui avait dit : "Tu sais que je t'appartiens." J'étais là, elle ne le savait pas, j'étais là et je l'avais entendue dire : "Je suis toute à toi." »

Ces derniers mots comme un cri, encore. La voix qui monte d'une octave, qui ne comprend pas.

« "Tu sais, comme hier soir", avait-elle ajouté. Je l'ai frappée et elle s'est sauvée. Vers la salle de bains au début… »

Il avait relevé la tête d'un air suppliant.

« Je ne sais même pas qui c'est. »

Pas de réaction.

« Qu'est-ce que je vais faire ? »

Dans le couloir : lui debout, l'homme à moitié allongé à moitié assis contre le mur ; le revolver contre sa jambe ; dehors, quelqu'un avait appelé : « Capitaine, capitaine ! » Puis ç'avait été le silence, encore. Rien que le vent, la pluie et les sanglots, doux maintenant, égaux, les yeux de l'homme rivés sur l'arme à feu.

La conscience d'une possibilité, d'une issue, d'un réconfort ; on envisage, on estime le coût, on pense à après.

La décision, lente.

« Vous voulez bien sortir ? »

Oui. Parce qu'il savait le besoin, la décision, parce qu'il savait les ténèbres ; il avait pivoté, s'était tourné vers la porte ; l'avait ouverte ; des cris dehors – « Capitaine, capitaine ! Putain ! Vous êtes sain et sauf ! Qu'est-ce qu'il fout, cet enculé ? » –, la détonation à l'intérieur. Il n'avait pas bougé, il s'était contenté de rester planté là, tête baissée, jusqu'à ce qu'enfin on comprenne, qu'on le dépasse en courant et qu'on entre.

« Sursis. »

Il regarda Hanna Nortier droit dans les yeux. Elle avait voulu lui demander. Elle voulait savoir. Elle voulait chevaucher l'âme de Mat Joubert comme une vague inconnue, délimiter les contours de la côte des Morts, en décrire les points saillants, leur donner un nom. Demandez-moi, docteur, demandez-moi. Je vous dirai à quel point j'en étais près ce soir-là quand je suis revenu à la maison, combien je voulais me faire sauter la cervelle avec mon pistolet. Je voyais et je sentais la libération de mon ami à Parow, je la touchais avec mon pistolet de service, là, dans ma main, mon pouce sur le cran de sûreté, rejoindre Lara…

Willie Theal avait tambouriné à la porte. Mat, mon garçon, mon garçon ! Son bras maigre autour de ses épaules. Ils étaient restés dans la véranda de devant, sa tête sur la poitrine de Theal, le pistolet pointé vers le sol, c'était fini, le moment était passé.

Demandez-moi, docteur.

Hanna Nortier évitait son regard, Hanna Nortier écrivait dans ce putain de dossier qu'il avait envie de lui arracher et de lire, tout haut, voyons voir ce que pense le docteur qui est si futé…

– Et la pétition ?

Elle s'était remise à parler doucement, comme les fois précédentes, toute sa gaieté évanouie, dissipée par le gros nuage noir appelé Joubert, celui qui jetait des ombres partout où il allait, celui qui effaçait le soleil, qui éteignait tous les rires.

– Ils trouvaient que la punition n'était pas assez sévère. Van der Vyver, le sergent qui se trouvait à la maison de Parow… A son idée, je remettrais des vies humaines en danger. C'est ce qu'il disait aux autres. Il avait raison. Ils sont allés voir Theal, mon patron. Il leur a dit que je m'en sortirais, qu'ils étaient un peu trop pressés. C'est là qu'ils ont décidé de rédiger une pétition et de la porter à l'adjoint du grand patron. Il avait connu mon père et a tout arrêté : à ses yeux, c'était la loyauté qui faisait la force de la police. Mon père. Il me donnait depuis la tombe ce qu'il n'avait jamais pu me donner de son vivant ! Assez ironique, tout ça, vous ne trouvez pas, Hanna ?

C'était la première fois qu'il l'appelait par son prénom, et sans respect aucun. Elle aurait pu mettre un terme à la séance dans l'instant. Elle aurait pu parler d'autre chose, de ceci et de cela, parce que de fait il commençait à se reprendre. Je commence à me reprendre, Hanna, et maintenant, c'est toi qui me fous la merde dans la tête, docteur. Je m'en sortirai, je te le promets, demain soir, ça ira parfaitement bien…

Elle se moucha. Alors seulement il vit qu'elle avait les yeux mouillés et se leva à moitié de sa chaise.

– La vie est pleine d'ironie, dit-elle en se dominant. Ça suffira pour aujourd'hui.

Alors il comprit qu'il l'avait émue, se demanda comment et ce que ça voulait dire.

Janek Milos ouvrit la porte et Benny Griessel sut tout de suite qu'il tenait son homme.

– Ton nez ! dit Griessel.

Milos pivota et rentra dans la maison en courant. Griessel poussa un juron et se lança à sa poursuite, en espérant l'attraper vite : après cent mètres, voire moins, il n'avancerait plus.

Milos fermait les portes derrière lui à toute vitesse, mais celle de derrière était déjà fermée et, dans sa hâte, il fut incapable d'en faire tourner la clé. Griessel lui flanqua un coup d'épaule dans le dos et l'écrasa contre le panneau. Le bois se fendit, l'homme se retrouvant sans souffle. En un instant, Griessel le fit tomber par terre et lui enfonça son genou dans le dos. Puis il lui ramena le bras en arrière et le lui remonta vers le cou. Menotte à la main droite, clic, menotte à la main gauche, clac.

– Bonjour, mon cœur, dit-il en déposant un baiser sur son crâne chauve.

– Si tu ne poursuis pas l'*Argus* en justice, c'est moi qui le ferai ! s'écria la mère de Margaret Wallace au téléphone.

Elle avait la voix stridente d'indignation.

– Mais pourquoi, Maman ?

– Je ne veux pas te le dire. Mentir comme ça est horrible.

– Qu'est-ce qu'il y a, Maman ?

– Ça va te rendre malade.

– Maman, je t'en prie.

– Ils disent… Dieu du ciel, ma fille, c'est rien que des mensonges. C'est juste que je suis tellement… tellement…

– Maman !

L'ordre était désespéré.

– Ils disent que Jimmy était avec une autre femme. Le jour où il est mort.

– Vous déconnez ou quoi ? s'écria le brigadier, qui faisait les cent pas dans la salle de revue. Le ministre chie dans son froc et vous me dites que ce truc n'a toujours pas de sens ? Vous me dites qu'il y a 40 000 rands dans la caravane de ce pasteur et que ça ne pose aucun problème vu que c'est le samedi qu'il va à la banque ? Vous croyez que la réponse, c'est l'Église, et que les proches des victimes n'en ont jamais entendu parler ?

Il s'arrêta, fusilla de Wit et Joubert du regard et conclut :

– Vous déconnez, y a pas d'autre explication.

Ils baissèrent les yeux.

– Vous avez une idée des pressions qu'on subit ? Le général a la trouille de répondre au téléphone et moi, j'ai dû quitter mon bureau parce que toute la presse campe sous mes fenêtres. Il y en a absolument partout, de ces fumiers. Tenez, ici même, à l'entrée, il a fallu qu'un flic en tenue m'arrache aux griffes de ces vautours, et vous avez le front de me dire que ça n'a pas de sens ?

Il se remit à faire les cent pas, les bras ballants. Il était écarlate et avait les veines du cou toutes gonflées.

– D'après le ministre, en Angleterre, on est la risée d'absolument tout le monde ! Nous autres, Boers, sommes tellement cons qu'ils sont obligés de nous envoyer un médium ! Et d'abord, qui c'est qui a eu cette idée ? Vous avez une liste des personnes que cet enfoiré veut flinguer et les victimes continuent de tomber comme des mouches. Heureusement qu'on arrive au bout de la liste !

Il flanqua un coup de pied dans une chaise. La chaise se renversa, alla heurter le mur, rebondit et s'arrêta.

– Alors ? Personne n'a rien à dire ?

– Brigadier ? risqua de Wit en souriant, l'air mal à l'aise.

– Assez de ces « brigadier », voulez-vous ? C'est bien la première fois que je tombe sur une pareille bande de crétins depuis quarante ans que je suis dans la police ! Vous ne seriez même pas capables d'attraper un criquet mort enfermé dans un bocal ! Qu'est-ce que vous voulez qu'il vous fasse encore, cet enfoiré d'assassin ? Qu'il entre ici, vous montre son putain de Mauser et vous crie : « Attrapez-moi si vous pouvez ! » ? Toute la police de la province est quand même venue vous aider, non ? Vous voulez aussi celle du Gauteng ? Et l'armée ? Allez, allez ! Qu'on la fasse donner elle aussi, avec tanks, bombardiers et tous les bâtiments de la marine pendant qu'on y est ! Surtout ne pas faire dans le petit ! Surtout faire dans le con et le grandiose ! Pourquoi ne pas appeler les Chinois à la rescousse, hein ? Pendant qu'on y est ? Et tous les médiums africains ! Et japonais ! Et après, on demande à Hollywood de venir filmer parce qu'y a plus que ça qui nous manque : les caméras de Hollywood !

Une autre chaise dégringola et valdingua.

– Putain de Dieu !

Tous regardaient obstinément par terre. De Wit, Joubert, Petersen, O'Grady, Snyman et Vos.

Le brigadier agita encore les mains mais parut incapable de poursuivre.

La porte s'ouvrit. On tourna la tête. C'était Griessel.

– Mesdames et messieurs, lança-t-il fièrement, je vous présente « Monsieur Mon Cœur » !

Attrapant son prisonnier par la chemise, il le tira à l'intérieur de la salle.

39

– 10 janvier, 19 h 17. Interrogatoire de suspect, dossier SAP deux tiret un tiret quatre-vingt-quinze tiret quatorze, brigade des Vols et Homicides, Bellville sud. Officier en charge du dossier : sergent inspecteur Benjamin Griessel. Observateurs : colonel Bart de Wit, capitaine Mat Joubert, capitaine Gerry… euh…

– Gerbrand.

– Capitaine Gerbrand Vos. Première question : identité complète.

– Janek Wachlaff Milos.

– Nationalité ?

– Esquimau. Ça s'entend pas ? Je parle l'esquimauno couramment.

– Nationalité ?

– Sud-Africain.

– Numéro d'identité ?

– Cinquante-neuf, zéro, cinquante-cinq, cent vingt-sept, zéro, zéro, un.

– Adresse ?

– 17, Iris Avenue, Pinelands.

– Vous savez que vous avez le droit de vous faire représenter par un avocat. Si vous n'en avez pas, ou ne pouvez pas vous en payer un, l'État vous en commettra un d'office. A tout moment de cette procédure, vous pouvez demander à l'État de vous en commettre un autre, auquel cas le dossier passant devant un magistrat du tribunal de district ou d'une cour plus haute…

– Épargnez-moi ce baratin, voulez-vous ? Je n'ai pas besoin d'un avocat.

– Vous allez en avoir besoin, Wachlaff. Vous allez être accusé de vol à main armée.

– C'était un jouet.

– C'était un pistolet.

– Comme vous voulez.

– Reconnaissez-vous subir cet interrogatoire de votre plein gré, sans subir la moindre pression de la police d'Afrique du Sud...

– Des services de police de l'Afrique du Sud.

– Je vous demande pardon, colonel : sans subir la moindre pression des services de la police d'Afrique du Sud.

– Oui.

– D'où vous vient ce nom ?

– C'est un nom tout ce qu'il y a de plus esquimau.

– Vous êtes un rigolo, vous, pas vrai, Wachlaff ?

– Mon père était polonais, ça vous va ?

– Votre mère est-elle afrikaner ?

Silence.

– Vous refusez de répondre ? Juste pour l'enregistrement...

– Oui, elle l'était. Je ne vois pas le rapport.

– Profession ?

– Femme de ménage.

– Non, la vôtre.

– Maquilleur. En free-lance.

– Pas beaucoup de boulot ?

– Ce n'est pas de ma faute. Prenez-vous-en à la SABC. Plus ils doublent, plus nous mourons de faim.

– Et donc, vous avez décidé de braquer des banques à droite et à gauche.

– Uniquement la Premier. L'autre, c'était pour faire passer le message.

– Pour la compréhension de cet interrogatoire : l'accusé parle du capitaine Mat Joubert. Pourquoi la Premier, Wachlaff ?

– Ils me les doivent.

– Ils vous les doivent ?

– Je ne leur aurais pas pris plus de 45 000 rands. C'est ce qu'ils me doivent.

– Pourquoi ?

– Ma maison.

– Votre maison ?

– Ils avaient approuvé l'emprunt. Pas de problème, monsieur Milos. Nous sommes heureux de vous aider, monsieur Milos. Vous signez ici, juste ça, et nous vous ferons ce prêt à un quart de point en moins.

– Et… ?

– Et ils ont gelé le prêt. Parce que leur expert n'avait pas vu le défaut structurel avant que je leur en parle.

– Le défaut structurel ?

– Y a tout l'arrière de la baraque qui s'enfonce dans le sable, bordel ! Sauf que, d'après le contrat, lc vendeur n'est pas responsable et que j'avais déjà signé. « Nous sommes désolés, monsieur Milos, mais votre emprunt n'est pas suffisamment garanti. Non, ce serait surcapitaliser que de faire réparer, monsieur Milos. Nous transférons donc votre dossier aux services des arriérés. Relisez le paragraphe tant et les alinéas tant et tant, et vous verrez que les intérêts sont un tout petit peu plus élevés. » Et c'est alors que cette putain de SABC se met à « rationaliser » l'entreprise et que vouliez-vous que je fasse ? Que j'appelle la brigade des Vols et Homicides ?

– Et c'est là que vous avez commencé à braquer des banques ?

– Et c'est là que j'ai cherché du boulot.

– Sans succès ?

– Mais non, monsieur ! J'ai tout de suite croulé sous les offres ! La Twentieth Century Fox, MGM, la War-

ner ! Ils faisaient la queue pour me filer du boulot !
Mais je ne voulais vraiment pas devenir millionnaire à
trente-deux ans…

– Vous êtes très drôle, Wachlaff.

– Essayez donc de trouver du boulot en étant blanc.
« Dans quoi travaillez-vous, monsieur ? Le maquillage ? On
vous téléphonera, monsieur. Pour l'instant, on est trop
occupés à aider les Noirs. »

– C'est là que vous avez commencé à braquer des
banques…

– C'est là que j'ai commencé à reprendre ce qu'ils
me devaient.

– C'est plus connu sous le terme de « vol à main
armée », Wachlaff.

– Je m'appelle Janek. Et je n'étais pas armé. C'était
un jouet que j'avais dans la main.

– Reconnaissez-vous avoir volé des succursales de la
banque Premier, les 2 et 7 janvier de cette année, pour
des montants respectifs de 7 000 rands pour la première
et de 11 250 rands pour la seconde ? Reconnaissez-vous
avoir essayé de dévaliser la succursale de Milnerton le
11 janvier ? Reconnaissez-vous avoir délesté de
3 000 rands la BANKSA de Somerset West le 16 janvier ? Et chaque fois en menaçant les employés avec
une arme à feu ?

– Vous l'avez vue, cette « arme à feu » ? C'est un jouet !

– Pouvez-vous nous prouver que ce jouet est bien
celui dont vous vous êtes servi dans vos hold-up ?

– Non, mais putain…

– Oui ?

– Je ne voulais faire de mal à personne. J'ai toujours
été poli et civilisé, jusqu'au moment où vous avez commencé à m'emmerder avec votre histoire d'assassin au
Mauser.

– De quel assassin au Mauser voulez-vous parler,
Wachlaff ?

– Je m'appelle Janek, bordel ! Et vous savez très bien de quel assassin au Mauser je veux vous parler ! Le mec qu'est en train de liquider toute la Péninsule.

– Que savez-vous de cette affaire ?

– Ce qu'en savent tous mes concitoyens en lisant les journaux.

– Où cachez-vous votre Mauser ?

– Écoutez… je suis prêt à coopérer, mais les conneries, non, je ne suis pas prêt à les écouter.

– C'est vous qui avez commencé en en parlant à la banque de Milnerton. Je vous cite la déposition de Mlle Rosa Wasserman : « Et alors il m'a lancé : "On dirait bien que j'aurais dû apporter mon Mauser." »

– Ce gros tas voulait pas coopérer. J'ai voulu lui foutre la trouille.

– Douze inspecteurs sont en train de fouiller votre maison en ce moment même. Si jamais ils trouvent le Mauser…

– Ils ne trouveront rien du tout.

– Pourquoi ça, Wachlaff ? Parce que vous l'avez caché ailleurs ?

– Parce que je n'ai pas de Mauser, nom de Dieu ! Combien de fois faudra-t-il que je vous le répète ? Je ne saurais même pas comment m'en procurer un. J'ai acheté un jouet qui ressemblait à un vrai pistolet et je ne l'ai jamais sorti de ma poche parce que j'avais bien trop peur qu'on voie tout de suite que ce n'était que ça : un jouet. Oui, bon, d'accord : je reconnais avoir volé l'argent. Mais ça n'est pas du vol à main armée. En fait, ce n'était même pas du vol. C'était tout simplement mon fric que je reprenais. J'aurais rendu le fric de la BANKSA, mais il fallait bien que je commence par le piquer à la Premier, non ? Vous ne pouvez pas me forcer à reconnaître un truc que je n'ai jamais fait.

– Où est l'argent, Wachlaff ?

– Janek.

– Où est l'argent, Janek ?

– Il est à moi.

– Où est-il ?

– Allez-vous faire mettre ! De toute façon, je vais finir en prison et quand j'en sortirai, la Premier continuera à me soutirer du fric. Plus les intérêts ! Alors à quoi bon, je vous le demande !

– Le juge verrait d'un très bon œil que vous rendiez ces sommes, Janek.

– Sauf que c'est mon fric.

– Où est l'argent, Janek ?

Silence.

– Janek ?

– Dans le plafond. Au niveau du chauffe-eau.

Ils se réunirent dans le bureau de De Wit, celui-ci faisant maintenant partie de l'équipe – camaraderie bien fragile qu'avait créée la tirade du brigadier.

Joubert avait la bouche sèche et sentait la cigarette. Dans la salle des interrogatoires, il avait oublié sa résolution de se limiter à trois par jour – simplement pour mettre un terme à la faim et au mal de crâne qui lui battait les tempes. Une cigarette après l'autre, il avait tenu la cadence de Griessel et mourait d'envie d'en griller une nouvelle, mais le panneau de De Wit l'arrêta : J'AI CHOISI DE NE PAS FUMER.

Ils reprirent les dossiers ligne à ligne, un renseignement après l'autre, étudiant toutes les pièces du puzzle, comprenant que les trous étaient plus grands que les morceaux en place. Ils repartirent du début, bâtirent des théories qu'un seule objection flanquait par terre, recommencèrent, virent leurs théories s'effondrer à nouveau, jusqu'au moment où, le cœur du problème n'étant toujours pas en vue, ils s'aperçurent que tous les angles et bordures qu'ils avaient ne donnaient absolument rien mis ensemble.

A 23 h 15, ils décidèrent d'attendre le retour de Basie Louw, qui avait retrouvé Ingrid Johanna Coetzee.

La journée qui allait commencer leur apporterait peut-être une autre façon de voir les choses.

Physiquement et moralement fatigué, mourant de faim et de soif, Joubert rentra chez lui en repensant aux événements de la journée.

Une voiture était garée devant son portail.

Il s'arrêta devant le garage, descendit et rejoignit la voiture. Une BMW, vit-il à la lumière du réverbère.

Puis quelque chose bougea dans sa véranda.

L'instinct prenant le dessus, il porta la main à son pistolet de service. En un instant, le Z88 fut dans sa main, l'adrénaline monta tandis que, la fatigue disparaissant, ses idées redevenaient claires.

– Espèce de fumier !

Il reconnut la voix.

Margaret Wallace marchait droit sur lui d'un air décidé, sans même remarquer son pistolet.

– Espèce de fumier !

Il se porta à sa rencontre. Il avait du mal à lui trouver une place dans l'histoire. Il vit qu'elle n'était pas armée. Et soudain elle fut sur lui, lui martelant la poitrine à coups de poings.

– Vous ne me l'avez jamais dit !

Elle le frappa de nouveau. Stupéfait, il battit en retraite, son arme en travers de la poitrine tandis qu'il cherchait à se protéger de ses coups. Elle avait fermé les poings et le frappait gauchement.

– Vous ne me l'avez jamais dit, espèce de fumier !

– Qu'est-ce que… dit-il, et il lâcha son arme pour tenter d'attraper ses mains qui continuaient de s'abattre sur sa poitrine.

Il vit son visage déformé par la haine et la douleur, sans plus aucune dignité.

– J'avais le droit de savoir ! Pour qui vous prenez-vous, à me cacher ces choses ? Qui êtes-vous ?

Il réussit enfin à lui attraper la main droite, puis la gauche.

– De quoi parlez-vous ?

– Vous le savez bien, espèce de fumier !

Elle se débattit et lui mordit la main. Il lâcha la sienne en poussant un cri de douleur, tenta à nouveau de lui échapper.

– Je ne sais pas de quoi vous parlez !

– Le reste du monde le sait bien, lui ! Le monde entier ! Vous allez raconter ça aux journaux, mais à moi, vous n'en dites rien ! Quel genre de type êtes-vous donc ?

Elle le frappa encore une fois. A la lèvre – il sentit du sang chaud lui couler dans la bouche.

– S'il vous plaît ! hurla-t-il, tellement fort qu'elle s'arrêta. Et si vous me disiez de quoi vous parlez ?

– Vous saviez que Jimmy était avec une autre femme ! dit-elle. (Elle fondit en larmes, les poings devant elle comme si, cette fois, c'était elle qui voulait se protéger.) Vous le saviez ! Oui, vous ! Vous et votre triste histoire ! Quand je pense que j'ai eu pitié de vous, espèce de fumier ! Vous ne la méritez pas, ma pitié. Quel genre d'homme êtes-vous donc ?

Ses poings retombèrent, sans force, épuisés. La douleur envahit ses mots.

– Je… je…

– Pourquoi ne me l'avez-vous pas dit ?

– Je…

– Pourquoi avez-vous éprouvé le besoin d'aller raconter ça aux journaux ?

– Je n'ai rien dit aux…

– Ne me mentez pas, espèce de fumier !

Et elle recommença à le frapper.

Il hurla :

– Je n'ai rien dit aux journaux ! C'est quelqu'un d'autre qui l'a fait, nom de Dieu ! Et je ne vous l'ai pas dit parce que… parce que…

Putain ! Parce qu'il savait ce que ça faisait, parce qu'il avait eu pitié d'elle, si vulnérable dans son tablier jaune et sa douleur. Elle ne savait pas ce que c'était que d'être… le messager de la Mort, celui qui apporte la terrible nouvelle…

– Parce que je ne voulais pas vous faire… vous faire encore plus de mal !

– A moi ? Vous ne vouliez pas me faire de mal ? Et maintenant, hein ? Je n'aurais pas mal, espèce de crétin ? Vous savez ce que c'est ? Vous le savez, dites ?

Ils se tenaient sur la pelouse où la rosée brillait comme des diamants dans la lumière des lampadaires. Sa maison était plongée dans le noir et la rue parfaitement silencieuse. La voix de la jeune femme portait loin.

– Oui, dit-il doucement, je le sais.

– Des bêtises, oui, espèce de fumier ! Vous ne savez rien de rien. Vous ne pouvez pas savoir.

Ce ne fut pas la journée interminable, ni l'épuisement ni les nerfs qui lâchent après l'espoir déçu et l'engueulade du brigadier, ce ne furent pas le meurtre et sa séance douloureuse avec Hanna Nortier. Ce fut le besoin qu'il éprouvait soudain de tout lâcher, vingt-six mois d'un brouet de sorcières qui ne demandait qu'à déborder, son âme qui suppliait qu'on la nettoie, qui voulait qu'on crève l'abcès, son âme pleine de pus qui menaçait de crever la peau. Mélange de panique et de colère, de peur et de soulagement, il trancha dans le vif.

– Je sais ! hurla-t-il. Je sais.

Puis il marcha sur elle, les épaules tassées, la tête penchée en avant.

407

– Je sais, tout comme vous. Et plus encore, bien plus !

Il se pencha vers elle ; il voulait lui gronder dans la figure, la punir.

– Je sais, répéta-t-il. Et j'ai voulu vous le cacher. Parce que… dites, vous lui avez dit au revoir, vous, à votre mec ? Dites… quand il est parti, ce matin-là ? Vous lui avez dit au revoir ? Eh bien, moi, non. Je ne lui ai même pas dit au revoir. Elle avait disparu. Je me suis réveillé et elle n'était plus là. Partie, pffft, comme ça.

Il entendit ses mots qui ricochaient contre le mur de sa maison, puis il n'entendit plus que sa respiration, trop rapide, forte, il s'asphyxiait, et il vit l'abîme devant lui, celui qu'il allait devoir franchir. Il en vit les ténèbres profondes et il eut peur. Il allait devoir passer de l'autre côté tel le funambule, et sans filet de sécurité. Infime au début, la peur le prit au ventre, puis elle augmenta, devint immense. Le repoussa. Il ferma les yeux. Il savait que ses mains tremblaient, mais il fit un pas en avant et chercha le filin de funambule qui partait droit devant lui. Il n'y avait maintenant plus aucun moyen de revenir en arrière.

– Partie, pffft, comme ça, répéta-t-il à voix basse, mais il savait qu'elle entendait sa peur.

Respirer.

– Des fois, au milieu de la nuit, je tendais la main pour toucher son épaule ou sa hanche. Elle était toujours si chaude…

Il soupira fort.

– Savoir qu'elle était là, c'était… mon refuge dans le noir. Ce qu'elle pouvait s'endormir facilement ! Je ne me doutais de rien. Elle travaillait pour les Stups. Je lui avais demandé ce qu'elle faisait pour eux. Elle avait ri et m'avait répondu qu'elle infiltrait un réseau. Un réseau de quoi ? Elle n'avait pas le droit de me le dire. Même pas à moi. Et elle dormait comme une enfant avec un petit secret de rien du tout. J'ai peut-être loupé quelque chose. Si seulement j'avais fait plus attention… Si seulement j'avais posé plus de questions. Si seulement je n'avais pas été tellement occupé à échafauder des plans, si seulement je n'avais pas été si imbu de moi-même…

Son rire de dérision, c'était à lui-même qu'il le destinait. Cela lui donna le courage de faire un pas de plus au-dessus de l'abîme.

– Alors je me suis dit que si, moi aussi, je jouais pour les Stups, je dormirais peut-être mieux. Ce que je pouvais me croire supérieur ! La nuit, à côté de Lara, je tournais et virais et me sentais incroyablement supérieur.

Margaret Wallace tendit la main vers lui, la posa sur son avant-bras. L'espace d'un instant, ce fut comme une bouée de sauvetage. Puis il lui retira son bras. C'était tout seul qu'il devait essayer de passer de l'autre côté, il le savait. Il mit un terme à l'émotion, à l'auto-apitoiement et aux pleurs.

– Ce que je pouvais être content de moi ! répéta-t-il.

Comme si cela expliquait pourquoi il ne méritait pas sa main.

– C'est vraiment bizarre, reprit-il, presque avec étonnement. On ne vit que dans sa tête à soi. Comme des prisonniers. Même quand on a les yeux tournés vers le dehors, c'est juste là-dedans qu'on vit, à l'intérieur de son crâne. De fait, on ne sait rien. On vit avec d'autres gens, tous les jours, et on croit les connaître parce qu'on les voit. Et on croit aussi qu'ils vous connaissent parce qu'ils vous voient. Mais personne ne sait rien. Ce que je pouvais être content de moi dans ma tête ! Content de mon travail ! Ce que je pouvais me sentir important ! Et propre !

Il grimaça dans le noir mais ne s'en rendit pas compte. Ses mains tremblaient toujours, pendant le long de son corps, et il n'avait toujours pas rouvert les yeux.

– Le problème, c'est quand on ne peut plus sortir de sa tête. Quand on se croit trop propre. Parce que Silva, lui, était immonde. On ne pense qu'en termes de noir et blanc et Silva était un tueur, sale et noir comme le pêché. Alors que moi, j'étais la blanche lumière de la justice. Et on m'encourageait ! « Allez, coince-le ! » On me rendait plus propre encore. « Coince-le au nom des deux femmes qu'il a balancées dans une décharge comme du fumier humain. Coince-le au nom de l'inspecteur des Vols et Homicides avec un trou dans le front. Coince-le pour la came, pour son invulnérabilité, pour son âme crasseuse et noire. »

Il se retourna et vit qu'il avait avancé sur le fil. Il allongea le pas.

– Il est illégal de coller des micros à droite et à gauche, reprit-il. C'est interdit. Mais quand on est propre, on a du pouvoir. J'ai pris le matos dans Voortrekker Road, chez le grand privé à la face rougeaude, je suis allé à Clifton et ce matin-là, j'ai attendu jusqu'à ce que ce soit possible. Qu'est-ce qu'il faisait beau ! Pas de vent, pas un nuage. Ah, cet appartement qui donnait sur la mer ! Il avait un télescope sur le balcon. Tout était blanc. Et cher, mais cher ! J'avais la trouille, ça, je le reconnais. Alors, je me suis dépêché. On compare quand on planque des petits micros ici et là. On pense à l'endroit où on vit et on regarde tout ce que l'argent peut acheter. Un micro dans le télescope, un autre dans le petit bar, un troisième près du lit, un quatrième dans le téléphone. Et 450 rands de ma poche pour le concierge pour pouvoir coller le récepteur-enregistreur dans l'armoire électrique à la cave.

Joubert ne regarda pas devant lui parce que, instinctivement, il le sentait, le fil allait bouger. L'abîme qu'il avait devant lui allait devenir infranchissable, déjà il voulait faire demi-tour. Il marcha plus vite et tua sa peur avec des mots.

– Et ce soir-là, Lara n'est pas revenue à la maison. J'ai appelé les Stups. Ils m'ont dit qu'elle travaillait. Dans quoi ? « Vous savez bien qu'on ne peut pas vous le dire. – C'est ma femme. – Elle infiltre un réseau, Joubert. Vous savez bien comment ça marche. » Alors, j'ai traversé la maison et j'ai senti son odeur, j'ai regardé ses magazines dans la salle de séjour et au pied de son lit. Et j'ai pensé à mon plan, aux micros et au magnéto, et je me suis demandé si la petite bande était en train de tourner. J'ai mal dormi – la nuit a été longue et le matin plus encore. Après, je suis retourné à Clifton, je suis redescendu à la cave et il y faisait noir.

Il avait envie de hurler : sous ses pieds, le câble oscillait. Tomber. Il vit l'abîme, sous lui maintenant – il agita les bras, se rattrapa, c'était tout son corps qui tremblait. Il ne savait plus s'il parlait ou s'il y avait même seulement quelqu'un pour l'écouter. Il ne lui restait plus qu'une chose à faire : en finir.

Il avait ouvert l'armoire électrique dans le noir, mis le casque et rembobiné la bande. « Play. » Il avait appuyé la tête sur le bord métallique de l'armoire et avait entendu les bruits sur la bande. Il voulait y ajouter des images – la blanche lumière de la justice, c'était lui. Silva était noir. Il avait entendu une porte qui s'ouvrait, puis se fermait.

Silva : *Alors ? Qu'est-ce que t'en penses ?*

– *C'est magnifique. Quel genre de musique as-tu ?*

Il s'était raidi d'un coup, sa tête allant cogner sur le bord de l'armoire. Nom de Dieu, mais… c'était Lara ?

– *Qu'est-ce que t'aurais envie d'écouter ?*

– *Un truc avec du rythme.*

Bruits de pas, musique rock, volume à crever les tympans, voix inaudibles, musique. Des minutes et des minutes qui passent. La tension dans ses épaules et son cou. Qu'est-ce qui était en train de se jouer là-haut ? Il n'arrivait plus à entendre. Puis Lara qui rit entre deux morceaux, insouciante.

Silva : *Ououoouh, baby !*

Lara qui rit, musique.

Il avait mis la bande en avance rapide, marche-arrêt, marche-arrêt, les paroles de la chanson et les rythmes lui servant de guide, silence entre les morceaux. Vingt, trente minutes plus tard sur la bande : la musique avait changé. Plus lente, plus douce. Il avait rembobiné et retrouvé le moment où la musique rock avait cessé : brusque silence, mortel, puis bruits de pas. Glaçons qui tintent dans un verre.

Silva : *Ah !*

Slow, plus doux, silence, grincement – du lit, il l'avait compris tout de suite. Le lit de Silva, grand, blanc.

– *Wow, baby ! Joli cul ! Tu danses et tu baises aussi, wow !* (Glaçon dans le verre : Clink clink.) *Bois pas trop, baby, j'ai envie que tu me montres plus tes nichons, tu me montres tout, baby !*

– *Regarde !*

Lara. Sa Lara. Il la connaissait, il savait quand sa voix se faisait rauque, il savait quand l'alcool brouillait ses paroles. Il voulait l'empêcher. Pas pour lui, Lara, pas pour lui !

– *Putain, baby ! Ce corps ! Enlève ça, baby ! Oui, oui ! Viens ici…*

Lara qui rit : *Y a tout le temps !*

Silva : *Non, tout de suite, baby, non, allons, quoi !*

Lara qui rit encore. Puis silence. Le lit, bruits de lit, bruits.

– *Ah… là ! Prends-le, oui, prends-le, wow, putain ! Uhmmm ! Baby uhmmm ! T'es géniale, baby !*

C'étaient ses bruits à lui, sa Lara à lui. Il avait envie de s'arracher les écouteurs, de monter en courant pour

412

tout arrêter. Sauf que ça s'était passé la nuit d'avant.
Que ce n'était pas maintenant. Les voix sur la bande.

– *Uhmmm, uhmmm, uhmmm.*

Sa prison, sa prison de glace.

– *Oui, chevauche-moi, oui, moi, baby, putain,
uhmmm, putain, uhmmm, oui, baby, là, je suis là, oh!
Jouis, ma fille! Jouis! Uhmmm!*

De plus en plus vite. Sa Lara, il la connaissait, il la
connaissait. La musique s'était arrêtée. Seules les respi-
rations s'entendaient encore – de plus en plus doucement, calmement, de plus en plus calmement.

Bruits, le bruit du lit. Silence. Puis craquement.

– *... vas-tu?*

– *Me coucher.*

– *Reviens ici. Tout de suite... Qu'est-ce que tu fais?!*
(Exclamation inquiète.)

– *Je vérifie quelque chose.*

Silence.

– *Voyons ça.*

– *Qu'est-ce que tu fais?... C'est à moi.* (Effrayée.
Lara, sa Lara.)

– *Mais qu'est-ce que nous avons là?*

Le lit qui grince fort.

Lara : *C'est à moi.*

– *C'était trop facile, baby. Je le savais bien.*

Bruit sourd, le poing de Silva.

– *Ah.* (Lara. Petit bruit.) *Ah.*

– *Espèce de salope! T'allais me flinguer, hein? Tu
me prends pour un con, espèce de pute! Pour qui tu
bosses? Non mais, tu me prends pour un con? C'était
trop facile. Ne jamais croire une nana qui baise trop
facilement, baby. Tu vas crever.*

– *Mais tu es fou, Silva! Je l'ai toujours sur moi, ce
truc, tu sais dans quel monde on vit, je t'en prie, Silva!*

– *Ne jamais faire confiance à la fille qui couche,
c'est ma mère qui me l'a appris. T'es un flic, baby. Tu*

413

me prends pour un con? T'y es allée trop fort, baby!
Tu croyais que parce que j'avais bu... Qui c'est qui
t'envoie?

– *T'es fou, Silva. Je ne sais pas pourquoi, ah...*

– *Mais je vais te tuer, moi, espèce de salope! Qui*
c'est qui t'envoie? Pas que ç'aurait de l'importance,
remarque, regarde-moi, salope, c'est ton dernier coup
que t'as tiré, regarde-moi...

– *Non, Silva, je t'en prie...*

– *... regarde-moi...*

– *... s'il te plaît! S'il te plaît, non!...*

Le coup de feu l'avait transpercé, de part en part. Il
lui avait traversé les chairs, le sang et l'âme, il l'avait
renversé, avait brisé sa vie, sa vie s'en allait, dégringolait, il tombait en mille morceaux, la bande qui fait du
bruit, la lumière jaune qui s'éteint, la bande qui tourne,
vrrr, repart en arrière, jusqu'au début, son corps qui
tressaute, là, il était sur la pelouse et frissonnait, il faisait si froid et Margaret Wallace le tenait, la bande qui
s'arrêtait et repartait, la lumière jaune, une porte qui
s'ouvre, des pas... – *Alors? Qu'est-ce que t'en*
penses? – *C'est magnifique. Quel genre de musique*
as-tu? – Margaret Wallace qui le tenait, qui le serrait
de plus en plus fort contre elle pour arrêter les spasmes,
qui tremblait avec lui, tous les deux se noyant et san-
glotant entre les buissons du jardin.

40

– Ils l'ont retrouvée à la rivière, au même endroit que les autres. Ils sont entrés chez lui, il a sorti une arme, ils l'ont abattu.

Ils buvaient son café – bien noir, fort et doux –, et il regardait Margaret Wallace assise en face de lui, de l'autre côté de la table de la cuisine.

– Et vous ? lui demanda-t-elle.

– Je ne sais pas. Après, il y a comme un trou noir. Jusqu'au moment où je me suis retrouvé assis sur la plage… Il y avait des gens qui passaient devant moi et qui me regardaient, je me suis levé, je suis retourné voir le détective privé, je lui ai jeté son matos à la tête, je l'ai frappé, je suis ressorti de son magasin et j'ai marché. J'ai descendu Voortrekker Road et je suis rentré chez moi et quand ils sont venus me l'annoncer, je… Je ne pouvais pas leur dire que je savais. C'était ça, le pire : je ne pouvais pas le leur dire… Ils sont restés avec moi toute la nuit.

Café, cigarette.

– Je n'ai pas pleuré, pas à ce moment-là. Aujourd'hui, c'est la première fois.

Cette vérité le submergea.

– C'est la première fois que je pleure pour elle, répéta-t-il.

Ils étaient restés assis l'un en face de l'autre, jusque tard dans la nuit, jusqu'à ce qu'il n'y ait plus de café, puis elle s'était levée.

– Les enfants…

Il avait acquiescé d'un signe de tête et l'avait reconduite à sa voiture. Elle l'avait regardé mais n'avait rien trouvé à lui dire. Elle avait mis le contact, allumé les phares, elle lui avait effleuré la main une fois, puis elle avait pris la route. Il avait regardé disparaître les feux arrière de sa voiture et il était resté un instant immobile sur le trottoir, vidé. L'abcès avait crevé ; la blessure saignait, mais c'était d'un sang rouge vif, propre. Et ce sang courait en lui, par tout son corps.

Il leva la tête et regarda les étoiles qui brillaient dans le ciel. Enfin, il rentra chez lui, éteignit les lumières, gagna sa chambre dans le noir, ôta sa chemise, sa cravate, ses chaussures, ses chaussettes et son pantalon et s'allongea sur le lit en pensant à Lara. Dans sa tête, tout était ouvert. Lara, Lara, Lara. Jusqu'à ce que la lumière du jour filtre entre les rideaux.

Alors il s'était levé, s'était fait couler un grand bain brûlant, s'y était plongé et avait attendu que le froid le quitte. Puis il avait lavé son grand corps entièrement, sérieusement, en ne lésinant pas sur les sels de bain. S'était rincé et essuyé jusqu'à en être écarlate. Avait enfilé des vêtements propres et repassés de frais – chemise blanche, pantalon en flanelle grise, cravate rayée, blazer bleu marine. Avait gagné la cuisine, sorti la brosse à chaussures et le cirage, ciré ses chaussures, les avait mises. Avait fermé la porte de devant à clé, était monté dans sa voiture et avait enclenché les essuie-glaces pour ôter la rosée du pare-brise. Et suivi son itinéraire habituel.

A la brigade, Mavis le salua lorsqu'il passa devant la réception. Il lui sourit vaguement, monta les marches, descendit celles qui conduisaient à son bureau et s'assit. La réalité avait quelque chose d'irréel et de flou.

Il se massa les tempes du bout des doigts et se frotta les yeux.

Mauser.

Les coudes sur son bureau, il se pencha en avant. Appuya la paume de ses mains sur ses yeux fatigués. Se concentrer, faire le point. Basie Louw. Quand allait-il téléphoner ?

Il n'y avait rien d'autre à faire qu'attendre. Non, non : il fallait faire quelque chose. Il y avait forcément quelque chose à faire.

Wallace, Wilson, Ferreira, MacDonald, Nienaber, Coetzee.

Et Oberholzer.

Appeler les parents d'Oberholzer pour leur parler de Coetzee et de l'Église.

Gestes lents, presque subconscients.

– Allô ?

– Madame Oberholzer ? Mat Joubert à l'appareil. Des Vols et Homicides, au Cap.

– Bonjour.

– J'ai encore quelques questions à vous poser, madame Oberholzer.

– C'est pour les meurtres au Mauser.

– Oui, madame Oberholzer.

– Nous avons reconnu les noms le lendemain.

Il se sentit coupable. Il aurait dû leur dire.

– Vous appelez pour le type d'hier. Le prêtre.

– Oui, madame Oberholzer.

– J'ai cherché dans ses lettres. Il n'y a rien.

– Rien sur son Église ?

– Non.

C'était l'impasse.

– Merci, madame Oberholzer.

– C'était un accident. Tout, monsieur Joubert. Nous savons que tout ça, c'était un accident.

– Oui, madame Oberholzer.

– Bon, eh bien…

– Merci, dit-il, et il souvint brusquement de la deuxième question qu'il avait gardée en réserve quelque part dans sa tête.

Laisse donc, ça risque fort de n'être qu'une énième impasse. Mais il la posa quand même, au cas où…

– Encore une chose, juste une, dit-il. Où travaillait-elle avant Petrogas ?

– Hé, cessez !

– Hein ?

– Une école.

Tout d'un coup, il comprit :

– L'ECC ?

– C'est ça : l'École de commerce du Cap. C'était un institut commercial où ils donnaient des cours. Je ne sais pas si ça existe encore. Carrie trouvait qu'ils étaient trop durs avec elle. C'est pour ça qu'elle est partie.

L'École de commerce du Cap. Il s'imprégna du nom sur la langue, voulut le mettre dans une case, quelque part où ça entrerait, mais rien à faire : il ne trouvait pas la case.

– Merci, madame Oberholzer, dit-il.

– Merci à vous.

Raide, comme toute leur conversation. Les Oberholzer n'aimaient pas ce Mat Joubert qui ne les croyait pas et tenait à les convaincre qu'il ne s'agissait pas du tout d'un tragique accident.

L'École de commerce du Cap.

Il réfléchit dans tous les sens, chercha un lien. Il répéta le nom, tout haut, roula les épaules plusieurs fois, pour se détendre. Ses pensées n'étant plus qu'une jungle, il alluma une cigarette, se renversa dans son fauteuil et tenta d'organiser ses idées. Commencer par le commencement. Wallace, Wilson, Ferreira, MacDonald, Nienaber, Coetzee. Il ne trouvait rien. Il était en train de commettre une erreur. Il était fatigué. Il n'y avait aucun lien, il n'avait fait que fantasmer.

Puis ce fut l'éclair – là, c'était là. Il sortit son carnet, le feuilleta. Mais non, rien. Rien de rien.

Il se leva, s'étira, éteignit sa Winston et s'engagea dans le couloir silencieux : il était encore trop tôt pour les autres. Il s'arrêta, le souffle court. Il avait trop peur d'espérer, trop peur de penser. Il y avait bien eu les diplômes accrochés au mur du bureau de James J. Wallace, mais… l'idiot qu'il était ne les avait pas regardés comme il fallait. Il fit demi-tour, se rua dans son bureau et avant même de pouvoir décrocher son téléphone se rappela ce que Gail Ferreira avait dit de son époux, Ferdy : « Il disait toujours qu'il aurait dû avoir son entreprise à lui, mais c'était un incapable. Une fois, il a suivi des cours pour apprendre à monter une boîte, mais il n'en est rien sorti… »

Son cœur battait fort dans sa poitrine.

Dans le bureau de Nienaber, sur le mur :

ÉCOLE DE COMMERCE DU CAP.

IL EST ICI CERTIFIÉ QUE M. O.S. NIENABER

A SUIVI LES COURS DE GESTION DES PETITES ENTREPRISES.

Il avait posé la main sur le combiné lorsque celui-ci sonna.

– Joubert, dit-il, mais c'est à peine s'il écoutait.

Ses pensées étaient un véritable maelström.

– Margaret Wallace à l'appareil.

La coïncidence le laissa pantois.

– Pourquoi m'appelez-vous ? lui demanda-t-il d'un ton surexcité et sans le moindre tact.

– Pour vous dire que je suis vraiment navrée.

Sa voix exprimait encore les douleurs de la nuit.

– J'ai trouvé quelque chose, annonça-t-il parce qu'il n'avait pas envie de parler de ça pour l'instant. Votre mari… A-t-il suivi des cours ? Des cours de commerce, je veux dire… A l'École de commerce du Cap ?

Elle garda le silence un instant.

– Ça remonte à loin, répondit-elle, et alors seulement il entendit combien elle était fatiguée. Six ou sept ans au moins. Voire huit.

– Mais il y a bien suivi des cours, n'est-ce pas ?

– Oui.

– J'ai besoin d'une date. Et d'une adresse et de noms. Tout ce que vous pourrez trouver.

– Pourquoi ? Parce que enfin… ça remonte à une éternité.

– Je crois que c'est le lien. Et je crois que ce lien va nous conduire à ce que nous cherchons.

Pour la première fois, elle perçut combien son ton était insistant, énergique.

– Je vais voir, promit-elle. Je vous rappellerai.

– Merci, dit-il, mais elle avait déjà raccroché.

Il chercha le numéro dans l'annuaire. *École de commerce du Cap, 195 Protea Road, Woodstock. 214. 962, Le Cap.* Il appela. Ça sonna longtemps. Il regarda l'heure. 7 h 20. Trop tôt, il allait devoir attendre. Il appela Gail Ferreira mais n'obtint pas plus de réponse. Elle devait être en route pour le boulot. Pourquoi faisait-il toujours tout au mauvais moment ?

Personne à envoyer chez Wilson et aux bateaux de MacDonald, personne pour répondre au téléphone. Il savait qu'il tenait le renseignement clé, il ne savait pas ce qu'il signifiait, mais il avait eu raison : il y avait un lien. Il avait eu raison, mesdames et messieurs. Mat Joubert n'était pas un crétin. Tout juste s'il avait souffert un peu… OK, OK, beaucoup, et il y avait eu de gros dégâts, mais ça pouvait se réparer. La matière grise fonctionnait toujours, mesdames et messieurs, et il allait mettre un point final à toute cette histoire dès aujourd'hui et, ce soir même, il emmènerait Hanna

Nortier voir *Le Barbier de Séville* et, mesdames et messieurs, les travaux de réparation allaient commencer tout de suite et sérieusement. Parce qu'il était libre – la blessure saignait beaucoup, mais ce n'était plus infecté.

Il eut envie d'un café, non, d'un petit déjeuner au Wimpy du coin, avec des œufs au bacon, de la saucisse, des pommes de terre frites et des toasts au beurre et du café, et une Winston – non, la vie n'était pas si terrible –, et après, il reprendrait son régime et deviendrait très mince, athlétique et non fumeur. Il se leva, sa fatigue avait disparu de ses épaules comme un vêtement qui ne sert plus à rien. Il était déjà en route lorsqu'il entendit le téléphone sonner dans son bureau depuis le couloir. Il y revint au pas de charge.

– C'était en 1989, dit Margaret Wallace. Trois mois : août, septembre et octobre. Je m'en souviens, maintenant. Il suivait des cours du soir et à la fin, tout le groupe est parti passer trois jours ensemble. Il y a un diplôme accroché au mur et j'ai retrouvé un programme des cours et un dépliant publicitaire. Ça se trouve dans Protea Road, à Woodstock. Le type qui a signé le diplôme est un certain Slabbert, Wo Slabbert. C'est le chef du service des Inscriptions. Ça remonte à sept ou huit ans, capitaine… Qu'est-ce que ça peut bien signifier ?

– Ça, je vous le dirai avant la fin de la journée.

Petersen fut le premier arrivé au bureau. Joubert l'expédia au bateau de MacDonald, à Hout Bay. Puis ce fut O'Grady qui se pointa et se vit aussitôt assigner sa tâche. Snyman, lui, fut en retard.

– Oui, capitaine, dit-il, j'ai vu un truc comme ça dans l'armoire de Drew Wilson. Un diplôme, au milieu d'autres trucs, tout au fond, derrière des albums de photos, mais je ne pensais pas que ce serait important.

– Moi non plus, je ne l'aurais pas cru sur le moment, dit Joubert, mais allez me le chercher.

De Wit faisait les cent pas dans le bureau de Joubert, son doigt dangereusement près de son nez. Vos buvait du thé.

– C'est maintenant que tu vas le coincer, mon pote, dit-il calmement.

Le téléphone sonna. C'était O'Grady qui appelait de chez Nienaber.

– Le diplôme date de 1989, capitaine. Ce coup-là, on est bons.

Ils attendirent, ils parlèrent, ils échafaudèrent des théories. 8 h 30. Il rappela Gail Ferreira à son travail.

– Oui, capitaine. En 1989. Vers la fin de l'année. Vers la fin de sa vie. Il n'était déjà plus bon à rien.

– Sept ans, constata de Wit. Ça ne date pas d'hier.

– Ça ! dit Joubert.

Le téléphone sonna de nouveau.

– Capitaine ? Basie Louw à l'appareil.

Voix faible, comme celle d'un vieillard.

– Qu'est-ce qu'il y a, Basie ?

– Putain, capitaine ! L'a fallu que je prenne un bateau pour les trouver.

– Et… ?

– Mal de mer, capitaine. J'ai toujours un mal de mer pas possible.

– Mme Coetzee est-elle près de vous, Basie ?

– Oui, capitaine, mais elle dit qu'elle ne connaît pas les autres. Elle n'a jamais entendu parler de…

– Basie ? Demandez-lui si Coetzee a suivi des cours de direction de petite entreprise en 1989. A l'École de commerce du Cap.

– Des cours de quoi ?

– Demandez-lui juste si Coetzee a suivi des cours à l'É-co-le de com-mer-ce du Cap en 89.

Il prononça l'intitulé de l'école très lentement et distinctement. Il comprit que Louw avait posé sa main sur l'écouteur et attendit.

Louw répondit, tout surpris :

– Oui, capitaine, il…

Joubert entendit Mme Coetzee interrompre Louw mais ne saisit pas ce qu'elle lui disait. Puis Louw lui rétorqua « Oui, oui, oui » d'un ton impatient. Enfin, Louw reprit l'écouteur :

– Elle dit que c'est ce Noël-là qu'il s'est complètement impliqué dans l'Église. A la Noël 89. Elle dit aussi que c'est à ce moment-là que les ennuis ont commencé.

– Rien sur les cours ? Rien sur les gens qui les suivaient avec lui ?

De nouveau, il entendit Louw s'entretenir avec Mme Coetzee.

– Non, capitaine. Il ne lui en a jamais rien dit.

– Merci, Basie.

– C'est tout, capitaine ?

– C'est tout, Basie. Vous pouvez…

– Cette histoire d'école, capitaine… c'est nouveau ?

– On dirait qu'ils y sont tous allés.

– Ben, dites donc !

– Vous pouvez revenir, Basie. Prenez le bateau.

– Hein ?

– Non, je rigolais.

– Ha ha ha ! s'écria Louw en faisant semblant de rire.

Puis Leon Petersen rentra de Hout Bay.

– Il n'y a rien, dit-il. Pas un diplôme, rien.

– Et ses pêcheurs ?

– Ils disent qu'ils ne se rappellent rien de pareil.

– Ça n'a pas d'importance. MacDonald était dans le coup, *via* Nienaber.

– Bon, et maintenant ?

– Maintenant, on va faire un tour à l'École de commerce du Cap.

41

Wo Slabbert, le secrétaire du service des Inscriptions, le chef d'établissement et l'unique actionnaire de l'École de commerce du Cap, était une vraie grenouille-buffle faite homme, avec multiples doubles mentons, nez plat et large, front imposant et grandes oreilles bien charnues. Et coiffé en brosse. Il eut l'air heureux de recevoir la délégation des Vols et Homicides qui entrait à la queue leu leu dans son bureau – Joubert ouvrant la marche, suivi par O'Grady et de Wit tandis que Petersen fermait le ban.

– Appelez-moi Wo. Vous venez sans doute vous inscrire pour des cours, dit-il, son stylo à la main après qu'ils se furent présentés et assis dans son bureau.

Puis il renifla, son nez se tordant vers la gauche.

– Non, dit Joubert.

– Vous ne voulez pas prendre des cours ?

Reniflette. Et encore une fois, l'étrange mouvement d'une seule de ses narines.

– Nous enquêtons sur une série de meurtres commis depuis une quinzaine de jours dans la Péninsule, monsieur Slabbert.

– Oh.

Déçu.

– Et nous avons appris que Mlle Carina Oberholzer a travaillé pour vous.

– Oui… ?

424

Attendant la suite.

– Vous pouvez nous parler d'elle ?

– Elle est morte ?

– Oui.

– Carina est morte, dit-il comme s'il n'arrivait pas à le croire, et il renifla une troisième fois.

Joubert se demanda quand il allait faire l'effort de se moucher.

– Combien de temps a-t-elle travaillé pour vous ?

– Quatre, cinq ans. Qui… comment est-elle morte ?

– Quel genre de travail faisait-elle, monsieur Slabbert ?

– Administratif. Elle réceptionnait les demandes d'inscription, elle expédiait les cours et veillait à ce que tous nos professeurs reçoivent leurs sujets. Nous n'avons pas de professeurs sur place ; ils travaillent à mi-temps et font d'autres travaux ailleurs.

– Rien d'autre ? Elle ne faisait que du travail administratif ?

– Elle n'était que la troisième ou quatrième personne que j'avais engagée. Notre entreprise n'est pas grande. Carina a quasiment grandi avec notre école – un peu de ceci, un peu de cela, de l'administratif, du secrétariat, répondre au téléphone, taper des lettres…

– Et un jour, elle est partie.

– Oui. Elle est partie travailler pour une compagnie pétrolière.

– Pourquoi, monsieur Slabbert ?

– Avec elle, y avait toujours des problèmes d'argent. Elle était mignonne et travaillait bien, mais elle n'avait que le fric à la bouche. Je lui expliquais, « Faut être patient, Carrie », mais elle n'arrêtait pas de me dire que vivre coûtait beaucoup d'argent. Ah, ce qu'elle était mignonne ! Toujours à rire et bavarder. Un jour, il a fallu que je lui enlève le standard à cause de tous les coups de fil personnels qu'elle recevait.

Snif-snif.

– Travaillait-elle pour vous en 1989 ?

– Oui, je… Oui, depuis 1987. C'est triste, ses parents étaient des paysans du Nord-Ouest. Je les ai rencontrés une ou deux fois… Ça doit être dur pour eux.

– Le nom de James J. Wallace vous dit-il quelque chose ?

– Non, je ne…

– Drew Wilson ?

– Je ne…

– Ferdy Ferreira ?

– Dites, ce ne seraient pas les victimes du meurtrier au Mau… ?

– Alexander MacDonald ?

– Parce que si c'est ça, comment se fait-il qu'il n'y ait rien eu dans la presse sur la petite Carina ?

– Ces noms vous disent-ils quelque chose, monsieur Slabbert ?

– Oui, j'en ai entendu parler. Et le type du salon de coiffure aussi… comment s'appelle-t-il déjà ?

– Nienaber.

– C'est ça, et celui d'hier, le révérend…

– Le pasteur.

– Oui, le pasteur. Mais… y en a eu un autre aujourd'hui ? La petite Carina ?

– Non, pas aujourd'hui. Comment savez-vous tout ça, monsieur Slabbert ?

Snif-snif, petit coup de narine.

– Ça serait difficile de ne pas le savoir. Y a que ça dans les journaux.

– Et vous n'avez vu ces noms que dans les journaux ?

– Oui.

– Connaissez-vous une certaine Hester Clarke, monsieur Slabbert ?

– Oui, je la connais. Ne me dites pas qu'elle a été…

– Hester Clarke, de Fish Hoek ? Celle qui peint des cartes de Noël ?

– Elle peint des cartes de Noël ? Ça, je ne le savais pas.

– Une vieille fille de cinquante ans ?

– Non, ce n'est pas notre Hester… Hester était toute petite, souple, jeune. Très jeune.

– Ah bon ?

– Oui. Et on ne sait pas ce qu'elle est devenue. Quand on s'est mis à la chercher, elle avait disparu, tout simplement. Elle avait dû faire changer son numéro de téléphone. Plus jamais entendu parler d'elle.

– Et votre lien avec elle, c'était quoi ?

– Elle donnait les cours d'affirmation de soi. Jolie fille, tout juste sortie de fac. Nous avions passé une annonce et elle est venue me voir presque tout de suite. Astucieuse, pleine de bonnes idées…

– Les cours de quoi ?

– On avait ouvert l'école pour aider les dirigeants de petites entreprises, vous voyez ? (Snif-snif.) C'étaient des cours du soir. Les cours avaient déjà commencé, mais uniquement au Cap… Il y avait aussi les cours par correspondance pour les autres matières, et les cours du soir pour l'aspect création d'entreprise. Comment démarrer son affaire, les problèmes juridiques que ça pose, les diverses façons de procéder, la comptabilité, la Bourse… tous ces trucs-là. Mais on s'est aperçu qu'on avait besoin de rassembler tous les étudiants avant de les renvoyer dans le monde. De les aider à s'affirmer. Norman Vincent Peale, Dale Carnegie… comment se faire des amis et penser de manière positive, ce genre de trucs.

Il renifla encore un coup, Joubert se demandant s'il ne ferait pas bien de lui offrir un mouchoir.

– Et elle a animé un séminaire d'affirmation de soi en 1989.

– Oui.

– Avec cours du soir.

– Non. C'est la petite Hester qui avait eu l'idée d'envoyer tout le monde passer deux jours, le vendredi et le samedi, sur les bords de la Berg. Entre Paarl et Franschhoek, il y a une fermette où on peut accueillir des gens. C'était son idée… D'après elle, ils étaient trop fatigués le soir pendant la semaine. Il fallait qu'ils s'aèrent, qu'ils se mettent à distance et se retrouvent dans un cadre différent. Elle avait plein d'idées, cette petite. On le fait encore, tout à la fin des cours. Il y a en général dix ou douze stagiaires par groupe, ils font le séminaire et nous, on leur donne leurs diplômes le samedi soir.

– Combien de fois partiez-vous comme ça ?

– Oh, juste une fois par an. Écoutez, dans le programme, il y a trois mois de théorie en cours du soir parce que tout le monde travaille pendant la journée. Il n'y a donc pas moyen de les avoir absolument tous les soirs… ils ne peuvent tout simplement pas.

– Et c'est tout ce que faisait cette Hester Clarke ? Elle travaillait deux soirs par semaine ?

– Non. Elle rédigeait aussi des cours pour les séances créatives. Et d'ailleurs, on les utilise toujours. Tout ce qu'il faut entendre par « créativité dans l'entreprise ». Elle suivait aussi les petits projets et préparait les questions à poser aux contrôles.

– Ici même, dans ce bureau ?

– Non. Je n'ai pas assez d'argent pour avoir des conférenciers ici. Elle faisait ça chez elle.

– Où habitait-elle ?

– A Stellenbosch. Je crois qu'elle faisait aussi des études l'autre moitié de son temps.

– Et un jour elle a disparu ? Comme ça ?

– « Disparu », non, je ne dirais pas ça. Mais c'était vraiment bizarre. Quand nous avons essayé de la retrouver, l'année suivante, ou bien c'était son téléphone qui ne marchait pas ou bien c'était quelqu'un d'autre qui répondait… je ne me souviens plus très bien. Nous lui avons envoyé des lettres et des télégrammes, mais elle avait filé, voilà : tout bonnement filé. J'ai été obligé de trouver quelqu'un d'autre à toute vitesse. Je pensais qu'elle reviendrait un jour… pendant les vacances ou autre, mais nous avons fini par renoncer.

– Qui donne les cours d'affirmation de soi aujourd'hui ?

– Zeb van den Berg. Il a fait sa carrière dans la marine et ça l'aide à occuper sa retraite. Mais les trucs de la petite Hester… Oui, on s'en sert encore.

– Et Carina Oberholzer ? A-t-elle jamais eu à voir avec ça ?

– C'est elle qui organisait le séjour, la partie hôtellerie, la préparation de la salle et les préparatifs de la cérémonie de remise des diplômes. Elle montait à la fermette le samedi.

Ils réfléchirent à ce renseignement, puis Joubert demanda :

– En quelle année Hester Clarke a-t-elle disparu, monsieur Slabbert ?

– Va falloir que je réfléchisse, dit-il.

En reniflant, et son nez refit son truc impossible, on aurait dit un spasme musculaire.

– Voyons voir, reprit-il. (Et il compta sur ses doigts.) 88, 89… Oui, en 90. On avait trouvé quelqu'un à la Mutuelle juste pour un mois, mais ça n'a pas marché. Ils demandaient trop d'argent.

– Et donc, c'est en 1989 que Hester Clarke a donné son dernier séminaire d'affirmation de soi.

– Je ne vois pas d'autre possibilité.

– Monsieur Slabbert, nous sommes relativement sûrs que toutes les victimes de l'assassin au Mauser suivaient les cours de votre école en 1989. Avez-vous…

– Oh, non !

– Avez-vous trace des étudiants de cette année-là ?

– Ils étaient étudiants…

– Avez-vous gardé les archives de cette année-là ?

– Tous ?

– Monsieur Slabbert ? Vos archives ?

– Oui, oui, nous gardons les archives.

– Pourrions-nous les voir ?

Slabbert revint brusquement à la réalité.

– Bien sûr, bien sûr. Je vais vous montrer.

Il ouvrit un des tiroirs de son bureau et en sortit un trousseau de clés.

– Si vous voulez bien me suivre…

– Où ça ?

– Oh, il y en a beaucoup trop pour qu'on les conserve ici. J'ai un petit entrepôt à Maitland…

Ils franchirent tous la porte à sa suite, longèrent les bureaux du personnel administratif, passèrent devant quatorze femmes, blanches et noires, toutes assises à des tables sur lesquelles s'entassaient des piles et des piles de documents.

– Y aura aussi une photo, reprit Slabbert lorsqu'ils furent dehors.

– Une photo de quoi ?

– Du groupe, chacun avec son diplôme. Sauf que pour la retrouver, va falloir se lever de bonne heure, ajouta-t-il avant de s'autoriser un énième reniflement.

42

Sale, en acier rouillé, le « petit » entrepôt avait la taille d'un hangar à Boeing et se trouvait entre une tôlerie et une casse de voitures. Slabbert poussa l'énorme porte en bois avec difficulté et disparut à l'intérieur. Ils entendirent le déclic d'un commutateur, les lumières du plafond clignotèrent puis s'allumèrent complètement.

– Me-e-erde, dit O'Grady en trois syllabes.

Les autres se contentèrent d'ouvrir de grands yeux ronds. Des piles entières de cartons s'entassaient de l'avant jusqu'au fond de la salle et de droite à gauche – sur sept mètres de hauteur ! –, tout cela méticuleusement rangé sur des étagères en bois et métal.

– L'ennui, reprit Slabbert après leur avoir fait signe d'entrer, l'ennui, c'est qu'au début on n'aurait jamais cru que ça prendrait une telle ampleur. Mais les clients ont commencé à nous demander tellement de réévaluations de copies, d'attestations de cours, de certificats et autres que nous avons fini par comprendre qu'il allait falloir tout garder. Sauf qu'à ce moment-là on avait déjà tellement de trucs que nous n'avons commencé à tout classer qu'en 1992.

– Et avant ? demanda Vos, inquiet.

– C'est là qu'est le problème.

– Oh ? dit Joubert en sentant le cœur lui manquer.

– Rien n'est classé. On n'a tout bêtement pas assez

de personnel. Ça coûte, le personnel, vous savez ? En plus, il est quand même assez rare qu'on nous demande des trucs qui remontent à avant 1992.

– Et les archives de 1989 seraient où ? demanda Joubert.

– Dans cette rangée.

– Où ça, dans cette rangée ?

– Pour être parfaitement honnête, je n'en ai pas la moindre idée.

Bart de Wit demanda des renforts par radio, cette fois-ci seulement à la brigade des Vols et Homicides : il voulait éviter à tout prix les engueulades du brigadier. Les autres remontèrent leurs manches et commencèrent à descendre des cartons. Ils trouvèrent vite un système pour accélérer la procédure et l'étendirent tout de suite aux nouveaux arrivants.

Carton après carton, tout était déballé, ouvert et passé à l'inspecteur suivant. Une autre équipe sortait les chemises et les déposait par terre, où Joubert, Petersen, Vos, O'Grady et, plus tard, Griessel feuilletaient fiévreusement les documents en y cherchant des dates, des noms et des matières.

– Et qui c'est qui va me remettre tout ça en place ? s'enquit Slabbert en reniflant d'agacement.

– Mais votre personnel administratif ! répliqua de Wit d'un ton qui ne prêtait pas à discussion.

– Le temps, ça coûte, se plaignit Slabbert en mettant lui aussi la main à la pâte et en commençant à ranger dans un coin des cartons dont on avait déjà examiné le contenu.

Le travail avançait lentement dans la mesure où les pièces n'avaient pas été rangées dans un ordre systématique – de la documentation sur des cours de réparation d'ordinateurs voisinait ainsi avec une *Introduction au journalisme* tandis que *Les Bases de la soudure* faisaient un curieux ménage avec *La Peinture pour les débutants*.

De Wit ayant fait livrer le déjeuner – du Kentucky Fried Chicken avec des Coca –, ils mangèrent en travaillant, jurant, riant ou parlant sérieusement. Sans la moindre interruption, un carton après l'autre, ils continuèrent de vérifier. L'après-midi passa lentement, les cartons se faisant légèrement moins nombreux. Mais, un peu après 15 heures, ils n'en étaient toujours qu'à la moitié et n'avaient pas eu le moindre succès. On avait ôté la cravate, remonté les manches jusqu'en haut, sorti les pans de chemise du pantalon, toutes les armes à feu gentiment alignées en rang d'oignons près de la porte, chacune dans son étui en cuir. On avait de la poussière sur les habits, les bras et la figure. De temps en temps, des paroles étaient échangées pendant qu'inexorablement le temps continuait de s'écouler.

Joubert et Griessel marquèrent une pause et, tout raides, passèrent dehors, au grand soleil. Une fois de plus, l'épuisement guettait Joubert.

– Je vais demander un congé au colonel, dit Griessel en tirant sur sa Gunston. J'ai envie d'emmener ma femme et mes enfants pendant quinze jours. Histoire de voir si on pourrait pas reprendre autrement.

– C'est une bonne idée, Benny.

– Peut-être même que je vais demander un transfert. Dans le Platteland. Chef de poste dans un village où il n'y a qu'à foutre les poivrots au bloc le vendredi soir et résoudre des histoires de vols de troupeaux.

– Ouais, ouais, dit Joubert en se demandant comment il allait, lui aussi, redémarrer dans la vie.

Puis ils regagnèrent la salle qui avait tout de la ruche en pleine activité, se rassirent sur le plancher en ciment froid, se léchèrent les doigts et recommencèrent à feuilleter des dossiers – Joubert avec de plus en plus de précipitation en raison du rendez-vous qui l'attendait et de l'impression de plus en plus nette qu'il allait le rater. Il se demanda s'il avait encore le temps d'échanger ses billets pour la représentation du lendemain et si Hanna Nortier serait disponible dans ce cas-là. *Je veux me barrer d'ici. Je suis coincé.* Dans quel genre d'ornière une femme comme elle peut-elle être coincée ? se demandat-il tandis que ses doigts feuilletaient et feuilletaient encore et que ses yeux couraient sur le papier. Il passa d'une fesse sur l'autre lorsqu'une énième pile de documents fut déposée devant lui.

Ils commencèrent à se disputer pour le dîner – pizza ou fish and chips ? Tout plutôt que du poulet. Ils se plaignirent que leurs épouses allaient râler à cause des heures supplémentaires. Et si Mavis les appelait pour leur expliquer ? Il était près de 7 heures du soir.

C'est alors que Griessel poussa un cri de triomphe :

– Ferreira, Ferdy ! s'écria-t-il en brandissant les documents au-dessus de sa tête.

Tous s'arrêtèrent, certains allant jusqu'à applaudir.

– Wilson, Drew Joseph. Ils sont là-dedans !

Tous les inspecteurs le rejoignirent. Griessel sortit les documents du carton l'un après l'autre ; tout y était : demandes d'inscription individuelles, liste des cours, feuilles d'examen, relevés des notes, reçus, demandes de renseignements et réponses, résultats définitifs. Tout bien agrafé ensemble.

– MacDonald, Coetzee, Wallace, Nienaber. Ils sont tous là.

– Il y a une photo ?

Griessel chercha.

– Non, dit-il. Où est passé le carton ?

Wo Slabbert arriva en soufflant de l'endroit où, avec pas mal de difficultés, il essayait de remettre les cartons en ordre.

– La photo doit être dans un des paquets.

Des mains s'emparèrent de documents agrafés, des doigts feuilletèrent des pages à toute allure.

– Là ! s'écria encore Griessel, que les dieux semblaient brusquement chérir.

Il se releva, s'étira, ôta l'agrafe, laissa tomber les autres papiers par terre et tint précautionneusement la photo en l'air. Puis il regarda fixement le tirage déjà jauni. Joubert se leva à son tour, s'approcha de Griessel et tenta de regarder par-dessus son épaule.

– Regardez-moi ça comme il a l'air jeune, le père Nienaber ! s'écria tout surpris Petersen, qui se tenait à côté de Griessel.

Joubert tendit la main pour qu'on lui passe la photo. L'espace d'un instant, il avait cru y voir…

Cliché en noir et blanc. En costume et cravate, les hommes s'étaient rangés en demi-cercle, chacun tenant son diplôme à la main. Wilson avait fermé les yeux juste au moment où le flash s'était déclenché. Un grand sourire en travers de la figure, MacDonald dominait tout le monde de sa taille. Coetzee avait l'air sérieux. Ferdy Ferreira avait l'épaule pendante et ne regardait pas l'objectif. Wallace avait croisé les mains devant lui et il y avait un espace entre lui et Ferreira. Mat Joubert, lui, ne voyait rien de tout ça.

Il regardait la femme qui, plus petite d'une bonne tête au moins que les stagiaires, se tenait debout devant eux. Il regardait mais ne voyait pas. Soudain, le temps s'était figé. Solennel, il prit le cliché des mains de Griessel et le tint à la lumière, toujours sans comprendre.

Elle ne souriait pas. Il connaissait les rides qui se dessinaient entre ses sourcils, le contour de sa tête, son nez, sa bouche, son menton, ses petites épaules. Sept ans plus tôt… elle avait les cheveux plus longs, ils tombaient par-dessus ses épaules, jusqu'à ses seins qu'elle avait petits. Sa robe, grise sur le cliché en noir et blanc, lui descendait au-dessous des genoux. Elle portait des chaussures à talons plats. Elle avait l'air sérieuse. Incroyablement sérieuse…

– Voilà, dit Slabbert dans son dos. C'était notre petite Hester ! Notre toute petite Hester.

Une vieille maison dans le quartier de l'Observatoire. Restaurée et repeinte couleur terre. La treille en fer forgé sur le mur était blanche. Le portail du jardin s'ouvrit sans un bruit. Il suivit l'allée en ciment, entre deux rangées de fleurs, la pelouse toute petite et bien entretenue. La porte était munie d'un heurtoir, mais il se servit de ses phalanges pour frapper, doucement. Il tenait la photo dans sa main gauche.

« Toi, tu la connais ! » s'était écrié Griessel en voyant comme il était pâle.

Brusquement, tout le monde l'avait regardé. Il n'avait rien dit. Il avait continué d'observer le cliché, de contempler cet instant de vie saisi par un objectif quelque sept ans plus tôt. Il ne pouvait même pas commencer à formuler ses questions tellement l'impossibilité qu'il y avait à la compter parmi les morts était renversante.

« Oui, je la connais », avait-il fini par répondre, mais il n'avait pas entendu les voix qui lui demandaient « D'où ? », « Comment ? », « Depuis quand ? ».

La photo tremblait légèrement dans sa main. La vie lui paraissait aussi irréelle que dans un rêve, quand on voit quelqu'un qui ne peut pas être là, et c'était si soudain et si bizarre qu'il avait envie de rire, de crier : « Ben, dis donc, il est un peu pété, le Mat ! » Sauf que ce n'était pas un rêve, mais bel et bien la réalité.

« J'y vais seul », avait-il dit.

De Wit l'avait accompagné jusqu'à la voiture.

« Je vous dois des excuses, capitaine. »

Joubert avait gardé le silence.

« Vous ferez attention ? »

Il avait entendu l'inquiétude dans sa voix et avait enfin compris quelque chose à son supérieur.

« Oui, je ferai attention », avait-il dit pour lui-même, sans aucune arrogance, d'un ton aimablement décidé.

Bruits de pas précipités sur le parquet, la porte qui s'ouvre, elle, là, devant lui :

– Vous êtes en avance.

Ses lèvres roses qui souriaient. Elle s'était mis du rouge à lèvres, un soupçon. Il ne l'avait encore jamais vue en mettre. Elle avait ramené ses cheveux en arrière et s'était fait une tresse. Le cou découvert, blanc, sans défense, sa robe noire laissant voir ses épaules nues. Il enregistra tous ces détails jusqu'au moment où elle changea de figure : elle avait vu qu'il ne portait ni veste ni cravate, elle avait vu la poussière sur sa chemise, ses manches retroussées.

Sans un mot, il lui tendit la photo. Le sourire qu'elle arborait disparut, son visage perdant toute expression. Elle chercha une explication dans ses yeux. Elle prit la photo et la regarda. Il vit l'ombre qui tombait sur sa figure, ses yeux qui se fermaient puis se rouvraient, se fixaient sur le cliché. Elle le laissa tomber sur le parquet ciré et se détourna, presque à ne plus le voir.

Elle longea le couloir. Il vit ses épaules, ses jolies épaules à l'ossature et aux muscles si parfaitement élégants. Elles semblaient ployer sous un lourd fardeau. Elle marchait lentement, dignement, en lui tournant le dos, comme s'il n'existait pas. Il la suivit, un pas, deux pas, trois pas sur le parquet, puis il s'arrêta à l'endroit où brillait une lumière. Il avait son odeur dans les narines, son odeur de femme, légère. Elle avait disparu au bout du couloir. Hésitant, il ne bougea pas de l'endroit où il se trouvait.

Il entendit un bruit dans le silence de la maison,

comme un frisson d'activité. Enfin elle reparut dans le couloir. Elle tenait l'arme à feu, les doigts fins de sa main gauche refermés sur le long canon du pistolet. Elle le portait comme pour un sacrifice, la taille de l'arme rendue incongrue par sa fragilité. Elle était en face de lui, seul un petit espace les séparait. Elle tenait le Mauser comme s'il était trop lourd pour elle. Un coin du chargeur entrait dans le tissu noir de sa robe, lui appuyait sur le ventre. Elle avait baissé la tête comme si Joubert était son bourreau. Elle avait fermé les yeux.

Il ne put empêcher son esprit de terminer le puzzle. Le processus était involontaire, partie intégrante et mécanique de son savoir-faire, irréversible aussi, alors même qu'il aurait voulu l'enrayer. Mais lui aussi se sentait vidé. Il ne bougea pas tandis que, l'un après l'autre, tous les rouages se mettaient en route dans sa tête. Voici le dossier de l'accusation, monsieur le juge – preuve concluante, enfin... et la traque est terminée.

– Pourquoi ? dit-il.

Elle ne bougea pas.

Il attendit.

Mouvement quasiment invisible de sa poitrine, souffle court, inspiration, expiration. Hormis cela, pas un geste.

Il se porta précautionneusement à sa rencontre, lentement, très lentement il posa sa main sur son épaule et sentit le froid de son corps. Sa grande main se refermant sur sa clavicule, il tira la jeune femme vers lui. Elle vint à lui comme un objet que la marée jette sur la plage. Il la dirigea vers la droite et la fit entrer dans une pièce où se trouvaient de grands fauteuils au motif floral sans plus de couleurs dans le crépuscule qui montait. Le tapis étouffait le bruit de leurs pas. Sur le mur, les tableaux n'étaient plus que carrés noirs. Il la fit asseoir dans un grand fauteuil aux coussins profonds. Elle rouvrit les yeux et se tint toute droite, ses deux mains serrées sur le Mauser posé sur ses cuisses. Il tomba à genoux devant elle.

– Hanna, dit-il.

Elle se força à le regarder.

Il lui tendit la main et voulut lui prendre son arme, mais elle la serrait trop fort – il n'en eut pas le courage. Il retira sa main.

– Hanna, répéta-t-il.

La bouche de la jeune femme s'entrouvrit légèrement. Elle le vit. Ses lèvres s'étirèrent aux commissures comme si elle voulait sourire. Elle regarda l'objet qu'elle tenait dans ses mains.

– C'est tellement bizarre, dit-elle, si doucement que c'est à peine s'il l'entendit. Ce que je pouvais avoir peur de ce truc-là ! Quand Grand-Père le sortait de son étui en cuir… Ç'avait l'air si méchant ! Si gros et laid ! Et l'odeur… Quand il ouvrait l'étui, je la sentais. C'était une odeur vieille, morte, et pourtant il le nettoyait. Je n'entendais même pas ce qu'il me disait. Je voulais juste observer le pistolet et je le faisais jusqu'au moment où il avait fini et le remettait dans l'étui. Alors seulement je regardais Grand-Père. Je voulais être sûre qu'il l'avait rangé et qu'il avait refermé l'étui.

Elle leva les yeux vers lui de nouveau. Les commissures de ses lèvres étaient retombées et formaient une demi-lune.

– Je l'ai retrouvé dans les affaires de mon père. J'avais fait deux tas. Ce que je voulais garder d'un côté, ce que je pouvais donner de l'autre. Il y avait très peu de choses que je voulais garder. Des photos de lui et de ma mère. Sa bible, quelques disques. Sa montre. Au début, j'ai mis l'étui sur la pile des objets à donner. Puis je l'ai transféré sur l'autre. Puis remis sur la première. J'ai fini par défaire les attaches de l'étui et quand l'odeur est montée, je me suis souvenue de mon grand-père et je l'ai remis sur la pile des trucs à garder.

Son regard s'était perdu dans le lointain, quelque part dans les ténèbres, soudain il se fixa de nouveau sur lui.

– Je n'aurais jamais cru en avoir besoin un jour, reprit-elle. En fait, j'en avais presque oublié l'existence.

Elle se tut, l'arme à peine serrée dans sa main. Un instant il se demanda s'il fallait essayer de la lui reprendre.

Encore une fois, elle parut avoir oublié sa présence.

Il l'appela de nouveau par son prénom, elle ne réagit pas.

– Hanna, répéta-t-il.

Elle cligna lentement des yeux.

– Pourquoi ?

Elle expira très longuement et lentement se prépara à pousser un dernier soupir.

Puis elle parla.

43

A l'intérieur ils riaient, de plus en plus fort. Dehors, la nuit était claire et tranquille, parfaite. La lune brillait et courait dans le ciel, les étoiles comme de la poussière scintillant d'une extrémité à l'autre de l'horizon. Pas un nuage, il faisait doux et l'air embaumait. Elle se tenait sur le petit perron de la salle de conférences. Plus bas, la rivière murmurait et la lune était un motif jaune sur le vitrail des eaux. Il ne restait qu'un fond de vin dans le verre qu'elle venait de porter à ses lèvres. Elle en but une infime gorgée – elle ne s'autorisait jamais plus d'un verre. Peut-être irait-elle jusqu'à en boire un demi de plus dans sa chambre, pour se récompenser du bon travail qu'elle avait fait. Le groupe n'avait pas été facile. Personnalité, sérieux, intelligence et application, les différences de niveau avaient exigé beaucoup de travail de sa part – plus que d'habitude, pensait-elle. Mais il n'empêche : elle avait réussi. Tous avaient découvert des choses en eux-mêmes, tous avaient progressé – certains très peu, il fallait le reconnaître, mais ce n'était pas elle qui avait développé leur potentiel.

Encore une année ou deux de ce boulot et elle pourrait passer à des choses plus importantes. L'école n'était qu'un barreau de l'échelle, qu'une étape, mais elle n'en éprouvait aucune culpabilité. Slabbert en avait pour son argent. Intégrité et amour du travail, entre autres.

Encore un an ou deux.

Elle avait savouré la dernière goutte de vin sur le bout de sa langue et l'avait laissée descendre doucement dans son gosier en s'apprêtant à regagner sa chambre. Les autres dormaient à deux par chambre, Carina et elle ayant seules le privilège d'avoir une chambre individuelle. De la musique et un livre l'attendaient dans la sienne. Ce soir-là, elle écouterait *Le Trouvère*, disons les deux premiers actes. « Que de mort là-dedans ! » disait-on, même à l'époque de Verdi. *« Tutta la vita è morte »*, s'était récrié le maestro. Elle avait souri à la lune, pivoté sur ses talons, ouvert les portes coulissantes et était entrée.

Ils s'étaient assis au bout d'une table et parlaient avec beaucoup de verve. Chacun avait un verre devant lui. C'était Nienaber qui tenait le crachoir, MacDonald, Ferreira et Coetzee l'écoutaient. Wilson, son stagiaire le plus brillant, celui aussi pour lequel elle avait un faible, se tenait un peu à l'écart du groupe. Wallace et Carina Oberholzer discutaient entre eux à l'autre bout de la table.

Elle était manifestement la seule à boire du vin blanc sec. Elle repéra facilement la bouteille entre les canettes de bière vides et pleines, les bouteilles de cognac et de whisky, les litres d'eau gazeuse et un grand bac à glace. Elle s'en versa très exactement un autre demi-verre.

« Je vais vous demander la permission de me retirer », dit-elle lorsque, en levant la tête, ils virent qu'elle se tenait près de la table.

Ils protestèrent. Elle vit que l'alcool leur brouillait le regard.

« Je vous accompagne ! » lança MacDonald.

Les autres avaient ri, exagérément.

« Elle est trop maigre, avait marmonné Ferreira en douce, mais elle l'avait entendu et cela l'avait peinée.

– Plus on est près de l'os… »

442

Soudain elle s'était sentie très pressée. Elle avait eu un petit sourire, leur avait dit de bien profiter du reste de la soirée et avait ajouté qu'elle les retrouverait le lendemain matin au petit déjeuner pour leur dire au revoir.

Ils lui avaient dit bonsoir et souhaité bonne nuit.

« Et on garde les mains au-dessus des couvertures ! » avait encore crié Ferreira avant qu'elle franchisse la porte.

Ils avaient été deux ou trois à rire bruyamment. Une fois dehors, elle avait secoué la tête. Ce Ferreira avait bien besoin d'être dégrossi.

Elle avait avancé dans les bruits de la nuit – stridulations des insectes, chuintements de la rivière, un chien qui aboyait dans le lointain, un camion qui montait une colline en grondant. Au fur et à mesure qu'elle s'éloignait, le bruit des voix diminuait dans son dos. Elle se concentra sur ce qui l'attendait – tout exactement à sa place : en fin d'après-midi, elle avait fait ce qu'il fallait pendant que les autres se préparaient pour la cérémonie de remise des diplômes. Elle avait proféré des paroles d'encouragement avant de leur tendre leurs certificats, MacDonald exigeant de l'embrasser quand il avait reçu le sien. Ils s'étaient applaudis mutuellement, tous y étaient allés de remarques idiotes. Puis il y avait eu la photographie : Carina Oberholzer les avait fait mettre en demi-cercle et avait pris trois ou quatre clichés.

Elle déverrouilla la porte de sa chambre. Sa lampe de chevet était allumée, tout était parfait. Elle referma la porte, s'y adossa et poussa un soupir de satisfaction.

Elle commença par appuyer sur le bouton de la radio-cassette. La musique emplit la pièce. Puis elle plia le genou droit, souleva sa cheville jusqu'à sa main et ôta sa chaussure. Même chose pour l'autre. Le rituel venait de débuter. Elle plaça ensuite ses deux chaussures l'une à côté de l'autre, au pied de l'armoire à une porte. Elle déboutonna son corsage en partant du haut et en se regardant dans la grande glace à l'intérieur de la porte. Elle n'avait pas envie de se livrer à son auto-évaluation habituelle, elle ne voulait pas s'interroger sur la signification de chacune des étapes du cérémonial du déshabillage – même s'il ne s'agissait que d'une manière de sourire vague et un rien cynique à la vie, que d'un jeu auquel elle jouait avec elle-même pratiquement tous les soirs. Elle mit son corsage sur un cintre qu'elle accrocha dans l'armoire, puis elle passa les mains dans son dos pour attraper le bouton de sa jupe et ouvrit la fermeture éclair. Il ne lui fallut qu'un seul mouvement coulé pour ôter le vêtement. Ses mains filèrent sur le tissu pour en chasser Dieu sait quels fils qui auraient pu s'y trouver. Enfin elle accrocha sa jupe à côté de son corsage.

Ses sous-vêtements étaient délicats. Tout en écoutant la musique, elle défit l'agrafe de son soutien-gorge et vit ses petits seins dans la glace et la blancheur de sa peau. Elle rit sans le vouloir en songeant que la décision qu'elle avait prise de ne pas se laisser enfermer dans une dispute avec elle-même sur leur taille et leur forme avait été volontaire. Mais la musique était trop belle, tout comme était trop légère et éthérée son humeur.

Le doux tissu de la chemise de nuit glissa sur sa tête. Elle ajusta le vêtement sur ses hanches de garçon et sut que c'était sa texture qui avait procuré un petit plaisir à sa peau. Elle jeta un dernier coup d'œil à l'armoire bien rangée – elle pourrait faire sa valise en cinq minutes le lendemain matin. Elle éteignit le plafonnier, repoussa les oreillers contre la tête du lit et se glissa entre les draps. Puis elle prit sa biographie sur la petite table de nuit et, sans se poser de questions sur son incapacité à lire des romans avec plaisir, se contenta de se mettre à l'aise avant d'ouvrir son livre.

Et elle se mit à lire.

A deux reprises, le bruit de la fête vint troubler sa concentration. La première fois, elle entendit un véritable chœur de rires qui parvint même à dominer l'aria qu'elle écoutait. Elle hocha brièvement la tête. Ils feraient bien d'y aller doucement, s'était-elle dit, puis elle s'était de nouveau concentrée sur les mots qu'elle avait sous les yeux.

La deuxième fois, l'affaire avait été plus troublante. Dans le silence qui séparait la fin d'une aria du récitatif suivant, leurs hurlements l'avaient informée sur leur degré d'ivresse. Elle avait reconnu la voix de MacDonald, peut-être aussi celle de Coetzee. Il y avait eu des jurons. Elle avait tout de suite écarté la possibilité de se lever pour aller les mettre en garde – ils étaient grands. Elle avait retrouvé les mots sur le papier, mais leur ébriété l'avait vaguement inquiétée jusqu'au moment où enfin elle s'était de nouveau perdue dans ce qu'elle lisait.

Au début, le sommeil avait été un intrus, puis il était devenu un ami.

Elle avait attendu la fin de l'aria et avait appuyé sur le bouton pour arrêter la bande. Elle avait ensuite fait glisser le marque-page dans le livre, avait posé ce dernier sur la table de nuit et tendu la main pour éteindre la lampe. Enfin elle s'était tournée, s'était pelotonnée sur le côté gauche, comme un fœtus entre les couvertures, et avait fermé les yeux.

Les bruits de la beuverie s'immisçaient lentement dans son sommeil. Rires vagues et mots hurlés de manière presque reconnaissable, ils tranchaient vivement sur ceux de la nuit, insectes et rivière en contrebas. Ils n'avaient donc pas fini ? Quelle heure était-il ? Et si un des directeurs de stage se plaignait ? Ses responsabilités la reprenant, le sommeil avait fini par la quitter.

Agacée, elle s'était relevée, avait gagné la fenêtre et ouvert les rideaux au motif floral délavé. Arriverait-elle à voir ce qui se passait en bas ?

La lune était haute dans le ciel et brillait fort. Les arbres, les buissons et les pelouses étaient baignés d'une lumière fantomatique. Elle savait bien que toutes sortes de mouvements devaient accompagner ces bruits, mais elle ne voyait rien.

Jusqu'au moment où quelque chose avait bougé dehors, tout près. Vers la rivière.

Un animal, sombre, étrange. De forme carrée ? Elle avait regardé plus attentivement. Une forme humaine. Non, deux. Qui s'enlaçaient. Elle s'était détournée et, conventions obligent, s'était légèrement écartée de la fenêtre. Une inquiétude de plus. C'était Carina qu'elle avait vue. Indignée, elle regarda une deuxième fois. Carina et Wallace. Il l'embrassait près de la rivière. Il avait posé les mains sur les courbes de son fessier à la Rubens, elle avait passé les siennes autour de son cou. Ils avaient la bouche grande ouverte et la langue qui… Sexe contre sexe, l'ivresse de l'étreinte.

Il fallait qu'ils arrêtent. Il était de son devoir de les empêcher d'aller plus loin.

Il avait relevé sa jupe, tiré sur l'élastique de sa culotte et posé ses mains sur ses fesses nues. Il la pétrissait, il avait enfoncé un doigt dans sa fente. Elle avait lâché son cou, avait glissé une main entre eux deux, suivi les contours de son membre, cherché le gland, experte, l'avait pris entre le pouce et l'index et l'avait frotté. Leurs bouches s'activaient. Soudain, il lui avait sorti le chemisier de la jupe, d'une main. Et pendant que l'autre restait sur ses fesses, il l'avait posée sur son ventre, juste au-dessous du soutien-gorge. Qu'il avait repoussé vers le haut. Il avait cherché l'aréole de son sein et avait pris celui-ci tout entier dans sa main.

Elle s'était détournée une deuxième fois, de honte.

Tout cela était de sa faute. Puis elle avait regardé à nouveau, fascinée.

Carina avait cherché la braguette de Wallace et l'avait défaite. Leurs bouches étaient comme collées ensemble et leurs corps légèrement séparés. Elle avait plongé la main dans son caleçon, avait trouvé son membre et l'avait sorti par la braguette. Il savait ce qui allait suivre, il l'avait laissée faire, les mains déjà le long du corps. Elle s'était mise à genoux et, la langue sur son gland, l'avait léché, sucé, fort, très fort, elle avait entendu le bruit. Il s'était penché en avant. La main de la jeune fille montait et descendait. « Non ! » s'était-il écrié, les mains sur sa tête. Il l'avait aidée à se redresser, avait placé un bras autour de ses épaules et l'avait écartée de la rivière. Son désir le précédait, bien dressé hors de son pantalon, Carina poussait des petits rires.

Toute cette scène la captivait. Son dégoût et son indignation étaient légèrement atténués par une autre inquiétude : Wallace était marié. Il avait des enfants. Et Carina Oberholzer le savait. Elle avait fermé les yeux et attendu le moment où elle ne pourrait plus les voir de sa fenêtre. Elle les avait rouverts et avait scruté les ténèbres, calmes de nouveau.

C'était leur manque de retenue, de civilité et de loyauté qui la troublait le plus. Et son incapacité à se détourner de ce qu'elle voyait.

Mais… il y avait d'autres mouvements dans la nuit ?

Mais que faisaient donc tous ces gens ?

Des spectateurs qui suivaient le couple, saouls, maladroits, l'œil fixe et le cerveau calé sur le mode primitif.

MacDonald et Ferreira, Coetzee et Nienaber, Wilson fermant la marche, bien malgré lui.

Elle les voyait, ombres gauches qui se dirigeaient vers Wallace et Carina. MacDonald titubait. Ils étaient, elle le savait, complètement saouls.

Elle avait tiré les rideaux lentement et sans faire de bruit, jusqu'au moment où la lune avait disparu à sa vue. Puis elle s'était écartée de la fenêtre et avait compris qu'ils avaient à jamais brisé sa tranquillité d'esprit : elle ne voulait pas de ces images et allait devoir faire de gros efforts pour les oublier. De fait, le sommeil l'avait quittée. Elle avait rallumé sa lampe de chevet. Elle avait appuyé de nouveau sur le bouton pour écouter de la musique. Et leur faire savoir qu'elle était réveillée. Leur faire comprendre qu'ils devaient absolument se reprendre.

Elle s'était assise sur son lit.

Mais qu'est-ce qu'ils faisaient ? On aurait dit des mômes. Elle s'était relevée et avait entrouvert les rideaux de l'autre fenêtre.

Ils se tenaient devant un cottage, dans la flaque de lumière qui sortait d'une fenêtre ; silencieux, ils regardaient quelque chose. C'était la chambre de Carina ; elle l'avait su avant même de voir Ferdy Ferreira, sa verge dans la main. Elle avait refermé le rideau. La nausée la prenant, elle avait essayé de respirer mais avait senti le vomi lui monter dans la gorge. Il ne fallait surtout pas qu'elle vomisse, pas maintenant. Elle aurait dû sortir de sa chambre et se montrer ferme bien plus tôt. Elle s'était rassise sur le lit. Il fallait mettre un terme à cette débauche. Dieu, ce que les humains pouvaient être primitifs ! Elle avait monté le son.

C'était l'alcool. Désormais, il serait interdit.

Elle avait repris son livre, s'était radossée aux oreillers et avait tenté, de son mieux, de se concentrer à nouveau. Il ne serait pas facile de chasser toutes ces images. Elle avait lu une phrase, la nausée ne l'avait pas quittée. Enfin, elle avait entendu des bruits de pas dehors – ils s'en allaient, ils en avaient assez.

Mais là, MacDonald enfonçait sa porte, la voyait allongée, voyait la peur sur son visage.

« Allez, Hester, on baise ! »

Et il avait tiré Wilson à l'intérieur.

Il était sur elle, il jetait son livre en l'air. Sa main sur la couverture. Elle criait, soudainement furieuse, soudainement apeurée. Elle essayait de l'arrêter de ses mains, elle voyait à sa figure rouge qu'il était saoul, complètement saoul, elle sentait son haleine rance.

Il l'écrasait sous son poids et bloquait ses mains au-dessus de sa tête avec les siennes. Elle se débattait, elle luttait, il passait l'autre main sous sa chemise de nuit, la retroussait, découvrait ses seins.

« Au moins, y a quelque chose ! » lui cria-t-il.

Elle ne l'entendit pas. Elle hurlait. Elle voulait dégager ses jambes, se libérer de cette bête qu'elle avait sur le ventre, mais il était trop lourd et l'écrasait.

« Allez, quoi, Hester ! » dit-il, impatient.

Il descendait vers ses genoux, il devait se tendre pour lui garder les mains au-dessus de la tête. Elle voulait le mordre, elle tourna la tête et trouva son poignet épais. Il lui arracha sa culotte en la déchirant.

« T'es toute petite, toi ! »

Elle enfonça ses dents dans sa chair et ses poils. Il retira sa main et lui flanqua une claque.

« Mais tu mords, espèce de salope ! s'écria-t-il, la giflant encore.

– Non ! » s'écria Wilson.

Les autres entrèrent dans la chambre.

« Moi aussi, j'en veux ! lança Ferreira, son membre à la main.

– Putain, Mac ! » marmonna Nienaber d'une voix indistincte.

MacDonald lui avait de nouveau pris les mains. Un petit filet de sang coulait de son nez. Elle se débattait moins, déjà effarée par ce qui allait suivre, elle le savait. Il descendit son pantalon et lui passa de force un genou entre les jambes. Elle sursauta, essaya de se dégager, donna un coup de pied en l'air. Il l'écrasa de tout son poids.

« Allez, ouvre, Hester.

– Mac ! dit Wilson en vacillant.

– Dégage ! lui renvoya MacDonald en regardant par-dessus son épaule. Ton tour viendra. »

Il sourit aux autres, lui écarta complètement les jambes d'un coup de reins, chercha l'entrée du vagin et y enfourna son membre avec une brutalité inhumaine.

Elle sentit la déchirure, aucune douleur au début, puis ce furent les tissus qui s'ouvraient. Et la douleur la submergea. Elle perdit conscience, toutes ses forces la quittèrent. Il y vit un acquiescement, laissa retomber ses mains, se souleva légèrement et regarda en arrière.

« Elle baise, elle aussi ! Exactement comme l'autre ! »

Elle perdait puis reprenait conscience. Un incendie brûlait dans son ventre, la douleur était insupportable.

Il se souleva, sentit son membre lui échapper, jura et s'enfonça en elle à nouveau.

« Ha, ha, ha, ha !

– Grouille-toi, Mac.

– T'attends une minute ! »

Orgasme.

« A toi, Ferdy ! »

Il s'était relevé et lui offrait la jeune femme.

Son pantalon déjà baissé, Coetzee avait été plus rapide. Il s'était agenouillé devant elle, lui avait caressé le ventre de droite à gauche et de gauche à droite, était entré en elle et avait joui tout de suite. Surpris, il s'était relevé. Ferreira l'avait poussé de côté et s'était mis à lécher les seins de Hester Clarke à grands coups de langue. Sa salive avait laissé des marques sur sa peau. Puis il lui avait léché le ventre, plus bas, ses poils pubiens tandis qu'il se branlait. Jaunâtre, son sperme l'avait éclaboussée, puis avait coulé sur le lit.

« A toi, Ollie. »

Ordre de MacDonald. Nienaber avait souri et hoché la tête.

« Non, Drew, avait-il dit. Où est-il passé ? »

Wilson était dehors, où il vomissait sur le mur et la pelouse.

« Qu'est-ce que vous foutez ? »

Wallace et Carina Oberholzer arrivaient.

« Vous, vous avez baisé. On vous a vus. C'est au tour de Drew », répondit MacDonald en posant sa grande main sur le cou de Wilson.

Puis il l'avait tiré, vers la chambre.

Wilson avait encore plus envie de vomir. Ses paroles se perdirent dans ses renvois :

« Je je… je peux pas… je peux pas. »

MacDonald l'avait poussé dans la pièce, vers le lit.

Rouge de l'incendie, profond, tout autour d'elle. Elle flottait dans les flammes, légère comme une plume, plus rien pour la retenir, la douleur comme une armure.

« T'es qu'un pédé, Drew ! »

MacDonald l'avait frappé à la nuque. Wilson avait vacillé.

« Baise-la. »

Il l'avait attrapé par la chemise.

« Mac, non, pas ça. »

Wallace. Debout dans l'embrasure de la porte, Carina Oberholzer regardait.

« Tire-toi, Wallace. On vous a vus baiser comme des chiens ! »

Il avait redressé Wilson.

« Baise-la, espèce de pédale ! »

Wilson qui tente de se défendre avec ses mains, les phalanges de MacDonald dans son cou. Hester allongée sur le lit. Les yeux ouverts, grands ouverts – elle regardait le plafond, fixement. Il ne pouvait pas, rien à faire. Il tâtait désespérément son pantalon, à peine s'il arriva à défaire sa ceinture. Il était tout mou, tout petit, il se cacha de MacDonald et appuya sa verge contre elle.

« Dedans, espèce d'enculé ! »

MacDonald avait rejoint le lit. Tout rouge sous ses cheveux roux. Nez rouge.

Wilson avait fait les mouvements qu'il fallait, avait senti son pénis glisser dans le sang.

« Je veux te voir jouir. »

Il avait fait semblant – il voulait en réchapper. Mac-Donald le poussait par-derrière. En avant, en arrière, il le poussait avec ses mains. Wilson n'avait pu s'empêcher de vomir. Encore et encore, sur elle.

Joubert se releva.

Elle parlait d'un ton mécanique, voix morte, corps parfaitement immobile dans le fauteuil, regard fixe. Il avait envie qu'elle arrête.

– Le lendemain matin, ce sont les oiseaux et le grand soleil qui m'ont réveillée. C'était un jour comme un autre. Je suis restée allongée. Au début, je pouvais seulement entendre. Les oiseaux. Je n'arrivais plus à sentir. Je n'éprouvais rien. Je suis restée longtemps allongée. Dès que je bougeais, j'avais mal. Puis j'ai regardé. Ce n'était plus mon corps. Je ne le reconnaissais plus. Ce n'étaient plus mes seins que je voyais, ni mon ventre ni mes jambes. Je ne voulais pas le laver parce que ce n'était pas le mien. Mon corps à moi était propre.

Il alla s'asseoir dans le fauteuil en face d'elle. Il était épuisé.

– Ils étaient tous partis. Tout était si beau et si paisible, ce matin-là ! Je n'entendais que les oiseaux.

Enfin elle s'arrêta, il lui en fut reconnaissant.

Il resta longtemps à la regarder. Il avait l'impression qu'elle n'était pas là.

Pourquoi ne voulait-il plus la toucher ?

Elle n'avait pas fini :

– L'année dernière, ils ont exigé une prise de sang pour tous ceux qui venaient d'être embauchés. Ce que le médecin a eu du mal à me le dire !

Il ne voulait pas entendre ça. Il savait, il avait tout de suite compris, mais c'était trop.

– Il voulait me reprendre du sang. Pour lui, il y avait eu une erreur, forcément.

Elle sourit. Elle était assise en face de lui. C'est à peine s'il le vit, mais il l'entendit dans ses dernières paroles – ce n'était pas un sourire triste, c'en était un vrai.

– C'est tellement bizarre comme mot : « séropositive ». Positive !

Toujours son sourire, ce dernier mot presque comme un rire.

– C'est là que j'ai acheté le Smith & Wesson.

Il se sentait écrasé. Quelque chose l'écrasait de tout son poids dans le fauteuil. C'était dans tout son corps qu'il le sentait.

Son sourire mit longtemps à disparaître.

Il fallait qu'il lui reprenne l'arme.

Il ne bougea pas.

Il entendit une voiture qui s'arrêtait dehors. Il comprit. Mais les bruits de portière qu'on claque ne vinrent pas.

– Votre nom, dit-il, et sa voix lui parut trop forte dans le silence.

Il ne savait pas si elle l'avait entendu.

Elle agrippa le canon du Mauser.

– Ils ont tué Hester Clarke, dit-elle.

Il ne voulait pas d'eux. Qu'ils restent dehors, dans la voiture.

Il ne voulait pas poser les questions qui se bousculaient sur ses lèvres. Il voulait la laisser où elle était et s'en aller. Lui aussi voulait que Hester Clarke soit morte.

Mais il devait savoir.

– Quand vous avez reçu mon dossier…

Elle le regarda. Longtemps, pour faire tout le voyage qui la ramènerait au présent.

– Je ne savais pas que c'était sur ça que vous enquêtiez.

Il n'avait pas voulu le lui demander, mais elle le lui dit :

– Je n'ai invité personne d'autre pour aller au concert. A ce moment-là, je savais déjà.

Il voulait s'en aller.

Elle le regardait encore. Sa main gauche quitta le pistolet, sa main droite se raidit, un doigt sur la détente.

– Tu veux bien sortir ?

Il avait tenu à la regarder une dernière fois. Seul. Un bref instant, il avait voulu disparaître dans un avenir qui aurait pu être différent. Puis il s'était levé et avait bougé.

– Non, lui avait-il dit, parce qu'elle l'avait aidé à guérir.

Et il lui avait pris le Mauser.

44

Il sortit par une des portes latérales du bâtiment de la Cour suprême pour éviter la presse. Après le crescendo de l'arrestation, l'affaire était passée dans les pages intérieures puis avait disparu. Mais les dates d'audience de la cour ayant été rendues publiques, tout le monde était revenu au galop.

Il entendit une voix derrière lui.

– Capitaine !

Il attendit qu'elle le rattrape sur les marches.

– Comment allez-vous ? lui demanda-t-il.

– Ça prend du temps. Et vous ?

– Ça va.

Il vit qu'elle s'était faite belle et avait les yeux brillants. Il n'avait pas envie de retourner au bureau.

– Vous voulez prendre un café quelque part ?

– Ce serait bien.

Ils avaient marché côte à côte sur le trottoir, dans la lumière grise du mois d'août. Ni l'un ni l'autre ne voulaient parler de la silhouette muette dans le box. Chacun avait ses raisons.

A Greenmarket Square, il y avait un petit café, il en poussa la porte. Ils s'assirent et commandèrent un café.

– Je ne voulais pas venir, expliqua-t-elle. Mais je voulais la voir. Une fois. Je voulais lui dire que Dieu sait ce qui… ce qu'elle avait fait n'était pas mal.

Il eut envie de lui dire que ça ne changerait rien. Il

avait eu vent du rapport de l'expert psychiatre. Il serait soumis au juge dès cet après-midi.

– Mais elle a l'air si lointaine…

– Oui, dit-il.

– Vous avez maigri.

Il fut content qu'elle l'ait remarqué.

– Vous croyez ?

– Oui.

Le café arriva.

– Et… qu'est-ce que vous faites de vos journées ? lui demanda-t-elle.

– Je travaille.

C'était vrai. Il n'avait fait que ça. Au début, pour se cacher. De tout le monde, de lui-même, d'Anne Boshoff qui lui avait téléphoné deux fois par jour avant de renoncer, du nouveau psychologue. Plus tard, il avait travaillé pour se soigner, pour retrouver un équilibre, pas à pas.

– Et j'ai arrêté de fumer.

– C'est merveilleux.

– Comment vont les enfants ?

– Mieux maintenant. Mais ils sont toujours…

– J'ai vendu ma maison.

– Moi aussi. On habite à Claremont, désormais. Ashton Village. C'est tout à fait charmant.

– Moi, je me suis installé à Table View.

– Dans une autre villa ?

– Non, c'est une…

Il chercha le mot anglais, le trouva :

– Une maison de ville.

– Vous pouvez parler afrikaans si vous voulez. Je me débrouille très bien.

– C'est vrai.

Silence, puis :

– Vous êtes déjà allée à l'opéra ?

RÉALISATION : PAO ÉDITIONS DU SEUIL
IMPRESSION : CPI BRODARD ET TAUPIN À LA FLÈCHE
DÉPÔT LÉGAL : FEVRIER 2003. N° 58023-16. (3001174)
IMPRIMÉ EN FRANCE

Éditions Points

Le catalogue complet de nos collections est sur Le Cercle Points, ainsi que des interviews de vos auteurs préférés, des jeux-concours, des conseils de lecture, des extraits en avant-première…

www.lecerclepoints.com

Collection Points Policier

Collection Points